非洲文学研究丛书 ｜ 朱振武 主编

国家出版基金项目
NATIONAL PUBLICATION FOUNDATION

# 南部非洲精选文学作品研究

Studies in Choice Writings of Southern African Writers

徐立勋　龙雨　黄坚　著

西南大学出版社
国家一级出版社 全国百佳图书出版单位

**图书在版编目（CIP）数据**

南部非洲精选文学作品研究 / 徐立勋, 龙雨, 黄坚
著. -- 重庆 : 西南大学出版社, 2024.6
（非洲文学研究丛书 / 朱振武主编）
ISBN 978-7-5697-2138-6

Ⅰ.①南… Ⅱ.①徐… ②龙… ③黄… Ⅲ.①文学研
究 – 非洲 Ⅳ.①I400.6

中国国家版本馆CIP数据核字(2024)第001464号

非洲文学研究丛书　朱振武　主编

# 南部非洲精选文学作品研究
NANBU FEIZHOU JINGXUAN WENXUE ZUOPIN YANJIU

徐立勋 龙雨 黄坚 著

出　品　人：张发钧
总　策　划：卢　旭　闫青华
执行策划：何雨婷
责任编辑：李　玲
责任校对：畅　洁
特约编辑：陆雪霞　汤佳钰
装帧设计：万墨轩图书 | 吴天喆　彭佳欣　张瑷俪
出版发行：西南大学出版社
　　　　　重庆市北碚区天生路2号　　邮编：400715
　　　　　市场营销部电话：023-68868624
印　　　刷：重庆升光电力印务有限公司
成品尺寸：170 mm×240 mm
印　　张：20.5
字　　数：350千字
版　　次：2024年6月　第1版
印　　次：2024年6月　第1次印刷
书　　号：ISBN 978-7-5697-2138-6

定　　价：78.00元

国家社会科学基金重大项目"非洲英语文学史"阶段成果

# "非洲文学研究丛书"顾问委员会

（按音序排列）

# "非洲文学研究丛书"专家委员会

（按音序排列）

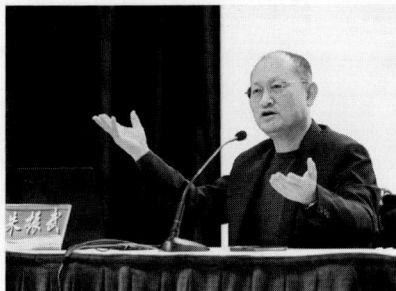

朱振武，博士（后），中国资深翻译家，中国作家协会会员；上海市二级教授，外国文学文化与翻译博士生导师，博士后合作导师，上海师范大学外国文学研究中心主任，比较文学与世界文学国家重点学科带头人；上海市"世界文学多样性与文明互鉴"创新团队负责人。主持国家社科基金重大项目、重点项目十几项，项目成果获得国家出版基金资助。在《中国社会科学》《文学评论》《外国文学评论》《文史哲》《中国翻译》《人民日报》等重要报刊上发表文章400多篇，出版著作（含英文）和译著50多种。多次获得省部级奖项。

主要社会兼职有（中国）中外语言文化比较学会小说研究专业委员会会长和中非语言文化比较专业委员会副会长、中国外国文学学会副秘书长暨教学研究会副会长、上海国际文化学会副会长、上海市外国文学学会副会长兼翻译专业委员会主任等几十种。

## 本书主要作者简介

■ **徐立勋**

上海师范大学比较文学与世界文学国家重点学科博士生，国家社科基金重大项目"非洲英语文学史"成员，主要从事南非英语戏剧研究。

■ **龙雨**

博士，上海师范大学比较文学与世界文学国家重点学科博士后，国家社科基金重大项目"非洲英语文学史"骨干成员，主要从事南非英语文学研究。

■ **黄坚**

博士，长沙理工大学外国语学院教授，国家社科基金重大项目"非洲英语文学史"骨干成员，从事戏剧文化研究，主讲学术论文写作、通用工程英语听说、非洲文化与非洲主要国家概况课程。在《当代外国文学》《当代戏剧》等核心刊物上发表论文数十篇。

# 总序：揭示世界文学多样性　构建中国非洲文学学

2021 年的诺贝尔文学奖似乎又爆了一个冷门，坦桑尼亚裔作家阿卜杜勒拉扎克·古尔纳获此殊荣。授奖辞说，之所以授奖给他，是"鉴于他对殖民主义的影响，以及对文化与大陆之间的鸿沟中难民的命运的毫不妥协且富有同情心的洞察"①。古尔纳真的是冷门作家吗？还是我们对非洲文学的关注点抑或考察和接受方式出了问题？

## 一、形成独立的审美判断

英语文学在过去一个多世纪里始终势头强劲。从起初英国文学的"一枝独秀"，到美国文学崛起后的"花开两朵"，到澳大利亚、加拿大、爱尔兰、印度、南非、肯尼亚、尼日利亚、津巴布韦、索马里、坦桑尼亚和加勒比海地区等多个国家和地区英语文学遍地开花的"众声喧哗"，到沃莱·索因卡、纳丁·戈迪默、德里克·沃尔科特、维迪亚达·苏莱普拉萨德·奈保尔、J. M. 库切、爱丽丝·门罗，再到现在的阿卜杜勒拉扎克·古尔纳等"非主流"作家，特别是非洲作家相继获

---

① Swedish Academy, "Abdulrazak Gurnah—Facts", *The Nobel Prize*, October 7, 2021, https://www.nobelprize.org/prizes/literature/2021/gurnah/facts/.

得诺贝尔文学奖等国际重要奖项①，英语文学似乎出现了"喧宾夺主"的势头。事实上，"二战"以后，作为"非主流"文学重要组成部分的非洲文学逐渐呈现出蓬勃发展的态势，涌现出一大批优秀的作家作品，在世界文坛产生了广泛影响。但对此我们却很少关注，相关研究也很不足，其中一个重要原因就是我们较多跟随西方人的价值和审美判断，而具有自主意识的文学评判和审美洞见却相对较少，且对世界文学批评的自觉和自信也相对缺乏。

非洲文学，当然指的是非洲人创作的文学，但流散到其他国家和地区的第一代非洲人对非洲的书写也应该归入非洲文学。也就是说，一部作品是否是非洲文学，关键看其是否具有"非洲性"，也就是看其是否具有对非洲历史、文化和价值观的认同和对在非洲生活、工作等经历的深层眷恋。非洲文学因非洲各国独立之后民主政治建设中的诸多问题而发展出多种文学主题，而"非洲性"亦在去殖民的历史转向中，成为"非洲流散者"（African Diaspora）和"黑色大西洋"（Black Atlantic）等非洲领域或区域共同体的文化认同标识，并在当前的全球化语境中呈现出流散特质，即一种生成于西方文化与非洲文化之间的异质文化张力。

非洲文学的最大特征就在于其流散性表征，从一定意义上讲，整个非洲文学都是流散文学。②非洲文学实际上存在多种不同的定义和表达，例如非洲本土文学、西方建构的非洲文学及其他国家和地区所理解的非洲文学。中国的非洲文学也在"其他"范畴内，这是由一段时间内的失语现象造成的，也与学界对世界文学的理解有关。从严格意义上讲，当下学界认定的"世界文学"并不是真正的世界文学，因此也就缺少文学多样性。尽管世界文学本身是多样性的，但我们现在所了解的世界文学其实是缺少多样性的世界文学，因为真正的文学多样性被所谓的西方主

---

① 古尔纳之前 6 位获得诺贝尔文学奖的非洲作家依次是作家阿尔贝·加缪，尼日利亚作家沃莱·索因卡，埃及作家纳吉布·马哈福兹，南非作家纳丁·戈迪默、J. M. 库切和作家多丽丝·莱辛，分别于 1957 年、1986 年、1988 年、1991 年、2003 年和 2007 年获得诺贝尔文学奖。

② 详见朱振武、袁俊卿：《流散文学的时代表征及其世界意义——以非洲英语文学为例》，《中国社会科学》，2019 年第 7 期。作者从流散视角对非洲文学从诗学层面进行了学理阐释，将非洲文学特别是非洲英语文学分为异邦流散、本土流散和殖民流散三大类型，并从文学的发生、发展、表征、影响和意义进行多维论述。

流文化或者说是强势文化压制和遮蔽了。因此，许多非西方文化无法进入世界各国和各地区的关注视野。

## 二、实现真正的文明互鉴

当下的世界文学不具备应有的多样性。从歌德提出所谓的世界文学，到如今西方人眼中的世界文学，甚至我们学界所接受和认知的世界文学，实际上都不是世界文学的全貌，不是世界文学的本来面目，而是西方人建构出来的以西方几个大国为主，兼顾其他国家和地区某个文学侧面和诺贝尔文学奖得主的所谓"世界文学"，因此也就不能实现真正意义上的文明互鉴。

文学是文化最重要的载体之一。文学是人学，它以"人"为中心。文学由人所创造，人又深受时代、地理、习俗等因素的影响，所以说，"文变染乎世情，兴废系乎时序"①。文学作品囊括了丰富多彩的政治、经济、文化、历史、地理、习俗和心理等多种元素，不同民族、不同国家、不同区域和不同时代的作家作品更是蔚为大观。但这种多样性并不能在当下的"世界文学"中得到完整呈现。因此，重建世界文学新秩序和新版图，充分体现世界文学多样性，是当务之急。

很长时间里，在我国和不少其他国家，世界文学的批评模式主体上还是根据西方人的思维方式和学理建构的，缺少自主意识。因此，我们必须立足中国文学文化立场，打破西方话语模式、批评窠臼和认识阈限，建构中国学者自己的文学观和文化观，绘制世界文化新版图，建立世界文学新体系，实现真正意义上的文明互鉴。与此同时，创造中国自己的批评话语和理论体系，为真正的世界文化多样性的实现和文学文化共同体的构建做出贡献。

在中国开展非洲文学研究具有英美文学研究无法取代的价值和意义，更有利于我们均衡吸纳国外优秀文化。非洲文学本就是世界文化的重要组成部分，现已

---

① 《文心雕龙》，王志彬译注，北京：中华书局，2012 年，第 511 页。

引起各国文化界和文学界的广泛关注，我国也应尽快加强对非洲文学的研究。非洲文学虽深受英美文学影响，但在主题探究、行文风格、叙事方式和美学观念等方面却展示出鲜明的异质性和差异性，呈现出与英美文学交相辉映的景象，因此具有世界文学意义。非洲文学是透视非洲国家历史文化原貌和进程，反射其当下及未来的一面镜子，研究非洲文学对深入了解非洲国家的政治、历史和文化等具有深远意义。另外，站在中国学者的立场上，以中国学人的视角探讨非洲文学的肇始、发展、流变及谱系，探讨其总体文化表征与美学内涵，对反观我国当代文学文化和促进我国文学文化的发展繁荣具有特殊意义。

# 三、厘清三种文学关系

汲取其他国家和地区文学文化的养分，对繁荣我国文学文化，对"一带一路"倡议下人类命运共同体的建设也具有重要意义。我们进行非洲文学研究时，应厘清主流文学与非主流文学的关系、单一文学与多元文学的关系及第一世界文学与第三世界文学的关系。

第一，厘清主流文学与非主流文学的关系。近年来，我国的外国文学研究重心已经从以英美文学为主、德法日俄等国文学为辅的"主流"文学，在一定程度上转向了澳大利亚、加拿大、新西兰等国文学，特别是非洲文学等"非主流"文学。这种转向绝非偶然，而是历史的必然，是新时代大形势使然。它标志着非主流文学文化及其相关研究的崛起，预示着在不远的将来，"非主流"文学文化或将成为主流。非洲作家流派众多，作品丰富多彩，不能忽略这样大体量的文学存在，或只是聚焦西方人认可的少数几个作家。同中国文学一样，非洲文学在一段时间里也被看作"非主流"文学，这显然是受到了其他因素的左右。

第二，厘清单一文学与多元文学的关系。世界文学文化丰富多彩，但长期以来的欧洲中心和美国标准使我们的眼前呈现出单一的文学文化景象，使我们的研究重心、价值判断和研究方法都趋于单向和单一。我们受制于他者的眼光，成了传声筒，患上了失语症。我们有时有意或无意地忽略了文学存在的多元化和多样性这个事实。非洲文学研究同中国文学走向世界的意义一样，都是为了打破国际上单一和固化的刻板状态，重新绘制世界文学版图，呈现世界文学多元化和多样性的真实样貌。

对于非洲作家古尔纳获得诺贝尔文学奖，许多人认为这是英国移民文学的繁盛，认为古尔纳同约瑟夫·康拉德、维迪亚达·苏莱普拉萨德·奈保尔、萨尔曼·拉什迪以及石黑一雄这几位英国移民作家①一样，都"曾经生活在'帝国'的边缘，爱上英国文学并成为当代英语文学多样性的杰出代表"②，因而不能算是非洲作家。这话最多是部分正确。我们一定要看到，非洲现代文学的诞生与发展跟西方殖民历史密不可分，非洲文化也因殖民活动而散播世界各地。移民散居早已因奴隶贸易、留学报国和政治避难等历史因素成为非洲文学的重要题材。我们认为，评判是否为非洲文学的核心标准应该是其作品是否具有"非洲性"，是否具有对非洲人民的深沉热爱、对殖民问题的深刻揭示、对非洲文化的深刻认同、对非洲人民的深切同情以及对未来生活的美好憧憬。所以，古尔纳仍属于非洲作家。

的确，非洲文学较早进入西方学者视野，在英美等国家有着较为丰硕的研究成果。我国的非洲文学研究虽然起步较晚，然而势头比较强劲。有一个重要的问题应该引起重视，那就是我们的非洲文学研究不能像其他外国文学的研究，尤其是英美德法等所谓主流国家文学的研究一样，从文本选材到理论依据和研究方法，甚至到价值判断和审美情趣，都以西方学者为依据。这种做法严重缺少研究者的主体意识，因此无法在较高层面与国际学界对话，也就在很大程度上失去了外国文学研究的意义和作用。

第三，厘清第一世界文学与第三世界文学的关系。如果说英美文学是第一世界文学，欧洲其他国家的文学和亚洲的日本文学是第二世界文学的话，那么包括中国文学和非洲文学乃至其他地区文学在内的文学则可被视为第三世界文学。这一划

---

① 康拉德 1857 年出生于波兰，1886 年加入英国国籍，20 多岁才能流利地讲英语，而立之年后才开始用英语写作；奈保尔 1932 年出生于特立尼达和多巴哥的一个印度家庭，1955 年定居英国并开始英语文学创作，2001 年获诺贝尔文学奖；拉什迪 1947 年出生于印度孟买，14 岁赴英国求学，后定居英国并开始英语文学创作，获 1981 年布克奖；石黑一雄 1954 年出生于日本，5 岁时随父母移居英国，1982 年取得英国国籍，获 1989 年布克奖和 2017 年诺贝尔文学奖。
② 陆建德：《殖民·难民·移民：关于古尔纳的关键词》，《中国社会科学报》，2021 年 11 月 11 日，第 6 版。

分对我们正确认识文学现象、文学理论和文学思潮及其背后的深层思想文化因素，制定研究目标和相应研究策略，保持清醒判断和理性思考，都具有十分重要的意义。

第四，我们应该认清非洲文学研究的现状，认识到我们中国非洲文学研究者的使命。实际上，现在呈现给我们的非洲文学，首先是西方特别是英美世界眼中的非洲文学，其次是部分非洲学者和作家呈现的非洲文学。而中国学者所呈现出来的非洲文学，则是在接受和研究了西方学者和非洲学者成果之后建构出来的非洲文学，这与真正的非洲文学相去甚远，我们在对非洲文学的认知和认同上还存在很多问题。比如，我们的非洲文学研究不应是剑桥或牛津、哈佛或哥伦比亚等某个大学的相关研究的翻版，不应是转述殖民话语，不应是总结归纳西方现有成果，也不应致力于为西方学者的研究做注释、做注解。

我们认为，中国的非洲文学研究者应展开田野调查，爬梳一手资料，深入非洲本土，接触非洲本土学者和作家，深入非洲文化肌理，植根于非洲文学文本，从而重新确立研究目标和审美标准，建构非洲文学的坐标系，揭示其世界文学文化价值，进而体现中国学者独到的眼光和发现；我国的非洲文学研究应以中国文学文化为出发点，以世界文学文化为参照，进行跨文化、跨学科、跨空间和跨视阈的学理思考，积极开展国际学术对话和交流。世上的事物千差万别，这是客观情形，也是自然规律。世界文学也是如此。要维护世界文明多样性，要正确进行文明学习借鉴。故而，我们要以开放的精神、包容的心态、平视的眼光和命运共同体格局重新审视和观照非洲文学及其文化价值。而这些，正是我们所追求的目标，所奉行的研究策略。

## 四、尊重世界文学多样性

中国文学和世界上的"非主流"文学，特别是非洲文学一样，在相当长的时间里被非主流化，处在世界文学文化的边缘地带。中国长期以来是世界上人口最多的国家，没有中国文学的世界文学无论如何都不能算是真正的世界文学。中国文学文化走进并融入世界文学文化，将使世界文学成为名副其实的世界文学。非洲文学亦然。

中国文化自古推崇多元一体，主张尊重和接纳不同文明，并因其海纳百川而生生不息。"君子和而不同"①，"物之不齐，物之情也"②，"万物并育而不相害，道并行而不相悖"③。"和"是多样性的统一；"同"是同一、同质，是相同事物的叠加。和而不同，尊重不同文明的多样性，是中国文化一以贯之的传统。在新的国际形势下，我国提出以"和"的文化理念对待世界文明的四条基本原则，即维护世界文明多样性，尊重各国各民族文明，正确进行文明学习借鉴，科学对待传统文化。毕竟，"文明因交流而多彩，文明因互鉴而丰富"④。共栖共生，互相借鉴，共同发展，和而不同，相向而行，是现在世界文学文化发展的正确理念。2022年4月9日，大会主场设在北京的首届中非文明对话大会以线上线下相结合的方式举行，共同探讨"文明交流互鉴推动构建新时代中非命运共同体"，体现了新的历史时期世界文明交流互鉴、和谐共生的迫切需求。

英语文学在很长一段时间里被窄化为英美文学，非洲基本被视为文学的"不毛之地"。这显然是一种严重的误解。非洲文学有其独特的文化意蕴和美学表征，具有重要的研究价值，对其他国家和地区的文学也具有重要借鉴意义。在非洲这块拥有3000多万平方公里、人口约14亿的土地上产生的文学作品无论如何都不应被忽视。坦桑尼亚作家阿卜杜勒拉扎克·古尔纳获得诺贝尔文学奖，绝不是说诺贝尔文学奖又一次爆冷，倒可以说是诺贝尔文学奖评委向世界文学的多样性又迈近了一步，向真正的文明互鉴又迈近了一大步。

## 五、"非洲文学研究丛书"简介

"非洲文学研究丛书"首先推出非洲文学研究著作十部。丛书以英语文学为主，兼顾法语、葡萄牙语和阿拉伯语等其他语种文学。基于地理的划分，并从被殖民历

---

① 《论语·大学·中庸》，陈晓芬、徐儒宗译注，北京：中华书局，2018年，第160页。
② 《孟子》，方勇译注，北京：中华书局，2018年，第97页。
③ 《论语·大学·中庸》，陈晓芬、徐儒宗译注，北京：中华书局，2018年，第352页。
④ 习近平：《在联合国教科文组织总部的演讲》，《人民日报》，2014年3月28日，第3版。

史、文化渊源、语言及文学发生发展的情况等方面综合考虑，我们将非洲文学划分为4个区域，即南部非洲文学、西部非洲文学、中部非洲文学及东部和北部非洲文学。"非洲文学研究丛书"包括《南部非洲精选文学作品研究》《南非经典文学作品研究》《西部非洲精选文学作品研究》《西部非洲经典文学作品研究》《东部和北部非洲精选文学作品研究》《东部非洲经典文学作品研究》《中部非洲精选文学作品研究》《博茨瓦纳英语文学进程研究》《古尔纳小说流散书写研究》和《非洲文学名家创作研究》共十部，总字数约380万字。

该套丛书由"经典"和"精选"两大板块组成。"非洲文学研究丛书"中所包含的作家作品，远远不止西方学者所认定的那些，其体量和质量其实远远超出了西方学界的固有判断。其中，"经典"文学板块，包含了学界已经认可的非洲文学作品（包括获得诺贝尔文学奖、布克奖、龚古尔奖等文学奖项的作品）。而"精选"文学板块，则是由我国首个非洲文学研究国家社科基金重大项目"非洲英语文学史"团队经过田野调查，翻译了大量文本，开展了系统的学术研究之后遴选出来的，体现出中国学者自己的判断和诠释。本丛书的"经典"与"精选"两大板块试图去恢复非洲文学的本来面目，体现出中西非洲文学研究者的研究成果，将有助于中国读者乃至世界读者更全面地了解进而研究非洲文学。

第一部是《南部非洲精选文学作品研究》。南部非洲文学是非洲文学中表现最为突出的区域文学，其中的南非文学历史悠久，体裁、题材最为多样，成就也最高，出现了纳丁·戈迪默、J. M. 库切、达蒙·加格特、安德烈·布林克、扎克斯·穆达和阿索尔·富加德等获诺贝尔文学奖、布克奖、英联邦作家奖等国际奖项的著名作家。本书力图展现南部非洲文学的多元化文学写作，涉及南非、莱索托和博茨瓦纳文学中的小说、诗歌、戏剧、文论和纪实文学等多种文学体裁。本书所介绍和研究的作家作品有"南非英语诗歌之父"托马斯·普林格尔的诗歌、南非戏剧大师阿索尔·富加德的戏剧、多栖作家扎克斯·穆达的戏剧和文论、马什·马蓬亚的戏剧、刘易斯·恩科西的文论、安缇耶·科洛戈的纪实文学和伊万·弗拉迪斯拉维克的后现代主义写作等。

第二部是《南非经典文学作品研究》，主要对12位南非经典小说家的作品进行介绍与研究，力图集中展示南非小说深厚的文学传统和丰富的艺术内涵。这

12 位小说家虽然所处社会背景不同、人生境遇各异，但都在对南非社会变革和种族主义问题的主题创作中促进了南非文学独特书写传统的形成和发展。南非小说较为突出的是因种族隔离制度所引发的种族叙事传统。艾斯基亚·姆赫雷雷的《八点晚餐》、安德烈·布林克的《瘟疫之墙》、纳丁·戈迪默的《新生》和达蒙·加格特的《冒名者》等都是此类种族叙事的典范。南非小说还有围绕南非土地归属问题的"农场小说"写作传统，主要体现在南非白人作家身上。奥利芙·施赖纳的《一个非洲农场的故事》和保琳·史密斯的《教区执事》正是这一写作传统支脉的源头，而纳丁·戈迪默、J. M. 库切和达蒙·加格特这 3 位布克奖得主的获奖小说也都承继了南非农场小说的创作传统，关注不同历史时期的南非土地问题。此外，南非小说还形成了革命文学传统。安德烈·布林克的《菲莉达》、彼得·亚伯拉罕的《献给乌多莫的花环》、阿兰·佩顿的《哭泣吧，亲爱的祖国》和所罗门·T. 普拉杰的《姆胡迪》等都在描绘南非种族隔离制度的社会悲剧中表达了强烈的革命斗争意识。

第三部是《西部非洲精选文学作品研究》。西部非洲通常是指处于非洲大陆西部的国家和地区，涵盖大西洋以东、乍得湖以西、撒哈拉沙漠以南、几内亚湾以北非洲地区的 16 个国家和 1 个地区。这一区域大部分处于热带雨林地区，自然环境与气候条件十分相似。19 世纪中叶以降，欧洲殖民者开始渐次在西非建立殖民统治，西非也由此开启了现代化进程，现代意义上的非洲文学也随之萌生。迄今为止，这个地区已诞生了上百位知名作家。受西方殖民统治影响，西非国家的官方语言主要为英语、法语和葡萄牙语，因而受关注最多的文学作品多数以这三种语言写成。本书评介了西部非洲 20 世纪 70 年代至近年出版的重要作品，主要为尼日利亚的英语文学作品，兼及安哥拉的葡萄牙语作品，体裁主要是小说与戏剧。收录的作品包括尼日利亚女性作家的作品，如恩瓦帕的小说《艾弗茹》和《永不再来》，埃梅切塔的小说《在沟里》《新娘彩礼》和《为母之乐》，阿迪契的小说《紫木槿》《半轮黄日》《美国佬》和《绕颈之物》，阿德巴约的小说《留下》，奥耶耶美的小说《遗失翅膀的天使》；还包括非洲第二代优秀戏剧家奥索菲桑的《喧哗与歌声》和《从前有四个强盗》，布克奖得主本·奥克瑞的小说《饥饿的路》，奥比奥玛的小说《钓鱼的男孩》和《卑微者之歌》

以及安哥拉作家阿瓜卢萨的小说《贩卖过去的人》等。本书可为 20 世纪 70 年代后西非文学与西非女性文学研究提供借鉴。

第四部是《西部非洲经典文学作品研究》。本书主要收录 20 世纪初至 20 世纪 70 年代西非（加纳、尼日利亚）作家的经典作品（因作者创作的连续性，部分作品出版于 70 年代），语种主要为英语，体裁有小说、戏剧与散文等。主要包括加纳作家海福德的小说《解放了的埃塞俄比亚》，塞吉的戏剧《糊涂虫》，艾杜的戏剧《幽灵的困境》与阿尔马的小说《美好的尚未诞生》；尼日利亚作家图图奥拉的小说《棕榈酒酒徒》和《我在鬼林中的生活》，现代非洲文学之父阿契贝的小说《瓦解》《再也不得安宁》《神箭》《人民公仆》《荒原蚁丘》以及散文集《非洲的污名》、短篇小说集《战地姑娘》，诺贝尔文学奖获得者索因卡的戏剧《森林之舞》《路》《疯子与专家》《死亡与国王的侍从》以及长篇小说《诠释者》。

第五部是《东部和北部非洲精选文学作品研究》，主要对东部非洲的代表性文学作品进行介绍与研究，涉及梅佳·姆旺吉、伊冯·阿蒂安波·欧沃尔、弗朗西斯·戴维斯·伊姆布格等 16 位作家的 18 部作品。这些作品文体各异，其中有 10 部长篇小说，3 部短篇小说，2 部戏剧，1 部自传，1 部纪实文学，1 部回忆录。北部非洲的文学创作除了人们熟知的阿拉伯语文学外也有英语文学的创作，如苏丹的莱拉·阿布勒拉、贾迈勒·马哈古卜，埃及的艾赫达夫·苏维夫等，他们都用英语创作，而且出版了不少作品，获得过一些国际奖项，在评论界也有较好的口碑。东部非洲国家通常包括肯尼亚、坦桑尼亚、乌干达、卢旺达、南苏丹、索马里、埃塞俄比亚、厄立特里亚、吉布提、塞舌尔和布隆迪。总体来说，肯尼亚是英语文学大国；坦桑尼亚因古尔纳获得诺贝尔文学奖而异军突起；而乌干达、卢旺达、索马里、南苏丹因内战、种族屠杀等原因，出现很多相关主题的英语文学作品，引起国际社会的关注；乌干达、卢旺达、索马里、南苏丹这些国家的文学作品呈现出两大特点，即鲜明的创伤主题和回忆录式写作；而其他 5 个东部非洲国家英语文学作品则极少。

第六部是《东部非洲经典文学作品研究》。19 世纪，西方列强疯狂瓜分非洲，东非大部分沦为英、德、意、法等国的殖民地或保护地。第二次世界大战前，只有埃塞俄比亚一个独立国家；战后，其余国家相继独立。东部非洲有悠久的本土语言书写传统，有丰富优秀的阿拉伯语文学、斯瓦希里语文学、阿姆哈拉语文学和索马里语文学等，不过随着英语成为独立后多国的官方语言，以及基于英语成为世界通用语言这一事实，在文学创作方面，东部非洲的英语文学表现突出。东部非洲的英语作家和作品较多，在国际上认可度很高，产生了一批国际知名作家，比如恩古吉·瓦·提安哥、纽拉丁·法拉赫和2021年诺贝尔文学奖得主阿卜杜勒拉扎克·古尔纳等。此外，还有大批文学新秀在国际文坛崭露头角，获得凯恩非洲文学奖（Caine Prize for African Writing）等重要奖项。本书涉及的作家有：乔莫·肯雅塔、格雷斯·奥戈特、恩古吉·瓦·提安哥、查尔斯·曼谷亚、大卫·麦鲁、伊冯·阿蒂安波·欧沃尔、奥克特·普比泰克、摩西·伊塞加瓦、萨勒·塞拉西、奈加·梅兹莱基亚、马萨·蒙吉斯特、约翰·鲁辛比、斯科拉斯蒂克·姆卡松加、纽拉丁·法拉赫、宾亚凡加·瓦奈纳。这些作家创作的时间跨度从20世纪一直到21世纪，具有鲜明的历时性特征。本书所选的作品都是他们的代表性著作，能够反映出彼时彼地的时代风貌和时代心理。

第七部是《中部非洲精选文学作品研究》。中部非洲通常指殖民时期英属南部非洲殖民地的中部，包括津巴布韦、马拉维和赞比亚三个国家。这三个紧邻的国家不仅被殖民经历有诸多相似之处，而且地理环境也相似，自古以来各方面的交流也较为频繁，在文学题材、作品主题和创作手法等方面具有较大共性。本书对津巴布韦、马拉维和赞比亚的15部文学作品进行介绍和研究，既有像多丽丝·莱辛、齐齐·丹格仁布格、查尔斯·蒙戈希、萨缪尔·恩塔拉、莱格森·卡伊拉、斯蒂夫·奇蒙博等这样知名作家的经典作品，也有布莱昂尼·希姆、纳姆瓦利·瑟佩尔等新锐作家独具个性的作品，还有约翰·埃佩尔这样难以得到主流文化认可的白人作家的作品。从本书精选的作家作品及其研究中，可以概览中部非洲文学的整体成就、艺术水准、美学特征和伦理价值。

第八部是《博茨瓦纳英语文学进程研究》。本书主要聚焦1885年殖民统治后博茨瓦纳文学的发展演变，立足文学本位，展现其文学自身的特性。从中国学者的视角对文本加以批评诠释，考察了其文学史价值，在分析每一作家个体的同时又融入史学思维，聚合作家整体的文学实践与历史变动，按时间线索梳理博茨瓦纳文学史的内在发展脉络。本书以"现代化"作为博茨瓦纳文学发展的主线，根据现代化的不同程度，划分出博茨瓦纳英语文学发展的五个板块，即"殖民地文学的图景""本土文学的萌芽""文学现代性的发展""传统与现代的冲突"以及"大众文学与历史题材"，并考察各个板块被赋予的历史意义。同时，遴选了贝西·黑德、尤妮蒂·道、巴罗隆·塞卜尼、尼古拉斯·蒙萨拉特、贾旺娃·德玛、亚历山大·麦考尔·史密斯等十余位在博茨瓦纳英语文学史上产生重要影响的作家，将那些深刻反映了博茨瓦纳人的生存境况，对社会发展和人们的思想观念产生了深远影响的文学作品纳入其中，以点带面地梳理了博茨瓦纳文学的现代化进程，勾勒出了博茨瓦纳百年英语文学发展的大致轮廓，帮助读者拓展对博茨瓦纳英语文学及其国家整体概况的认知。博茨瓦纳在历史、文化及文学发展方面可以说是非洲各国的一个缩影，其在文学的现代化进程中表现得尤为突出。这是我们考虑为这个国家的文学单独"作传"的主要原因，也是我们为非洲文学"作史"的一次有益尝试。

第九部是《古尔纳小说流散书写研究》。2021 年，坦桑尼亚作家古尔纳获得诺贝尔文学奖，轰动一时，在全球迅速成为一个文化热点，与其他多位获得大奖的非洲作家一起，使 2021 年成为"非洲文学年"。古尔纳也立刻成为国内研究的焦点，并带动了国内的非洲文学研究。因此，对古尔纳的 10 部长篇小说进行细读细析和系统多维的学术研究就显得非常必要。本书主要聚焦古尔纳的流散作家身份，以"流散主题""流散叙事""流散愿景""流散共同体"4 个专题形式集中探讨了古尔纳的 10 部长篇小说，即《离别的记忆》《朝圣者之路》《多蒂》《天堂》《绝妙的静默》《海边》《遗弃》《最后的礼物》《砾石之心》和《今世来生》，提供了古尔纳作品解读研究的多重路径。本书从难民叙事到殖民书写，从艺术手法到主题思想，从题材来源到跨界影响，从比较视野到深层关怀再到世界文学新格局，对古尔纳的流散书写及其取得巨大成功的深层原因进行了细致揭示。

第十部是《非洲文学名家创作研究》。本书对 31 位非洲著名作家的生平、创作及影响进行追本溯源和考证述评，包含南部非洲、西部非洲、中部非洲、东部和北部非洲的作家及其以英语、法语、阿拉伯语和葡萄牙语等主要语种的文学创作。收入本书的作家包括 7 位获得诺贝尔文学奖的作家，也包括获得布克奖等其他世界著名文学奖项的作家，还包括我们研究后认定的历史上重要的非洲作家和当代的新锐作家。

这套"非洲文学研究丛书"的作者队伍由从事非洲文学研究多年的教授和年富力强的中青年学者组成，都是我国首个非洲文学研究国家社会科学基金重大项目"非洲英语文学史"（项目编号：19ZDA296）的骨干成员和重要成员。国内关于外国文学的研究类丛书不少，但基本上都是以欧洲文学特别是英美文学为主，亚洲文学中的日本文学和印度文学也还较多，其他都相对较少，而非洲文学得到译介和研究的则是少之又少。为了均衡吸纳国外文学文化的精华和精髓，弥补非洲文学译介和评论的严重不足，"非洲英语文学史"的项目组成员惭凫企鹤，不揣浅陋，群策群力，凝神聚力，字斟句酌，锱铢必较，宵衣旰食，孜孜矻矻，黾勉从事，不敢告劳，放弃了多少节假日以及其他休息时间，终于完成了这套"非洲文学研究丛书"。丛书涉及的作品在国内大多没有译本，书中所节选原著的中译文多出自文章作者之手，相关研究资料也都是一手，不少还是第一次挖掘。书稿虽然几经讨论，多次增删，反复勘正，仍恐鲁鱼帝虎，别风淮雨，舛误难免，贻笑方家。诚望各位前辈、各位专家、非洲文学的研究者以及广大读者朋友们，不吝指疵和教诲。

2024 年 2 月

于上海心远斋

# 序

　　从非洲英语文学的地理版图来看，南部非洲是一个多种族、多民族、多语言、多文化的地理区域，主要包括南非、纳米比亚、博茨瓦纳、莱索托、斯威士兰、莫桑比克六个国家。历史上，南部非洲的本土文化长期与以西方文化为代表的外来文化纵横交织，彼此间互相碰撞。祖鲁人、科萨人、茨瓦纳人、苏陀人、恩德贝莱人、斯威士人等黑人民族有着光辉灿烂的历史与文化，并在这片土地上创造了丰富的口头文学传统。此外，南部非洲亦长期处于西方殖民者的影响之下，阿非利卡人（荷兰人后裔）、英国人以及其他欧洲移民自17世纪起便陆续在此定居。随着殖民者的到来，来自印度、中国、马来群岛等地的亚裔也来到南部非洲从事体力劳动。不同种族、不同身份的族群逐渐汇聚成为多元化、混杂性的文化形态，南部非洲的文学由此呈现出多样性的特点。

　　与此同时，西方殖民者以各种手段不断地开拓势力范围，以武装冲突、文化同化、种族隔离等手段残酷迫害非欧洲人，尤其是占据绝大多数人口的黑人，以夺取南部非洲的自然资源。在西方殖民者的压迫下，黑人们掀起一场场反帝反殖民的斗争运动，以此反抗西方殖民者的同化主义、种族隔离等政策。作家们纷纷著书立作，投身到政治运动中，用文学艺术反抗殖民者的卑劣行径。种族之间的矛盾以及民族解放的斗争一直是南部非洲文学艺术的主题。

　　南部非洲文学是非洲文学表现最为突出的区域文学，其中以南非文学成就最高、历史最为悠久、作品最为丰厚、题材体裁最为多样，出现了纳丁·戈迪默（Nadine Gordimer）、约翰·马克斯韦尔·库切（John Maxwell Coetzee）、达蒙·加格特（Damon Galgut）、安德烈·菲利普·布林克（André Philippus Brink）、扎克斯·穆达（Zakes Mda）和阿索尔·富加德（Athol Fugard。全名哈罗德·阿索尔·拉尼甘·富加德，Harold Athol Lanigan Fugard）等屡获诺贝尔文学奖、布克奖、英联邦作家奖等国际奖项的著名作家。南非文学历史悠久，"自 19 世纪 80 年代中期起，便确立了三大文学传统：阿非利肯语文学传统、英语文学传统和非洲语言文学传统"①。南非联邦时期，南非文坛开始出现与白人文学共同书写种族冲突的黑人文学。1948 年种族隔离制度推行之后，南非文学在民族解放斗争运动的刺激下得以繁荣，出现了围绕种族矛盾、暴力事件和革命斗争等以历史题材为主的文学写作。1994 年新南非成立后，南非文学创作整体呈现出风格多元、体裁多样、主题丰富的特征，但反思种族隔离制度仍是作家们热衷的主题之一。"种族隔离制的废除给南非的文学创作带来了更大的自由和新的题材，作家们不需要再流落他乡，隔海命笔。"②除了南非，博茨瓦纳、莱索托和纳米比亚也有不少出色的文学作品，出现了贝西·黑德（Bessie Head）和托马斯·莫福洛（Thomas Mofolo）等优秀作家。他们的作品或聚焦南部非洲的历史，还原被白人中心主义扭曲的真实的黑人历史；或关注南部非洲的现实，揭露社会问题，指出社会发展的新方向。

本书力图展现南部非洲文学的多元化文学写作，涉及南非、博茨瓦纳、莱索托文学中的小说、诗歌、戏剧、文论和纪实文学等多种文学体裁。其中探究的作家作品有"南非英语诗歌的奠基人"③托马斯·普林格尔（Thomas Pringle）的诗歌、南非著名诗人罗伊·坎贝尔（Roy Campbell）的诗歌、南非戏剧大师阿索尔·富加德的戏剧、多栖作家扎克斯·穆达的戏剧和文论、姆邦基尼·恩基马（Mbongeni Ngema）等创作的戏剧、马什·马蓬亚（Maishe Maponya）的戏剧、安缇耶·科洛戈（Antjie Krog）的纪实文学和伊万·弗拉迪斯拉维克（Ivan Vladislavić）的后现代主义写作。博茨瓦纳的文学作品则包括贝西·黑德和姆普·普雷斯顿（Mpho Preston）的小说以及关注女性书写的诗歌作品，均为博茨瓦纳文学的经典之作。莱索托的文学作品则主要以托马斯·莫福洛的历史小说为主，是为南部非洲历史题材的典范。因而，本书的涵盖面颇为广泛，基本囊括了南部非洲文学史上的代表之作，在体裁、主题、形式、风格等方面都体现出南部非洲所特有的文学多样性。

---

① 朱振武：《非洲英语文学的源与流》，上海：学林出版社，2019 年，第 75 页。

② 朱振武：《非洲国别英语文学研究》，上海：华东理工大学出版社，2019 年，第 152 页。

③ 李永彩：《南非文学史》，上海：上海外语教育出版社，2009 年，第 116 页。

# 目录 | CONTENTS

# 南非文学

南非共和国（阿非利卡语：Republiek van Suid-Afrika，英语：Republic of South Africa），通称南非（阿非利卡语：Suid-Afrika，英语：South Africa），是位于非洲南端、南大西洋与南印度洋交汇处的共和国。南非西北部毗邻纳米比亚、北部接壤博茨瓦纳及津巴布韦、东北部邻接莫桑比克及斯威士兰。南非是非洲乃至世界上种族及文化最为多元化的国家之一，拥有超过6014万人口，欧洲移民、印度人及有色人的数量与比例在非洲国家中位居前列。

多元种族与种族斗争一直是南非历史及政治的重要组成部分，占南非人口少数的白人与占多数的黑人之间的种族冲突一直主宰着近代南非政治、社会、文化等各方面。从1990年起，南非逐渐废除种族隔离制度，但政治制度的巨大变化却是以相对和平的方式来实现的。

现今的南非经常被人誉为"彩虹之国"，象征着南非终止种族隔离思想带来的和解以及文化多样性，期许着不同种族的人们都可以共同生活在这个美丽的和平国度之中。

南非文学的发生与发展紧紧贴合着南非社会政治的历史沿革，自19世纪80年代中期起，便确立起了阿非利肯语文学传统、英语文学传统和非洲语言文学传统。就英语文学传统而言，南非文学可大致分为黑人文学、白人文学和有色人文学。黑人文学旨归在反抗，更贴近社会政治的变迁与脉搏。白人文学承继欧洲文学传统，既有向内洞察内在自我的冥想和神思，又有对于黑人处境和流散者境遇的观照和关怀。有色人文学则与黑人文学的旨归相契合，注重挖掘和剖析南非社会政治中出现的问题。时至今日，南非文学已在国际文坛展现出极强的后劲，约翰·库切、纳丁·戈迪默、达蒙·加格特、阿索尔·富加德等作家斩获多项国际文学大奖，令南非文学闻名遐迩。

第一篇

马什·马蓬亚
戏剧《饥饿之土》中的集体记忆

马什·马蓬亚

Maishe Maponya，1951—2021

## 作家简介

马什·马蓬亚（Maishe Maponya，1951—2021）是南非剧作家、戏剧导演、演员和诗人。在种族隔离法的迫使下，他11岁时随家人搬迁到了索韦托，并在那里接受教育。在此成长环境下，马蓬亚不仅见证了种族主义者的残酷行径，更深刻地亲身经历着其中的辛酸苦楚。1975年，受20世纪70年代黑人觉醒运动（Black Consciousness Movement）的影响，他在索韦托创办了巴哈姆兹剧团，此后开始为该剧团创作剧本。马蓬亚执着于严肃的政治剧作，坚信戏剧是能够激起南非黑人自我意识的最有效方式之一。他也因其戏剧作品中毫不隐讳的政治意识与批判思想而广受关注。马蓬亚曾于1985年荣获南非标准银行青年艺术家奖，其代表作《饥饿之土》（The Hungry Earth）和《暴徒》（Gangsters）曾在英国、法国和美国等多地进行巡演且备受赞誉。作为生活在种族隔离社会的南非黑人，马蓬亚深感其黑人同胞所遭受的苦难。他的戏剧作品无不流露出一种现实关怀，以饱含人性关怀的笔触深度刻画了种族隔离下南非黑人民众的真实生活。他善于运用独具一格的舞台设计、戏剧语言、美学呈现去彰显南非黑人的文化身份，以唤起民众的觉醒意识。由于马蓬亚的戏剧作品对推动黑人觉醒运动的发展起到了积极的作用，他被称为"当代南非戏剧的关键人物和南非新声音的先驱者"。2021年7月29日，马蓬亚因癌症逝世，享年70岁。

## 作品节选

《饥饿之土》

( *The Hungry Earth*, 1980 )

Usiviko: The police panicked at the slight of massed though unarmed innocent black faces…

All: We were all of the same frame of mind…

Usiviko: And they opened fire! (*Mimes firing at the protestors as they fall to the ground.*) I went to the funeral and was shocked to see how hungry this earth is, for it had opened to swallow the black man. Those who survived were arrested and charged with incitement to violence under the Public Safety Act…Someone somewhere did not understand "peaceful" and "violent"…Anyhow, let's forget about that because some very rich white women and some elite black women have formed "Women for Peace" and I hope they will forget their elitism and their socializing process and be equally dedicated to peace in Africa.

(*Saluting with a clenched fist, he stretches and flexes his body like a person who's just woken up from a sleep.* ) [1]

尤斯维克：警察们在一张张手无寸铁的无辜黑人面孔前惊慌了……

众人：我们的心灵曾经是同一般净澈……

尤斯维克：然而他们向我们开火了！（用哑剧表现枪火开向反抗者们，他

---

[1] Maishe Maponya, "The Hungry Earth", Helen Gilbert ed., *Postcolonial Plays: An Anthology*, New York: Routledge, 2007, p. 22.

们当场倒地的一幕。）我曾去过示威事件之后的葬礼，那让我震惊地意识到这片土地到底有多么的饥饿。它张大了嘴，吞噬了无数黑人的生命。根据《公共安全法》，幸存者会被逮捕，被指控为煽动暴力……某些地方的某些人，根本就不理解"和平"抑或"暴力"……不论如何，我们还是忘记这些吧，因为一些很有钱的白人妇女联合黑人妇女精英，组建了"妇女为和平"小组，我希望她们能抛弃那种精英主义式的思想与社会活动，共同为非洲的和平贡献力量。

（他握紧拳头，敬礼，时而伸展身体，时而弯曲身躯，如同一个刚刚从睡梦中苏醒的人。）

（黄坚 / 译）

**作品评析**

# 《饥饿之土》中的集体记忆

## 引 言

20世纪60年代南非实行的班图教育制度成了黑人反抗斗争的导火索,声势浩大的黑人觉醒运动由此兴起。在这场风起云涌的运动中,不少杰出的黑人戏剧家崭露头角,以犀利的文笔为武器,将剧场变成了对抗种族隔离的战场,让戏剧成为推动社会变革的重要载体。其中,马蓬亚的贡献不可磨灭。在意识到戏剧直击人心的强大力量之后,他于20世纪70年代积极地投身于戏剧创作,先后推出了《呐喊》(*The Cry*)、《和平与原谅》(*Peace and Forgive*)、《饥饿之土》、《暴徒》、《护士》(*Umongikazi*)等作品,成为反南非种族隔离制度的先锋戏剧家。1985年,马蓬亚荣获南非标准银行青年艺术家奖,其代表作《饥饿之土》在英国多地剧场进行了二十多场演出,随后在德国和法国巡演。英国《纪事晚报》发表评论,认为"《饥饿之土》为我们献上了一个'精妙的黑人侧影'"[①]。南非学者伊恩·斯蒂德曼(Ian Steadman)则尊称马蓬亚为"当代南非戏剧的关键人物和南非新声音的先驱者"[②]。

种族隔离政府对黑人觉醒运动满怀敌意,1976年被残酷镇压的索韦托起义(Soweto Uprising)很好地说明了这一点。如此高压之下,不少运动激进分子被迫

---

① Maishe Maponya, *Doing Plays for a Change*, Johannesburg: Witwatersrand University Press, 2001. p. 3.

② Maishe Maponya, *Doing Plays for a Change*, Johannesburg: Witwatersrand University Press, 2001. p. 1.

逃离南非以免遭受迫害。然而马蓬亚却不为所动，选择留下来继续抗争。也正是在这样的时代背景中，《饥饿之土》应运而生。该剧以南非劳工迁移和种族隔离制度推行为背景，讲述了南非黑人劳工艰难求生的故事，并以黑人劳工在警察局门口的示威影射了 1960 年的沙佩维尔大屠杀（Sharpeville massacre）。很显然，马蓬亚希望通过演绎真实的黑人生活场景和历史事件，激活黑人群体的记忆触点，引导黑人群体正视自己的身份，对如何捍卫本民族的文化身份进行深入的思考。

## 一、南非种族隔离制度下黑人的集体记忆框架

20 世纪中叶的种族隔离制度给南非的发展蒙上了厚重的阴影。这种反人类制度的渊源可以上溯到三个世纪以前。1652 年，荷兰联合东印度公司在南非开普好望角上建立了第一个补给站，桌湾成为南非第一个白人移民地。随着荷兰人对科伊人土地的入侵，移民地逐渐演变成为殖民地。此后，白人居住者不断扩张，瓦解了当地人的社会结构，打破了他们原本平静而祥和的节奏，给当地人留下了一抹又一抹刺目的血色记忆。英国人和布尔人两大殖民集团侵占南非部族王国的土地，剥夺黑人自由劳作的权利，以"学徒制"为变相的奴隶制去约束他们。尽管黑人曾奋起反抗，但终因不敌欧洲殖民者而以悲剧收场。奥兰治河南岸霍普敦的金刚石矿和威特沃斯特兰德金矿的相继发现，导致大批南非黑人成为矿区的苦力，其身份由农奴转为矿奴，依旧无法摆脱被殖民被奴役的境遇。此后，白人当局开始变本加厉地剥夺黑人的权益，为占据地缘上的绝对优势开始实施"班图斯坦计划"，将南非划分为白人南非和黑人家园。夸祖鲁、特兰斯凯、莱博瓦等十座黑人家园仅占南非国土面积的 13% 且极其分散，其结果很显然，地域性隔离导致黑人的记忆场域被人为地限定和禁锢，从而造成了他们记忆空间的相对封闭性。

除了地域上的殖民与隔离，种族隔离的形成与发展也从根本上改变了南非黑人的集体记忆构架。早在 19 世纪初开普政府颁布的《霍屯督法令》中，种族隔离已初见端倪。该法令规定科伊人须携带通行证方可离开原住地，自由迁徙属于违

法行为。19世纪中叶两矿的发现进一步加剧了种族隔离的进程，"欧洲移民涌入南非愈来愈多，南非白人种族主义色彩愈趋浓厚"①。英国人和布尔人为维护白人的利益不惜联合起来压制占人口大多数的南非黑人，将种族主义逐步立法化。"从1911年起，南非反动政府共颁布了350多项种族主义法令"②。1948年，以马兰为首的国民党更是毫不掩饰地将种族隔离列为竞选纲领，从而击败了史末资联盟。从那一刻开始，南非成为第一个将种族隔离制度写进法律的国家。白人的政治意识逐渐主导社会思想，《原住民土地法》《隔离设施法》《混种婚姻禁止法》等一系列极不平等的法律条约成为南非黑人无法回避的社会现实，逐渐固化为所有黑人记忆中的一个重要组成部分。

班图教育制度的出台进一步剥夺了黑人群体的社会地位。白人议会立法规定，黑人学校必须用阿非利卡语教学。数据显示，"黑人儿童很少念完小学四年级，100名儿童中大约只有两人念完小学六年级，1954年接受中学教育的非洲学生只占学生总量的3.47%"③。教育资源的严重倾斜致使黑人无法与白人平等交流，从而形成了一种人际间的"隔离和孤立"。与此同时，从马兰到沃斯特的历届国民党政府出台各种相关规定强化种族特权，确保白人进入各行各业的尖端领域，掌握经济政治最高话语权。不对等的人际关系让黑人群体意识到人际间的孤立日趋极端化，而这种意识伴随着黑人族群的高度边缘化，加速了他们集体记忆的固化。

"集体记忆可用以重建关于过去的意象"④。作为一个群体中所有成员共同拥有的回忆，集体记忆的框架扮演着帮助群体成员进行回忆的重要角色。南非白人的殖民地、黑人的奴役地和居住地共同构成了集体记忆的地域框架；种族主义到种族隔离的逐步演变形成了记忆的时间框架；种族隔离制度所造成的人际间的孤立则催生了记忆的人际范围框架。这三者相辅相成，共同建构了南非种族隔离制度下的集体记忆框架。作为在这个集体记忆框架中成长起来的一员，马蓬亚

---

① 郑家馨：《殖民主义史·非洲卷》，北京：北京大学出版社，2000年，第383页。

② 丁杏芳：《南非黑人觉醒运动的兴起和发展》，《西亚非洲》，1985年第2期，第20页。

③ 郑家馨：《南非史》，北京：北京大学出版社，2010年，第273页。

④ 莫里斯·哈布瓦赫：《论集体记忆》，毕然、郭金华译，上海：上海人民出版社，2002年，第71页。

的《饥饿之土》恰如其分地表达了他对集体记忆的深邃思考。剧中场景与社会现实的高度吻合、戏剧主题与政治和教育的紧密联系，无一例外地释放出这样的信息：以戏剧为载体迫使同胞去正视集体记忆中的痛点，以戏剧为疗法去消除集体记忆中的伤痕，以戏剧为工具去修正已经固化的集体记忆框架，帮助黑人群体重拾民族文化身份，重建民族文化自信。

## 二、集体记忆的变形：他者意识的入侵

《饥饿之土》对集体记忆的关注首先体现在南非历史的记忆上并由此引出变形的记忆。"我们的梦是由极其残缺不全的记忆碎片组成的，这些碎片彼此混杂在一起"①。当尤斯维克被同伴从梦中唤醒时，他全身都在颤抖，尚无法忘却脑海中的那场噩梦。他告诉同伴，"这个白人和以往的不同，他将我变得不再是我，他把我的肤色染成了白色"②。尽管尤斯维克在梦中的意识被削弱，"仅仅成为可构成各种意象组合的原材料"③而非真实的记忆，剧中人物还是可以通过在集体记忆框架下的推理和感知进行回忆。尤斯维克的梦既源自个体恐惧记忆，也根植于族群的集体恐惧记忆，这种恐惧驱使着他的伙伴马特霍克回忆起南非黑人的过去，"当我们还满怀欣喜时，他制定了法律，组织了军队，开始挖掘黄金和钻石"④。剧中人物的叙述向观众开启了一段又一段尘封的历史，让他们亲眼见证了被恩将仇报而赤贫如洗的黑人民众。在《饥饿之土》中，此番叙述以多角色对白的方式呈现。对话让南非人民理解并且接受他们曾受的痛楚并将此化作迈向自由的第一步，而话语情节中不同角色的对立想法让对白更具有说理性。⑤虽说此番对白似乎只是因

---

① 莫里斯·哈布瓦赫：《论集体记忆》，毕然、郭金华译，上海：上海人民出版社，2002 年，第 73 页。

② Maishe Maponya, "The Hungry Earth", Helen Gilbert ed., *Postcolonial Plays: An Anthology*, New York: Routledge, 2007, p. 16.

③ 莫里斯·哈布瓦赫：《论集体记忆》，毕然、郭金华译，上海：上海人民出版社，2002 年，第 74 页。

④ Maishe Maponya, "The Hungry Earth", Helen Gilbert ed., *Postcolonial Plays: An Anthology*, New York: Routledge, 2007, p. 17.

⑤ 详见 Thomas William Penfold, *Black Consciousness and the Politics of Writing the Nation in South Africa*, Ph. D Diss., University of Birmingham, 2013, pp. 23–25.

为尤斯维克的噩梦而起，但是清醒状态下他和同伴的回忆显然与集体记忆的地域和时间架构紧密相连。

尽管"依靠社会记忆的框架，个体将回忆唤回到脑海中"①，但多重因素的影响会造成各个群体的集体记忆出现差异。以马特霍克、尤斯维克为代表的这一黑人群体，由于清醒地意识到南非黑人的艰难处境，他们展现出来的集体记忆是苦涩的。不过有一部分黑人却趋同于殖民者的价值观，认为殖民者的到来将本地黑人引入了更为辽阔的世界，如剧中人物西托托。当马特霍克义愤填膺地说起要对罪恶的白人施以绞刑时，西托托却如此反驳道，"你曾经像野蛮的动物一样生活，而现在你才活得像一个人类"②。很显然，尤斯维克等人记忆中的苦涩已被西托托淡忘，这恰好印证了部分黑人的集体记忆发生了扭曲和变形这一事实。尽管马蓬亚以西托托（祖鲁语中的愚昧者）表明了自己所持的批判态度，他依旧希望观众看到集体记忆的变形对黑人族群所造成的伤害。

首先，集体记忆的变形致使这一群体被黑人同伴孤立与排斥。第一幕中，记忆的变形扭曲了西托托的历史意识，导致他与居住在马厩的其他劳工发生了争执。西托托记忆中映射出来的黑人形象与白人眼中的野蛮人几无差别。他认为在白人到来之前，黑人只知爬树摘取香蕉而食，是白人教会了黑人如何制作、如何创造财富。这样的论调招致了其他黑人的强烈不满，有人赌咒道，"不用担心，你不会与白人分离。你们将会在同一棵树上被施以绞刑"③。不言自明，集体记忆的变形导致西托托被群体孤立，成为他者中的他者。其次，集体记忆的变形导致了身份的缺失。第三幕中，西托托察觉到了车厢内的大麻气味。他在检票员首次巡视车厢后高声警告在座的黑人将此违禁品扔出窗外。此时的西托托充当起了白人监察员的角色，恪守白人对黑人的规训和约束。不过他又一次格格不入，其他黑人劳工对白人检查员的模仿、嘲笑、不屑一顾与西托托的质问、严肃、惶恐不安形成

---

① 莫里斯·哈布瓦赫：《论集体记忆》，毕然、郭金华译，上海：上海人民出版社，2002年，第303页。

② Maishe Maponya, "The Hungry Earth", Helen Gilbert ed., *Postcolonial Plays: An Anthology*, New York: Routledge, 2007, p. 17.

③ Maishe Maponya, "The Hungry Earth", Helen Gilbert ed., *Postcolonial Plays: An Anthology*, New York: Routledge, 2007, p. 17.

了强烈的对比。此外，西托托在劝诫中道出《通行证法》（Pass Law）的种种可怕之处，连用四个"Do you know..."发问，以表明自己深知种族隔离下南非黑人的处境，语气中却既暗含害怕悲惨遭遇降临到自己身上的怯懦感，又处处透着通晓百事且高黑人同伴一等的自豪感。他试图用白人的口吻谈论黑人同胞的惨痛经历，对黑人违反白人禁令的行为大加指责、嗤之以鼻。在他看来，只要继续这样做下去，就能更无限地靠近他记忆中带给黑人文明的白人。然而现实却非如此，当陆军中士搜查到了大麻后，将火车上所有的黑人都押送至警察院审讯，西托托也不例外。他的被捕和前面他的所作所为形成了强烈对比，使得整个戏剧画面戏谑感十足。

剧中之所以融合了这种变形的集体记忆，显然是为了营造出强烈的戏剧冲突，引导观众认知并反思记忆变形的外在表现和内在原因。随着表演的推进和剧幕的转换，观众所期盼的答案逐渐浮出水面。一方面，白人殖民者的绝对威权话语和其意识形态的输出是使得黑人记忆变形的外在推手。面对剧中西托托与同伴的争执，马蓬亚将白人的说辞设计成话外音："两百年来我和你们居住在一起，带给你们欧洲的文明和智慧，教会你们怎样过更好的生活。我做了什么让你们有如此敌意？"[1]白人引导社会的主流思想，以社会进步凸显殖民意图的合理化，以文化导向加深对黑人族群的奴化。如剧中黑人矿工试图告知白人老板所选之处不宜开采，但是他们的好心相劝换来的却是冷言片语，"我不是在询问你的意见"[2]。由此可见，作为廉价劳动力的黑人在白人面前毫无话语权，只能按照殖民者的意愿行事。不仅于此，阿非利卡人以加尔文教的先灾论为出发点，炮制出了种族主义理论，将自己称为上帝的选民而视黑人永为下等奴仆。随后，基督传教士的大量涌入使得《圣经》的流传度越来越高。殖民者开始利用《圣经》教化黑人，剧中出现的教条"我们应该让汗水在我们额头永存"[3]在黑人劳工间流传，

[1] Maishe Maponya, "The Hungry Earth", Helen Gilbert ed., *Postcolonial Plays: An Anthology*, New York: Routledge, 2007, p. 17.

[2] Maishe Maponya, "The Hungry Earth", Helen Gilbert ed., *Postcolonial Plays: An Anthology*, New York: Routledge, 2007, p. 20.

[3] Maishe Maponya, "The Hungry Earth", Helen Gilbert ed., *Postcolonial Plays: An Anthology*, New York: Routledge, 2007, p. 23.

暗示了黑人永远是苦力劳动的他者。如此一来,白人的威权话语消解了部分黑人群体的历史意识与自我身份,其社会思想也在潜移默化中消除了阻碍其发展的回忆,歪曲了他们的集体记忆。

　　另一方面,部分黑人群体的身份混杂和自我他者化是使其集体记忆发生变形的内在原因。记忆的人际范围框架从深层上削弱了黑人群体的身份意识,部分黑人的身份归属感甚至直接来自对白人社会群体的依附。当剧中马厩参观者略带同情地询问矿工生活状况时,西托托冷漠、简短、漫不经心的回答很好地印证了这一点:"我们每周都会收到定量的玉米饭、豆子、盐和肉。"①西托托丝毫没有提及实际上糟粕不堪的生活条件,他对超负荷的工作习以为常,对白人老板的安排毫无怨言。这种精神上的自我麻痹源于长期生活在殖民者营造的白人/黑人二元对立的社会。以西托托为代表的部分黑人群体潜意识里接纳了白人建构的他者形象,被"野蛮"和"未开化"等代名词所框定。他们的"记忆依此不断地卷入到非常不同的观念系统当中"②,被白人殖民者的价值观念所入侵,不再拥有原本的外形,以至于出现了西托托斥责同伴丧失对白人的感恩之心的行为。这一群体记忆的变形也是基于记忆带来的幻觉,让这些黑人误以为对白人意识形态上的趋同能够使他们逃离黑人世界的炼狱。然而他们越是想要改变现有的生活,就越是加剧了自我的他者化,在集体记忆的变形中进一步迷失而身陷囹圄。

## 三、集体记忆的重构:自我身份的修复

　　可重构性是集体记忆的一个突出特征。"过去在记忆中不能保留其本来面目,持续向前的当下生产出不断变化的参照框架,过去在此框架中被不断重新组织"③,记忆也就不断地被重构。集体记忆的表征在记忆的重构中发挥着无形的

---

① Maishe Maponya, "The Hungry Earth", Helen Gilbert ed., *Postcolonial Plays: An Anthology*, New York: Routledge, 2007, p. 18.

② 莫里斯·哈布瓦赫:《论集体记忆》,毕然、郭金华译,上海:上海人民出版社,2002 年,第 82 页。

③ 扬·阿斯曼:《文化记忆:早期高级文化中的文字、回忆和政治身份》,金寿福、黄晓晨译,北京:北京大学出版社,2015 年,第 35 页。

作用。"集体记忆具有双重性质——既是一种物质客体、物质现实，比如一尊塑像、一座纪念碑、空间中的一个地点，又是一种象征符号，或某种具有精神含义的东西、某种附着于并被强加在这种物质现实之上的为群体共享的东西。"① 马蓬亚运用哑剧艺术为观众呈现了矛与枪的激战情景，以此引出南非黑人捍卫自己领土的抗争历史。紧接着，在马特霍克的独白中，伊桑德卢瓦纳和姆贡贡德洛乌这两座曾经爆发反殖民战争的黑人城镇被反复提及。这些战争是南非黑人的祖先们曾为保护领土浴血奋战的记忆，而这些战役地点即使易主也依然作为承载记忆的物质客体留存于世，不断提醒着南非黑人去直面自我。在第三幕中，马特霍克作为迁移劳工忍受着在拥挤的车厢上检票员对黑人的恶劣态度和凌辱，随后道出了所有的黑人劳工都必须拥有通行证和工作许可证这一法规。按照殖民政府的规定，若无证件则免不了一场牢狱之灾，且很可能面临着被驱逐的命运。此处对种族隔离的非人道主义立场的讽刺，与另外一位南非著名戏剧家阿索尔·富加德（Athol Fugard）的《希兹威·班西死了》如出一辙。深受布莱希特叙述体戏剧影响的马蓬亚，选择了对真实境况的直白披露。通过这样的处理，他为观众呈上的是生活现实而非艺术虚构，折射出了集体记忆的物质现实。

物质现实作为客体存在，而象征符号则体现在语言文字与身体当中。该剧中祖鲁语作为承载记忆的文化符号多次出现。例如，尤斯维克用祖鲁语"umlungu"表示"白人"一词而不用英语"the white man"；马特霍克用"mina"表示"我"。祖鲁语的数次出现反映出黑人对用阿非利卡语教学的不满与愤慨，又彰显出了黑人身份意识的强化与民族文化的自信。除语言之外，传统舞蹈和歌谣也是剧中频繁闪现的象征符号。在第四幕中，黑人矿工跳起了传统的长筒靴舞，以此忘却艰苦的工作和往日的烦忧。伴随着节奏齐整的踢踏声，传统黑人舞蹈艺术的美学元素在戏剧舞台上尽显无遗，在拉近与观众审美距离的同时，唤醒了观众深藏心底的文化记忆。第五幕中，传统舞蹈再次出现。尽管黑人童工们被强制要求在休息日进行舞蹈排练，他们也没有强烈抵触，因为无论怎么说，在游客面前的表演将展示本民族的传统习俗，从而让自己获得一定程度上的文化身份认同。伴随着舞

---

① 莫里斯·哈布瓦赫：《论集体记忆》，毕然、郭金华译，上海：上海人民出版社，2002年，第335页。

蹈出现的还有黑人传统民谣，例如序幕的"醒来吧非洲母亲，醒来，时间在流逝，机会已耗尽"[1]；剧末的"我们的同伴都去哪了？他们都去往矿山，他们一去不回，他们被这片饥饿之土吞噬"[2]。首尾呼应的传统歌谣旋律悠扬、循环往复，以众人齐唱而非独唱的方式建构出了黑人的集体记忆。剧中出现的黑人劳作场景和历经战乱的城镇显然是存在的物质现实，而夹杂在各幕中的黑人方言、舞蹈和民谣则是象征符号的外化。这些物质现实和象征符号组合形成了黑人集体记忆的表征。反过来说，黑人的集体记忆也是在这些表征下得到了重构。

剧中掀起高潮的第五幕也突出了记忆重构的重要性。白人控制的矿山因过度开采引发了爆炸。此次矿难中黑人矿工死伤惨重。然而让人寒心的是，赶到现场的救护车宁可留有余位也拒绝搭载黑人。"记忆是实现历时性和时间延续的器官。"[3]虽然矿难已成为过去，却早已根植于黑人群体记忆的框架，成为无数黑人记忆中的一块拼图。白人社会和黑人社会在南非泾渭分明，尽管西托托这一群体集体记忆的变形使他们与其他黑人群体发生了对立，但是只有通过黑人集体记忆的一块块拼图，他们才能寻找到真实的自我身份。而黑人觉醒运动发起者斯蒂夫·比科的初衷也正在于让"黑人们能够回归自我，拾起骄傲与尊严，从此不再是一具没有灵魂且失去自我的空壳"[4]。矿难中黑人兄弟的死亡揭去了白人编织的种族主义面纱，物质现实的黑暗面重新显现。记忆曾一度变形的黑人群体同广大黑人工人一样渴望昂首挺胸地高举自由旗帜。两年之后，他们开始了有组织的罢工运动。在集体记忆表征的无形推动下，矿难成为记忆重构的突破点。原本游离于同胞之外的西托托也加入了他们，用象征文化身份的祖鲁语向白人管理者提出抗议。他们燃起熊熊火焰将通行证焚烧，齐声喊道，"谁会倾

---

① Maishe Maponya, "The Hungry Earth", Helen Gilbert ed., *Postcolonial Plays: An Anthology*, New York: Routledge, 2007, p. 16.

② Maishe Maponya, "The Hungry Earth", Helen Gilbert ed., *Postcolonial Plays: An Anthology*, New York: Routledge, 2007, p. 24.

③ 阿斯曼等：《昨日重现——媒介与社会记忆》，载冯亚琳、阿斯特莉特·埃尔主编，《文化记忆理论读本》，余传玲等译，北京：北京大学出版社，2012年，第21页。

④ Aelred Stubbs (ed.), *Steve Biko（1946—1977）: I Write What I Like*, London: Bowerdean Press, 1978, p. 29.

听我们的啜泣？是的，我决不会忘记血淋淋的沙佩维尔大屠杀"①。烈火促使所有的南非黑人去思考并面对他们都无法遗忘的、充斥着血腥味的记忆，并开始尝试去寻找自我的定义。无数的黑人像西托托那样，在这些记忆的驱动下重新定位自己的文化身份，更有无数的黑人如同尤斯维克一般毅然决然地在枪林弹雨面前"像一个刚刚从梦中醒过来的人一样，伸直自己的脊背"②。

种族隔离制度在黑人的集体记忆中留下一道又一道刻痕。受尽压迫的南非黑人在不断遭受残酷镇压后遍体鳞伤，默默地将创伤封存在记忆的深处。然而创伤并不会因为时间的流逝而消失，也不会因为殖民者的压制而平复。相反，饱含创痛的记忆成为鼓励黑人不断抗争的催化剂。正如莫里斯·哈布瓦赫（Maurice Halbwachs）指出的那样，"我们保存着对自己生活的各个时期的记忆，这些记忆不停地再现；通过它们，就像是通过一种连续的关系，我们的认同感得以终生长存"③。在南非黑人的集体记忆中，既有被殖民者压迫而留下的痛苦记忆，也有使用本族语言载歌载舞的美好回忆。物质现实与象征符号的交织融合，在黑人的集体记忆中不断发酵，最终修正了自我的身份意识，形成了民族的自我认同。

# 结　语

通过挖掘并再现那些封存在南非黑人集体记忆中的惨痛经历，马蓬亚不但表达了对白人政府的强烈不满，也探讨了导致不同黑人群体产生集体记忆变形和扭曲的内在原因。随着对变形和扭曲的不断修正，集体记忆的表征在重构黑人集体记忆的过程中发挥出了巨大的能效，让黑人群体获取了高度的文化身份认同感。毋庸讳言，"集体记忆定格过去，却由当下所限定，且规约未来"④。在记忆的重构

① Maishe Maponya, "The Hungry Earth", Helen Gilbert ed., *Postcolonial Plays*, New York: Routledge, 2007, p. 21.

② Maishe Maponya, "The Hungry Earth", Helen Gilbert ed., *Postcolonial Plays: An Anthology*, New York: Routledge, 2007, p. 22.

③ 莫里斯·哈布瓦赫：《论集体记忆》，毕然、郭金华译，上海：上海人民出版社，2002 年，第 82 页。

④ 高萍：《社会记忆理论研究综述》，《西北民族大学学报》（哲学社会科学版），2011 年第 3 期，第 113 页。

过程中，台下观众与剧中人物融为一体，将过去与现在并置，不断审视自我，定位自己的文化身份。毫不夸张地说，对集体记忆的深层次探索不但让《饥饿之土》成为南非黑人觉醒运动的有力注解，也让世人得以窥见南非戏剧的真实面目，更让该剧能够长久地屹立于世界戏剧之林。

（文 / 长沙理工大学 黄坚 谭琦）

第二篇

扎克斯·穆达
戏剧《还有身着盛装的姑娘们》中
他者与主体的斡旋

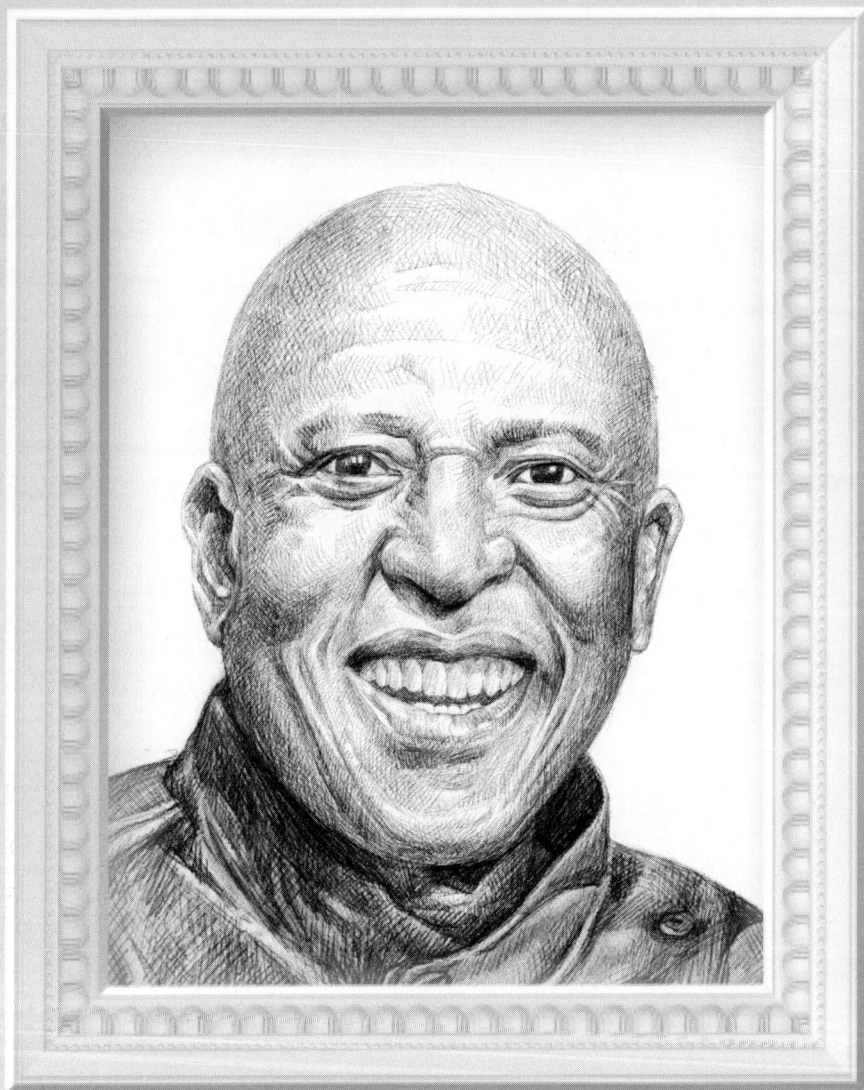

扎克斯·穆达

Zakes Mda, 1948—

# 作家简介

扎克斯·穆达（Zakes Mda，1948— ），本名扎内穆拉·基齐托·加蒂尼·穆达（Zanemvula Kizito Gatyeni Mda），是南非知名的黑人剧作家和小说家。1948 年，他生于南非东开普（Eastern Cape）的赫歇尔区（Herschel District）。因父亲遭受政治迫害，穆达在 16 岁时不得不逃亡莱索托，此后辗转于美国、英国、南非和莱索托等多地学习与工作，现旅居于美国。穆达一生波折，却始终坚持戏剧和小说创作。1979 年，穆达发表第一部戏剧《我们将为祖国歌唱》（*We Shall Sing for the Fatherland*，1979)。自此直至 1993 年，穆达以戏剧创作为主。他创作的多部戏剧分别在美国、莱索托和南非多家剧院上演，后结集出版。其中，《扎克斯·穆达戏剧集》（*The Plays of Zakes Mda*，1990）曾被译为南非的十一种官方语言。1994 年，南非进入了民主建设时期，流亡多年的穆达将关注焦点转回南非，并将文学创作的重心几乎全部转移到小说创作上。从 1995 年出版第一部小说《死亡方式》（*Ways of Dying*, 1995）开始至今，他已出版了十一部长篇小说和一部中篇小说。其中《赤红之心》（*The Heart of Redness*, 2000）等小说，被译为二十多种语言在世界各地传播，并为他赢得了包括南部非洲英语文学最高奖奥莉芙·旭莱纳奖（Olive Schreiner Prize）、英联邦作家奖（The Commonwealth Writers' Prize）和星期日泰晤士报小说奖（Sunday Times Fiction Prizes）等奖项。2014 年，南非政府授予穆达南非文化艺术最高奖伊卡曼加勋章（Order of Ikhamanga），以表彰他在文学领域的杰出贡献：将南非故事推向了世界舞台。穆达不仅成为同时代最受欢迎的南非英语文学作家之一，也成为南非文学史上最受关注的黑人作家之一。

除了剧作家和小说家的身份，穆达也是诗人、批评家和大学教授。从 1985 年起，穆达先后在莱索托国立大学（National University of Lesotho）和南非的开普敦大学（University of Cape Town）等高校任教，教授外国文学和戏剧等课程，并曾在多所大学访学或者讲学。2003 年，穆达获得了美国俄亥俄大学（Ohio University）教授职位。此后至今，他一直任教于此，主讲创意写作（creative writing）等课程。

**作品节选**

《还有身着盛装的姑娘们》

(*And the Girls in Their Sunday Dresses*, 1988)

WOMAN: And presto! The world has changed. Injustice has been eradicated! The unequal distribution of the country's wealth has been remedied! Bureaucratic red tape has been eliminated and nobody has to stand on the queue for days on end any more!

LADY: What do you want me to do then, Miss Politician? What have you done yourself?

WOMAN: Not much. But we should demand a change and be willing to suffer for it, rather than suffer in silence as we have been doing here. Tell me, why are we still here? Why are we still waiting? We are even fighting over the use of the chair. Because we are waiting. Life passes by and we are onlookers. We are like the sedated who slept through a revolution.

LADY [determined]: I was never an onlooker. I am all action. When the revolution comes I want to carry a gun. I don't sit on the sidelines and darn socks for the fighters.[1]

---

① Zakes Mda, *And the Girls in Their Sunday Dresses: Four Works*, Johannesburg: Wits University Press, 2001, p. 33.

女人：快了！世界已经改变了。不公已被根除！国家财富分配不均的问题已经解决！官僚主义的繁文缛节也已经废除，再也不会有人要连续排好几天的队了！

女士：政客小姐，你想让我做点什么？你自己又做过什么？

女人：不多。起码我们应该要求改变，并愿意为此付出代价，而不是同之前一样默默忍受。告诉我，我们为何还在此处？为何还在等待？由于等待，甚至还因椅子的使用问题而争吵起来。生命匆匆而过，我们却袖手旁观。我们就像革命中打盹的人。

女士（坚定地）：我从来就不是旁观者。我是行动派。我要带枪迎接革命的到来，而不是坐在场边给战士们补袜子。

（黄坚/译）

**作品评析**

## 《还有身着盛装的姑娘们》中他者与主体的斡旋

### 引 言

　　20 世纪 50 年代末，南非当局实施的班图教育制度成为黑人反抗白人种族主义斗争的导火索。1976 年，索韦托起义爆发，反种族隔离运动开始达到高潮。作为该运动的亲历者和支持者，穆达义不容辞地参与到这场斗争中，创作了《我们将为祖国歌唱》、《山丘》（*The Hill*）、《死亡方式》、《赤红之心》等一系列脍炙人口的作品，不间断地对种族歧视口诛笔伐。其中，《还有身着盛装的姑娘们》（下文简称为《还》剧）创作于种族隔离制度结束的前夕，是代表莱索托在国外演出的第一部戏剧，于 1988 年在爱丁堡艺穗节上演并获得好评。①该独幕剧分为四场，包含两条主线：一条是此时两位主人公排队购买政府援助的粮食；另一条发生在两位主人公的回忆中，即与意大利男子的往事。两条主线相互交织、虚实相间，呈现了莱索托和南非的过往与现在。不同于穆达早期只关注男性发展的政治剧，该剧的独特之处在于聚焦非洲黑人女性，为被边缘化的她们发声，予其话语的权利和空间。剧作家巧妙地以女人间的对话为线索，谴责罪恶昭彰的种族隔离制度与盛行一时的官僚主义，从而呈现多重压迫下的黑人女性由双重他者沦为新双重他者的窘境，以及两类女性对待身份困境全然不同的态度。通过时空割裂与穿插

---

① 参见 Zakes Mda, *And the Girls in their Sunday Dresses: Four Works*, Johannesburg: Wits University Press, 2001, p. XXVI。

回忆的手法、虚实空间的不断转换和英语与本土语言的糅杂，穆达消解了殖民者、男性对手和上层官僚的话语霸权，为非洲妇女的身份重构提供了绝佳的参照。

# 一、剧本创作背景溯源

随着 1652 年荷兰东印度公司占领开普半岛、1795 年英国占领开普殖民地，欧洲白人先后踏上南非这块肥沃的土地，开始了对土著黑人的残酷压榨。土著居民的反抗被殖民者一次次残酷镇压，科伊人和桑人几近灭绝，学徒制使得土著儿童沦为农场奴隶，土著黑人的生活苦不堪言。继而，奥兰治河岸发现的金刚石矿成为英、布争夺殖民地的目标，但两次英布战争的失利，迫使布尔人最终放弃主权，接受英国的宗主国地位。英国殖民者和布尔人开始联合压榨和统治非洲黑人，白人处于完全主导的地位，黑人沦为"他者"。1948 年至 1990 年间实行的种族隔离制度更是让黑人的境遇雪上加霜，黑人开始遭受前所未有的不公正待遇。尽管遭到残酷镇压，但反种族隔离运动从未停止过。作为一名有着高度社会责任感的文人，穆达义无反顾地投身于这场斗争中。不过迫于当时严峻的社会环境，他借助戏剧的说教功能，寓教于乐，以此宣扬反种族主义思想。

穆达作品主题的来源与他父亲的职业密不可分。其父阿什比因政治活动被捕。在获得保释后，他被迫离开南非，举家搬到了莱索托。穆达在此接受了高中教育，并开始接触戏剧。受父亲职业影响，辗转于多个城市的迁徙生活和多次遭受白人的不公对待予以穆达创作灵感。相比于社会动荡不安、种族主义极度盛行的南非，历经民主变革的莱索托虽看似一片安宁的净土，但仍然存在着一些殖民遗留问题，如独裁、腐败、贫穷等，民众的生活痛苦不堪。正因为看到了这些现实问题，穆达在《还》剧中将两个国家的社会矛盾巧妙地串联起来，意在替社会底层群体发声。

穆达对女性问题有着独具一格的理解。他认为，在莱索托历史上，妇女是挑战政治和经济发展战略模式的核心。除去政权更迭与政治腐败，性别也是影响国家发展的一大要素。穆达是非洲男性剧作家中为女性发声的极少数之一，他所有的剧作几乎都以女性为中心。一方面，他看到了女性的从属地位，暗暗替其打抱不平；另一方面，他肯定她们在政治、经济和文化方面发挥的重要作用，并赞扬其在确保生存和争取自主权方面的顽强抗争。《还》剧甚至直接让男性隐身，将妇女主义者的形象描绘得淋漓尽致。通过展现后殖民时期非洲黑人女性遭遇种族、性别和阶级压迫的现象，剧作家描绘了女性人物在殖民前后身份的转变，以及她们试图摆脱身份困境、重新定位自身身份的自我找寻历程。

## 二、黑人女性：双重他者与新双重他者的代表

西方文化的核心是二元对立结构，这种二元论将世界一分为二，一方拥有胜过另一方的权威地位，这意味着必须存在一个"他者"。身居非洲大陆的黑人女性由于其身份的复杂性与差异性，深受来自白人、男性和上流社会的多重歧视，成为社会最边缘化、被剥削最严重的他者。《还》剧以女士（Lady）和女人（Woman）等待大米、分食午餐开篇。剧作家割裂时空，令回忆与现实齐驱并进；两位女性在排队交谈中思及往事，只言片语中暗暗透露女性的劣势地位。无论是外貌、穿着，还是出身，女士和女人都相差甚远：女士穿着讲究、打扮时髦、接受过高等教育；女人则衣着朴素、不施粉黛、毫无教育经历。然而，两人却沦落到同一处境——靠购买政府救济的低价大米为生；并且，他们有着同样荒诞的遭遇——投入同一个意大利厨师的怀抱后被无情抛弃。而他从未活跃于台前，只活在女人和女士的对话中，却联结了两个时空，将观众思绪引向过去。因此这个白人成为此剧最为关键的转折点，他的身份具有隐含意义，他的写照是殖民者在剧本中的缩影。

白人男性的双重"优越感"使黑人女性被标记为被种族和性别压制的双重他者。在殖民主义文化的侵略和渗透下，黑人女性为了得到白人的认同，试图抹除身上的"黑色印记"。于是美白霜成为其遮掩黑色肌肤的一种方式。在第一场中，两位主人公都曾使用美白霜来提亮肤色。女士回忆道："当我们还是小姑娘的时候，因为想成为白人，我们用它们。我们憎恨自己，所以用它们。"[①] 尽管美白霜

---

① Zakes Mda, *And the Girls in their Sunday Dresses: Four Works*, Johannesburg: Wits University Press, 2001, p. 8.

含有损坏肌肤的对苯二酚，她们还是义无反顾地使用它，只为让自己的肤色更接近白人。她们"为获得白人的另眼相看，挣脱自己劣等民族的枷锁而挤入上等社会，抹去自己与生俱来的黑色身份的耻辱，就在无意中对自己的肤色面貌产生憎恨"[1]。如果说单凭外表的改变让辩论者有机可乘，那对白人男性的迷恋则意味着黑人女性身份的彻底走失与错位。尽管知道白人男子放荡不羁，两位主人公仍旧贪恋他白色的肌肤和白人的优越地位。女士认为："婚姻是主要的保险政策之一。我们每个人都在寻找一个会神魂颠倒的约翰，然后结婚。"[2]此处的"我们"指代女士及其他妓女，而约翰代表了作为外派专家或游客来到非洲的白人男性。她们尊"白"至上，认为一切与"白"相关的都是美的，而这种理念又反作用于她们，使其成为把自己推向"他者"深渊的帮凶。由于长期受到殖民主义的文化霸权控制，"黑人灵魂深处产生一种无可排解的自卑情结和劣等民族的痛苦"[3]。黑人女性对自己的身份产生怀疑后，其主体意识在殖民文化的侵略和冲撞下被淹没与异化，她们开始沦为殖民者掌控和征服的对象。

意大利厨师的落荒而逃则意味着殖民体系的全面溃败。于是剧作家笔锋一转，结束回忆并将目光转向社会问题，使观众思绪回到现实。莱索托迎来了独立和民主变革，却没为底层民众带来福音。一党专政滋生腐败，政权更迭导致社会动荡不安，下层阶级的生活并没有得到改善，压迫者由殖民者转变为手握财富和权力的上层阶级，黑人女性地位不增反减。她们刚从种族和性别的双重压迫中暂时摆脱出来，却又不得不面对阶级和父权制所带来的新的双重压迫。这种新双重压迫首先体现为本土男性对女性的戕害，他们将女性贬为劣等群体，借此定义自我价值，从而获得安全感和优越感。当女士喋喋不休地控诉白人男子时，女人提出找个本地人安稳过日子的建议，不料却被女士驳回："当地人吗？也许更糟。他们也是混蛋，不把你当女人看，对待你就像对待人渣一样。"[4]新双重压迫在物质和经济层面上也均有体现，直接外化为资产阶级和工人阶级的对立。一方面，它

---

① 参见王岳川：《后殖民主义与新历史主义文论》，济南：山东教育出版社，1999年，第17页。
② Zakes Mda, *And the Girls in their Sunday Dresses: Four Works*, Johannesburg: Wits University Press, 2001, p. 21.
③ 王岳川：《后殖民主义与新历史主义文论》，济南：山东教育出版社，1999年，第16页。
④ Zakes Mda, *And the Girls in their Sunday Dresses: Four Works*, Johannesburg: Wits University Press, 2001, p. 20.

体现在女性的职业上。除了从事家务之外，绝大部分女性只能从事妓女、女仆、清洁工等职业，只有极少数女性可以跨越阶层，谋得一份穿着精致衣服在办公室工作的好差事。女性难以走入公共领域、跻身上流社会的原因在于，"殖民主义和工薪经济使得南非的男人处于社会的前沿"①。殖民时期的迁徙劳工使得财富大多积攒在外出工作的男性手中，导致了男女阶级分裂与两性愈加不平等的境况。

另一方面，这种阶级对立还体现在上层阶级对待包括黑人女性在内的下层阶级的态度上。政府官员漠视下层阶级人权，不但没有及时向民众提供粮食，还滥用职权获取利益。此外，政府办事效率低下，完全不为底层民众着想。正如女士在解释随身携带椅子时说的那样："因为我知道政府运转缓慢……每当我去政府部门办理任何服务时，都会有不少人排在我前面等待着，而官员们会没完没了地谈论他们的情人，以及他们最近参加的盛大派对……我们醒着的 95% 的时间都在等待。"②在昼夜不息排队等待四五天后，锣声带来可以领米的好消息，但女职员的傲慢态度和烦琐的领取流程击碎了两位主角最后的希望，使其明白等待不过是政府戏谑民众的一场游戏。

女性在公共领域受上层阶级欺辱，在私人家庭领域受男性凌暴。可以说，社会大环境和家庭小环境的压迫联手剥夺了她们的自主权。她们在各个文化领域中，成为男权社会的附庸。在主体性岌岌可危之时，她们要么奋起反抗，积极摆脱他者身份；要么消极应对，走向自我毁灭。穆达恰好塑造了这两类女性，两类群体个性鲜明，性格复杂，皆在消除殖民霸权，消解男性话语中心体系。

## 三、模仿主体：假意迎合以消解殖民权威

第一类女性是以女士及其"前同事"为代表的消极应对身份困境的女性。她们是受到西方文化侵蚀、依附于男性的传统非洲妇女，却也是借助模拟策略戏弄

---

① 任一鸣：《后殖民：批评理论与文学》，北京：外语教学与研究出版社，2008 年，第 239 页。

② Zakes Mda, *And the Girls in their Sunday Dresses: Four Works*, Johannesburg: Wits University Press, 2001, p. 10.

白人男性、动摇殖民者强势文化、加速殖民体系瓦解的一大助力。在霍米·巴巴的理论中，模拟这一术语被用来描述殖民者与被殖民者之间的矛盾关系。矛盾状态是精神分析中的一个术语，被巴巴借用到后殖民理论中，用以描述殖民者与被殖民者相互关系中那种既吸引又排拒的复杂状态。在他看来，这种矛盾状态指向"那种'他者性'，既是欲望的目标，也是嘲笑的目标"[①]。一方面，由于种族差异和白人身份的优等性，殖民者将黑人女性视为讥讽的对象。无论他者如何效仿，白色的心始终被包裹于黑色外表下，黑人女性终究无法得到白人男性的认同与尊重。另一方面，对于西方男性殖民者来说，东方女性沉默顺从、性感诱人，常常成为其性幻想的对象。异域女性的神秘强烈吸引着他们的猎奇心，殖民式幻想驱策其想方设法占有黑人女性，由身到心牢牢控制她们，甚至带回家私藏。意大利厨师对多位黑人女性都曾表达过爱意，他诱使女士辍学，致其怀孕，将其养在家中。后又哄骗女人私奔到南非，将其藏在开普敦的房子里；来自西方的部长、大使和资本家都曾入住维多利亚大酒店，找诸如女士的妓女们寻欢作乐，不少女士的同事们都曾被带去欧洲各国，嫁给了她们的前"顾客"。西方男性无时无刻不在渴望着榨干黑人女性的身体和灵魂，对他者的欲望助长了他们将女性霸占为私有物的野心。同时，黑人女性的相向模仿更是满足了他们的征服欲，这一点在女士身上得到合理验证。"我曾经嫁给了一位意大利厨师。我学了一点这种语言。"[②]女士接受过大学教育，外表性感美丽，在得到他的青睐后，又随其学习了意大利语。作为外来殖民者，看到如此相似的模仿，意大利厨师自然对女士产生了征服后的满足感，并渴望看到其更为精湛的进步，主体与他者的相互需求由此达到一种微妙的平衡。

然而西方殖民者没有预料到的是，被殖民者的模拟已悄然变成了"似像不像"的拙劣模仿。这种模仿是不易察觉的否认与抵抗，它通过矛盾状态制造一种混乱，致使主体无法完全掌控已经变异的客体，从而逐步瓦解殖民统治。这一点首先体现在女士对意大利语的使用上。她跟随意大利男厨师学习了意大利语。不

---

① 转引自生安锋：《霍米·巴巴的后殖民理论研究》，北京：北京大学出版社，2011年，第100页。

② Zakes Mda, *And the Girls in Their Sunday Dresses: Four Works*, Johannesburg: Wits University Press, 2001, p. 15.

过讽刺的是，在与女人的交谈中，女士却只用英语提及他的往事。女士在全剧也从未提起他的姓名，只用第三人称来指代他，却在听到女人抱怨白人男子十分花心时，使用本地语 Mataliana 指代他，意在附和女人的观点："我的（我爱上的男人）也一样。意大利人都这样（花心）。"[①]当看到粮食袋上的意大利文时，她自然而然地用本族语给同胞们进行翻译。这种对语言使用的自由操控，无疑是对西方话语霸权的一种戏弄。其次，模拟式抵抗还体现在那些嫁给欧洲男性的妓女们身上。以女士的一位老同事为例，她嫁到了瑞士，并成为一名成功的基督徒歌手。女士眼中的她婚姻幸福，生活体面："她到处唱福音音乐，有时会受邀在全欧洲的反种族隔离集会上演唱。"[②]这位妇女虽然嫁给了欧洲男人，并借此为平台逃离非洲，但她巧妙地利用了新身份，到处布道并宣扬反种族主义的思想。原本在西方男性看来，东方女性向来是逆来顺受的，是缄默的、可掌控的男性附属品。但这名妇女通过假意顺从，模仿成为西方男性幻想的实体，从而化被动为主动，逆转了主体与客体的二元对立关系，摆脱了被殖民者的他者身份。再者，妇女在布道中将本土语与英语混杂使用，也体现了黑人女性对殖民话语霸权的消解。妇女（由女人扮演）说："耶稣和我说话了。他说：'我的女儿，我把你的身体给了你，这是耶和华的殿。Hobaneng joale ha u ntse u fana ka eona hohle moo（你为什么现在全都给她）？'我恳求你忏悔。"[③]基督教本就为殖民产物，在一段英文布道中突然插入一句塞索托语，意味着妇女的言语对殖民话语的打断。殖民话语的目的是要制造出能够重新产出其各种假定、习惯和价值的恭顺主体或者臣民，使其成为殖民者的翻版，结果被殖民者的拙劣模仿搅了局。由此可见，女士和她的同事成功地在消解西方话语霸权方面、在解构被殖民者他者身份上作出了努力。

　　然而，这种模拟策略似乎仅在抵抗种族主义方面发挥了作用，却没能动摇父权制的根基，更没能解决性别偏见所带来的阶级问题。在遭到意大利男厨师的抛

① Zakes Mda, *And the Girls in Their Sunday Dresses: Four Works*, Johannesburg: Wits University Press, 2001, p. 24.

② Zakes Mda, *And the Girls in Their Sunday Dresses: Four Works*, Johannesburg: Wits University Press, 2001, p. 21.

③ Zakes Mda, *And the Girls in Their Sunday Dresses: Four Works*, Johannesburg: Wits University Press, 2001, p. 22.

弃后，女士一蹶不振，选择成为一名妓女，走向了自我毁灭。她妄想通过感染艾滋病来杀光男性顾客的想法和行为注定是无效的。对于阶级压迫，女士消极应对身份困境，即便遭遇到不公对待，也只采取明哲保身的态度，坐在"耐心"椅上观望，并且愿意向上层阶级臣服低头。由此可见，这种依附于男性的抵抗手段对于水深火热中的她们来说，是不坚决、不彻底的，还需使用更直接的抗争方式。

## 四、解构他者：寻回主体性以重构身份

相比于第一类女性潜移默化的模拟方式，女人则采取了更为激进的正面对抗。她真实勇敢、坚韧理智，实现经济独立，敢于向压迫者施加的双重苦难提出质疑。她为争取自主权而不懈抗争，从而摆脱父权社会与上层阶级为其定义的"他者"身份，最终建构了破除男女二元身份对立状态的新身份。"女人"一角完全符合艾丽斯·沃克所界定的妇女主义者的身份，这也是穆达心中理想的黑人妇女形象。穆达借此传达了黑人女性"底层人"边缘身份的解决方式——通过争取政治自主权从根本上瓦解性别和阶级的双重压迫。

根据艾丽斯·沃克（Alice Walker）的定义，妇女主义者指的是"黑人女权主义者或有色人种的女权主义者"，她想做"理智的、负责任的、有控制力而且严肃的人"。[①] 显然，女人与这点十分贴合。在排队等待购买政府援助的粮食时，女人善于敏锐观察周围发生的一切，并对发生的每件事提出有效的解决方式。她将女性的从属地位与国家政治、经济矛盾联系起来，为女性应对多重剥削提出一系列策略，如购买老年保险、加入劳工组织、拒绝政治冷漠、重拾民族主义激情等。同时，女人是一名真正的非洲黑人女权主义者。在长长的队伍中，她直接对女士说出一些"煽动性"的话语，意在使其意识到女性被压迫者的身份，并鼓励其揭下"冷眼旁观"的眼罩，参与到革命中："现在是我们改变的时候了。我们不仅要

---

① 刘戈、韩子满：《艾丽丝·沃克与妇女主义》，《郑州大学学报》（哲学社会科学版），2004年第3期，第112页。

解放自己，还要解放其他人，因为我们都是被奴役的！"[1]女人讲述了与她共事的一名南非有色人种妇女的故事：在目睹孩子被警察开枪打死后，那位妇女骄傲地说："我儿子的死是人民的胜利。他不只是我的，他属于人民。"[2]她还对着女士怀念起巴苏陀兰英勇的先辈们竭力反抗殖民者、誓死捍卫领土完整的往事，希望借这些唤起女士的反抗意识，鼓动女士放弃对腐败政府的无望期待，同她一起为争取权利而斗争。

女人反对性别歧视，否定女士以肉体交换金钱、以婚姻为保障的举动，坚信女性可以通过实现财富自由来消解性别偏见。在男性占统治地位的父权社会中，她自食其力，脱离男性附庸的身份困境。受种族主义的恶劣影响，黑人男性往往从压榨弱势女性中获得满足感，期望女性愚钝顺从，便于掌控。但艰苦而贫困的生活，决定了她们必须坚强独立，才能在混乱的社会环境中寻得一方安隅。不同于沉湎堕落的女士，女人在意大利男子离开后，只是短暂消沉，随即燃起斗志，浴火重生。"我没时间抱怨，我从灰烬中复原。我在某处租了个小房间，找到一份固定的工作，成为一名公寓清洁工。"[3]尽管遭遇失意，她却寻回了重塑自我的机会。在反种族隔离运动的熏陶下，女人耳濡目染，开始审视他者身份，并试图争取自主权。她通过打扫公寓自力更生，后又加入家政工人工会，为争取更好的工资和工作条件而斗争。

女人珍爱黑人女性同胞的姐妹情谊，她喜欢或偏爱女人的文化、女人的感情变化和女人的力量[4]，是一位温柔体贴、善解人意的女性。不同于女士一味诉苦，女人两次提到自己的不堪往事，皆为感化女士。剧作家再次跨越时空，将回忆与现实穿插交叠，既反映了史实，又见证了女人的蜕变。女人珍惜黑人姐妹的眼泪，面对女士失控的泪水和自我否定，她会耐心安慰女士，试图帮助其找回自信："你不老，才四十，仍然是一个美丽的女人……你读过书，学到了很多东西，

---

① Zakes Mda, *And the Girls in Their Sunday Dresses: Four Works*, Johannesburg: Wits University Press, 2001, p. 27.

② Zakes Mda, *And the Girls in Their Sunday Dresses: Four Works*, Johannesburg: Wits University Press, 2001, p. 28.

③ Zakes Mda, *And the Girls in Their Sunday Dresses: Four Works*, Johannesburg: Wits University Press, 2001, p. 26.

④ 刘戈、韩子满：《艾丽丝·沃克与妇女主义》，《郑州大学学报》（哲学社会科学版），2004 年第 3 期，第 112 页。

很容易成为办公室里穿着漂亮衣服的女职员。"①她体谅女士的情感变化，哪怕面对言语攻击，也从未心生怨恨，并尝试用爱来感化对方。她丝毫不计较前一天女士的恶言相向，理解其敏感易变的情绪与压力。女人的大爱与包容体现了妇女主义者对女性联合抵制压迫这一观念的重视。女性同胞间亲密的姐妹情谊可以增强黑人女性群体自身的力量，帮助她们对抗父权和阶级的压迫，寻回主体身份，实现非洲黑人女性的解放和独立。"盛装"其实暗示了这一点，两代黑人女性通过身着盛装的方式将文化和经验传承下来：以女人和女士为代表的老一辈女性旨在消除殖民话语特权，打破性别差异偏见；以女职员为代表的新一辈女性旨在走进公共领域，获得经济独立，在政治、经济、文化等领域发挥主体作用。第四场中，实景虚景相互交融，加之女人慷慨激昂的言论，声声敲打着观众的同理心。剧作家使两位主人公进行角色扮演，女士扮演女职员，女人扮演民众，映衬了官员与民众的阶级对立。最后，两位主人公一同放弃领取大米，意指女人用爱成功感化女士，唤醒其主体意识，预示着黑人女性携手同强权抗争的可行性。

终局之前，女人用"男人，都一样，就像是一个人的孩子"②这句话讽刺了男性轻浮面目下的幼稚与不成熟，表现了其对往事释怀的宽厚心胸，彰显了其作为妇女主义者的大爱与仁慈。作为男性和上流社会摒弃的对象，女人反客为主，在一定程度上做到了超越主体，实现了对"他者"身份的解构，并建构了作为独立个体而存在的妇女主义者的新身份。

# 结　语

在非洲大部分剧作家对种族隔离大张挞伐之际，穆达已清醒地预见反种族隔离运动胜利的必然胜利，并将关注重心转移到为人忽视的性别问题。他有意削减男性露面和发声的机会，让女性主导于台前并赋予其自由言说的权利。通过回忆

---

① Zakes Mda, *And the Girls in Their Sunday Dresses: Four Works*, Johannesburg: Wits University Press, 2001, p. 18.

② Zakes Mda, *And the Girls in Their Sunday Dresses: Four Works*, Johannesburg: Wits University Press, 1993, p. 30.

与现实相互交织、实景与模拟虚景交叉并行，以及多种语言杂糅的书写方式，穆达意在颂扬黑人女性成功消解三重主体权威、解构他者身份，并建立新身份的典范事迹。此外，贴近现实的台词让观众感同身受，不禁将自身代入场景。这场视觉盛宴所呈现的两位女性间的对手戏，使观众不由产生疑虑，揣摩剧情与剧名究竟有何联系？显然，"盛装"二字给出了答案：身着盛装的女职员寄托了剧作家对黑人妇女解放的希冀，预示着在一定程度上妇女的从属地位将得到改善。毫无疑问，《还》剧还原了南非历史的真实性，使欲待解放的黑人女性得以窥见通过争取政治民主以实现两性平等的可能性。

（文／长沙理工大学 黄坚 吴熠敏）

第三篇

扎克斯·穆达
文论《为敌人正名：在南非成为人》的艺术理念

## 作品节选

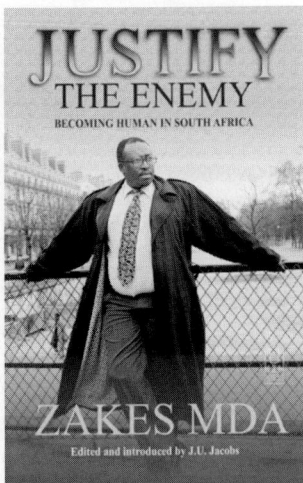

《为敌人正名：在南非成为人》
(*Justify the Enemy:*
*Becoming Human in South Africa*，2017)

*Ubuntu* has always been the principle that guided my creativity. I have long sought to treat my fictional characters with compassion and generosity, even those who are selfish or in some way villainous. I have adopted a voice that does not judge them. I leave the judging to the readers or the audience. In my playwriting days I had never thought of extending that *ubuntu* to my Afrikaner characters. Having to justify them forced me to show *ubuntu* to them as well. Compassion and justification work in tandem: once you get to know a character, you understand the reason for his actions and are therefore able to justify him.[①]

乌班图精神一直都是指引我创作的原则。长期以来，我一直试图以同情和宽容的态度对待我虚构的人物，即使那些人物是自私的或在某种程度上是邪恶的角色。我不对他们做任何评判，而是把评判的权利留给读者或观众。在我写剧本的时候，我从来没有想过要把乌班图精神应用于南非白人角色的塑造，但为了给他们正名，我不得不也向他们展示乌班图精神。同情和辩护是相辅相成的：一旦你了解了一个角色，你就会理解他行为背后的原因，从而为他正名。

（胡忠青 / 译）

---

① Zakes Mda, *Justify the Enemy: Becoming Human in South Africa*, Scottsville: University of KwaZulu-Natal Press, 2018, p. 36.

**作品评析**

# 《为敌人正名：在南非成为人》的艺术理念

## 引　言

　　作为南非当下极具代表性的黑人剧作家和小说家，穆达在承袭南非英语文学批判现实这一创作指向的同时，摒弃了主流作家的精英叙事传统，转而致力于表现底层民众的日常生活。其立足民间的文学创作，不仅使他成为同时代最受欢迎的南非英语文学作家，也使他成为南非文学史上最受关注的黑人作家之一。2017年，七十高龄的穆达出版了自己的首部论文集《为敌人正名：在南非成为人》（*Justify the Enemy: Becoming Human in South Africa*）（以下简称《为敌人正名》）。该文集收录了穆达在各个时期的论文、公共演讲和媒体访谈等非文学作品，涉及穆达对文学创作、文化传承和社会问题等多方面的论述。通过这部文集，穆达不仅向读者阐释了一名作家对于创作艺术的思考，而且身体力行地向读者展示了作家在广泛的社会和政治背景中所应承担的社会责任。

## 一、创作艺术的内部探索

　　1994年是种族隔离南非与民主南非的历史性分水岭，对于文学创作者来说，更是如此。种族主义统治下的荒诞现实超越了作家的想象力，为作家们提供了唾手可得的创作素材。而在新民主时期，离开了种族隔离主题，有些作家无所适从。

与之形成鲜明对比的是，有些作家成功找到了过渡的方向，以新的方式进入南非的现实。穆达就是积极求变、受益于这种新意识的作家之一。他认为，种族隔离制度长期的分而治之，致使很多南非黑人意识不到自身文化的多样性。而这种多样性正是作家艺术灵感的丰富来源。他本人就汲取了南非各种文学和口头传统。所以，在穆达的小说中，魔幻与现实交织，想象与真实并存。欧美有些文学评论者习惯性地将其小说归类为"魔幻现实主义"，并认为他的小说是受到了拉美魔幻现实主义的影响。对此标签，穆达极为反感。他强调，在他开始写魔幻故事之前，他并没有接触过拉美魔幻现实主义文学。正如他在《巴别塔的幸福》（*Babel's Happiness*）一文中所解释的那样，他的魔幻叙事是非洲口头传统的现代延续，这是非洲文化遗产的一部分。"超自然现象与客观现实存在于同样的语境中，而不会让人感到不安，就好像它确实存在一样"①。魔幻与现实结合的叙事方式赋予现实生活中的历史英雄们神奇的力量。正是这些不遵循现实主义或理性路线的神奇元素赋予非洲口头传统独特的美。

口头传统不仅启发了穆达天马行空的想象力，而且成为他创作素材的重要来源。《小太阳》（*Little Sun*）和《赤红之心》等故事所依仗的正是人民反抗殖民统治者的历史传说。谈及历史，2016年穆达在所罗门·普拉杰（Sol T. Plaatje）的纪念演讲中讨论了历史小说创作的两种方法：重写过去，保持对历史的尊重；改造过去，颠覆历史记录。历史是胜利者的故事，是统治精英将自己的统治合法化的官方叙事，而"历史小说是质疑和挑战霸权主义历史叙事的有效工具，并将那些此前被边缘化的历史叙事拉向中心"②。与后现代主义者不同，穆达总是站在人民立场，从普通人民的角度重新解释历史，包括口述历史，并将口述传统融入文本中，使其成为讲故事的手段，通过创造一个真实的历史世界，让读者通过虚构的人物来体验历史，以及历史是怎样影响他们的，即将历史人性化。而在写作过程中，历史绝不能压倒小说，作者不应该使用过多的研究资料，以免读者在历史

---

① Zakes Mda, *Justify the Enemy: Becoming Human in South Africa*, Scottsville: University of KwaZulu-Natal Press, 2018, p. 78.

② Zakes Mda, *Justify the Enemy: Becoming Human in South Africa*, Scottsville: University of Kwa Zulu-Natal Press, 2018, p. 59.

细节中迷失，从而阻碍故事的发展。所以，穆达更为倚重口头记忆，而不是档案材料。正是因为口头记忆"取决于个人的认知能力"，"才使得口头记忆更有吸引力"。①

具体到个人历史的书写，穆达谈到了自传和回忆录的书写。他高度认同伦纳德·万切肯（Leonard Wantchekon）教授拒绝迎合西方读者期待心理，拒绝在自传中放大个人苦难的做法。他认为，自传作者要做的是如实呈现自己的过往，而不是有意以半虚构的方式塑造一个典型的非洲经历，以迎合西方读者的猎奇心理。而穆达的回忆录《时有虚空：一个局外人的回忆录》（Sometimes There Is a Void: Memoirs of an Outsider，2011）也正印证了欧尼（Olney）的观察，"每一本非洲自传都暗示着它的性质，并表现出一种西方世界所不知道的群体性存在"②。因为在这本回忆录中，穆达如实再现了自己曾经的荒唐行为和所犯过的错误，也如实呈现了他与曼德拉等领导人曾经的互动经历。因为过去的经历，才塑造了当下的自己。而他也将这部回忆录的撰写过程归结为自我反思、自我治愈的过程。但是，非虚构性质的自传与虚构小说之间的界限并不总是泾渭分明。不管是小说创作还是自传撰写，作者都是从"对现实世界和真实事件的了解或记忆中汲取灵感"③。"虚构"与"非虚构"的分野在于想象成分的多与少。自传与回忆录很相似。二者的区别在于，自传追求客观性，而回忆录以主观性为傲。总而言之，不管是民族历史，还是个人历史，"所有的历史都是主观的，因为它是由那些个人偏见影响他们对过去的解释的人所写的"④。

与此同时，穆达极为注重小说中地理景观的书写。长期以来，在南非文坛占主导地位的白人作家们对地理景观的书写，虽然以批判种族隔离制度为主旨，但白人精英的视角有意无意忽略了本土黑人对地理景观，以及与之互相映射的精神

---

① Zakes Mda, *Justify the Enemy: Becoming Human in South Africa*, Scottsville: University of Kwa Zulu-Natal Press, 2018, p. 76.

② Zakes Mda, *Justify the Enemy: Becoming Human in South Africa*, Scottsville: University of Kwa Zulu-Natal Press, 2018, p. 82.

③ Zakes Mda, *Justify the Enemy: Becoming Human in South Africa*, Scottsville: University of Kwa Zulu-Natal Press, 2018, p. 84.

④ Zakes Mda, *Justify the Enemy: Becoming Human in South Africa*, Scottsville: University of Kwa Zulu-Natal Press, 2018, p. 87.

世界的感受与体验。而作为新时期代表作家的穆达的地理书写，则明显迥异于南非前辈作家。在每一部小说中，穆达都注重塑造不同的地理景观，通过地理景观揭示底层百姓的生存困境和自我救赎能力。而他的小说创作始于一个真实的地点，而不是故事。对他来说，树木、岩石青草和河流等地理景观是记忆的储存地，所以，"环境因素决定了我的角色的情感和精神发展，也决定了他们的认同感"①。穆达的多部小说，例如《赤红之心》、《唤鲸人》( The Whale Caller )、《后裔》( Cion )、《埃塞镇的圣母》( The Madonna of Excelsior ) 等的创作都源于地理景观的激发。尤其是在小说《埃塞镇的圣母》中，穆达创造性地以语象叙事的方式，将自由州（Free State）广阔的地理景观引入小说，颠覆了黑人被排除在景观之外的白人书写模式。这种由地理景观进入故事的写法，具有极大挑战性，却给予穆达充分的创作自由。

穆达对地理空间等景观的描写，不仅仅在于地理空间与精神空间可以相互映射，在表现社会整体性与全面性的同时帮助提升小说的主题意蕴，其更为深层的原因在于他试图通过地理书写缓解非洲人与自然地理日益疏离的焦虑。南非的种族主义统治通过种族隔离制度将南非的有色人种限制在边缘地区。这种地理空间的划分与限制，使得人们在内心深处认为自然地理是原始的、落后的，也导致黑人对白人的痛恨延伸到后种族隔离时期政府为保护南非自然生态所做的努力。黑人们普遍认为，后种族隔离时期的政府更关心环境保护，而不是黑人大众的生活。这种感觉致使黑人对自然生态和地理环境保护采取敌对立场。环境保护被认为是白人的事情。部分黑人读者甚至表达了对穆达的失望，认为他的地理书写是"白人的事情"。穆达并不气恼，而是深刻分析了个中缘由，"问题不在于黑人不关心环境，而在于环境正义的论述并没有以一种直接相关的方式来构建他们的生活"②。所以，穆达小说中始终以一种与百姓生活相关的方式来构建关于环境的论述，展示人性如何与自然相互依存。

---

① Zakes Mda, *Justify the Enemy: Becoming Human in South Africa*, Scottsville: University of Kwa Zulu-Natal Press, 2018, p. 2.

② Zakes Mda, *Justify the Enemy: Becoming Human in South Africa*, Scottsville: University of Kwa Zulu-Natal Press, 2018, pp. 51–52.

作为剧作家，穆达对非洲本土的戏剧颇有研究。他高度赞赏戏剧在反抗殖民统治和暴露社会问题方面的重要性。在《互动式非洲戏剧中的戏仿，讽刺与狂欢》（*Parody, Satire and the Carnivalesque in Interactive African Theatre*）一文中，穆达以黑人女性自发组织与表演的皮蒂基①（Pitiki）仪式，以及穆胡隆特（Mhlonto）带领人民假借仪式表演杀死殖民者厚普·汉密尔顿（Hope Hamilton）的历史故事为例说明，戏剧的最高境界是观众也是戏剧的参与者。而戏剧表演中的戏仿、讽刺与狂欢是互为因果、相互协助的。穆达对小说的批评研究并不多。在普拉杰纪念演讲中，穆达集中分析了普拉杰代表作《姆胡迪》（*Mhudi*，1930）的历史意义，及其在人物塑造方面的缺陷及可贵之处。除此之外，穆达高度赞扬约翰·马克斯韦尔·库切（J. M. Coetzee，1940— ）的寓言体小说《等待野蛮人》（*Waiting for the Barbarian*，1980）"标志着南非文学范式的转变"②，认为库切是"一个具有想象力的作家。他创造的世界植根于眼前的现实，同时又超越了现实"③。对于纳丁·戈迪默（Nadine Gordimer），穆达偶有提及，但也只限于对戈迪默的爱国之心及其清心寡欲的生活态度的赞扬，并没有对其文学创作进行过论述。

谈及其他作家对他的影响，穆达坦言，科萨语作家 A.C. 乔丹（A.C.Jordan）、古邦·新科（Guybon Sinxo）、乌姆扎力·乌兰勒克（Umzali Wolanleko），塞索托语作家托马斯·莫福洛（Thomas Mofolo）、J. J. 马乔贝恩（J. J. Machobane），尼日利亚作家钦努阿·阿契贝（Chinua Achebe）、阿莫斯·图图奥拉（Amos Tutuola）等作家作品里的地理叙事、语言表达、魔幻叙事，以及他们对非洲传统的利用等都深深影响了他之后的创作。津巴布韦作家陈杰莱·霍夫（Chenjerai Hoves）和依翁妮·维拉（Yvonne Vera）在抒情方面也给了穆达一定的启示。穆

---

① 在新生儿出生仪式上，女性独有的一种秘密仪式。在仪式上，以新妈妈为主的女性们一起模拟表演求偶、交媾、怀孕到生子的过程，以庆祝新生。

② Zakes Mda, *Justify the Enemy: Becoming Human in South Africa*, Scottsville: University of Kwa Zulu-Natal Press, 2018, p. 30.

③ Zakes Mda, *Justify the Enemy: Becoming Human in South Africa*, Scottsville: University of Kwa Zulu-Natal Press, 2018, p. 32.

达将这些作家对其创作的影响归结为"巴别塔的乐趣"①（joys of Babel）。而这些作家们通过艺术团结广大民众，为解放斗争做贡献的崇高精神更如明灯般指引了穆达的创作。

## 二、社会现实的内省与外察

穆达生于 1948 年。同年，南非的种族隔离制度被写入法律。特殊的时代背景，注定了穆达必定要经历坎坷的人生。穆达的父亲 A. P. 穆达（A.P. Mda）是非洲国民大会青年联盟（African National Congress Youth League）主席。因政府的迫害，1963 年，A. P. 穆达逃亡莱索托。翌年，年仅 16 岁的穆达不得不追随父亲，流亡莱索托，并辗转美国、英国等地求学与工作。1994 年新南非成立，穆达回到了阔别三十年之久的南非，期待为百废待兴的南非贡献一臂之力。但因为拒绝行贿，拥有高学位、丰富工作经验和国际影响力的穆达竟然找不到一份本可以胜任的工作。一腔热血化为满腹悲愤。然而，作为作家的穆达却并没有放弃对祖国的期待，而是以手中的笔为利刃，解剖南非现实。

1997 年，仗义执言的穆达直接给当时的总统纳尔逊·曼德拉（Nelson R. Mandela）写了一封长信，在信中，他以自己回归南非受挫的经历为例，表达了自己对南非政府系统任人唯亲现象的担忧。这种权力的傲慢严重阻碍了民主国家的发展。② 在数篇文章中，穆达论及了造成这种不平等现象的两个主要的源头：黑人赋权运动，以及真相与和解委员会（Truth and Reconciliation Commission）。他认为，黑人赋权运动的出发点是值得认可的，但是在实际的执行过程中，却致使少数与政治有关系的人变成了"革命新贵"，还有更多的曾经为解放斗争付出一切的革命者却被排斥到社会边缘。大多数黑人，尤其是农村地区的黑人被排除

---

① Zakes Mda, *Justify the Enemy: Becoming Human in South Africa*, Scottsville: University of Kwa Zulu-Natal Press, 2018, p. 29.

② Zakes Mda, *Justify the Enemy: Becoming Human in South Africa*, Scottsville: University of Kwa Zulu-Natal Press, 2018, pp. 216—221.

在社区的规划与发展计划之外。实际上，在小说《赤红之心》和《黑钻》（*Black Diamond*）中，穆达就对赋权运动进行过批判。在论文《和解小说：通过视觉与表演艺术创造对话》（*The Fiction of Reconciliation: Creating Dialogue through Verbal and Performance Arts in South Africa*）中，穆达通过戏剧分析真相与和解委员会存在的问题。他认为，在此政策下，曾经作恶的人在坦白自己的罪行后，继续逍遥法外，受害者却背负着过去的伤痛继续挣扎。统治精英更为关注的是黑人与白人之间的和解，却忘记了黑人之间也迫切需要和解。诸如种族隔离制度所导致的黑人之间的政治分歧，以及种族分裂等严重影响了社会和谐与国家发展。

政府系统普遍存在的腐败行为导致贫富差距拉大，失业率攀升，犯罪频发，艾滋病泛滥。乱象丛生的社会催生出两个更为根深蒂固的问题：炫耀性消费和即时满足。很多黑人用昂贵的服装、奢华的派对、华丽的婚礼和时髦的葬礼来补偿内心的自卑情结。"我们想要一切，我们现在就要，如果你有，就把它弄干"[1]。而为了满足自己的虚荣心，大量黑人走上了犯罪的道路，导致犯罪率的进一步攀升。同时，这两种疾病助长了南非黑人的仇外情绪。所以，穆达认为，唯有自我反思与自我批评才能让深陷其中的黑人真正觉醒、奋发向上，通过可持续的经济发展实现自给自足。然而，长期的殖民统治历史，致使南非形成了依赖外来力量发展自己的习惯。政府将发展"交付"于外围国家。人民作为历史创造者的作用被否定了。而这种"交付"的概念造成并加剧了人民的依赖心理。这种依赖和权力文化就是穆达通常所说的"非洲病"[2]（African malaise）。非洲政府和企业界使新殖民主义资本在牺牲黑人大众利益的情况下实现自我发展。正是因为黑人自己成为白人新殖民主义的代理人，使新殖民主义成为可能，所以穆达认为，"非洲的问题在很大程度上是自己造成的"[3]。文化是自由的，但也可以是压迫的。部分南非人以所谓非洲文化的名义继续坚守着本该革除的陋习。

---

① Zakes Mda, *Justify the Enemy: Becoming Human in South Africa*, Scottsville: University of Kwa Zulu-Natal Press, 2018, p. 242.

② Zakes Mda, *Justify the Enemy: Becoming Human in South Africa*, Scottsville: University of Kwa Zulu-Natal Press, 2018, p. 187.

③ Zakes Mda, *Justify the Enemy: Becoming Human in South Africa*, Scottsville: University of Kwa Zulu-Natal Press, 2018, p. 188.

例如，父权制和家长制压迫文化：童贞文化和童贞检测，仍在南非大行其道。穆达呼吁，不能以牺牲个人自由与尊严为代价来维护不合理的文化陋习，不能用过去的文化来处理今天的问题，而应该选择性地利用非洲的传统文化。[①]此外，穆达还从国际视野出发，讨论全球变暖对南非民众生活的具体影响，以及南非在减少碳排放方面存在的问题。

在《互动式非洲戏剧中的戏仿，讽刺与狂欢》一文中，穆达以布雷特·莫里（Brett Murray）创作的用以讽刺当权者的讽刺画《长矛》（*The Spear*）引起的争议，说明人民对权力傲慢问题的关注和抵制。这支长矛激发了人们的愤怒，他们认为这是对非洲身份的侮辱。这也引发了利用文化为政治服务的问题，尤其是文化原教旨主义急于规定本质上是"非洲"和"非非洲"的问题，否定了南非黑人文化的活力和多样性。穆达在《关于文化和非洲问题的一些观察》（*Some Observations on Culture and the African Malaise*）和《作为一个非洲人意味着什么：南非背景下身份的转变》（*What It Mean to be an African: Shifting Identities in the South African Context*）中指出，"非洲人"和"非非洲人"是由外部人，即欧洲人和美洲人为我们创造的。这种划分界线是一个漏洞百出的界线。他认为，"不能以种族来定义非洲身份"，非洲身份"实际上是一种正处于重新形成、重新定义过程中的身份"。非洲身份需要从"地缘政治身份：那些与非洲有着共同历史、共同利益和共同命运的人"的角度来考量。[②]"在自由社会中，文化永远不会迟钝。它通过个体的自由联合而繁荣和发展。"[③]非洲是多种文化并存的大陆，所以穆达认为非洲人的座右铭是"多元一体"，"我们热爱并尊重我们的各种身份（关于性别、种族、国籍、部族等），同时庆祝我们作为南非人的身份"[④]。

---

[①] Zakes Mda, *Justify the Enemy: Becoming Human in South Africa*, Scottsville: University of Kwa Zulu-Natal Press, 2018, p. 190.

[②] Zakes Mda, *Justify the Enemy: Becoming Human in South Africa*, Scottsville: University of Kwa Zulu-Natal Press, 2018, p. 209.

[③] Zakes Mda, *Justify the Enemy: Becoming Human in South Africa*, Scottsville: University of Kwa Zulu-Natal Press, 2018, p. 211.

[④] Zakes Mda, *Justify the Enemy: Becoming Human in South Africa*, Scottsville: University of Kwa Zulu-Natal Press, 2018, p. 237.

作为泛非主义者，穆达关注的不仅仅是南非，而是整个非洲。例如，在《释放埃斯金德·尼加》①（*Free Eskinder Nega*）中，他公开声援埃塞俄比亚记者爱斯金德·内加（Eskinder Nega），后者因在外国新闻网站上发文敦促政府兑现民主改革承诺被捕。穆达对此人权案件的关注并不仅仅是作为一个知名知识分子对受不公正待遇的同行的人道主义关怀，更因为他经历过不公正统治带来的伤痛。所以他说，"如果我们今天（对此案件）都保持沉默，当我们自己遭受不公时，也不会有人为我们说话"②。在《卢旺达和解》（*Rwanda Gacaca*）中，穆达赞扬了作家们为卢旺达种族屠杀记忆书写做出的努力，同时为卢旺达的种族矛盾忧心忡忡。他认为，"如果没有任何有意的和解，卢旺达种族灭绝的悲剧一定会重演"③。穆达还关注了津巴布韦政治领袖的神化，以及任人唯亲所导致的腐败问题。

然而，包括穆达在内的南非知识分子们对南非现存问题的反思与批判，招致部分黑人统治精英的抵制。他们给出的理由是，"黑人不应该批评黑人，否则他们就会被种族主义白人利用，他们认为黑人无法治理国家，把这个国家搞得一塌糊涂"④。所以，在《我们需要爱国主义新闻吗？》（*Do We Need Patriotic Journalism*）一文中，穆达针对前总统雅各布·祖马（Jacob Zuma）的不当言论指出，爱国媒体不是精英阶层的传声筒，它必须发挥监督作用，而不是高唱赞歌，粉饰太平。这种自我反省和自我批评应该成为民族文化的一部分。这个国家需要的不是狭隘的民族主义和民族沙文主义。敢于监督和批判政府，才是真正的爱国主义。而作为作家，穆达也始终将对南非社会问题的反思与批判贯穿于自己的文学创作中。

但是，穆达并不是一个极端的愤世嫉俗者。在自己的大半生中，他见证了南非种族主义统治的始末，深切感受到了新南非的建立为南非人民，尤其是黑人们生活带来的翻天覆地的变化。空前数量的黑人有了自己的住房，享受到了国家提

① Zakes Mda, *Justify the Enemy: Becoming Human in South Africa*, Scottsville: University of Kwa Zulu-Natal Press, 2018, p. 102.

② Zakes Mda, *Justify the Enemy: Becoming Human in South Africa*, Scottsville: University of Kwa Zulu-Natal Press, 2018, p. 104.

③ Zakes Mda, *Justify the Enemy: Becoming Human in South Africa*, Scottsville: University of Kwa Zulu-Natal Press, 2018, p. 110.

④ Zakes Mda, *Justify the Enemy: Becoming Human in South Africa*, Scottsville: University of Kwa Zulu-Natal Press, 2018, p. 135.

供的电力和清洁的水。南非有独立于政府的司法体系，从对前总统雅各布·祖马以及政府官员等腐败行为的调查和严厉批判就可见一斑。南非人权法案逐渐完善，部分法案更是走在了世界司法发展的前沿。这些都是新南非令人瞩目的成就。与此同时，越来越多锐意进取的年轻人，投身于新南非的文化和经济建设。所以，尽管穆达将南非的发展总结为"进步两步，倒退一步"[①]，在他眼中，南非仍是一片充满机遇和希望的土地。

## 三、文学创作与社会实践的结合

作为作家，穆达研究文学创作的内在机制，并通过创作来反映现实；作为南非国民，穆达积极发现南非社会存在的问题，并为南非的政治文化发展提出自己的见解。然而，穆达对南非建设的参与并不仅限于笔头。他充分利用自己的作家身份和社会影响力，将自己的文学创作与社会实践紧密结合。例如，他在剧院开办作家讲习班，向年轻作家传授写作经验；开办创意写作坊，指导爱好文学的年轻艾滋病携带者从事文学创作，并帮助他们将作品转化成文化产品；为农村贫困人口寻找致富途径等。所以，穆达也是一名积极的社会活动家。

1994 年以前，种族隔离主题贯穿南非文坛的创作。在南非实现民主之后，包括穆达在内的南非作家总会被问及这样的问题："既然种族隔离制度已经消亡，你打算写什么？"[②]似乎离开了种族隔离的主导话语，身处新南非的作家们失去了创造力。作为具有国际视野的著名作家，穆达鼓励新一代的艺术家打破受种族隔离主题束缚的审美，解决新的问题，创新新作模式，将国际风格与非洲传统相结合。在 2001 年的纪念演讲《比科的孩子》（"Biko's Children"）中，他赞扬了索韦托

---

① Zakes Mda, *Justify the Enemy: Becoming Human in South Africa*, Scottsville: University of Kwa Zulu-Natal Press, 2018, p. 232.

② Zakes Mda, *Justify the Enemy: Becoming Human in South Africa*, Scottsville: University of Kwa Zulu-Natal Press, 2018, p. 116.

的"青年赋权和互助论坛"（Youth Empowerment and Networking Imbizo）。[1]组织论坛的是一群积极向上的年轻人。他们通过诗歌表演、演讲和研讨会激励其他人共同建立富有成效的青年社区，并就他们最关心的问题进行对话。穆达盛赞，这个论坛传递的信息是通过积极的文化行动实现自我主张、自我发展和心理解放。在《和解小说：通过视觉与表演艺术创造对话》中，穆达尖锐地指出南非小说产量不高和真相与和解委员会息息相关。种族隔离制度成为身处新南非的人们不愿再次提及的主题。出版机构也对作家施加压力，要求他们回避过去，关注现在和未来。而穆达提醒大家，南非的政治斗争把白人和黑人都囚禁在狭小的政治空间里，白人与黑人互为存在，互为影响。回避对对方的书写，自身的存在便不能独立存在。历史不容抹杀，它曾经形塑着作家的书写，也将继续影响着当下的文学。

既然白人的存在不容忽视，那么黑人作家应该如何塑造白人？在《为敌人正名》一文中，穆达给出了自己的答案：即使是敌人，也要让他充满人性。这意味着要在人物所处的历史背景和社会环境中去理解他们，要以同情和宽容的态度对待小说中的人物，试着理解他们内心深处的想法，而不是在分析他们的错误行为时做出非此即彼的判断。这种辩证看待一个人的做法即非洲哲学——乌班图（Ubuntu）精神的实践。乌班图精神的核心观点是，人性不是与生俱来的。唯有通过他人的同情、宽容和慷慨行为，个人才能获得他人赋予的人格和人性。这种精神强调的是他人对于个体成长与发展的重要性。在这一点上，米勒（Miller）的话给了穆达极大的启示，"不应该将角色公式化地描绘成好与坏，而是作为一个人。他们的经历是可以理解的。一旦我们了解了一个人的过去，并看到是什么造就了他，我们就会看到他的所作所为在心理上（尽管不一定在道德上）是合理的"[2]。在谈及早期某些戏剧创作中对白人扁平形象的刻画时，穆达不无遗憾。所以，在小说创作中，穆达也一直秉持着辩证看待角色的创作宗旨。所以，在他的小说中，没有十全十美的黑人，也没有十恶不赦的白人。比如，《死亡方式》中部

---

[1] Zakes Mda, *Justify the Enemy: Becoming Human in South Africa*, Scottsville: University of Kwa Zulu-Natal Press, 2018, p. 127.

[2] Zakes Mda, *Justify the Enemy: Becoming Human in South Africa*, Scottsville: University of Kwa Zulu-Natal Press, 2018, p. 35.

落黑人仇杀定居点的黑人居民，"猛虎组织"（The Tigers）的年轻黑人残忍杀害年仅五岁的小武撒；《赤红之心》中的黑人与殖民者勾结，残害自己的同胞，以满足一己私欲，而残暴的白人殖民者约翰·道尔顿（John Dalton）的后代成为当代南非文化的守护者。这也正如穆达自己所言，"同情和辩护是相辅相成的。一旦你了解了一个角色，你就会明白他行为的原因，从而为他人辩护"①。

然而，穆达对乌班图精神的坚持并不仅限于人与人之间，他的这种博爱理念同样延伸到了人与非人类之间。这体现在他小说中的生态关怀。在他的笔下，自然万物皆有灵。《赤红之心》中鸟儿能与人沟通，《唤鲸人》中人可以与南露脊鲸建立想象的恋爱关系并亲密接触等。这种对他人的想象方式在很多方面与库切笔下的伊丽莎白·科斯特洛（Elizabeth Costello）所谓的"出于同情的想象"②相呼应。同情的想象是一种以想象的方式进入他人存在的能力。正是这种能力使小说家和读者都能把自己想象成小说的人物，并赋予他们人格。因此，一个人也应该同样有可能想象到非人类的存在。这种以同理心看待与描绘敌人与非人类的态度，既是穆达的创作态度，也是他的人生态度。所以，他传授给青年作家的知识既是写作技巧，也是人生哲理。不仅如此，穆达还鼓励年轻作家们要对自己的作品充满信心，但同时应具备"自我编辑"（self-editing）能力，与自己的创作成果保持距离，用一个旁观者的眼光去审视它。这是一种服务于艺术创作和生活的自我反省和自我批评实践。

作为一名作家，穆达具有敏锐的观察力和思考力。如前所述，穆达善于在地理环境中寻找创作灵感。而他与自然地理之间的关系并非单向。莫福洛等前辈塞索托作家对环境的详尽描写方式影响了穆达对地理景观的塑造，而他们看待景观的态度也启发了他。对这些作家而言，"环境美并不是为了它本身"③。换而言之，美有其存在的价值。在一次外出采风的历程中，一座开满野花的山给了穆达愉悦

---

① Zakes Mda, *Justify the Enemy: Becoming Human in South Africa*, Scottsville: University of Kwa Zulu-Natal Press, 2018, p. 36.

② J. M. 库切：《伊丽莎白·科斯特洛：八堂课》，北塔译，杭州：浙江文艺出版社，2004 年，第 95 页。

③ Zakes Mda, *Justify the Enemy: Becoming Human in South Africa*, Scottsville: University of Kwa Zulu-Natal Press, 2018, p. 44.

的视觉享受。与之形成鲜明对比的是当地的贫瘠和女性问题。为此，穆达本能地想到一个问题，"这座山绝不能美得毫无价值！"[1]为此，穆达自费学习养蜂课程，积极动员当地村民合理利用自然资源，开办养蜂合作社。他积极奔走，为这个项目争取到资金支持。养蜂事业为当地村民带来经济效益的同时，也成为当地妇女走向独立的契机。这种积极参与社区建设的经历也激发了穆达的创作灵感。在小说《埃塞镇的圣母》中，蜜蜂成为主人公尼基走向自我救赎与和谐人际关系的途径。穆达的社区行动主义与文学创作之间一直存在着一种共生关系。也正因如此，穆达将自己的小说视为"公共行动文学"[2]（literature of public action）。为此，穆达呼吁南非的政府系统，以及有能力的企业等，应该像他的蜜蜂合作社，以及比科基金会开展的乡村帮扶计划一样，在全国范围开展"领养乡村运动"[3]（Adopt a Village Campaign），建立社区发展项目，通过基层改造社会。

# 结　语

至此，我们有必要回头重读一下该论文集的标题：《为敌人正名：在南非成为人》。通过对书中收录论文的解读，我们不难看出，"为敌人正名"，意指在政治、历史和文化背景中去辩证看待一个人及其所作所为，哪怕他曾经是你的敌人。在此过程中，我们要反思，他人的行为与我的存在的关系，我在他人成为其人的过程中扮演了什么样的角色。这种自我反思与自我批评的态度，也正是后种族隔离时期，南非民众以及南非统治阶层在政治、经济和文化等建设中应该秉持的态度。唯有如此，才能恢复和实现被惨痛历史扭曲的人性，"在南非成为人"。如何进行自我反思与自我批评？穆达通过这部文集做了最好的示范。在他看来，敢于正视国家

---

① Zakes Mda, *Justify the Enemy: Becoming Human in South Africa*, Scottsville: University of Kwa Zulu-Natal Press, 2018, p. 44.

② Zakes Mda, *Justify the Enemy: Becoming Human in South Africa*, Scottsville: University of Kwa Zulu-Natal Press, 2018, p. 46.

③ Zakes Mda, *Justify the Enemy: Becoming Human in South Africa*, Scottsville: University of Kwa Zulu-Natal Press, 2018, p. 141.

在发展过程中存在的社会问题，并积极应对；敢于批判性传承非洲的传统文化，南非乃至非洲才能走上和谐发展的道路。而穆达对自己同样持严格的自我批评的态度。在回忆录中，他坦诚回顾了自己年轻时代不堪的异性交往经历、自己的身体障碍、婚姻破碎导致的各种纠纷等。他将回忆录的写作过程描述为"自我反思"与"自我治愈"的过程，而回忆录就是他给自己孩子准备的人生教科书。

从严格意义上来讲，穆达的这部文集并不是纯粹的学术论文集，因为其中有多篇原发表于各种非学术杂志的社会评论文章。穆达另有其他一些讨论戏剧与小说创作的论文并未被收录在这部文集中，这或许是考虑到入选论文主题的代表性，或者是文集的容量限制。但是，这部文集中收录的文章已经充分展现了穆达身份的多样性。作为一名作家，穆达专注于文学创作，积极探索文学创作的内在机理，体现了作家敏锐的感知力与创造力；作为一位普通公民，穆达将作为南非公民的内在体验与流散知识分子的外在审视相结合，深度剖析南非现实，体现了他忧国忧民的忧患意识；作为一名社会活动家，穆达积极利用自身优势，帮助他人，参与社区建设，体现出高度的社会责任感。通过对这部文集的解读，我们看到一个多面的穆达。然而，在回忆录中，穆达不止一次提及，他时时感受到一种局外人的痛苦，一种虚空。从论文集《为敌人正名》中，我们或许能一窥究竟。他的虚空、他的痛苦更多是来自于他对社会现实的细致观察和深刻体悟，以及"哀其不幸、怒其不争"的无力感。这也正说明了，为什么评论家们在批评他对社会现实的揭露太过"鲁莽"的同时，称赞他的写作"引人入胜，大胆无畏"。①

（文 / 湖北工业大学 胡忠青）

---

① Zakes Mda, *Justify the Enemy: Becoming Human in South Africa*, Scottsville: University of Kwa Zulu-Natal Press, 2018, p. 92.

第四篇

姆邦基尼·恩基马等
戏剧《站起来，艾尔伯特！》中的
黑人觉醒意识

姆邦基尼·恩基马

Mbongeni Ngema，1955—2023

## 作家简介

　　姆邦基尼·恩基马（Mbongeni Ngema，1955—2023），南非剧作家、音乐家、演员。1955年生于德班，自幼接触祖鲁人的音乐、舞蹈。恩基马早年曾是一名工人，20世纪70年代末参与吉布森·肯特（Gibson Kente，1932—2004）的镇区戏剧训练营，成为一名演员，并开始接触话剧与音乐剧创作。1979年，恩基马与珀西·姆特瓦（Percy Mtwa，1954— ）组建了大地剧团。1981年，二人与白人导演巴尼·西蒙（Barney Simon，1941—1995）共同创作了戏剧《站起来，艾尔伯特！》（*Woza Albert!*，1981），并在约翰内斯堡（Johannesburg）市场剧院（Market Theatre）首演，随后在英美等地巡演，反响热烈。这部作品通过一段耶稣降临南非的魔幻故事，展现了种族隔离时期南非社会的众生相，呼吁黑人群体争取解放。作品广泛运用象征、寓言、讽刺等手法，摆脱了南非抵抗戏剧（Protest Theatre）过于直白的桎梏，使得南非黑人戏剧开始在国际剧坛占据一席之地。此后，恩基马组建戏剧团体"使命艺术家"（Committed Artists），创作了《我们没钱！》（*Asinamali!*，1985）、《萨拉费纳！》（*Sarafina!*，1986）等话剧和音乐剧。这些作品大多关注黑人觉醒运动时期的解放斗争，将南非黑人音乐剧的歌舞形式与抵抗运动的政治宣传结合在一起，使得南非戏剧在欧美世界广为人知。1992年，《萨拉费纳！》被翻拍成同名电影。20世纪90年代之后，恩基马长期在美国发展，推出了众多具有南非特色的音乐剧和话剧，向欧美剧坛宣传和推广南非戏剧。2023年12月27日，恩基马因车祸意外离世，享年68岁。

珀西·姆特瓦

Percy Mtwa, 1954—

# 作家简介

　　珀西·姆特瓦（Percy Mtwa，1954— ），南非剧作家、导演、演员。1954 年生于本诺尼（Benoni）的瓦特维尔（Wattville），自幼热爱文学与音乐，但因黑人身份和家庭缘故，17 岁时他被迫放弃学业，在服装店帮助父亲做售货员。后来姆特瓦与镇区中的好友共同组建"珀西与大师们"剧团（Percy and the Maestros），专事音乐表演，在剧团内做歌手、舞者。1973 年，"珀西与大师们"剧团上演了由姆特瓦的朋友、新闻记者吉尔罗伊·德鲁库拉（Gilroy Dlukula）编剧的戏剧《命运的召唤》（*Destiny Calls*，1973），姆特瓦在剧中担任演员与歌手。1979 年，姆特瓦加入吉布森·肯特的剧团，从事戏剧表演。同年参演了肯特的音乐剧《妈妈和重担》（*Mama and the Load*，1979）。在肯特的剧团中，姆特瓦结识了恩基马。二人于 1980 年离开肯特的剧团，共同组建了大地剧团，并于 1981 年与白人导演巴尼·西蒙合作，上演了令他们声名鹊起的戏剧《站起来，艾尔伯特！》。1985 年，姆特瓦创作了戏剧《博哈！》（*Bopha!*，1985）。该剧由市场剧院和大地剧团的成员联合创作，是姆特瓦个人创作中最重要的作品。1993 年，《博哈！》电影版上映，由摩根·弗里曼（Morgan Freeman）担纲导演。姆特瓦是市场剧院的常驻导演（resident director），他的作品多为反种族隔离的抵抗戏剧，在南非、欧美均有影响力。其他的代表作有戏剧《非洲梦》（*The African Dream*，1998）、《爱国者》（*The Patriot*，2001）等。

巴尼·西蒙

Barney Simon，1941—1995

## 作家简介

巴尼·西蒙（Barney Simon，1941—1995），南非剧作家、导演，市场剧院的创始人、艺术导演。1941年生于约翰内斯堡的一个犹太人工薪家庭。20世纪50年代末赴英国学习，与导演琼·利特尔伍德（Joan Littlewood，1914—2002）共事，从事后台管理工作。在英期间，西蒙从利特尔伍德那里学到了布莱希特式的戏剧技巧与工作坊戏剧，并开始关注工人阶级与社会底层人民。回到南非后，西蒙与阿索尔·富加德（Athol Fugard）等剧作家合作，执导了富加德的《血结》（Blood Knot）、《你好，再见》（Hello and Goodbye）等戏剧作品，并与约翰内斯堡的戏剧表演者组建多场跨种族的戏剧工作坊，创作反种族隔离的街头戏剧（Street Theatre）。这些工作坊为他在20世纪70年代创办市场剧院积累了丰富的经验。1964年至1971年期间，西蒙还担任文学杂志《经典》（Classics）的编辑，推介南非文学作品。1969年，西蒙赴纽约开始了为期一年的交流访学，向美国观众推介南非戏剧，同时担任《新美国评论》（New American Review）的编辑。1974年，他结识导演曼尼·马尼姆（Mannie Manim，1941— ），二人于1976年在约翰内斯堡创办了市场剧院，是南非第一个反对种族隔离、上演多元文化戏剧的专业剧院。西蒙担任市场剧院的艺术导演，直至去世。市场剧院的诞生，将南非本土戏剧运动推向高潮。在此期间，西蒙在得不到任何政府资助、时刻受到种族隔离政府骚扰的情况下，坚持与不同种族、不同身份的剧作家、音乐家、演员合作，采用工作坊、即兴创作等戏剧技巧，创作出《站起来，艾尔伯特！》、《生于RSA》（Born in the RSA，1985）等一大批优秀的抵抗戏剧。此外，西蒙也改编了戈迪默、坎·滕巴（Can Themba，1924—1967）等南非作家的作品，将小说故事搬上银幕与舞台。西蒙一生作品等身，荣誉众多，曾三次摘得布雷滕巴赫·埃帕特伦（Breytenbach Epathlon）最佳导演奖。1995年6月，西蒙在约翰内斯堡逝世，享年54岁。

## 作品节选

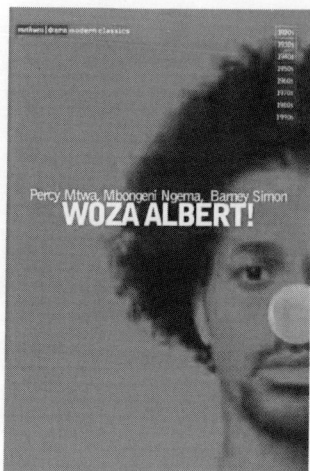

《站起来，艾尔伯特！》
(*Woza Albert!*, 1981)

"Morena will say, I see families torn apart, I see mothers without sons, children without fathers, and wives who have no men! Where are the men? Aph'amadoda madoda? [Where are the men?] And the people will say, Ja, Morena, it's this baddy apartheid. It's those puppets, u Mangope! u Matanzima! u Sebe! Together with their white Pretoria masters. They separate us from our wives,from our sons and daughters! And women will say, Morena there's no work in the homelands.There's no food. They divide us from our husbands and they pack them into hostels like men with no names, men with no lives! And Morena will say, come to me, you who are divided from your families. Let us go to the cities where your husbands work.We will find houses where you can live together and we will talk to those who you fear! What country is this!"[1]

"莫莱纳将说，我看到人们家破人亡，我看到无子之母，无父之子，无夫之妻！男人们在哪儿？男人们在哪儿？男人们说，唉，莫莱纳，这就是该死的种族隔离。都是那些木偶，曼戈佩、马坦兹玛、塞贝，他们和比勒陀利亚的白人主子们都是一伙的！他们让我们妻离子散！女人们说，莫莱纳，我们在家乡没有工作。家里没吃的。他们把我们和丈夫分开，然后送男人们进小旅店，人们就像是没名没姓的人，没有生命的人！莫莱纳说，跟着我，你们那些和家人分别的人。我们去你丈夫工作的城市。我们会找到房子，让你们住在一起，我们要与你们所害怕的那些人对话！这是个什么国家！"

（徐立勋／译）

---

[1] Martin Banham and Jane Plastow (eds.), *Contemporary African Plays*, London: Methuen Publishing, 1999, p. 249.

**作品评析**

# 《站起来，艾尔伯特！》中的黑人觉醒意识

## 引 言

《站起来，艾尔伯特！》（以下简称《站起来》）[①]是由南非剧作家、演员姆特瓦、恩基马与西蒙三人共同制作的戏剧作品。该剧由姆特瓦、恩基马担任演员，于 1981 年在约翰内斯堡的市场剧院上演，随后在美国、英国、德国等国巡演，荣获奥比奖等多项大奖，赢得欧美剧坛的一致好评。作品共 26 场，只有姆特瓦和恩基马两位演员，他们分别饰演多个角色，几乎不使用道具，纯粹靠自己的演技任意转换人物角色。剧中所涉及人物之多，人物身份之广，可谓是一幅 20 世纪 70 年代末南非政治语境乃至国际政治舞台的魔幻"图景"。剧作以"莫莱纳"（Morena，塞索托语中的"耶稣"）再次降临南非为主线，采用片段式结构串联起南非人的众生相，并着重展现南非镇区（Township）的黑人群像，突出黑人群体所遭受的管控、隔离与压制，以及受黑人觉醒运动和索韦托起义鼓舞的抵抗与斗争。可以说，《站起来》是真正意义上将南非 20 世纪 70 年代兴起的抵抗戏剧推向

---

① 关于"Woza Albert！"的译名，国内有两个版本。李永彩译为《站起来，艾尔伯特！》（参见李永彩《南非文学史》，上海：上海外语教育出版社，2009 年，第 406 页），季君君译为《阿尔伯特站起来！》（参见季君君《颠覆和跨越——〈阿尔伯特站起来！〉之魔幻现实主义解读》，《番禺职业技术学院学报》，2006 年第 4 期）。本文采用李永彩的译名。"woza"是塞索托语，本意为"来"，在祖鲁语中也有这一含义。根据不同的语境，"woza"也可指代"过来""起来"等含义。在剧中，"woza"一词出现多次，有"过来"的含义；第 26 场，两位演员轮流呼唤反种族隔离英雄们的亡灵，多用到"woza"，此处的含义可指"站起来"。参见 Marthinus J. Havenga, *Performing Christ: South Africa Protest Theatre and the Theological Dramatic Theory of Hans Urs von Balthasar*, Oxford: Peter Lang Group, 2021, p. 5。

世界的剧作，它使得世人开始关注南非戏剧独特的发展形态，尤其是戏剧本身所呈现的关于种族隔离制度的内容与主题。

## 一、引领抵抗戏剧浪潮，再现黑人觉醒运动

《站起来》是20世纪70、80年代之交南非抵抗戏剧的代表作，这一戏剧类型的发展与南非20世纪下半叶的黑人文艺发展以及政治文化运动有着紧密关联。20世纪60年代至80年代，南非镇区中的黑人戏剧历经了抗议戏剧（Resistance Theatre）与抵抗戏剧两大阶段。抗议戏剧滥觞于20世纪60年代的沙佩维尔大屠杀，由于白人政府在文化方面的严格管控，许多黑人知识分子或被捕入狱，或流散海外，南非黑人文学艺术陷入了沉默失语的状态，因而20世纪60年代这10年时间的文艺发展也被评论家称为"沉默的10年"[1]。与这一时期的诗歌、音乐、小说等文艺作品类似，抗议戏剧大多具备一种哀悼、自怜、抱怨的情绪，其战斗性远没有20世纪70年代那么激进，只是在传达黑人群体所遭受的创伤和痛苦。如穆达所言："抗议戏剧就其本质而言，只是向压迫者发话，旨在呼吁他们的良知……这是一种抱怨、哭泣、自怜、道德说教、哀悼和没有希望的戏剧。它除了描绘被压迫者发现自身所处的悲哀境地之外，没有提出任何解决方法。"[2]虽然像刘易斯·恩科西（Lewis Nkosi，1936—2010）等黑人剧作家的戏剧中已经指出了白人政府的非人道行为，但是抗议戏剧仍是在传达一种黑人布鲁斯式的忧郁氛围，并没有鲜明的政治立场和确立主体性的意识。

但是在20世纪60年代末黑人觉醒运动兴起之后，抗议戏剧逐渐转向旗帜鲜明、政治立场激进的抵抗戏剧，而推动这一主题转变的思想根源便是黑人觉醒运动。黑人觉醒运动由"南非学生组织"（South African Students' Organization）领袖斯蒂夫·比科（Steve Biko，1946—1977）发起，旨在明确南非黑人群体的主

---

① 李永彩：《南非文学史》，上海：上海外语教育出版社，2009年，第369页。
② 转引自李永彩：《南非文学史》，上海：上海外语教育出版社，2009年，第401页。

体意识，重唤"黑人性"（Negritude）的回归。他们认为，黑人不需要自怨自艾，不需要忧郁哀叹自己的身世，他们应当为自己的身份、肤色、种族感到自豪，去除被压迫的懦弱思想。此外，黑人觉醒运动的领袖们将有色人、印度人等南非族裔归纳为"黑人"的范畴。所有黑人都属于被压迫民族，他们应当联合起来，与扼杀他们民族特性和公民权利的白人统治作斗争。比科号召黑人丢掉自卑感，以黑肤色为骄傲。[①]他曾在《白人种族主义与黑人意识》（ White Racialism and Black Consciousness，1971）一文中指出黑人觉醒运动在种族隔离愈演愈烈的时局下的思想纲领：

　　……黑人意识的哲学旨在表现族群的骄傲感，以及黑人们奋起争取的愿景中的自我。黑人意识的核心在于黑人们的认知，要知道一些压迫者们最强大的武器其实正是黑人们被压迫的思想。曾经，压迫者们行之有效地操控、利用这种思想，以至于让被压迫者们认为，他需要服从白人。于是，被压迫者们什么都做不了，只能极度惧怕有权有势的主子们。从现在开始，思考黑人意识这一思想将使得黑人们把他们自己视为一种存在，一个完整的个体，他们不再是一把扫帚或者其他层面的人工机器。最终，他不会容忍任何企图剥夺他作为一个人的重要权利的行径。[②]

　　黑人觉醒运动主张民族自尊和自信的哲学，这正是比科在发言中所指出的核心思想。比科等黑人学生旨在掀起一场针对黑人奴性心理的革命，从黑人内部做起，消除被压迫者（黑人）对压迫者（白人）奴颜婢膝的思想，"唤起非洲人对遭受压迫的新觉醒"[③]，以此反对种族隔离制度与种族主义观念，确立黑人自己的价值观念。在文化领域，他们主张恢复长期以来被白人殖民主义扭曲、异化的黑人文化，重新确立黑人的文化精神。"我们的文化必须要用具体的术语做界定。我们必须把过去与现在连接起来，展现现代非洲的历史进程。我们必须反对特权者查

① 郑家馨：《南非史》，北京：北京大学出版社，2010 年，第 342 页。
② Aelred Stubbs (ed.), *Steve Biko（1946—1977）: I Write What I Like*, London: Bowerdean Press, 1978, p. 69.
③ 转引自丁杏芬：《南非黑人觉醒运动的兴起和发展》，《西亚非洲》，1985 年第 2 期，第 25 页。

禁我们文化的企图。"[1]比科关于黑人觉醒运动的主张一时间赢得广大黑人与白人自由主义者的支持,这种重新确立黑人主体性的思想在文化艺术领域得到众多反响,并在1976年的索韦托起义中被推向高潮。

20世纪70年代的抵抗戏剧深受黑人觉醒运动的浸染,所以在很大程度上承载了表现黑人真实处境、寻求政治表达的功能。在此之前,富加德、西蒙等白人剧作家已经在镇区开始创作这种凸显黑人受压迫的失语境遇的实验戏剧。他们借用格洛托夫斯基的工作坊(workshop)戏剧技巧,在黑人镇区从事地下创作,亦即西蒙所说的"游击战戏剧"[2](Guerrilla Theatre),以反对种族隔离。一时间,工作坊戏剧在镇区备受欢迎,但在政治诉求方面,抵抗戏剧的创作者们有着更为强烈的主体意识。像穆达、马蓬亚、马采米拉·马纳卡(Matsemela Manaka,1956—1998)、恩基马等抵抗戏剧的代表人物均为黑人剧作家,他们多数都是在镇区长大,特别关注黑人群体的悲惨处境与悲剧命运。他们都曾参与过反种族隔离的政治活动,或有着入狱经历,或流散至异国他乡,从自身经历与创作实践两方面推动着黑人觉醒运动的发展。比起白人自由主义者或人道主义者的作品,黑人剧作家更能突显其政治诉求,更具备反抗精神和斗争意识。他们"以动员被压迫者起来斗争为其公开目的,它直接向被压迫者发话——而不是向压迫者呼吁他们的良知"[3]。

作为抵抗戏剧的代表作,《站起来》积极呼应了黑人觉醒运动的时代主题,继承了南非黑人戏剧中强烈的政治所指。恩基马与姆特瓦都曾参与过黑人觉醒运动,二人也因此遭受了牢狱之灾,被白人警察关押了36天。他们的戏剧创作与黑人觉醒运动有着很大的联系。这从《站起来,艾尔伯特!》这一呐喊式的标题中可见一斑。标题中的"艾尔伯特"一语双关。一方面,它影射了剧中第16场的艾尔伯特大

---

① Aelred Stubbs (ed.), *Steve Biko*(*1946–1977*):*I Write What I Like*, London: Bowerdean Press, 1978, p. 71.

② Geoffrey Davids and Anne Fuch (eds.), *Theatre and Change in South Africa*, Amsterdam: Harwood, 1997, p. 225.

③ 转引自李永彩:《南非文学史》,上海:上海外语教育出版社,2009年,第401页。

街（Albert Street）。这是"整个约翰内斯堡最为臭名昭著的"①街道，黑人若想在约翰内斯堡找到一份养家糊口的工作，就必须在艾尔伯特大街的白人办事处办理通行证，获取求职证明。通行证是种族隔离时代的象征物，艾尔伯特大街也因此成为整个种族隔离制度的缩影。如果从"woza"一词的本义"来"来理解这个标题的话，那么"Woza Albert"也可译为"来艾尔伯特"，以见证这一处在种族隔离制度下的异化景观。另一方面，"艾尔伯特"直接指向20世纪50年代非洲人国民大会（African National Congress，简称ANC，非国大）的领袖艾尔伯特·鲁图利（Albert Luthuli，1898—1967）。在第26场，"莫莱纳"和"祖鲁小子"（Zuluboy）一同站在墓地，呼唤"艾尔伯特·鲁图利——我们的国父"的灵魂，借莫莱纳的神迹"让他复活"。"莫莱纳"直接喊出了标题："站起来，艾尔伯特！"②

　　另外一个直接相关的例子是在第一场。甫一开场，演员们便展现了一场白人对黑人的不公平对待与残酷管制。此时，两位演员正在一场爵士音乐会上表演，这时白人警察突然前来审查通行证。一位乐手因为没有携带通行证而被警察关押在第九区监狱（Section 9）。此处的第九区监狱正是关押比科，并致使比科惨死狱中的真实地点。随后在场次的跳跃和变化之中，作品提到的许多时间、地点、人物、道具、服装等舞台元素都在隐喻着黑人觉醒运动与索韦托起义中的人物、事件与时间节点。另外，结尾中着重提及的三位关键人物："教会我们黑人获得权力"的罗伯特·索布克韦（Robert Sobukwe）、"教会我们母亲获取自由"的莉莉安·恩戈伊（Lilian Ngoyi）和"我们的孩子们的英雄"比科③，均是南非反种族隔离运动中的领导人物。其中，索布克韦是20世纪50年代南非泛非主义运动的领袖，积极倡导南非本土文化中的乌班图精神；恩戈伊则是黑人觉醒运动中的女性主义者，带领着黑人女性走向解放和自由；比科从"南非学生组织"中脱颖而出，使得黑人觉醒的意识首先在黑人学生中间广泛流传。可见，《站起来》

---

① Martin Banham and Jane Plastow (eds.), *Contemporary African Plays*, London: Methuen Publishing, 1999, p. 226. 作品引文皆为笔者自译，后文不再一一注明。

② Martin Banham and Jane Plastow (eds.), *Contemporary African Plays*, London: Methuen Publishing, 1999, p. 257.

③ Martin Banham and Jane Plastow (eds.), *Contemporary African Plays*, London: Methuen Publishing, 1999, pp. 257–258.

中有着大量与黑人觉醒运动相关联的人物形象、象征意象、主题元素，真实的历史背景在虚构的舞台镜像中反复再现，以呼应同时代争取黑人民主权利的政治历史背景，从而形成虚实融合的美学表达。

## 二、解构西方原型形象，建构黑人主体意识

恩基马等人的戏剧美学表达与黑人觉醒运动时期的其他剧作家不尽相同。从类型上划分，《站起来》是一部悲喜剧，有着布莱希特式戏剧的风格：场景来回跳跃，剧情较为淡化，角色根据情境需要随意转换，没有传统戏剧中诸如"第四堵墙"之类的空间限制，间离效果非常明显。不过这些戏剧技巧在南非同时代的许多戏剧中已是司空见惯，像富加德与"巨蛇剧团"（Serpent Players）创作的诸多即兴戏剧中就已经开始运用这些西方现代戏剧的技法。相比之下，《站起来》的特殊性在于利用象征、隐喻、寓言等手法，将真实的南非社会与虚构的剧场空间并置起来，达到虚实混杂的表现效果。"《站起来》属于这样一种范畴：比起直白的政治陈述，象征主义、寓言、讽喻剧（Satire）等元素在批判政治体系的当代戏剧中占据重要地位。"① 当然，戏剧的表现手段与编排技巧仍需为主旨内容服务。恩基马等人之所以运用这一手法，归根到底仍是为了更加艺术化地突显黑人文化的主体地位，在镇区戏剧日渐遭到种族隔离政府打压的低迷时局下，以一种寓教于乐、寓魔幻于真实的象征主义障眼法，潜移默化地呼吁黑人意识，唤起斗争精神，争取黑人等边缘群体的地位与权利。

剧中最重要的魔幻因素可谓是上到南非首相、下至贫民窟百姓都齐声议论的基督"莫莱纳"。这一形象也是恩基马和姆特瓦两人在创作这部作品时的重要灵感。1977 年，当时的恩基马和姆特瓦还是南非著名剧作家、音乐家肯特的剧团里的演员，他们在索韦托排演完肯特的音乐剧《妈妈和重担》（*Mama and the Load*，1979）后，计划去博普塔茨瓦纳（Bophuthatswana）观摩其他剧团的戏剧。结果，

① Piniel Shava, *A People's Voice: Black South Africa Writing in the Twentieth Century*, London: Zed Books, 1989, p. 159.

剧团大巴在途中遭到了警察的审查，警察拒绝了他们的要求，勒令他们回索韦托。在路上，剧团成员们就政治与宗教的关系展开激烈讨论，其中"有一个问题是，如果耶稣基督，也就是塞索托语（Sesotho）里的莫莱纳，降临到种族隔离时期的南非，会发生什么事"①。这样一个类似于编剧课里的"假定情境"游戏触发了恩基马和姆特瓦的灵感。他们后来与市场剧院的白人导演西蒙一同合作，抓住"莫莱纳"这个核心人物，扩展成了我们今天看到的《站起来》。

围绕"莫莱纳"这一魔幻因素，整部剧在主体结构和情节发展上可分为先声、降临、拯救、背叛、陨灭、复活六大部分。这六大部分形成了一条稳定戏剧节奏的主线，使26场戏"形散神不散"。"莫莱纳"第一次正面出场是在第16场，这一场是整部剧作的高潮，是为"莫莱纳"的降临。在艾尔伯特大街，两个黑人为了占地盘、抢工作，差点大打出手，但"莫莱纳"这时已乘着喷气式飞机来到南非，他突然出现在他们面前，引导他们扔掉通行证，跟随他去索韦托参加游行，争取自由。在此之前的15场戏可以说是人物诞生的先声，"莫莱纳"只是被许多人提及，只闻其声不见其人。从南非首相沃斯特、古巴主席菲德尔·卡斯特罗，到监狱中的囚犯，镇区中的理发师、屠户、拾荒人、卖煤翁、祖鲁老人，无人不谈"莫莱纳"。许多底层群体相信"莫莱纳"能给他们多灾多难的生活带来新的希望，比如在索韦托起义中失去理发店的理发师，就希望"莫莱纳"能让他"在约翰内斯堡市中心的大商场开一家理发店"②；在街头捡垃圾吃的杜杜大妈（Auntie Dudu）则认为，"莫莱纳"要是来南非，"我们就能在这（指着垃圾桶）找到很多食物了"③。边缘群体的愿望只不过是在现有基础上的修修补补罢了。当然，也有不少对"莫莱纳"持有怀疑的声音。南非首相就表示，"莫莱纳"不过是个赤色分子；卡斯特罗听说"莫莱纳"在南非，不禁反问："谁在搞这一套？罗纳德·里根？"④在这些充满黑色幽默的言论中，上层政客的声音与底层平民百姓的声音产生了巨大的反差，就连政客内部，也因冷战背景下的意识形态的冲突而产生较大的分歧。

---

① 转引自 Marthinus Johannes Havenga, "*Woza Albert!* Performing Christ in Apartheid South Africa", *Studia Historiae Ecclesiasticae*, 2020, 46 (1), p. 4。

② Martin Banham and Jane Plastow (eds.), *Contemporary African Plays*, London: Methuen Publishing, 1999, p. 221.

③ Martin Banham and Jane Plastow (eds.), *Contemporary African Plays*, London: Methuen Publishing, 1999, p. 219.

④ Martin Banham and Jane Plastow (eds.), *Contemporary African Plays*, London: Methuen Publishing, 1999, p. 217.

但在第 18 场，戏剧发展急转直下，主人公陷入困境。此刻，"莫莱纳"来到"加冕砖厂"（Coronation Brickyard），试图拯救被白人老板压迫的"祖鲁小子"和"狒狒"（Babbejaan，阿非利卡语，意为"狒狒"），结果"狒狒"却被白人老板以 10 兰特的薪水收买，出卖了"莫莱纳"。此处与《圣经》中犹大卖主的故事相互文。"莫莱纳"因此被关在约翰·沃斯特广场监狱（John Vorster Square Prison）的第十层，白人政府派重兵把守。但"莫莱纳"后来成功越狱，和天使加百利（Angel Gabriel）在空中自在地飞翔。这可着实震惊了南非当局。白人政府断定他是货真价实的耶稣，开始摆出笑脸，带他四处享乐。他们游历了南非第一高楼，去了太阳城（The Sun City）——号称"南非的拉斯维加斯"①，金钱、美女，一应俱全。但"莫莱纳"不为所动，他仍然同情那些处在水深火热中的南非人。气急败坏的白人政府把"莫莱纳"关在罗本岛（Robben Island）。《圣经》里的耶稣能在水面上行走，且水波不动，剧中的"莫莱纳"也是如此。他再次越狱，走在海面上，直奔开普敦。白人政府被迫使用核弹，想要炸死"莫莱纳"，结果只有开普敦和桌山（Table Mountain）被夷为平地，"莫莱纳"虽然身故，但他三天后便复活重生。结尾处，他在一片墓地中寻找拉撒路，碰巧遇到"祖鲁小子"。二人高声呼喊已故的反种族隔离斗士们的姓名，死去的英烈们在他们的召唤下重生。至此，"莫莱纳"的六段经历连接成完整、统一的主要线索，魔幻的宗教故事与真实的种族隔离社会彼此混杂，虚实相交，令剧作超脱了同时代抵抗戏剧中纯粹的政治宣传功能，在戏仿、消解西方宗教神话与殖民主义话语的同时，构建起了一个在种族隔离语境下捍卫边缘群体的反英雄形象。

基督教是西方文化的精神内核所在，也是西方殖民主义者在进行殖民扩张时的精神武器，致使南非原住民陷入了"本土流散"的困境。"由于殖民者推广殖民语言、传播基督教、侵占土地、实行种族隔离和分而治之的殖民政策，非洲原住民在自己的国土上被迫进入一种'流散'的文化语境中"②。在 19 世纪末 20 世纪初的南非，西方传教士们利用戏剧"寓教于乐"的功能，将《圣经》故事融会在宗教剧

---

① Martin Banham and Jane Plastow (eds.), *Contemporary African Plays*, London: Methuen Publishing, 1999, p. 248.
② 朱振武：《非洲英语文学的源与流》，上海：学林出版社，2019 年，第 56 页。

中，用以传播福音与使命。为了便于原住民接受，传教士还在戏剧中融入非洲的民间故事，并将西方语言和南非本土语言相结合。这一戏剧类型间接构成了南非英语戏剧最原初的表现形态，但也使得黑人"在自我身份认同方面产生了纠结与疑惑……在心灵上造成一种既不属于'此'也不属于'彼'的中间状态[①]"。与白人传教士的殖民主义教化所不同的是，恩基马等人的创作是将西方的宗教原型归化至南非的社会语境和反种族主义话语之中，着重取其神秘性与超自然的象征因素，在向观众传达黑人英雄们的反抗精神的同时，又关注南非底层黑人的真实生活，呼唤黑人群体的觉醒意识。

事实上，早在 20 世纪初，南非的许多黑人知识分子就试图借西方的宗教话语体系来呼吁争取黑人的主体性，摆脱白人殖民主义话语中对黑人的野蛮化、污名化书写。与之类似，《站起来》正是一部以西方宗教话语为表、以黑人中心意识为里的戏剧作品。作品在很大程度上与《圣经》互文，许多故事都和耶稣的经历有关，但这一耶稣并非白人中心主义的耶稣，而是一个被赋予黑人意识的耶稣——"莫莱纳"。《站起来》凭借黑人性的基督形象，以此呼应黑人为争取自身主体地位而不断奋斗的历史。对于被种族隔离制度他者化的边缘人来说，"莫莱纳"是永恒且普遍的，它不受南非白人意识形态与民族主义的局限，超越了西方殖民主义文化中起着教化与奴化作用的原型形象，取而代之的是为他者发声的黑人意识的象征。

## 三、妙用本土文化元素，重塑黑人觉醒意识

诚然，魔幻性的宗教人物构成了《站起来》的主体部分，恩基马等人成功地解构了白人中心主义的基督，将其本土化，重新建构为黑人觉醒运动中的精神支柱。不过，除了消解西方殖民主义话语以外，剧中涉及的南非本土的音乐、舞蹈场景，以及关于祖鲁族的历史传说、神话故事的援引，则从黑人文化传统的角度形塑成一种特殊性、本土化的艺术表达。一方面，这是对黑人历史文化的批判性

---

[①] 朱振武：《非洲英语文学的源与流》，上海：学林出版社，2019 年，第 56 页。

继承，接续了比科所说的"把过去与现在连接起来，展现现代非洲的历史进程"的黑人意识①；另一方面，本土文化元素中的集体无意识能够唤起黑人群体的认同感，重新确立被种族隔离制度歪曲、异化的主体性。

歌舞场景是剧中最为关键的本土文化元素，贯穿了戏剧发展始终。这和主创的音乐创作背景脱不开干系。恩基马和姆特瓦都曾是镇区中的音乐家，深受肯特的镇区音乐剧的影响。此后，二人创作了一大批包括歌曲、音乐剧、戏剧配乐在内的音乐作品，并与休·马赛凯拉（Hugh Masekela，1939—2018）、米利亚姆·马凯巴（Miliam Makeba，1932—2008）、道拉·布兰德（Dollar Brand，1934—）等流亡在外的南非音乐家长期合作。特别是恩基马，他的演艺事业最初是从音乐创作开始的。他在访谈中说："我刚开始是一名音乐人，慢慢地，朋友们都叫我给他们的戏剧配乐。这时，我才开始爱上戏剧。"②早年的戏剧配乐经历使得恩基马和姆特瓦的戏剧作品中不乏南非黑人的音乐、舞蹈形式。在创作戏剧时，他们往往自创歌曲，自编舞蹈，或采用黑人民族音乐与赞美诗，或运用南非城镇中的流行音乐与电子音乐。这些音乐元素有机地融入剧作之中，不仅扩展了戏剧各媒介之间的叙事功能，而且也"构建起人们对自己身份的理解……把自己置放在一个想象的文化叙事之中"③。在《站起来》之后，恩基马的《我们没钱！》《萨拉费纳！》、姆特瓦的《博哈！》等剧作中经常可以发现由黑人音乐主导的本土文化表征，这也是南非黑人戏剧的典型特征。

具体到《站起来》，剧中所涉及的音乐、舞蹈大多由恩基马与姆特瓦共同创作，许多歌舞场景和戏剧情节直接参与叙事。如第2场和第3场的转场，爵士乐手被关押在监狱里，小声哼唱着类似于摇篮曲风格的歌曲，呼唤"莫莱纳"降临："莫莱纳和我走遍大街小巷／每时每刻都望着我／夜幕降临他在我身旁／望着

① Aelred Stubbs (ed.), *Steve Biko（1946–1977）: I Write What I Like*, London: Bowerdean Press, 1978, p. 71.

② Margret A. Novicki and Ameen Akhalwaya, "Interview with Duma Ndlovu and Mbongeni Ngema", *Ameen Africa Report*, 1987, 32(4), p. 36.

③ 彼得·约翰·马丁：《音乐与社会学观察——艺术世界与文化产品》，柯扬译，北京：中央音乐学院出版社，2011年，第31页。

我，爱着我。"①叙事通过音乐由此展开。除了艺术形式上的叙事功能之外，《站起来》中的音乐舞蹈场景也以其多样化的本土艺术风格展现出黑人群体的文化叙事。同样是在第3场，囚犯们一边从事体力劳动的同时，一边吟唱着祖鲁工人的歌曲："他们以莫须有的罪名逮捕我们 / 我们该怎么办？"②第2场，囚犯们以领唱、齐唱相互应和的劳动号子的形式，唱起了一首《囚犯之歌》，领唱唱道："他们说他要来了。他真的来了吗？ / 每当我想起他我都会陷入癫狂 / 回来吧我的爱人，哦我的爱人。"③合唱则一直重复着"Hajakarumba"的衬词。这些风格鲜明的音乐场景不难联想到南非本土的戏剧风格，即"由舞蹈和歌曲组成"的部落戏剧（Tribute Drama）。"舞蹈富有节奏感，充满表现力；歌曲则富有感情，充满虔诚"④。而在这种回溯至黑人传统文化的元素中，种族隔离制度所带来的苦难与挣扎也随着充满情感的音乐一览无遗。黑人音乐中对于集体所遭受的苦难的叙述也促成了黑人群体的身份认同进程。

除此之外，《站起来》中的音乐元素也呼应了黑人觉醒运动中的抵抗精神，祖鲁人的战歌、索韦托起义中的赞美诗以及抵抗歌曲都在剧中出现，并且唤起了剧中角色奋起斗争的意识。可以说，音乐元素不仅表明了本土文化传统的继起，而且也再现了正在发生中的黑人斗争史。在结尾，"祖鲁小子"和"莫莱纳"便是用歌曲来呼唤黑人英雄们的新生，一首为英雄们招魂的祖鲁语歌曲一共反复了四遍。演员们每吟唱一遍，"莫莱纳"便会复活一位英雄的亡魂：

我们的主在召唤。

他召唤死者的骨殖，把他们聚在一起。

---

① Martin Banham and Jane Plastow (eds.), *Contemporary African Plays*, London: Methuen Publishing, 1999, p. 212.

② Martin Banham and  Jane Plastow (eds.), *Contemporary African Plays*, London: Methuen Publishing, 1999, p. 213. 原文为祖鲁语，笔者根据英文译文转译。

③ Martin Banham and Jane Plastow (eds.), *Contemporary African Plays*, London: Methuen Publishing, 1999, pp. 211-212. 原文为祖鲁语，笔者根据英文译文转译。

④ H. I. E. Dhlomo, "Drama and the African", *English in Africa*, 1977, 4 (2), p. 3.

他复活了黑人英雄们。

他召唤他们。①

此处，恩基马等人把音乐元素与"招魂"这种黑人民族中的宗教仪式融合在一起，"表演出了祖先们的记忆……强化了生者在反抗种族隔离制度的行动中的反抗精神。"②由此，鲁图利、索布克韦、恩戈伊、比科等反种族隔离的黑人英雄们一一"站起来"，这些为黑人解放运动奋斗终身的人物无疑为《站起来》的抵抗戏剧色彩增添了浓墨重彩的一笔。在此，音乐元素在本土文化传统的重叠交错中，再一次表现出强烈的政治性与他律性。

剧中关于南非本土的历史传说亦是值得关注的文化元素。在第13场，祖鲁老人得知"莫莱纳"将至，讲了一段19世纪布尔人将领皮特·雷提夫（Piet Retief）与祖鲁王丁冈（Dingane）和谈的故事。丁冈认为，这些拿着枪的白人都是些"巫师"，"他们很危险"③。丁冈想要除掉白人，因此设计了一出鸿门宴，邀请雷提夫到自己的帐篷里做客。帐篷内本是一片歌舞升平的景象，突然，丁冈发布命令，杀死这群巫师。顿时，早已埋伏好的祖鲁战士冲进帐篷，杀掉了雷提夫和他的布尔士兵。祖鲁老人的语言中混杂着许多祖鲁语，他一边讲述历史故事，一边表演着祖鲁族的战歌与战舞。在他看来，"莫莱纳"来到南非很有可能会遇到和雷提夫一样的经历，当局的态度其实是笑里藏刀。一旦"莫莱纳"违背了当局的意愿，他们就会果断处死这位反种族隔离的"巫师"，"发生在莫莱纳身上的事，跟发生在皮特·雷提夫身上的事一模一样！"④如此一来，历史故事中的殖民主义冲突便巧妙地融入种族隔离时期的种族矛盾之中。历史事件与魔幻现实主义的戏剧情节相互并置，本土文化传统也在这一叙述性的间离之中表现出了历史继承性。另外，就戏剧形式来看，直接打破第四堵墙、面向观众讲故事的叙述性手法，也是南非

---

① Martin Banham and Jane Plastow (eds.), *Contemporary African Plays*, London: Methuen Publishing, 1999, p. 258. 原文为祖鲁语，笔者根据英文译文转译。

② Connie Rapoo and David Kerr, "Non-Racial Casting in African Theatre and Cinema", *Journal of Language and Literature*, 2018, 30 (1), p. 96.

③ Martin Banham and Jane Plastow (eds.), *Contemporary African Plays*, London: Methuen Publishing, 1999, p. 223.

④ Martin Banham and Jane Plastow (eds.), *Contemporary African Plays*, London: Methuen Publishing, 1999, p. 223.

本土表演形式中的重要环节。就在这种口传心授的口头文学基础之上，黑人的历史得以继承与保留，并在以《站起来》为代表的黑人戏剧中归化为合乎种族隔离政治语境的隐喻手段。

# 结　语

《站起来》在 20 世纪 80 年代的南非引起轰动，一时间，南非镇区的黑人剧团都在上演这部作品，而且这类亦庄亦谐、魔幻色彩浓重的"宗教剧"也被许多黑人剧作家效仿。顺着这一势头，《站起来》远播欧美，斩获奥比奖等知名奖项。南非剧作家杜马·恩德娄伍（Duma Ndlovu，1954— ）将《站起来》定义为"南非戏剧的新形式"①。他指出，在《站起来》之前，南非黑人戏剧主要有两大类：一类是以肯特为代表的商业化、娱乐化的镇区音乐剧，另一类则是黑人觉醒运动时期的悲剧和正剧，即重视严肃题材、表达政治立场的抵抗戏剧，主要以前文提及的马纳卡、马蓬亚等人的戏剧为代表。"但《站起来》将这两者结合在一起，既诙谐又严肃。它包含着痛苦，而且戏剧技巧很高超。欣赏这部作品是一种全新的体验。"②恩德娄伍认为，《站起来》在外百老汇（Off-Broadway）的巡演"是顶级（Class A）的演出"，"比我们（指南非剧作家）目前能提供给美国观众的戏剧都要高级"③。《站起来》之所以能取得如此大的成就，一方面是因为它像富加德的戏剧那样，揭开南非白人政府施行种族隔离制度的虚假本质；但这部作品亦在现实主义戏剧的基础上，从政治讽喻的角度超越了一般意义上表现黑人悲惨生活与政治主张的现实主义剧作的传统，从而引领南非黑人戏剧走向悲喜结合、内涵丰富的讽喻剧传统。另一方面，具有魔幻现实主义色彩的戏剧情节，歌舞场景与本土

---

① Margret A. Novicki and Ameen Akhalwaya. "Interview with Duma Ndlovu and Mbongeni Ngema", *Ameen Africa Report*, 1987, 32 (4), p. 36.

② Margret A. Novicki and Ameen Akhalwaya, "Interview with Duma Ndlovu and Mbongeni Ngema", *Ameen Africa Report*, 1987, 32 (4), p. 36.

③ Margret A. Novicki and Ameen Akhalwaya, "Interview with Duma Ndlovu and Mbongeni Ngema", *Ameen Africa Report*, 1987, 32 (4), p. 36.

语言等南非本土文化符号，质朴戏剧和荒诞派戏剧等后现代戏剧元素的融合，共同使得《站起来》在艺术形式上与国际接轨，并且不失其本土戏剧的特殊性。

在《站起来》中，种族隔离制度不再是白人政府对外宣传中对待非白人群体的善意举措，而是对于生活在棚户区的非白人群体的结构性压迫。剧中人对于政治语境的大胆揭露和直接、放纵的呐喊，恰好体现了南非的抵抗戏剧对于种族隔离的批判态度。而这种直截了当的表现手法，与20世纪70年代的黑人觉醒运动有着千丝万缕的关联，以《站起来》为代表的一系列抵抗戏剧正是在黑人觉醒运动的催生下所诞生的艺术结晶。剧中的两位演员姆特瓦和恩基马不断地呼喊黑人觉醒运动中的代表人物，借用"莫莱纳"的力量让他们重新复活，由此来呼吁黑人们觉醒起来，反抗当局的不公对待。当然，政治主题是南非文学艺术的主要因素。真正建构起黑人觉醒这一庞大的主题，更需要剧场空间以及文本本身的艺术手段加持。在《站起来》中，虚实结合的空间结构将宗教传说与现实中的南非社会相互并置，并通过象征的审美蕴藉与来源于生活中的典型环境，指涉黑人本土文化中的集体无意识。黑人本土文化元素相互杂糅，既是在完善戏剧空间的营构，同时也是呼吁黑人群体重新发现自身价值的艺术手段。因而，《站起来》不只是简单地宣扬黑人觉醒运动的政治理念，不只是为时而作的急就章，最重要的是，它从文化精神上接续了黑人戏剧的文化传统，并在20世纪70年代黑人镇区戏剧繁荣发展的背景下，革新了20世纪80年代南非黑人戏剧形式，进而为即将走向新南非时代的南非戏剧提供了全新的发展路径。

（义 / 上海师范大学 徐立勋）

第五篇

阿索尔·富加德
戏剧《希兹威·班西死了》的种族书写

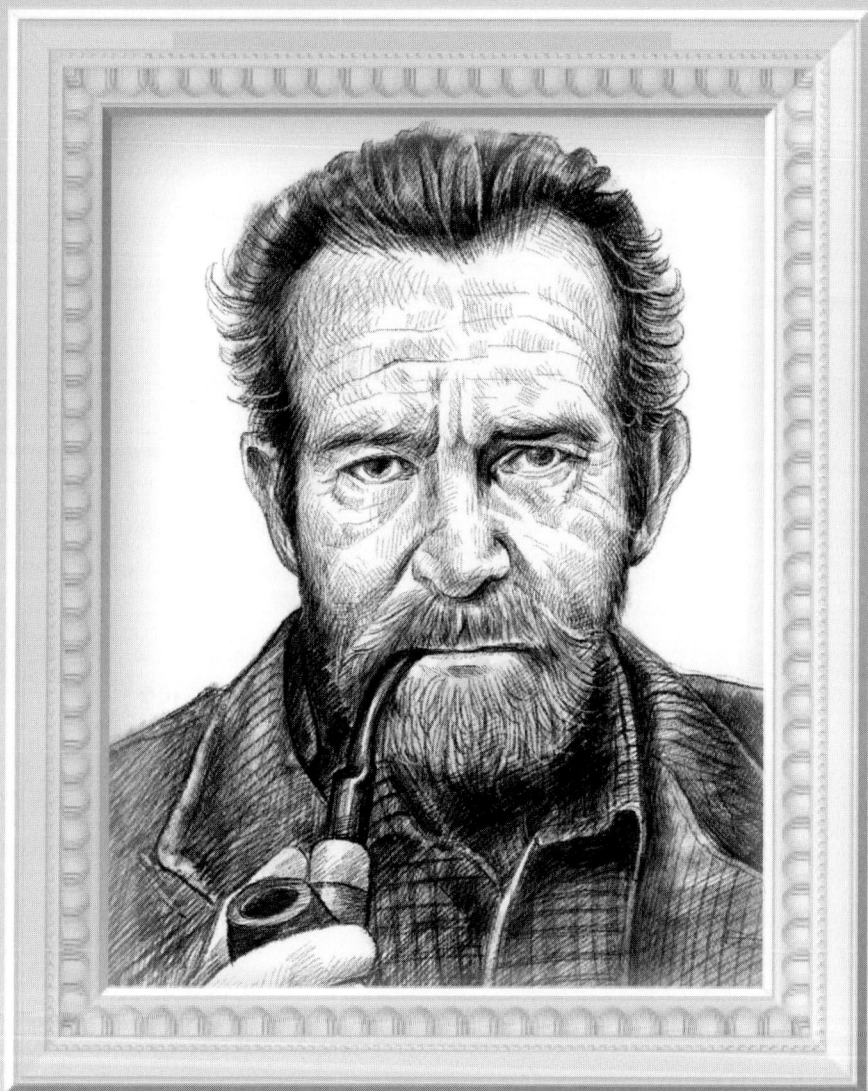

阿索尔·富加德
Athol Fugard, 1932—

## 作家简介

阿索尔·富加德（Athol Fugard，1932— ）是南非著名的剧作家、小说家、演员、导演，1932 年生于南非米德尔堡（Middleberg）的白人家庭。其剧作影响了南非一代又一代的文学艺术创作者，作品中所集中展现的人性困境以及对于种族隔离制度的抗议至今仍颇具影响力。1961 年的《血结》令他蜚声南非的文坛与剧坛。20 世纪 60 年代至 70 年代，他与巨蛇剧团一道，进行即兴戏剧的创作，推出《外套》（*The Coat*，1966）、《俄瑞斯忒斯》（*Orestes*，1971）、《希兹威·班西死了》（*Sizwe Bansi is Dead*，1972）等知名作品。在这一时期，"家庭三部曲"（《血结》《博斯曼与莱娜》《你好，再见》）与"陈述三部曲"[《希兹威·班西死了》、《孤岛》（*The Island*，1973）、《背德法案下的逮捕证词》（*Statements after an Arrest Under the Immorality Act*，1972）]使他声名海外，在世界英语戏剧中占得一席之地。此后他的作品如《芦荟的教训》（*A Lesson from Aloes*，1978）、《哈罗德少爷……与男仆们》（*Master Harold...and the Boys*，1982）、《我的孩子们！我的非洲！》（*My Children! My Africa!*，1989）、《山谷之歌》（*Valley Song*，1995）、《火车司机》（*The Train Driver*，2010）等，均聚焦于南非种族隔离时期普通人的生活遭遇，反映各个种族、阶层、身份的不同境遇，展现其深厚的人文关怀。

富加德的一生创作等身，共创作 40 多部戏剧、2 部电影剧本、1 部长篇小说与众多回忆录、手记、评论文章。从 1956 年开始创作至今，富加德不仅在南非享有盛名，同时也影响了世界戏剧的发展，广受欧美戏剧界的关注。《泰晤士报》评价他是"南非最杰出的剧作家"，《时代》周刊评价他为"英语世界伟大且活跃的剧作家"。其作品多次荣获戏剧界各类奖项。《希兹威·班西死了》获 1975 年美国百老汇戏剧节最佳剧本、最佳导演及最佳演员奖；《哈罗德少爷……与男仆》入选由哈佛大学、耶鲁大学等文学专家教授评出的一百部最伟大的戏剧。2011 年，富加德荣获托尼奖终身成就奖，赢得了戏剧界的高度认可。

**作品节选**

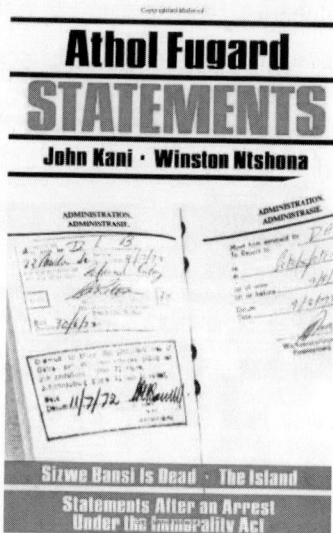

《希兹威·班西死了》
(*Sizwe Bansi is Dead*, 1972)

Buntu:

All Right! Robert, John, Athol, Winston… Shit on names, man! To hell with them if in exchange you can get a piece of bread for your stomach and a blanket in winter. Understand me, brother, I'm not saying that pride isn't a way for us. What I'm saying is shit on our pride if we only bluff ourselves that we are men.

Take your name back, Sizwe Bansi, if it's so important to you.

But next time you hear a white man say John to you, don't say "Ja, Baas?" And next time the bloody white man says to you, a man, "Boy, come here," don't run to him or lick his arse like we all do. Face him and tell him: "White man, I'm a Man!" Ag kak! We're bluffing ourselves.[①]

班图:

好了!罗伯特、约翰、阿索尔、温斯顿……这些名字都见鬼去吧!要是你换了名字,就能得到一片充饥的面包、一条御寒的毛毯,那就让这些名字见鬼去吧。兄弟,你明白我的意思吗?我不是说,我们不应该有自尊心。我是说,要是我们仅仅为了自己欺骗自己,说我们是人,那就让我们的自尊心见鬼去吧。

你要是过分看重你的姓名希兹威·班西,你完全可以不换名字。

---

① Biodun Jeyifo (ed.), *Modern African Drama*, New York: W. W. Norton & Company, 2002, p. 124.

可是，下一次，你要是听到白人叫你"约翰"，你就别说："是，老板？"下一次，要是一个该死的白人冲着你大喊"小子，过来"，你就别跑到他跟前去，像我们所有人做的那样，当个跟屁虫。你应该面对面告诉他："白人，我是个人！"得啦！我们又在骗自己了。

（徐立勋／译）

**作品评析**

# 《希兹威·班西死了》的种族书写

## 引 言

富加德一直是南非戏剧界乃至世界戏剧舞台上的常青树，自 1956 年起便开始从事戏剧创作，由他所主导的"巨蛇剧团"在 20 世纪 60 年代积极开展即兴戏剧、质朴戏剧等戏剧实验，与当时在西方盛行的戏剧模式接轨，将南非戏剧的发展推向顶峰。在 20 世纪 70 年代，富加德与约翰·卡尼（John Kani, 1943— ）、温斯顿·恩特肖纳（Winston Ntshona, 1941—2018）等合作完成了以《希兹威·班西死了》《孤岛》《背德法案下的逮捕证词》为代表的"陈述三部曲"，并在英国皇家剧院巡演，富加德的戏剧由此声名远扬。2011 年，富加德荣获托尼奖终身成就奖，赢得西方戏剧界的高度认可。

富加德"巨蛇剧团"时期的戏剧深深植根于南非的种族隔离社会之中，集中展现政治高压下南非各个种族的生活状态，揭示出南非人在身份上的流散性与复杂性。在这种极端境遇之下，黑人群体难以找到身份上的归属感，面对高压的政策、低下的生存环境，他们无法找到自己的社会身份和定位，甚至怀疑自身的存在，质问为人的意义，在道德伦理和生存欲望中左右徘徊。《希兹威·班西死了》是诠释这一主题的代表作。该作品是富加德与黑人演员卡尼、恩特肖纳共同创作的即兴戏剧，于 1972 年在开普敦首演，1973 年和 1974 年分别在伦敦和纽约展演，反响热烈，并为富加德带来了国际声誉。1975 年，该作品在美国百老汇戏剧节上荣获最佳剧本、最佳导演及最佳演员奖。作品可分为两部分，前半部分集中展现斯代尔士（Styles）等底层群体的生活百态，亦庄亦谐，悲喜结合地表现出南非黑人群体的生活状态。在后半部分，黑人希兹威·班西（Sizwe Bansi）因通行证图章过期，不得已偷用街头死人的通行证，改名换姓，求得生存。透过黑人的群像式书写，作品传递出被边缘、被隔离群体的身份焦虑。他们渴望被主流认同以获取生存权利，但又时时刻刻面临着种族隔离制度与资本主义制度的双重异化。同时，作品又将个体在戏剧情境中的道德困境纳入种族隔离背景之中，主人公一方面是在面对自己的生存权利，另一方面却要饱受良心和道德上的谴责，无法摆脱生存与道德间的悖论。作为"心怀愧疚的白人自由主义者的典型"①，《希兹威·班西死了》充分体现出富加德所给予的人道主义关怀。

## 一、制度管控下的生存困境与普遍意义

《希兹威·班西死了》集中展现了种族隔离制度对黑人群体的歧视、压制与迫害，并透过南非政治高压下的这一场人性悲剧，向世人展示出所有边缘群体的普遍困境。作为南非现代史上臭名昭著的制度体系，种族隔离制度通过肤色上的划分与分治，致使黑人、有色人等非白人种族陷入法律与道德上的压迫。1950年颁布的《集团地区法》规定，"在城镇中划分出特定种族的专门居住区"②，占全国人口绝大多数的黑人群体居住在由政府专门划分的隔离发展区之中，而"这些保留区仅仅约占整个国土面积的13%"③。此后在20世纪70年代，"班图家园"的推广，更是让隔离制度达到登峰造极的态势。《集团地区法》为种族隔离设定了制度上的框架，而《通行证法》则夯实了种族隔离制度的具体实施。通行证制度早在南非联邦成立以前就已经采用，后来被列为正式法律，通称《通行证法》，规定黑人必须携带名目繁多的证明身份的证件，违者则遭拘押或被罚劳役。警察

---

① Athol Fugard, *Township Plays*, London: Oxford University Press, 2000, p. XVI.
② 丰索·阿佛拉扬：《南非的风俗与文化》，赵巍等译，北京：民主与建设出版社，2018年，第46页。
③ 丰索·阿佛拉扬：《南非的风俗与文化》，赵巍等译，北京：民主与建设出版社，2018年，第45页。

有权随意检查黑人的通行证件，若缺少其中任意一项，将加以罚款与监禁。①

在作品中，主人公班西因通行证作废陷入了个人生活与社会制度的矛盾之中。一方面，班西需要生活上的温饱与富足，争取最基本的生存权利；另一方面，由于肤色与种族，班西始终遭受外部环境的施压，即使在主观上他努力去争取自身的权利，但在社会环境与制度的冲击下，他的主观能动性无处施展，美好愿景根本无法实现。没有通行证的黑人在南非寸步难行，人的生存空间与基本价值被制度剥夺，人成为制度压制下的"非人"。正如剧中的彭杜所说："谁会把钱借给一个被遣送滚蛋，赶到灌木林里去的人呢？……你不能得到这些，全都因为你的本子上有了那个倒霉的图章……简直是无路可走啊，班西。"②当班西看到街头上被黑帮杀害的罗伯特·兹威林希玛（Robert Zwelinzima），并决定用兹威林希玛的通行证改名换姓时，通行证俨然是种族隔离制度最鲜明的象征，一张充满歧视意味的证明就可以任意决定黑人的生活，甚至剥夺一个人的生存权利。但面对着自身的生存困境，班西只能弃尊严而不顾，选择苟且生存，"……要是能用这些名字换来一片充饥的面包、一条御寒的毛毡，那就让这些名字见鬼去吧。"③就如同萨特的"境遇剧"中角色所面临的终极选择一般，在富加德构建的戏剧世界中，来自外部的政治环境与社会制度成为人物的极限境遇，个体在制度中因身份问题而丧失自我，乃至失去了生存的权利。在隔离制度的强制管理下，失去通行证的班西只能抛弃自己原有的身份，换用死人的身份得以生存。班西的这一名称因通行证而"死"，真正死去的兹威林希玛则葬送在种族主义的屠刀之下。这一切的深层原因，班西将其归结为是肤色，"我们的皮肤就是个大麻烦"④。

正如富加德所说："剧作家的职责是要尽我所能，真实地见证那些无名之辈，以及在世界不起眼的角落中的小人物。"⑤《希兹威·班西死了》绝不是

---

① 杨兴华：《试论南非种族隔离制度》，《世界历史》，1987年第2期，第53页。

② Biodun Jeyifo, *Modern African Drama*, New Nork: W. W. Norton & Company, 2002, p.111.

③ Biodun Jeyifo, *Modern African Drama*, New Nork: W. W. Norton & Company, 2002, p.124.

④ Biodun Jeyifo, *Modern African Drama*, New Nork: W. W. Norton & Company, 2002, p.125.

⑤ Dennis Walder, *Athol Fugard*, Devon: Northcote House, 2002, p. 7.

"一出开放、高贵的政治宣言"①，实际上，它代表着超乎地域、超乎时空限制的人性关怀，其主题直接指向由于偏见和歧视所带来的人性危机。这些困境、危机、焦虑，都完全超越了南非的社会语境。政治性是南非文学不可避免的议题，正如库切所说，"南非文学……人为地专注于权利，权利的扭曲，它脱离不了与大众，与超越他们自己的复杂的人类世界进行争论，进行控制与征服的基本关系"②。但富加德本人其实并不想在作品中特意强调政治性，他曾在讲话中提到"我是一个讲故事的人，而不是政治预言家"③，"人类的绝望感才是戏剧真正的主题"④。揭露南非的政治与社会现实，表现南非人真实的生存状况，只是富加德戏剧中为数众多的主题之一，而对绝望、疏离、陌生等普遍困境的书写，才是解读富加德作品的一条重要路径。正如饰演斯代尔士的演员约翰·卡尼所说："观众可以将其称之为是政治化的戏剧，但艺术家不能这么想……这些戏剧之所以政治化，是因为他们展示了我们的生活。"⑤一旦涉及南非的个人生活，不可避免地都会涉及政治环境。富加德一直以来都在实践"见证"（bearing witness）式的创作。他试图将个体的生存困境与残酷的政治语境相结合，从南非社会出发，去关注那些"沉默的大多数"，关心所有被边缘化的群体的普遍困境，从而唤起人性关怀与人道主义精神。即使到了个人化创作的"记忆戏剧"阶段，富加德仍然秉承着这样的创作理念。1982年上演的《哈罗德少爷……与男仆》着重刻画了种族隔离制度下黑人与白人之间的共情与创伤，表达了人在充满偏见的环境之中无可奈何的心理状态；20世纪80年代末上演的《猪圈》（A Place with the Pigs，1988）更是将背景置于"二战"时的苏联，展现极限境遇下绝望的个体。富加德虽然以南非社会的制度、法律、意识形态为基准，"主要描写区域性的原住民和习语，但他的剧作也可使全球观众

---

① Biodun Jeyifo, *Modern African Drama*, New Nork: W. W. Norton & Company, 2002, p. 528.
② 康维尔、克劳普、麦克肯基：《哥伦比亚南非英语文学导读（1945— ）》，蔡圣勤等译，武汉：武汉大学出版社，2017年，第9页。
③ Athol Fugard, *Plays 1*, London: Faber & Faber, 1996, p. 243.
④ Athol Fugard, *Plays 1*, London: Faber & Faber, 1996, p. 245.
⑤ Biodun Jeyifo, *Modern African Drama*, New Nork: W. W. Norton & Company, 2002, p. 529.

专注于演出中那些普遍且潜在的困境"①。"他（富加德）的信念留存于人类和剧院之中。"②

## 二、制度控制下的双重异化与"含泪的笑"

在反映社会制度的具体表现上，《希兹威·班西死了》从黑人工薪阶层的日常生活入手，揭示了南非当局对黑人劳工或直接或间接的管控与制裁。这就使得以班西为代表的黑人群体具备了双重压迫：首先是种族隔离制度上的管控，从肤色、种族、血缘等生理因素隔离、控制黑人及其他边缘群体的生存权利；其次，在生理因素的基础上，多数非白人的群体从事的都是重体力工作，"只能在劳动条件差、劳动强度大、报酬又很低的部门工作"③，无产者的属性在他们身上格外突出，他们不仅遭受源自先天条件的歧视与隔绝，还要受到以白人资本家为主的资本的控制和异化。在意识形态与社会制度的双重压迫下，黑人的生存困境更加激烈，这也触发了 20 世纪 70 年代如索韦托起义等一系列黑人觉醒运动的兴起。

《希兹威·班西死了》在这两类主题的表现方式上既不同于其他展现黑人艰难生活的南非戏剧，也不同于左翼戏剧直白的政治宣传。它以一种黑色幽默的口吻，结合悲喜剧的元素，揭露黑人面临的不公和无奈，进而暴露黑人群体遭受制度与资本双重异化的处境。照相师斯代尔士曾经是伊丽莎白港汽车工厂的工人，在给白人老板做翻译时，他有意使用科萨语和英语上的语言差异制造幽默效果。"'用你们的语言告诉他们，今天是他们人生中最重要的一天。''先生们，这个老傻瓜说，今天是我们人生中最糟糕的一天。'"④ 看似轻松愉快、真实可感的工作场景，其实从侧面传递出工人微弱而悲戚的宣泄。如同阿 Q 的精神胜利法，工人们只有在处于这种文化上的差异或优势时，才能选择麻痹自我式的反抗，稍加嘲弄

① Simon Gikandi, *Encyclopedia of African Literature*, New York: Routledge, 2003. p. 271.

② Biodun Jeyifo, *Modern African Drama*, New Nork: W. W. Norton & Company, 2002, p. 529.

③ 杨兴华：《试论南非种族隔离制度》，《世界历史》，1987 年第 2 期，第 54 页。

④ Biodun Jeyifo, *Modern African Drama*, New Nork: W. W. Norton & Company, 2002, p. 95.

白人老板，以求得生存困境中的愉悦。众人在调侃完老板之后，立刻又迎来了比平时多两倍的工作量。苦中作乐对黑人劳工来说仍是昙花一现的时刻，在社会制度和资本剥削的异化机器中麻木劳作，才是这些黑人劳工的真实处境。斯代尔士的家庭生活便是一种受到资本压制下的无形痛苦，"你的生活不属于你，你把它卖了"①，"每天有24小时，只有我睡觉的那6个小时才能称得上是我自己的时间"②。身处歧视链最底层的黑人劳工无法摆脱经济与政治双重压迫，即使偶然嘲弄白人老板也不过是轻微的精神反抗，最终他们仍要在生存与尊严中选择物质上的生存，因而被迫选择顺从，接受在物质和精神层面、生理和心理层面、种族与资本层面的多重重压。

《希兹威·班西死了》不仅表现了黑人劳工被异化、被侮辱的处境，还从侧面揭示了白人资本家的精神面貌与形式主义作风。这也从资本的主体部分展现种族隔离时期南非工业生产中的弊病与问题。当大亨来工厂视察时，白人老板会紧急召集员工作一番面子工程，"平时我们只是在吃午饭的时候才能见到大老板……那天呢？他卷起袖子，在我们周围跑来跑去"③。但大亨的视察也不过是捣糨糊，和工厂老板们的闹剧如出一辙，"（迈三大步）一……二……三……就出去啦！……没有和任何人说过一句话。他甚至连工厂都没参观一下！"④统治集团的拍脑袋行为可谓是上行下效，而黑人工人们既要承受白人老板的剥削，又要饱受社会上有形或无形的压制。白人资本家占据了绝大多数生产资料，但工业生产的基础却要通过压榨黑人劳动力的力量才能得以运转，在此，斯代尔士工作的汽车厂形成一个由上到下、由内到外的异化空间，它象征着南非种族隔离时期的资本主义制度。"班西和彭杜之所以没有达到'人'的标准，不只是因为他们的肤色，更是因为他们的阶级。隔离的问题不能简单归结于肤色问题。即使把布莱德利老板（Baas Bradley）或者其他'大老板'替换成黑人，也无法改变资本主义的真实

---

① Biodun Jeyifo, *Modern African Drama*, New Nork: W. W. Norton & Company, 2002, p. 97.

② Biodun Jeyifo, *Modern African Drama*, New Nork: W. W. Norton & Company, 2002, p. 98.

③ Biodun Jeyifo, *Modern African Drama*, New Nork: W. W. Norton & Company, 2002, p. 94.

④ Biodun Jeyifo, *Modern African Drama*, New Nork: W. W. Norton & Company, 2002, p. 97.

面貌"①。无论是资本家的敷衍了事还是黑人劳工的过度劳动，究其根本，皆因为资本主义制度下的异化与变形。工厂空间正是传递这一扭曲关系的核心载体。

与工厂的异化空间产生对比的是斯代尔士的照相馆。如果说工厂是激烈的异化空间，那么在充满着"含泪的笑"的照相馆中，富加德等人呈现给观众一种温和的异化景观。只有在照相馆中，每个饱受磨难的个体才能暂时在想象的空间中得以喘息，摆脱被制度、被资本异化的处境。所以当班西看到了斯代尔士为他构建的家人团聚的场景时，班西才得以从紧张的"通行证"事件中放松，露出微笑。就斯代尔士这一形象来看，他是剧中唯一获得自由选择权利并且如愿以偿的黑人形象。他经历了工厂中的压榨，见证了镇区中的贫穷与落后，因而试图在照相馆构建一个美好的"美丽城"，"有意图地欺骗他人"②，让每一个来到照相馆的人沉浸在由他编织的美梦之中。但在这微笑背后，斯代尔士其实是用一种柔和的方式为遭受创伤的人们制造幻梦，目的是从中获取利益。他从一个被制度、资本双重异化的被剥削者，转而成为参与者，并且为这种利益关系盖上了一层温情脉脉的面纱。"班西/兹威林希玛在被剥夺其'人权'的世界中微笑着，而斯代尔士断言他的人权是以为体制服务为代价，尽管他曾反对过这一非人道的体制。"③双重异化改变了斯代尔士的人生轨迹，也使得这一人物形象更具矛盾性与复杂性。照相馆也成为异化空间的另一种变体，用一段段悲喜交加、亦庄亦谐的故事片段，用一张张承载着南非人个人生活与集体记忆的照片，记录制度影响下的时代裂痕。

## 三、制度影响下的身份困境与道德悖论

富加德的戏剧致力于探讨弱势群体所遭受的不公平待遇，坚决捍卫人权，表现出深厚的人道主义思想。"这位白人自由主义剧作家与黑人演员的创造性合作，为那些边缘化、默默无闻、受欺凌的人们的声音提供了一种媒介，现在，所有人

---

① Biodun Jeyifo, *Modern African Drama*, New Nork: W. W. Norton & Company, 2002, p. 537.

② Biodun Jeyifo, *Modern African Drama*, New Nork: W. W. Norton & Company, 2002, p. 534.

③ Biodun Jeyifo, *Modern African Drama*, New Nork: W. W. Norton & Company, 2002, p. 539.

都要求被承认的权利，承认他们在这个世界上的地位。"①富加德不仅仅是在书写南非的政治语境，他更是透过故乡伊丽莎白港的镇区、卡鲁地带（Karoo）这些具体可感的时空，以小见大，从特殊的社会语境中揭露充满悲剧性的现实，展现作家对于人类的终极关怀。《希兹威·班西死了》不仅直接大胆地表现了种族隔离时期的社会问题，而且在人物的生存困境、道德悖论两个方面，鲜明地体现出受压迫、被欺凌、被侮辱的边缘群体所共同面临的问题与矛盾。

　　《希兹威·班西死了》更加突出对于有色人种生存困境的书写，并由此推及到人对于生存权利的焦虑以及身份的不确定之中。这可以从作品中人物名称的变化清晰地得出。班西没有以批判性的眼光看待自己的悲剧，而是深陷在道德律令和个人生存的悖论中怀疑自己，乃至认不清自己真正的身份，人彻底异化为非人。"班西"在文本中一直都被称呼为"人"（Man），没有明确的名称提示以确认他到底是"班西"，还是"兹威林希玛"，只有在他提及自己的姓名时，观众才知道"人"的真实姓名，但姓名本身其实也随着情节发展的变化而变化。在班西窃取兹威林希玛通行证，用兹威林希玛的身份来替代自己失效的身份时，他又彻底变成了"兹威林希玛"。人物外在的名称只成为虚假的空壳。高压的政策、恶劣的生存境遇，种族隔离的一套完整的话语权力使他丧失了称谓、身份等符号意指，"人"已经被异化为非人，为了求得生存而苟延残喘。从具体的人名"班西""兹威林希玛"，再到抽象的"人"，一方面是对于身份困境上的呼应，即具体的隔离制度对于人的压迫、异化、疏远，让人对自己的身份缺乏归属感和认同感，变得无所适从，这正是本土流散的主要表征。"非洲英语文学中的这部分主人公虽然没有跨国经历，没有遭受通常意义上的异质文化冲击，但西方的殖民侵略与统治在客观上为其造成'跨国'效果"②，"非洲原住民在自己的国土上被迫进入一种'流散'的文化语境"③。另一方面则是一个建立在抽象意义上的普遍观念，即在极端

① Athol Fugard, *Township Plays*, London: Oxford University Press, 2000, p. XV.
② 朱振武、袁俊卿：《流散文学的时代表征及其世界意义——以非洲英语文学为例》，《中国社会科学》，2019 年第 7 期，第 145 页。
③ 朱振武、袁俊卿：《流散文学的时代表征及其世界意义——以非洲英语文学为例》，《中国社会科学》，2019 年第 7 期，第 144 页。

境遇之下，名称已不再重要，名称被剥离之后，最为重要的是生而为人的生存权利。正如班西所说："一个黑人怎么可能不遇到麻烦事呢……我们的皮肤就是个大麻烦。"①流散的创伤并没有因为换了通行证就顺利解决，得到了名称其实无济于事，人的存在无法被改变，与生俱来的种族和肤色不会消弭掉社会的不公与政治上的高压。

除却人物名称中所指涉的普遍性困境，《希兹威·班西死了》同时也彰显出人物在面对生存问题和伦理问题时所出现的道德悖论。在西方戏剧中，高贵的英雄时常处于欲望和道德的矛盾和挣扎之中，《浮士德》中的"浮士德难题"，表现的是浮士德在自然的欲求层面和良知、道德等理性层面之间左右摇摆的矛盾状态，亦即自然欲求与道德律令之间的矛盾。这是西方戏剧中人物在道德伦理层面所体现的悖论。而南非的悖论体现在道德伦理与生存权利的矛盾上。由于南非特殊的种族隔离环境，有色人种长期处在社会的底层，盗窃、强奸、帮派火拼、种族屠杀等犯罪行为层出不穷，连最基本的生存权利都无法得到十足的保障。尽管处境艰难，道德却让每个身处其中的个体处在生存和良知的摇摆不定之中，罪与罚的矛盾围绕在每个人心中。所以在此处境之下，南非的道德悖论并非是类似于"浮士德难题"中欲望与道德间的挣扎，而是更为基础的生存困境与道德伦理间的矛盾。

在《希兹威·班西死了》中，面对被帮派杀害的兹威林希玛，班西的思想发生急剧转变。如果说在此之前他一直是处在生存困境中的典型，那么此处的班西就已经升华成了陷入道德悖论中的个体，他开始在生存和良知中进行抉择。他的一番话令人振聋发聩："好人啊，这个世界怎么了？在这个世界上，怎么谁都不关心谁呢？怎么谁都不需要谁呢？谁需要我呢？我有什么毛病吗？我是一个人啊。"②走投无路的班西并没有丧失对于尊严的认知，而在换取通行证后，他的认知完全混乱。他只有依靠悖逆本心的举动，才能获得人最基本的生存权利。班西从背离社会性转向了顺从社会性，人只有接受环境的约束才能在夹缝中生

---

① Biodun Jeyifo, *Modern African Drama*, New Nork: W. W. Norton & Company, 2002, p. 125.

② Biodun Jeyifo, *Modern African Drama*, New Nork: W. W. Norton & Company, 2002, p. 118.

存。为了生存，人性不得不变得冷漠，这一切都以牺牲尊严与良知为代价。所以，班西不得不向世界发问，在质疑冷漠的同时，也深陷入冷漠之中。这不只是南非镇区的"丛林法则"，更是所有边缘群体想要破解自身困境、打破道德悖论的关键选择。

## 结　语

《希兹威·班西死了》无论是在思想上还是在艺术上都达到了极高的水准，其现代性特征也从思想内涵和艺术特点两个层面表现出对于非洲本土戏剧的超越，以及对于现代戏剧的认同和接受。它回归到南非种族隔离时期的社会现实，指出南非社会发展的种种问题。《希兹威·班西死了》没有囿于种族困境的创伤之中，单纯地沉浸在肤色的差异中诉苦和指责，而是进一步展现人性深处的幻灭和绝望，展现人类所共同面临的极端的境遇。作品已经不只是仅仅局限于南非20世纪70年代的历史环境，不只是仅仅对于边缘化、被压迫、被欺凌的"沉默的大多数"的同情与关怀，而是继续延伸扩展，上升到对于人性的认识、对于人的生存困境的认识之中。

（文 / 上海师范大学　徐立勋　中南财经政法大学　蔡圣勤）

第六篇

阿索尔·富加德
戏剧《火车司机》的罪感叙述

# 作品节选

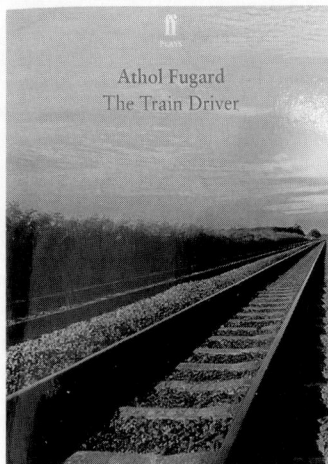

《火车司机》
( *The Train Driver*, 2010 )

Scene One

(He moves slowly among the graves shoveling a little sand back on to the ones that are on the point of disappearing) And then there is also the wind. When it is strong it blows the sand away. Too much wind! Sometimes it blows one days, two days, three days, four days, and Simon must sit there in his shack all the time and wait. I can't dig because the sand is getting in my eyes.

So why you want this woman with the red *doek*? Did she work for you in the house?

ROELF: No.

(Slumps down on the ground with his back to the fence post.)

SIMON: Did she do the washing in the backyard?

ROELF: No.

SIMON: Did she steal from you?

ROELF: NO!

SIMON: Then when you find her *ingcwaba* what you do? You want to dig her up?

ROELF (Now extremely exasperated by Simon's persistent questions): I want to find her because ... Okay ... you want to know why? Then I'll tell you ... (He can no longer restrain himself from telling the truth) Right now, my good friend ... the way I feel right now is that if you can show me her grave I will stand there, take a nice deep breath, and then I will swear at her until I am blue in the fucking face!

SIMON (Shocked): Curse her?

ROELF: *Ja.* I want to swear at her until she knows she's a piece of black shit.

SIMON: Dead ... no name ... and you want to swear at her?

ROELF (With vicious deliberation): *Ja*. Give me her name ... or show me her grave ... and I will do it. *S'trues* God. In both official languages because I am fully bilingual. And don't think I am just talking about: "Go to hell, " and "Your mother's cunt," because I can do a hell of a lot better than that. I'll do it so that her ghost will hear me. I'll tell her how she has fucked up my life ... the selfish black bitch ... that I am sitting here with my arse in the dirt because thanks to her I am losing everything ... my home, my family, my job ... my bloody mind! Ja! Another fucking day like this one and I won't know who I am anymore or what the fuck I am doing! Jesus! Jesus! Jesus! Help me![1]

第一场

（他在坟墓间慢步走着，往没有沙子的地方铲上一点沙子）这里时不时刮大风，刮得太大了就把沙子吹跑了。哪儿来这么大的风！有时候会刮一两天，甚至三四天都有，西蒙就必须坐在小棚子等风停下来。我不能出去挖坑了，不然沙子就会进眼睛。

所以你为什么找这个戴红头巾的女人？她在你家给你干活儿吗？

鲁尔夫：不是。

（鲁尔夫瘫坐在地上，背靠围栏。）

西蒙：那她是在后院洗衣服？

鲁尔夫：不是。

西蒙：那她偷你家东西了？

鲁尔夫：也没有！

西蒙：那知道她埋在哪儿，你要干什么？挖出来吗？

鲁尔夫（被西蒙问得恼羞成怒）：我找她是因为……好……你想知道是吧？来，我告诉你。现在就告诉你……（鲁尔夫已经不耐烦地脱口而出）听好了，伙计，我现在指望你告诉我这个女人埋在哪儿了，然后我，我要骂到痛快为止！

西蒙（震惊道）：骂她？

---

[1] Athol Fugard, *The Train Driver*, London: Faber & Faber, 2010, pp. 7–9.

鲁尔夫：对！骂死她。我要骂到她知道自己是个黑贱人为止。

西蒙：死了……没名字……你还想骂她？

鲁尔夫（恶狠狠地深思着）：那你说她叫什么……要么告诉我她埋在哪儿……我必须去骂死她。老天爷，我可会用两种官方语言骂她，英语和阿非利卡语。"下地狱去吧""你个贱人"我肯定不会骂这么轻，我要骂到她诈尸！让她知道她是怎么毁了我……这个死黑贱人……都是她干的好事，我现在坐在这个鸟不拉屎的地方，家毁了，老婆孩子散了，工作丢了，我也要疯了……什么都没了……再这样下去，我就不知道自己是谁了，也不知道自己在干什么了！天啊！天啊！天啊！救命啊！

（木羽 / 译）

**作品评析**

# 《火车司机》的罪感叙述

## 引 言

《火车司机》是富加德于 2010 年创作的独幕剧，本剧依托于 2002 年的一则事故新闻 ①——在南非开普敦，一个单亲黑人母亲带着她的三个孩子卧轨自杀了。富加德由此展开想象，切入被迫背负了他人性命的火车司机的内心世界。该剧展示了阿非利卡人（Afrikaner）司机鲁尔夫·维萨吉（Roelf Visagie）在意外撞死了黑人妇女和她的孩子之后的精神梦魇，正值而立之年的维萨吉因对此罪孽束手无策而妻离子散、家庭破裂。于是，他决心找到这个黑女人的坟墓，并到墓前痛斥他们的自杀行为以此消除自己心中的苦楚。

## 一、《火车司机》：新南非戏剧的翘楚

《火车司机》是富加德 21 世纪后创作的戏剧中最为重要的一部。首先，富加德已经年近古稀，写了一系列"回忆录戏剧"②，回顾了早年的各色人生经历。在非洲其他地区搭车旅行的见闻浓缩在《船长的老虎：一部舞台回忆录》（*The*

---

① Athol Fugard, *The Train Driver*, London: Faber & Faber, 2010, p. x.

② Dennis Walder, " 'The Fitful Muse': Fugard's Plays of Memory", *The European Legacy*, 2002, 7 (6), p. 697.

*Captain's Tiger: A Memoir for the Stage*）中；24 岁时的舞台生涯记录在《出口和入口》（*Exits and Entrances*）里；《悲伤与快乐》（*Sorrows and Rejoicings*）的原型则是富加德的写作经历。尽管出产了许多自传性作品，富加德仍然在回应南非现实中存在的种族隔离遗留的历史问题、真相与和解委员会尚未解决的个体创伤以及在 21 世纪出现的新自由主义危机，他表示："在后种族隔离时期，人们几乎在背叛他们先前为之奋斗的东西。"①获得了自由和解放的新南非，仍然要面临历史和当下的难题，这些社会议题全部凝聚在《火车司机》当中。

其次，《火车司机》聚焦于当代南非白人的罪感（Guilt）和集体性创伤记忆。在本剧之前的几部作品讨论了贫富分化、艾滋病和移民等问题，如 2008 年的《胜利》（*Victory*）、2009 年的《回家》（*Coming Home*）和《知我何处？》（*Have You Seen Us?*），这些剧还展示了当代白人、黑人、有色人甚至南非本身的存在主义焦虑，即他们身处试图放下过去但又不可避免地受到过去影响的境地②。《火车司机》的不同之处在于其不仅从历史角度和个体角度剖析了维萨吉因事故产生的内心创伤，还表现了富加德意识到的真正的问题，即无法与过去达成和解的问题。维萨吉对汉纳比所处的处境视而不见，对活生生的现实视而不见。

最后，《火车司机》在舞台风格、叙事特征、主题探究上具有延续性，又在后种族隔离时期提供了南非戏剧的新方向。《火车司机》延续着自成名作《血结》以来形成的特色，《火车司机》与《血结》为首的"家庭三部曲"等剧一样只有两个核心主人公，集中表现了个体的行为和力量；其背景设置在简陋而破败的贝克特式舞台，与 20 世纪 70 年代举世闻名的《陈述戏剧集》（*Statement*）的"政治三部曲"如出一辙，赋予其荒诞具体的内涵；《火车司机》《芦荟的教训》《"哈罗德少爷"……和男仆》等一些 20 世纪 80 年代的剧作一同展示了富加德为代表的自由派白人罪感的不同层次。罪感一直是富加德作为南非阿非利卡白人的心结，在自传性色彩最强的《哈罗德》中，他忏悔了年轻的自己对山姆做出种族歧视和不尊

---

① Brian Phillips, "Ploughing the Page: An Interview with Athol Fugard", *Journal of Human Rights Practice*, 2012, 4 (3), p. 391.

② Athol Fugard, *The Train Driver and Other Plays*, New York: Theatre Communication Group, 2012, p. 163.

重的吐口水行为，《火车司机》同库切的《耻》（*Disgrace*，1999）、安缇耶·科洛戈（Antjie Krog）的《我的祖国，我的头颅》等作品一起，侧重于探讨当代南非白人在后种族隔离时期的罪感，在戏剧舞台上寻求和解的道路。

《洛杉矶时报》记载了富加德的评价："自《血结》到《火车司机》，这是我最重要的作品。我一生的戏剧旅程，在此到达高峰。"这部作品对富加德来说就是一切："它是我探索的真相，我寻求的和解。我的整个写作生涯都凝聚在《火车司机》里，它探讨了我的盲目和愧疚，探讨了我作为一个白人在种族隔离时代的南非到底意味着什么。"[①]

## 二、历史之罪：无法探求的真相

第一场，火车司机维萨吉来到了伊丽莎白港郊区的一处墓地，此地是为无亲人认领又不为人知的死者而设。舞台上显示为一片沙地，遍布垃圾，肮脏不堪，只有守墓人西蒙·汉纳比（Simon Hanabe）是唯一的生命。他负责将尸体填埋在此，但没有合适的丧葬材料，只能用废旧的摩托车盖压在沙子上，以防大风吹散了一个个简陋的沙坑。维萨吉几经周折到达墓地后，满怀愤怒和鄙视地询问黑女人的具体安葬点，汉纳比已对此事毫无印象，只希望这位白人男性不要在此处久留。维萨吉因为未达目的而拒绝离开墓地，只能滞留在汉纳比的小棚屋之下以求安眠。

维萨吉一心寻找自杀的黑女人，在后三场中他时常情绪失控，以独白的方式向汉纳比倾吐了黑人妇女撞死在自己火车下的过程。在那么短的时间之内，他根本就来不及刹车，车身就这么从她身上碾压过去。无意杀人的经历让他不堪重负，维萨吉向汉纳比说明了来意：他要知道黑人妇女到底埋在哪儿，以便在墓前咒骂她毁了自己的生活。维萨吉不断要求汉纳比回忆埋葬点，但汉纳比始终没有印

---

① Reed Johnson, "Athol Fugard finds truth and reconciliation in'The Train Driver'", *Los Angeles Times*, Oct. 15, 2010. https://www.latimes.com/archives/la-xpm-2010-oct-15-la-et-athol-fugard-20101015-story.html.

象，还对维萨吉的行为十分不解。但看着这惨无人道的墓地，维萨吉又时不时发表长篇大论，以痛斥这种毫无尊严的身后事。

维萨吉在第五场中发表了"个人致辞"。通过与汉纳比的接触，他似乎理解了当代南非部分黑人的处境，也"理解了"黑女人自杀的心情，于是对上帝说道：

> ……对她来说人生是这样黑暗吗？或者更糟……上帝啊……这种绝望或许与她捆绑……我一想到这种黑暗就浑身发颤。信不信由您，我仍然觉得毛骨悚然。……但你现在躺在无名之地沉沉睡去，也没有人认领你。不能这样！上帝，我宣布："我要她！我……鲁尔夫·维萨吉……夺了她性命的火车司机……现在来认领（claim）她。以上帝的名义！"你是我的了，今晚上帝来给我作证，就像那天他为你的死亡作证一样……①

在这部六场独幕剧中，维萨吉倾吐了自己的痛苦和内疚之情，没有生者作为见证，也没有真相与和解委员会的听证会，维萨吉只能向上帝诉说真相，以获得人道主义的救赎。

富加德几乎每一部作品中都有人物的独白。"家庭三部曲"中的独白的作用在于将观众带入过去的回忆之中；《麦加之路》（*The Road to Mecca*）中的最后一幕为女主人公精神升华的咏叹调；《我的孩子们！我的非洲！》中三个角色轮流出场，形成了自由辩论的场所；《陈述戏剧集》中，两位主演诉说了自己沉默已久的声音，体现了强烈的政治性和反抗性特征。独白是富加德叙事剧的重要形式。在南非戏剧史中，洛伦·克鲁格（Loren Kruger）②将富加德的戏剧归类于证词戏剧（Theatre of Testimony）。证词戏剧虽然舞台布景简陋，但结合喜剧、以一人分饰多角等技巧，让演员的叙述直逼观众。证词戏剧也是抵抗戏剧和抗议戏剧的代名词，其见证了南非反种族隔离的斗争，深刻阐释了个人和集体在反种族隔离语境下的叙述，也触及了种族隔离法律等政治敏感话题。

---

① Athol Fugard, *The Train Driver*, London: Faber & Faber, 2010, p. 33.

② Loren Kruger, *The Drama of South Africa: Plays, Pageants and Publics Since 1910*, London: Routledge, 1999, p. 12.

《火车司机》中的独白不仅是维萨吉的证词，还是他对罪行的忏悔；是心理咨询的记录，也是处理各种情绪和纠葛的"乌托邦"。在现代戏剧发展史上，契诃夫也以对白中插入独白的方式描写现代人的孤独和对过去的沉溺。在《三姐妹》中，他设置了兄长安德烈对着耳背的仆人说话的情节，在无法理解对方的情况下，独白式的主题和对白式的表达形成了内在矛盾①。这正如汉纳比无法理解维萨吉的罪孽，维萨吉则反感汉纳比对死亡的淡漠。唯有在与死者交谈的情境中，戏剧的独白构建了"此时此地（a living moment）"的场域②，试图跨越生与死的鸿沟、弥合过去与现在的裂痕。但在结尾，维萨吉被南非黑帮（tsotsi）杀死，他的死亡代表了一代白人以死谢罪（death-wish）的愿望③。

## 三、再述当下：寻找和解的道路

火车司机选择了承担本不应该负责的罪过。从歇斯底里地寻找坟墓，到与黑女人感同身受并与自我和解，只靠一个人的表演似乎也能完成。由于维萨吉的情绪不稳定和敌对态度，他与汉纳比的对话在大多数情况下都不在同一频道。在这场独幕剧中，语言对情节和行动并没有太多实际性的作用，既不能让维萨吉和汉纳比相互理解对方，也不利于二者展开行动。但在对话中，他们建立了矛盾的关系，时而相互敌视时而又相互依靠。

在开场时，汉纳比试图询问维萨吉的来意：

……所以你为什么找这个戴红头巾的女人？她在你家给你干活儿吗？

维萨吉：不是。

维萨吉瘫坐在地上，背靠围栏。

汉纳比：那她是打杂的？扫院子的？

① 彼得·斯丛狄：《现代戏剧理论：1880—1950》，王建译，北京：北京大学出版社，2006年，第30页。

② Athol Fugard, *Notebooks 1960–1977*, London: Faber and Faber, 1983, p. 89.

③ Michael Billington, "The Train Driver Review", *The Guardian*, Nov. 9, 2010.

维萨吉：不是。

汉纳比：那她偷你家东西了？

维萨吉：也没有！①

二人沟通失败后，几乎没有说话，只是互相盯着对方。汉纳比厌倦了维萨吉的胡言乱语就去睡觉了。而在维萨吉的眼里，局外人汉纳比的无知和不配合除了让自己愤怒和烦躁，不起任何实质性的作用。接下来的两场戏，维萨吉和汉纳比在小棚屋下分享着食物和年幼时的记忆，似乎建立起了某种友谊。一旦涉及死亡和仪式，维萨吉又开始陷入创伤情境，还与西汉纳比争论着丧葬的严肃性。让维萨吉触目惊心的是一具具尸体淹没在汉纳比堆放的"垃圾"中，这违反了他遵从的人性和宗教伦理。维萨吉不得不在坟墓上放上十字架，以示尊重。而汉纳比则告诉他，这些十字架会被当地人偷走，用来当作生火的木材，让死者安息已经不是一种必要的行为。后种族隔离时代的生活依旧艰难，汉纳比阻止维萨吉进行无用的仪式：

……汉纳比小心翼翼地接近维萨吉。

汉纳比：别这样！你这个白人！

（维萨吉走到了另一个坟墓）

汉纳比：快停下！

维萨吉：为什么？

汉纳比：别干这些没用的！②

阿非利卡人和科萨人对于死亡的观念为何有这么大的差距？此时维萨吉难以释怀的罪感，是在于他背负了无名女人的性命，还是因为难以接受墓地的满目疮痍？抑或是因为对汉纳比处境的视而不见？汉纳比一脸老态，顶着稀稀拉拉的灰

① Athol Fugard, *The Train Driver*, London: Faber & Faber, 2010, pp. 7–8.

② Athol Fugard, *The Train Driver*, London: Faber & Faber, 2010, pp. 21–22.

头发，穿着一身布满灰尘的旧浅棕色工作服。他光着脚，脸上、胸前、小腿上都是泥，在墓地里行动迟缓，像一头挨了锤的牛。但维萨吉只顾自己宣泄情绪，甚至还鄙视汉纳比衣衫褴褛、蒙昧无知。尽管汉纳比衣不蔽体、食不果腹，仅靠处理无名的尸体谋生，但他没有选择死亡，而是依旧坚强地生存着。维萨吉理解了黑女人的绝望，却不理会汉纳比的疲惫和挣扎。

在这场独幕剧中，维萨吉的罪孽和死亡已经又成为一段过去，汉纳比才是讲故事的生者。幕起，汉纳比就向观众介绍：

> 我是西蒙·汉纳比，我负责墓葬。事情是这样发生的，我头一次见到这个白种男人，他就在这些没有名字的人的墓前游荡……我也不知道我埋的是谁，他们都没有名字。我问他来干什么，他说他找一个女人，背上还背着孩子。我问他那孩子也死了吗？他说也死了……①

结尾处，因为白人在这片区域被黑帮杀死和警察的介入调查，汉纳比丢掉了工作，为了自保他否认自己和维萨吉有任何关系。

> 汉纳比：我们在这儿找到了维萨吉。黑帮杀了他还把他埋了……姆多达先生有一天早上给我送来无名尸体，我们才发现这里到处都是维萨吉的血。他问我怎么回事，我就告诉他是维萨吉来了……姆多达先生说要炒了我……所以我连工作也没了……②

汉纳比的叙述就像布莱希特的"街头戏"（Street Scene），产生了间离效果，让观众从维萨吉情感宣泄（catharsis）中跳出来思考：为什么维萨吉对黑女人而不是汉纳比有道德上的责任？他的罪是因为无心夺走了某人的生命，还是因为疏忽了艰难生存的人？

---

① Athol Fugard, *The Train Driver*, London: Faber & Faber, 2010, p. 3.

② Athol Fugard, *The Train Driver*, London: Faber & Faber, 2010, p. 39.

# 结　语

1994 年 11 月 29 日，真相与和解委员会成立。真相与和解委员会工作的最终目的是在南非建立"人权文化"，实现民族和解，以使过去发生的种种灾难不再重演。该组织在国际上备受瞩目[1]，真相与和解也成为南非种族隔离结束后十年中各个作家的创作主题[2]。但真相与和解委员会并未能够妥善处理种族隔离时期遗留的所有问题。丹尼斯·沃尔德认为，富加德在《火车司机》中探究了白人主人公的痛苦和内疚，积极寻找人道主义的救赎方法与承担伦理责任的途径。[3]

（文 / 北京外国语大学　木羽）

---

[1] Connal Parr, "Drama as Truth Commission: Reconciliation and Dealing with the Past in South African and Irish Theatre", *Interventions*, 2020, 23 (1), p.1.

[2] Andrew Foley, "Truth and/or Reconciliation: South African English Literature after Apartheid", *Journal of the Australasian Universities Language and Literature Association*, 2007, 107 (1), p. 131.

[3] Dennis Walder, "Remembering Trauma: Fugard's The Train Driver", *South African Theatre Journal*, 2014, 27 (1), p. 32.

第七篇

托马斯·普林格尔
诗歌《贝专纳男孩》中的废奴主义思想

托马斯·普林格尔

Thomas Pringle，1789—1834

## 作家简介

托马斯·普林格尔（Thomas Pringle，1789—1834）是第一位有影响力的南非英语作家，是南非英语诗歌的奠基人，被誉为"南非英语诗歌之父"。同时，普林格尔也是坚定的废奴主义者，毕生致力于废除奴隶制。

普林格尔出生于苏格兰的凯尔索，曾就读于爱丁堡大学，他一生坚持创作，以文学作品为武器强烈谴责奴隶制度，揭露奴隶主的残忍冷血。普林格尔因他大量的诗歌体而闻名，这些诗歌记录了他在南非的所见所闻。1816年，普林格尔发表了诗歌体书信《秋季游》（The Autumn Excursion），首次引起公众关注。1820年，普林格尔移居南非并在此度过了六年的时光，在此期间他猛烈抨击殖民政府，发表了《在开普的奴隶状况》（The State of Slavery at the Cape，1826）来传达自己废除奴隶制的主张。普林格尔本人也因此遭受迫害而不得不返回英国。随后，他担任反奴隶制协会的秘书，同英国著名的废奴主义先驱威廉·威尔伯福斯（William Wilberforce，1759—1833）一道投身到废除奴隶制的伟大事业中，其间他发表了著名诗作《星历表》（Ephemerides，1828）。在普林格尔去世前不久，他的代表著作《非洲概要》（African Sketches，1834）问世，其中囊括了普林格尔一生的重要诗作，有一半以上的诗篇描绘了黑人的艰难处境。这一著作的问世增强了普林格尔的文学声誉，在南非英语诗歌史上具有开山意义。

普林格尔所处的时代，正值奴隶制盛行时期。贪婪的奴隶主为了获取更多利润疯狂地奴役压榨黑人奴隶，无数的黑人家庭也因此支离破碎，妻离子散。奴隶主在黑人的累累白骨上建立起自己的殖民帝国，黑人在他们眼里如同没有思想和情感的牲畜。普林格尔正是那个时代敢于奋起抗争的废奴先驱，他的诗歌强烈谴责了残暴的奴隶制，表达了对黑人奴隶的同情之心，闪烁着人道主义思想。

## 作品节选

《非洲概要》
（*African Sketches*, 1834）

With open aspect, frank yet bland,

And with a modest mien he stood,

Caressing with a gentle hand

That beast of gentle brood;

Then, meekly gazing in my face,

Said in the language of his race,

With smiling look yet pensive tone,

"Stranger—I'm in the world alone!"


"Three days we tracked that dreary wild,

Where thirst and anguish pressed us sore;

And many a mother and her child

Lay down to rise no more.

Behind us, on the desert brown,

We saw the vultures swooping down;

And heard, as the grim night was falling,

The wolf to his gorged comrade calling."①


男孩十分真诚，不过看起来无精打采，

我感受到了他平和的心境，

他那双温柔的手刻进了我的脑海

让我真切地感受到了黑人小孩温和的秉性；

随后，我看到了男孩温和善良的双眼，

他用本族语言向我发出心灵深处的呼喊，

---

① Thomas Pringle, *African Sketches*, London: Edward Moxon, 1834, pp. 1—3.

"亲爱的陌生人——我现在已经孤苦一人！"
他虽面带笑容但语气里充满忧伤，心急如焚。

"我们在杳无人烟的荒漠中艰难跋涉了三日，
途中口渴难耐备受折磨；
我们亲眼看见身边的女人和小孩纷纷倒地
他们含恨永眠在了异国。
我们身处危机四伏的沙漠之中，
袭击我们的凶猛秃鹫时刻盘旋在天空；
当阴沉的黑夜笼罩大地时，
野狼呼唤着它的同伴，随时来袭。"

（龙雨 / 译）

作品评析

# 《贝专纳男孩》中的废奴主义思想

## 引 言

　　19世纪初的南非正处于奴隶制盛行时期，大量的黑人在白人奴隶主的残暴压迫之下妻离子散，家破人亡。在白人奴隶主的眼里，这些黑人不具备人的情感，如同牲畜一般。[①] 因此，他们也毫不在意黑人的生死，黑人在他们眼里命如草芥。为了获取暴利，他们无限制地压榨黑人，在黑人的累累白骨上建立起了自己的罪恶帝国。面对黑人遭受的沉重苦难，一些有良知和正义感的作家站起来猛烈抨击贪婪的白人奴隶主，同情黑人的不幸遭遇，其中便包括南非著名的废奴运动先驱普林格尔。

　　《贝专纳男孩》（*The Bechuana Boy*，1834）是普林格尔《非洲概要》（*African Sketches*，1834）选集里的代表诗作。在这首诗中，普林格尔发出了自己的呼喊，呼吁更多人关注黑人奴隶的悲惨处境，加入废除奴隶制的战线。为此，他在诗中极力塑造了一位温和、有爱心且勇敢追求自由的黑人男孩，这位黑人男孩在面对白人奴隶主的残酷欺压时既没有选择默默忍受，也没有像众多南非文学作品中描述的黑人一样站起来反抗，而是选择竭尽全力逃离白人奴隶主的魔掌。同时，男孩即使身陷囹圄也依然对世界怀有爱，即使历经再多艰难险阻也没有放弃对自由的不懈追求。正是这样一位温顺有爱的男孩同残暴不仁的白人奴隶主形成了鲜明

---

[①] Joseph Foulkes Winks, *The Baptist Children's Magazine*, Simpkin: Marshall & Co., 1857, p. 35.

的对比，激发了读者对黑人的同情之心以及对奴隶制的憎恶，有力地推动了普林格尔废奴思想的传播。

# 一、非洲儿女的血泪史

在众多描写黑人的文学作品中，黑人的形象多为苦难的代名词。在西方殖民者侵略扩张的铁蹄之下，他们长期遭受折磨，在精神上十分麻木，且长期食不果腹，瘦骨嶙峋。南非著名诗人奥斯瓦尔德·M. 姆特夏里（Oswald M. Mtshali，1940—）便绘声绘色地描绘了黑人孩子"饥饿的脸"、"灰色的皮肤"和"空腹"的惨状。① 在他的笔下，黑人小孩由于长期忍饥挨饿早已皮包骨，他们"嶙峋的瘦骨"和"饥饿的脸庞"让人心痛不已。这一触目惊心的画面给读者留下了深刻印象，展现了饱受压榨的南非黑人的悲惨生活。

"沃尔斯赖格"（Voorslag）群体的作家威廉·普洛麦尔（William Plomer，1903—1973）也对黑人的悲惨境遇进行了入木三分的刻画。② 普洛麦尔在其代表诗作《蝎子》（*The Scorpion*，1932）中控诉道："The corpse of a young negress bruised / By rocks, and rolling on the shore, / Pushed by the waves of morning, rolled / Impersonally among shells, / With lolling breasts and bleeding eyes, / And round her neck were beads and bells."③ 在这首诗中，诗人将受苦受难的非洲人民的比作"黑肤女人的尸体"，"尸体"被"礁石"撞击得面目全非，伤痕累累，就如同长期以来被压迫被欺凌的非洲人民一样，身体和精神都备受煎熬。诗人此处用形象贴切的比喻将非洲儿女的苦难史真实地展现了出来。伤痕累累的黑肤女人的尸体又何尝不是身心千疮百孔的非洲黑人的真实写照呢？此外，"沃尔斯赖格"群

---

① 李永彩：《南非文学史》，上海：上海外语教育出版社，2009 年，第 425 页。

② 《沃尔斯赖格》是罗伊·坎贝尔、威廉·普洛麦尔和劳伦斯·范·德·波斯特创办的一份文学杂志，思想激进。因此这三位作家被称为"沃尔斯赖格"群体。

③ Alan Paton, "William Plomer, Soul of Reticence", *Theoria: A Journal of Social and Political Theory*, 1976, 46 (1), p. 8.

体的另一位诗人罗伊·坎贝尔（Roy Campbell，1901—1957）细致地刻画了黑人恶劣的工作环境和遭受白人奴役的悲惨境遇。他写道："When in the sun the hot red acres smoulder, / Down where the sweating gang its labour plies, / A girl flings down her hoe, and from her shoulder / Unslings her child tormented by the flies."[①] 黑人在白人的残酷压榨下不得不在极端恶劣的环境下劳作，他们要头顶烈日，忍受蚊蝇的叮咬。诗人寥寥数语便将女仆恶劣的工作环境展现出来，富有画面感。并且，诗人提及祖鲁劳工时巧妙地使用了"gang"这一词来反映劳工的地位和处境，将在田地里辛苦工作的劳工描述为一个宽泛模糊的群体"gang"，由此来表明这些劳工在白人殖民者眼里如同一群牲口一样，没有自己的特色和尊严，所有人都一样，机械地重复每日的劳作。

同样，普林格尔笔下的黑人也深受压榨和折磨，他们在奴隶制的压迫下妻离子散，家破人亡。普林格尔的代表诗作《贝专纳男孩》真实地重现了奴隶制下黑人的血泪史，让人对非洲黑人的不幸遭遇深感不公和同情。[②]《贝专纳男孩》讲述了普林格尔与落难的非洲男孩相遇的经历，该诗的一大特点是全诗绝大多数篇幅均为非洲男孩的自述，通过男孩亲口讲述自己的悲惨遭遇来控诉奴隶制的罪恶，营造出了强烈的真实感，使读者对男孩和非洲黑人产生了深深的同情之心。普林格尔是在茫茫荒漠中遇见"贝专纳男孩"的。初遇男孩时，诗人心中既好奇也担忧，便关切地询问男孩为何会只身一人行走在漫无边际的荒漠之中。随后男孩崩溃，向诗人哭诉自己的悲惨遭遇，全诗的绝大多数篇幅也集中于男孩亲口讲述自己的悲惨经历，让读者落泪同情男孩的同时也深深憎恨残暴的奴隶主。男孩声泪俱下向诗人倾诉自己的悲惨遭遇，他和族人不仅遭受了惨绝人寰的大屠杀，还经历了地狱般的贩奴过程和奴隶主的谩骂殴打。

诗人从男孩口中得知，他已经孤苦伶仃、无家可归了，因为毫无人性的强盗们血洗了他的村庄，幸存的妇女儿童则如商品一般被贩卖给白人奴隶主。[③]诗

① Nicholas Meihuizen, *Ordering Empire: The Poetry of Camões, Pringle and Campbell*, New York: Peter Lang, 2007, p. 183.

② Matthew Shum, *Improvisations of Empire: Thomas Pringle in Scotland, the Cape Colony and London, 1789–1834*, Scottsville: University of KwaZulu-Natal, 2008, p. 223.

③ 历史上白人奴隶主为了方便获取奴隶，会武装一些非洲当地的强盗充当自己的帮凶，帮助自己四处掳掠黑人为奴。

中对这一场景进行了细致的刻画："'I have no home!' replied the boy: / 'The Bergenaars—by night they came. / And raised their wolfish howl of joy, / While o'er our huts the flame / Resistless rushed; and aye their yell / Pealed louder as our warriors fell / In helpless heaps beneath their shot: / — One living man they left us not!'"[1] 此处诗人展现了强盗屠戮男孩族人的血腥场景，强盗屠刀所到之处，男孩的族人成片倒下。强盗四处纵火焚烧他们赖以生存的村庄，并在杀戮中发出令人毛骨悚然的野狼般的叫声，可见杀戮的快感让强盗们完全丧失了人性变成了嗜血的野兽。诗人将强盗们比作野狼，他们是一匹匹毫无人性的野狼，是白人奴隶主的帮凶。因为，族人们悲惨命运的根源就是万恶的奴隶制，在这一制度下，奴隶主为了获取更多的黑人劳动力和暴利，会和这些强盗狼狈为奸，让强盗帮助自己搜寻压榨黑人，这些贪婪的白人奴隶主和他们雇佣的强盗给无数黑人带来了挥之不去的噩梦。

在大屠杀过后，男孩和其他幸存者的悲惨命运并没有结束，等待他们的是恐怖的死亡之旅，这也正是历史上臭名昭著的贩奴过程。黑人奴隶们在整个贩卖过程中饥渴交加，还要遭受强盗的谩骂毒打，并且会随时遭受野兽的袭击，恶劣的自然环境和奴隶主的残忍虐待让很多人惨死在贩卖途中。诗人通过男孩的口吻将非洲儿女遭受的种种苦难展现给了世人，激起了读者强烈的同情心，让人读罢落泪！诗中写道："Oft, in despair, for drink and food / We vainly cried: they heeded not, / But with sharp lash the captive smote. / 'Three days we tracked that dreary wild, / Where thirst and anguish pressed us sore; / And many a mother and her child / Lay down to rise no more. / Behind us, on the desert brown, / We saw the vultures swooping down; / And heard, as the grim night was falling, / The wolf to his gorged comrade calling.'"[2] 此处诗人将贩奴途中黑人奴隶的惨痛经历展现得淋漓尽致，在他们面前有强盗的皮鞭和荒无人烟的大沙漠，在他们身后有凶猛的秃鹫；白天他们饥渴交加，晚上要在心惊胆战中应对野狼的袭击。此处诗人提到了野狼的嚎叫

---

[1] Thomas Pringle, *African Sketches*, London: Edward Moxon, 1834, p. 2.

[2] Thomas Pringle, *African Sketches*, London: Edward Moxon, 1834, p. 3.

声，这和之前强盗屠杀男孩族人发出的野狼般的嚎叫声相呼应，野狼正如屠杀他们的强盗一样，时刻威胁着他们的生命安全，发出令人毛骨悚然的叫声。[①] 而这惊悚的叫声的延续也意味着这些黑人奴隶的噩梦还远未结束。

在经历了惨绝人寰的大屠杀和地狱般的死亡之旅后，幸存下来的黑人奴隶们等来的不是最终的解脱而是新的磨难，他们面临的将是白人奴隶主非人的压榨和折磨。男孩继续哭诉自己的遭遇，在漫长的死亡之旅结束后，他们被贩卖到白人奴隶主手里，等来了新的恶魔。在奴隶主眼里，这些黑人如同没有感情的牲畜，可以被任意驱使压榨甚至杀害，黑人在他们眼里没有丝毫作为人的权利和尊严。普林格尔通过男孩的口述再现了贪婪残暴的奴隶主对黑人的无限压榨："'And tears and toil have been my lot / Since I the white-man's thrall became, / And sorer griefs I wish forgot— / Harsh blows, and scorn, and shame! / Oh, Englishman! thou ne'er canst know / The injured bondman's bitter woe, / When round his breast, like scorpions, cling / Black thoughts that madden while they sting!'"[②] 在白人奴隶主那里男孩和族人们承担着繁重的苦力活儿，像牲口一样被呼来唤去，因为在奴隶主眼里他们没有思想和情感，只是做苦力的牲口。奴隶主也通过无限压榨他们来获取更多的利润，这也是当时奴隶主贪婪嘴脸的真实写照，他们的成功是建立在黑人奴隶的血泪之上的。除了要承担极为繁重的苦力活儿外，男孩和族人们还要长期忍受白人奴隶主的谩骂、虐待和殴打，生不如死！在白人奴隶主长期的非人折磨之下，黑人们早已伤痕累累，无不盼望早日逃离魔掌。他们终日以泪洗面，惨不忍睹。诗中对当时黑人的惨状进行了进一步的刻画，让读者潸然泪下："'My Mother's scream, so long and shrill, / My little Sister's wailing cry (In dreams I often hear them still!), / Rose wildly to the sky. / A tiger's heart came to me then, / And fiercely on those ruthless men / I sprang —Alas! dashed on the sand, / Bleeding, they bound me foot and hand."[③]

---

① Matthew Shum, *Improvisations of Empire: Thomas Pringle in Scotland, the Cape Colony and London, 1789–1834*, Scottsville: University of KwaZulu-Natal, 2008, p. 231.

② Thomas Pringle, *African Sketches*, London: Edward Moxon, 1834, p. 5.

③ Thomas Pringle, *African Sketches*, London: Edward Moxon, 1834, pp. 4–5.

普林格尔通过男孩亲口讲述自己的一系列悲惨遭遇控诉了万恶的奴隶制度，具有很强的真实性和画面感。诗人通过对人物和环境的细致刻画向世人鲜明地展现了黑人奴隶的悲惨遭遇和奴隶主的冷血，使读者有身临其境之感，仿佛目睹了黑人奴隶遭受的种种苦难，激发了读者对黑人奴隶的同情之心。从这一点上来说，诗人通过男孩口述黑人的遭遇以及对环境和人物的刻画是非常成功的，这些在当时都成功地激起广大英国本土读者对黑人奴隶的同情之心，推动了普林格尔的废奴事业。正如普林格尔自己所言："要通过此诗激起广大读者对黑人奴隶的同情之心。"① 由此看来，普林格尔不愧为废奴运动先驱，他通过"贝专纳男孩"的口述揭示了奴隶制下非洲儿女的血泪史，通过男孩的视角和充满画面感的诗歌语言唤醒更多人加入废除奴隶制的伟大事业中。

## 二、独具一格的黑人男孩形象

一般来说，南非文学作品中的黑人或是默默忍受白人的欺压，或是站起来勇敢反抗白人。其中，后者是较为常见的黑人形象。譬如，在面对白人的残酷压迫和歧视时，南非诞生了很多具有反抗精神的作品，包括后来南非独树一帜的反种族隔离文学，彼时南非黑人们将文学作为抵抗种族隔离制度和争取民主自由的武器。② 这其中就包括在南非文学史上留下浓墨重彩的抵抗诗歌和抗议诗歌。面对白人的种族歧视和压迫，勇敢的南非诗人们将诗歌作为控诉白人种族主义者的有力武器，向不合理的种族隔离制度发出挑战。著名的镇区诗人蒙加利·瓦利·赛洛特（Mongane Wally Serote，1944— ）在其诗歌《奥菲—守望者，心跳阶段》（*Ofay-Watcher, Throbs-Phase*，1972）中直言："White people are white people, / They are burning the world. / Black people are black people, / They are the fuel. / White people are white people, / They must learn to listen. / Black people are black

---

① Matthew Shum, "The Prehistory of The History of Mary Prince: Thomas Pringle's 'The Bechuana Boy'", *Nineteenth-Century Literature*, 2009, 64 (3), p. 294.
② 朱振武：《非洲英语文学的源与流》，上海：上海人民出版社，2019 年，第 80 页。

people, / They must learn to talk."① 这首诗反映了白人压榨牺牲黑人的事实，将黑人比作"烧火的材料"，诗人呼吁黑人万万不可让白人任意摆布，应当发出自己的声音，勇于反抗白人。②

同样，黑人觉醒运动的主要倡导者马菲卡·帕斯卡尔·格瓦拉（Mafika Passcal Gwala，1946—　）在他的诗作《摆脱坐骑》（*Getting off the Ride*，1977）中大声疾呼："I ask again, what is Black? / Black is when you get off the ride. / Black is point of self realization / Black is point of new reason / Black is point of: NO NATIONAL DECEPTION! / Black is point of determined stand / Black is point TO BE or NOT TO BE for blacks / Black is RIGHT ON！ / Black is energetic release from the shackles of Kaffir, Bantu, / non-white."③ 此诗简单明了，充满战斗精神，号召黑人坚定立场，勇于斗争，摆脱套在他们头上的枷锁。哪里有压迫哪里就有反抗，这些诗歌里的黑人形象让人感受到了黑人强大的战斗精神和反抗精神。

当然，也有不少文学作品刻画默默忍受白人欺压的非洲黑人，这些文学作品着重刻画黑人的悲惨遭遇，塑造了一个个让人同情怜悯的黑人形象。姆特夏里在他的代表诗作《饥饿人的脸》（*The Face of Hunger*）中描绘了黑人小孩艰难的处境。他们长期忍受白人的压榨，最基本的生活都无法得到保障。黑人小孩忍饥挨饿，他们一个个瘦骨嶙峋的模样不禁让读者唏嘘不已，而造就这可怕的饥饿面貌的元凶便是白人的长期压榨。而且，诗人使用了反讽的写作手法来强化诗歌主题，瘦骨嶙峋的孩子们仿佛是由雕刻家雕刻而成，这似乎在告诉世人，即使像雕刻家之手这种极美之物，也会造就饥饿贫穷的景象。西方所谓发达先进的文明在传播到非洲大地后，反而让非洲人长期处于水深火热之中。同样，南非"二战"后的重要诗人安东尼·德留斯（Anthony Delius，1916—1986）也对南非黑人的艰难处境进行了入木三分的刻画，在他的诗中，南非底层黑人终日为生活而劳累奔波，不得不在极端恶劣的工作下艰难生存。而且，他们从事的工作带有"赌博"性质，

---

① Andrew McCord and Mongane Wally Serote, "Black Man's Burden", *Transition*, 1993, 61 (1), p. 180.

② 李永彩：《南非文学史》，上海：上海外语教育出版社，2009年，第386—387页。

③ Mafka Gwala, *Collected Poems*, Cape Town: South African History Online, 2016, p. 77.

即使夜以继日地工作也不一定能得到应有的回报，充满了不确定性。<sup></sup>①究其原因，白人占据了这个国家的丰富资源和就业机会，而黑人则被排挤在社会的边缘，长期默默忍受着不公的待遇。这些正是长期处于白人压榨下非洲黑人的真实写照，他们默默地承受着一切，受尽各种磨难，过着朝不保夕的生活。

与前两种黑人形象截然不同的是，普林格尔笔下的"贝专纳男孩"在面对白人压迫时既没有选择默默忍受一切，也没有奋起反抗白人奴隶主。诗中的黑人男孩给读者展现了一种独特的黑人形象。不同于那些充满战斗精神或默默忍受一切的黑人，这位黑人男孩是极度温和善良的。不仅如此，这位男孩还表现出对弱者强烈的同情之心，即使自己身陷魔窟，也对弱小的动物无比关爱，这一点非常难能可贵！而且，这位黑人男孩一直努力不懈地追求自由，尽自己全力逃离白人奴隶主的魔掌。也正是这样一位善良、充满爱心且勇敢追求自由的黑人男孩给读者留下了极为深刻的印象，让人无比同情男孩遭遇的同时也敬佩男孩的爱心和勇敢。事实证明，普林格尔对于男孩这一形象的塑造是极为成功的，男孩的这一形象感动了当时众多的英国读者，让大家认识到非洲黑人也和白人一样是有血有肉有感情的，也是向往自由和爱的。②同时，"贝专纳男孩"这一角色的成功塑造也对普林格尔废奴思想的传播起到了积极的推动作用。

首先，诗人在诗中多处描绘了"贝专纳男孩"温和善良的形象。在初遇男孩时，还未等男孩开口，诗人便着重向读者展现了一位温和的非洲男孩形象："With open aspect, frank yet bland, / And with a modest mien he stood, / Caressing with a gentle hand / That beast of gentle brood; / Then, meekly gazing in my face, / Said in the language of his race, / With smiling look yet pensive tone, / 'Stranger—I'm in the world alone!'"③此处，诗人对男孩的举止神态、双手、眼神等均进行了描写，且短短几句诗用到了"modest""gentle""meekly"，以此来全方位塑造男孩温和友善的形象。另外，在男孩救助受伤的跳羚时，这一温和温暖的形象再次映入眼帘：

① Robin Malan, *New Poetry Works: A Workbook Anthology*, Cape Town: New Africa Books, 2007, p. 64.
② Matthew Shum, *Improvisations of Empire: Thomas Pringle in Scotland, the Cape Colony and London, 1789–1834*, Scottsville: University of KwaZulu-Natal, 2008, p. 239.
③ Thomas Pringle, *African Sketches*, London: Edward Moxon, 1834, pp. 1–2.

"Gently I nursed it; for I thought (Its hapless fate so like to mine) / By good Utíko it was brought / To bid me not repine,— / Since in this world of wrong and ill / One creature lived that loved me still, / Although its dark and dazzling eye / Beamed not with human sympathy."[1]此处男孩在照顾受伤跳羚时也是温柔细心，充满爱心，诗人进一步强化了男孩在读者心中温和友善的形象。在诗的末尾，男孩这一形象再次出现，给人无尽的美好遐想，让人脑海中不禁会憧憬诗人和这个温和友善的男孩的美好未来。诗人在结尾处写道："And one, with woman's gentle art, / unlocked the fountains of his heart; / And love gushed forth—till he became / Her child in everything but name."[2]男孩通过悉心照顾受伤的跳羚，让自己的身上散发着温和的爱。对于这样一位温和友善却遭遇不幸的男孩，怎能不让人生起怜悯之心呢？总而言之，诗中多处极力塑造了男孩温和的形象，让人同情男孩遭遇的同时也感受到男孩的亲切温柔，想进一步走进他的心灵。

另外，诗中着力刻画的充满爱心的男孩形象进一步激发了读者对男孩身世的同情之心，同时也让世人认识到了一个崭新的黑人形象——黑人完全不是白人奴隶主所描绘的那样没有感情，没有思想；相反，他们不仅温和而且充满了爱心，是有血有肉有感情的人。这些都有力地回击了白人奴隶主对黑人的诋毁和抹黑，让广大读者认识到了一个崭新的、有灵魂的黑人。普林格尔在诗中对男孩充满爱心的形象进行了细致的刻画，这主要表现在男孩对待弱者的态度上。男孩此时的形象既温暖也让人敬佩，即使他自己身陷囹圄却依然心存对弱者、对世界的爱。此处，诗人着重描写了男孩对一只受伤的跳羚的照顾："'While, friendless, thus, my master's flocks / I tended on the upland waste, / It chanced this fawn leapt from the rocks, / By wolfish wild-dogs chased: / I rescued it, though wounded sore / And dabbled in its mother's gore; / And nursed it in a cavern wild, / Until it loved me like a child.'"[3]男孩虽然自己身陷魔窟，遭受白人奴隶主的虐待和殴打，周围人没有对他的爱，但他心中的爱却始终未曾泯灭。男孩勇敢地从野狼口中救下了一只受

---

[1] Thomas Pringle, *African Sketches*, London: Edward Moxon, 1834, p. 6.

[2] Thomas Pringle, *African Sketches*, London: Edward Moxon, 1834, p. 8.

[3] Thomas Pringle, *African Sketches*, London: Edward Moxon, 1834, p. 6.

伤的跳羚，因为他知道狼正如同压榨他的白人奴隶主一样凶狠残忍，而跳羚则和男孩一样是被欺压的弱者，男孩和跳羚同病相怜。在救下跳羚后，男孩对它进行了无微不至的照顾，他把跳羚当成了自己孩子。读到此处不禁让人落泪，即使自己没有感受到爱，男孩心中却心存对弱小事物浓浓的爱。

而这又和奴隶主的残忍冷血形成了鲜明的对比。奴隶主为了自身的利益不惜无限制地压榨黑人，对待弱势一方的黑人毫无同情之心，甚至完全不把他们视为有感情的人。与之完全相反的是，黑人男孩在对待同样身为弱者的跳羚时却展现了无限的温暖和爱。这样一个温和有爱的黑人男孩形象和残暴不仁的白人奴隶主形成了鲜明的对比，进一步强化了读者对黑人男孩的同情之心以及对奴隶主的憎恶之情。普林格尔通过诗中这一鲜明的对比向世人揭露了白人奴隶主的真实面目，突出了他们的残忍冷血，也澄清了白人奴隶主对黑人的抹黑和诋毁。

最后，诗中的"贝专纳男孩"在历经各种磨难和痛苦后依然坚持不懈，心中时刻都向往自由的空气。这位黑人男孩在遭遇人生的各种磨难和变故后依然没有放弃希望，而是执着地追求自由，竭尽全力逃出白人奴隶主的魔掌。"贝专纳男孩"在不断尝试后终于找机会逃离了魔窟，追寻属于自己的自由。并且十分可贵的一点是，他也带上了自己救助的跳羚一起逃走。由于男孩的亲人早已离他而去，他也在努力寻找真正能够收留他、照顾他的人，就如同他收留照顾自己的跳羚一样。就此而言，在面对白人的压迫时，男孩始终心怀对自由的向往，通过自己的努力最终成功逃离了那个让他痛苦不堪的人间地狱，诗中写道："'High swelled my heart!—But when the star / Of midnight gleamed, I softly led / My bounding favourite forth, and far / Into the desert fled. / And here, from human kind exiled, / Three moons on roots and berries wild / I've fared; and braved the beasts of prey, / To'scape from spoilers worse than they.'"①可见男孩虽然身陷牢笼之中，心中却一刻也没有放弃对自由的向往和追求，最终通过自己的努力而重获自由。脱离虎口之后，男孩便竭力寻找能收留他和跳羚的人。此时男孩将希望寄托在附近的英国人身上，因为在男孩心中，英国人的形象较布尔人来说相对正面。一直压迫他们的白人便是布尔人，包括布尔人小孩对他们都毫无怜悯之心；而英国人相比布尔人更同情

① Thomas Pringle, *African Sketches*, London: Edward Moxon, 1834, p. 7.

他们。<sup>①</sup>终于，男孩通过不懈努力找到了真正属于自己的自由，他恳请诗人收留他："'But yester morn a Bushman brought / The tidings that thy tents were near; / And now with hasty foot I've sought / Thy presence, void of fear; / Because they say, O English chief, / Thou scornest not the captive's grief: / Then let me serve thee, as thine own— / For I am in the world alone!' "<sup>②</sup>此时此刻，我们可以清晰地看见一个为追求自由而努力的男孩，历经艰险后，终于找到属于自己的港湾。这种不放弃希望执着追求自由的心又怎能不让人为之动容？

因此，普林格尔在诗中塑造了一个独具特色、与众不同的黑人男孩形象。在面对白人的残酷欺压时，这位男孩既没有选择妥协，默默承受着一切，也没有像众多文学作品中的黑人一样起来反抗，而是选择用自己独有的方式来应对这个世界对他的不公。他温和善良，充满爱心，对弱者充满了同情心；同时他也坚持不懈地追求自由，用自己的努力为自己争取到了自由。他既没有在奴隶主残酷的压迫下放弃对世界的希望，也没有因为世界对他不公而放弃对弱者的爱。这位"贝专纳男孩"的可贵品质和遭遇不禁让读者对他产生同情之心和爱护之心，同时也更加凸显出白人奴隶主的残忍和冷血，两者之间的鲜明对比让读者站在黑人的立场，将批判的矛头指向万恶的奴隶制度。而这也正是普林格尔希望达到的效果，他将自己的主张和心声注入诗歌之中，通过"贝专纳男孩"的口述来传达自己的废奴思想。这是他心灵深处的呼喊，呼吁更多的人来保护那些受苦受难却有情有义的黑人，号召更多的人站起来抨击罪恶的奴隶制度。

## 三、爱的传递和希望的传承

在《贝专纳男孩》的结尾，诗人着重渲染了男孩浓浓的爱心。这种爱也感染了诗人和周围的人，让诗人下定决心将这种爱传递下去："Such was Marossi's

---

① Matthew Shum, *Improvisations of Empire: Thomas Pringle in Scotland, the Cape Colony and London, 1789–1834*, Scottsville: University of KwaZulu-Natal, 2008, p. 236.

② Thomas Pringle, *African Sketches*, London: Edward Moxon, 1834, pp. 7–8.

touching tale. / Our breasts they were not made of stone: / His words, his winning looks prevail— / We took him for 'our own.'/ And one, with woman's gentle art, / Unlocked the fountains of his heart; / And love gushed forth—till he became / Her child in everything but name."[1] 此处诗人表明了自己的心迹，下定决心要好好照顾这位充满爱心的男孩，因为男孩的故事已经深深地打动了诗人，触及诗人的灵魂。诗人也要像男孩照顾跳羚一般照顾男孩。这便是一种爱的传递，男孩对跳羚的爱传递给了诗人，使得诗人充满了对男孩的爱。[2] 诗人此处用 "fountain" 来表达男孩浓浓的爱对自己的影响。在诗人心中，男孩的爱如同喷泉一般喷涌而出，感染到了周围所有的人，诗人用形象生动的语言将男孩浓浓的爱和人性之美比作喷泉。也正是听完男孩所有倾诉，知晓了男孩遭遇的种种不幸和男孩身上散发的人性之美，诗人下定决心帮助男孩，在今后好好善待男孩，将男孩当作自己的小孩一样百般呵护，正如同男孩呵护他所救助的跳羚一样。普林格尔他通过《贝专纳男孩》发出自己的呼喊，希望越来越多的人能够像这位男孩一样照顾弱者，像这位男孩一样将爱传递下去，对受苦受难的黑人奴隶表达自己应有的爱，付诸实际行动解救他们。

此外，本诗还寄托了诗人的希望。正如"贝专纳男孩"的坚持不懈，心怀希望一样，诗人也会执着地为自己的废奴事业而奋斗。诗人在废奴途中所遇到的各种阻力又何尝不类似男孩在追求自由之路上所遇到各种艰辛。正因两者的相似，诗人着力展现男孩为追求自由所付出的汗水和磨难。在本诗的开头，诗人写道："When from the bosom of the waste / A swarthy stripling came in haste, / With foot unshod and naked limb; / And a tame springbok followed him."[3] 此处诗人对初次遇见男孩时的环境和男孩的外形进行了刻画，以此来从侧面烘托出男孩的艰难处境。男孩是在茫茫荒漠中与诗人相遇的，此处的细节描写表现出男孩为了追寻自由所遭受的磨难。随后，男孩见到诗人的第一句话便让诗人的心灵深深地触动了：

---

[1] Thomas Pringle, *African Sketches*, London: Edward Moxon, 1834, p. 9.

[2] Matthew Shum, *Improvisations of Empire: Thomas Pringle in Scotland, the Cape Colony and London, 1789–1834*, Scottsville: University of KwaZulu-Natal, 2008, p. 232.

[3] Thomas Pringle, *African Sketches*, London: Edward Moxon, 1834, p. 1.

"Said in the language of his race, / With smiling look yet pensive tone, / 'Stranger— I'm in the world alone!'"① 诗人向读者展现了男孩说话语气的细微差距："smiling look yet pensive"。微笑是因为男孩的性格温和善良，而忧愁是因为这一路上所经历的各种苦难在男孩心中积压了很久，此刻终于释放出来了——"I'm in the world alone!"这一声呼喊触动了诗人的内心，所以便关切地询问男孩的各种遭遇，同时也反映出男孩在追求自由之路上遇到了常人难以想象的困难与挫折。此处诗人对人物的外形和表情的一系列刻画非常成功，让读者感受到了"贝专纳男孩"背后经历的艰辛，同时也衬托出男孩追求自由的决心。因为即便历经再多磨难，男孩依然克服种种困难来到了诗人的身边。诗人此处在赞叹男孩的坚持和努力的同时，又何尝不是在激励自己要像男孩一样，克服重重困难，推行自己的废奴主张？又何尝不是在鼓励自己要向勇敢执着的男孩一样心存希望？由此看来，"贝专纳男孩"在带来爱的同时也给人以希望，更让诗人坚持自己的废奴主张。

另外，本诗的结尾和南非著名的抗议诗人丹尼斯·布鲁塔斯（Dennis Brutus，1924— ）的诗作《是的，曼德拉》(*Yes, Mandela*，1990)有异曲同工之妙。该诗作于曼德拉出狱之际，布鲁塔斯借此诗表达了对南非的反种族隔离领袖曼德拉的深深敬意，同时也寄托了诗人对南非美好未来的无限憧憬，曼德拉的出狱预示着南非即将迎来充满希望的明天。如同"贝专纳男孩"一样，曼德拉为了追求自由也历经了数不清的磨难和艰辛，关押他的监狱环境十分恶劣，危险重重，随时都有性命之忧。而曼德拉一直在为自己心中的理想而奋斗，从未放弃希望，最终领导南非人民迎接新的历史篇章。诗人在结尾处直抒胸臆，表达了对曼德拉的深深爱戴和崇敬，坚信曼德拉将给南非大地带来希望："Now, vision blurred with tears / we see you step out to our salutes / bearing our burden of hopes and fears / and impress your radiance / on the grey morning air."② 可见，虽然时代不同，但是充满希望的心灵是可以跨越时空的，"贝专纳男孩"和曼德拉都给反抗压迫的黑人们带来了希望。

① Thomas Pringle, *African Sketches*, London: Edward Moxon, 1834, pp. 1–2.

② Aisha Karim and Lee Sustar, *Poetry & Protest: A Dennis Brutus Reader*, Chicago: Haymarket Books, 2006, p. 308.

# 结　语

　　《贝专纳男孩》出版时，普林格尔遭到了各种批判攻击，奴隶制度的既得利益者威胁他侵犯了自己的利益，而有些读者则指责他"贝专纳男孩"这一形象不够真实，是他刻意捏造来博取人们同情心的。但是，不管遭受多少威胁和质疑，普林格尔依然坚定地投入到废奴事业当中，《贝专纳男孩》也成功地让众多读者认识到了一个全新的黑人形象。普林格尔通过这首诗发出了自己内心深处的呐喊，他通过描写非洲黑人遭受的种种苦难，试以唤醒更多人关注奴隶制下黑人的苦难；他通过刻画一个温和、有爱心且执着追求自由的黑人男孩，向世人证明黑人也是有血有肉有感情的，也是值得尊重和关爱的，他们应该和白人一样享有自己的权利和自由。这不禁让人联想起电影《奇异的恩典》（*Amazing Grace*）中英国废奴运动领袖威尔伯福斯的经典台词——"God made men equal."

（文 / 上海师范大学 龙雨）

第八篇

罗伊·坎贝尔
诗歌《祖鲁女孩》中的主题意象

罗伊·坎贝尔

Roy Campbell，1901—1957

## 作家简介

罗伊·坎贝尔（Roy Campbell，1901—1957）是"沃尔斯赖格"群体的著名作家，也是南非自治领时期的重要诗人。坎贝尔出生于南非德班，就读于德班高中，后在牛津大学学习。

坎贝尔以诗歌著称，先后出版了很多诗集。1924年，坎贝尔出版了他的第一部长诗《烈焰之龟》（*The Flaming Terrapin*，1924）。这首诗歌颂本能的生命力，是坎贝尔的成名之作。1926年，坎贝尔同普洛麦尔、劳伦斯·范·德·波斯特（Laurens van der Post，1906—1996）一起创办了著名文学杂志《沃尔斯赖格》（*Voorslag*，1926）。该杂志抨击了白人殖民者的剥削行径，闪烁着人道主义思想。随后，坎贝尔在法国定居并出版了其最著名的作品集《阿达马斯托》（*Adamastor*，1930）。这部作品集收录了《农奴》（*The Serf*）、《祖鲁女孩》（*The Zulu Girl*）、《斑马》（*The Zebras*）和《卡马格的马》（*Horses on the Camargue*）等作品，其中《农奴》和《祖鲁女孩》被阿兰·佩顿（Alan Paton，1903—1988）称为20世纪最优秀的抒情诗。1932年，坎贝尔移居西班牙，并出版了《密特拉徽记》（*Mithraic Emblems*，1936）。这部诗作为坎贝尔赢得了更大的文学声誉。

坎贝尔所处的时代是南非自治领时期。这一时期南非白人殖民者对非洲黑人进行了残酷的压榨和剥削，非洲黑人因此过着极为贫困的生活。他们终日劳累，在恶劣的工作环境下承担着繁重的体力活，始终处于社会最底层。坎贝尔对黑人的悲惨境遇深表同情。他以文学作品为武器抨击白人殖民者的恶劣行径，向世人呈现了非洲黑人悲惨生活的点点滴滴。同时，坎贝尔坚信，黑人将来一定能摆脱白人殖民者的压迫。他的文学作品里也传达出黑人充满希望的未来。

## 作品节选

《阿达马斯托》
（*Adamastor*，1930）

His sleepy mouth, plugged by the heavy nipple,
Tugs like a puppy, grunting as he feeds;
Through his frail nerves her own deep languors ripple
Like a broad river sighing through its reeds.

Yet in that drowsy stream his flesh imbibes
And old unquenched, unsmotherable heat—
The curbed ferocity of beaten tribes,
The sullen dignity of their defeat.

Her body looms above him like a hill
Within whose shade a village lies at rest,
Or the first cloud so terrible and still
That bears the coming harvest in its breast.[1]

沉甸甸的乳头塞进他的嘴巴了，
他像小狗一样拽着乳头，尽情享受着母乳的香浓；
她深深的柔情在他脆弱的神经里潺潺流动着，
宛如宽大的河流，呼啸着穿过芦苇丛。

他的肉体在这倦怠的溪流中不断用力
吮吸着古老的能量，这种能量永不熄灭，永不中断
部族虽然被打败，部族的野性只是暂时被抑制，
部族虽然被打败，部族的尊严永不消散。

---

[1] Roy Campbell, *Adamastor*, London: Faber & Faber, 1930, p. 46.

她的身躯守护着他，像一座山。

一座黑人村庄在山下的阴凉之地歇息。

她的身躯像一片可怕、寂静的云朵一般；

她的胸膛里孕育着即将到来的丰收和契机。①

（龙雨／译）

---

① 本译文参考自李永彩的译文，参见李永彩：《南非文学史》，上海：上海外语教育出版社，2009年，第 201 页。

**作品评析**

# 《祖鲁女孩》中的主题意象

## 引 言

南非著名诗人坎贝尔所生活的时代处于南非自治领时期，这一时期的南非联邦政府在国内推行了一系列的种族歧视和种族隔离政策。[①]南非黑人在白人当局的残酷压榨下痛苦不堪，始终生活在社会最底层。很多黑人从事着最为繁重的工作，在恶劣的工作环境下终日劳累，最基本的生活需求长期得不到满足；反观白人统治者占据着社会上的优质资源，享受着高人一等的政治经济待遇，对黑人的悲惨遭遇毫无怜悯之心。

正是在这一极不平等的种族隔离制度下，无数黑人长期遭受剥削和虐待，苦不堪言。面对贪婪的白人统治者毫无底线的压迫，很多有正义感和良知的南非作家纷纷以文学作品为武器猛烈抨击白人当局的恶劣行径，为黑人勇敢发声。一时间，批判种族歧视政策和种族隔离制度的文学作品不断涌现，并逐渐成为南非进步文学的主流。[②]坎贝尔便是这一时期为黑人勇敢发声的人权斗士，他的很多文学作品揭露了种族隔离制度下黑人的悲惨处境和白人统治者的冷血和贪婪。同时，他坚信黑人最终能在反种族压迫的斗争中取得胜利。

坎贝尔的代表诗作《祖鲁女孩》集中刻画了一位伟大的非洲母亲。这位母亲即使自身遭受白人统治者的残酷压迫，依然顽强不屈，为祖鲁民族辛勤地哺

---

① 李永彩：《南非文学史》，上海：上海外语教育出版社，2009 年，第 145 页。
② 朱振武：《非洲英语文学的源与流》，上海：学林出版社，2019 年，第 78 页。

育着未来的战士。她怀里的婴儿便是祖鲁民族未来的希望。这位伟大的母亲用自己伟岸的身躯保护着这希望之火，将毕生的营养注入这希望之火之中，让它越烧越旺。

## 一、诗歌意象映射民族苦难

诗歌语言的一个重要特征是大量运用意象。意象是指灌注了一定思想情感的形象，即用具体的形象或画面来表现人们在理智和情感方面的经验。它既是诗歌中熔铸了作者主观感情的客观物象，也是诗的象征性元语言。意象的功能主要在于通过刺激人的感官，唤起读者相同或类似的感觉和情感经验，激发出他们无限的想象，使他们仿佛身临其境。①正如古罗马伟大诗人贺拉斯指出的"意象是诗歌表现的心"。②在中国的诗歌意象中，母亲往往是慈爱的。伟大的母爱无时无刻不在滋养着自己的儿女，例如《诗经·凯风》中的"凯风自南，吹彼棘心。棘心夭夭，母氏劬劳"。此处，母亲浓浓的爱如同温暖的"凯风"一般滋润子女的心田。另外，在唐代诗人孟郊的名诗《游子吟》中，慈母之爱被比作"春晖"，时刻温暖着游子的心。由此可见，母亲是充满慈爱的伟大形象，时刻给儿女送去温暖和关怀。此外，在有些诗歌中，母亲也是日夜操劳、饱经风霜的女性形象。比如，在清代诗人黄景仁的诗作《别老母》中，诗人深情地描述了自己与母亲告别的动人场景。在这首诗中，母亲愁容满面、白发苍苍，为子女操碎了心。诗中的送别场景让人不禁潸然泪下，"搴帷拜母河梁去，白发愁看泪眼枯"。同样，坎贝尔的代表诗作《祖鲁女孩》深入刻画了一位受苦受难、饱经风霜的非洲母亲形象。这位母亲即使身处恶劣的工作环境中，依然一心一意呵护自己怀里的婴儿，给他送去温暖和营养。可见，在中外文化中，母亲都是伟大、充满慈爱的。母亲最疼爱、最牵挂的是自己的儿女。

---

① 王慧贞：《从概念整合看英语诗歌意象与衔接——以叶芝诗歌为个案分析》，《中国石油大学学报》(社会科学版)，2014 年第 6 期，第 87 页。
② 罗良功：《英诗概论》，武汉：武汉大学出版社，2002 年，第 73 页。

　　《祖鲁女孩》主要围绕"非洲母亲"这一诗歌意象展开。这位非洲母亲身处极为恶劣的工作环境中，却依然坚持不懈、克服重重困难哺育自己的孩子。而她所遭受的种种磨难正是那个年代非洲黑人遭受剥削和压迫的缩影。她正如同当时成千上万的非洲黑人一样，在恶劣、肮脏的环境中从事繁重的体力活，同时遭受白人统治者肆无忌惮的虐待和辱骂。因此，这位非洲母亲受压迫的经历折射出了非洲本土民族的苦难和血泪史。

　　这首诗着重刻画了一位辛苦劳作、受苦受难的非洲母亲。她是一位普通的祖鲁女仆，在白人的农场从事繁重的体力活。她的工作环境非常恶劣，酷热难耐且卫生条件极差。诗中写道："When in the sun the hot red acres smoulder, / Down where the sweating gang its labour plies, / A girl flings down her hoe, and from her shoulder / Unslings her child tormented by the flies."[1] 此处诗人将女仆工作的田地比作即将燃起的大火，向读者展现了一片酷热的天地。而女仆也正是被迫在这样高温危险的环境下日夜操劳，汗水淋漓。而且，诗人通过押韵脚的方式深入呈现了女仆的悲惨命运。在这一诗节中，第一句的"smoulder"和第三句"shoulder"押韵。这传递出的信息是女仆那脆弱的肩膀上承担起了沉重的体力活。即便烈日当头，大地都要被烤熟，女仆依然不得不坚持劳作，按照白人农场主的要求完成今天的工作。另外，第二句的"plies"和第四句的"flies"押韵，表明女仆不仅要应对堆积如山的体力活，还要时刻提防蚊蝇的袭扰。这两个词的押韵鲜明地展现了女仆当下悲惨的境遇。

　　此外，令人愤慨的是，女仆即便如此辛勤地工作，依然得不到白人农场主丝毫的尊重。在白人眼里，她和其他众多黑人一样，属于一个宽泛模糊的群体"gang"。在白人统治者心中，这些黑人没有自己的特色和个性，如同一个个没有思想情感的牲畜，只知道埋头做苦力。[2] "gang"这一词将黑人卑微的地位和白人傲慢的心理充分传递了出来。由此可见，黑人不仅在肉体上饱受折磨，在心理上也备受歧视，命运悲惨至极。另外，诗人通过进一步描述肮脏的工作环境来强化

[1] Roy Campbell, *Adamastor*, London: Faber & Faber, 1930, p. 46.

[2] Joseph Foulkes Winks, *The Baptist Children's Magazine*, Simpkin: Marshall & Co., 1857, p. 35.

黑人的悲惨处境。这位女仆在辛苦劳作时要哺育自己的孩子。由于她所劳作的田地卫生条件极差，她的周围布满了蚊蝇，而这些蚊蝇则时刻叮咬着她背上的孩子。这对于一位母亲而言是十分痛苦的，因为这意味着她的孩子无法在一个健康安全的环境下成长。这位非洲母亲不仅要遭受蚊蝇的折磨和白人的侮辱，还要担心她的孩子的安危。坎贝尔此处通过对女仆工作环境的一系列细节描写刻画了一位饱受折磨的非洲母亲形象。这位非洲母亲在精神和肉体上都承受着巨大的痛苦，同时要哺育、保护自己的孩子。

接着，诗人在第二个诗节深入描写女仆所处的脏乱的环境："She takes him to a ring of shadow pooled / By the thorn-tree: purpled with the blood of ticks, / While her sharp nails, in slow caresses ruled / Prowl through his hair with sharp electric clicks."[1] 此处，女仆将孩子带到阴凉处避暑。然而，在烈日当头时，阴凉处少得可怜，仅仅只有一小块。更令人感到悲伤的是，女仆在这一小块阴凉处依然摆脱不了虫蚁的骚扰。她十分仔细地为自己的孩子清理身上的虱子，用锋利的手指甲将虱子杀死。虱子死后在小孩身上留下紫色的血迹。这一细节描写进一步强化了女仆脏乱的生活工作环境。在虫蚁遍布的环境中，女仆只能用最原始的方法清理虱子。这种方法无疑威胁着孩子的身体健康。从中我们能体会到女仆的无奈和环境的残酷，也能感受到女仆内心的痛苦。而且，诗人通过拟声词"clicks"的使用营造了很强的画面感。女仆用手指甲碾碎了虱子，发出"噼噼啪啪"的声音。这一拟声词的使用给人以身临其境之感。读者仿佛亲耳听到这刺耳的声音，从而深切感受到田地里恶劣的卫生条件。另外，在这一诗节中，重复出现了短元音 /ɪ/。这一短元音包含在"ticks"和"clicks"这两个押韵的词中。此时，这一响亮、刺耳的声音反复出现，进一步突出女仆工作环境之差。

因此，我们从这两个诗节可知，这位非洲母亲在白人统治者的压榨下过着极为悲惨的生活。她不仅要长期忍受酷暑和繁重的体力活，而且要忍受白人的歧视和侮辱。此外，她还不得不在极端残酷的环境中哺育自己的孩子。在这样的环境中，孩子的健康和安全均无法得到有效保障。这对于一个母亲而言，无疑是雪上加霜。她

---

[1] Roy Campbell, *Adamastor*, London: Faber & Faber, 1930, p. 46.

除了要忍受身体和心灵的双重折磨，还要时刻担心孩子的安危。此时此刻，她的身体和精神均备受煎熬。坎贝尔此处通过对这位女仆工作环境的细节刻画向读者全面、深入地展现了一位受苦受难的非洲母亲形象。同时，这一诗歌意象也折射出了非洲本土民族的沉重苦难和血泪史。在当时的非洲，有无数的黑人像这位非洲母亲一样，遭受白人统治者的残酷压榨和虐待，生活在水深火热之中。他们又何尝不像这位母亲一样从事最为繁重的体力活，饱受白人的歧视和虐待。

## 二、浓浓母爱滋养民族未来

我国现代著名作家冰心曾在其散文诗《荷叶·母亲》深情地赞美母亲对自己的关爱。作者被雨打红莲、荷叶护莲的生动场景所感动，从而联想到母亲的呵护与关爱。她在诗中将人生路上的坎坷比作"心中的雨点"，慈爱的母亲是"荷叶"，自己则是"荷叶"下的"红莲"。从天而降的雨水如同作者遇到的各种坎坷和困难。当雨水到来时，伟大的母亲如同"荷叶"一般坚定地守护着她下面的"红莲"，为"红莲"遮风挡雨。作者通过这一系列的比喻将母爱的温暖和伟大展现得淋漓尽致。另外，我国现代小说家老舍在其散文《我的母亲》中也极力塑造了一位慈爱的母亲。老舍年幼丧父，与母亲相依为命。这篇散文是老舍为纪念自己的母亲而写。在文中，老舍的母亲是一位有着中华民族传统美德的女性，一直以来都耐心地教导儿子。她对儿子深深的爱让人看到了一位平凡而伟岸的母亲。由此可见，中国现代文学中的母亲形象具有崇高之美。

同样，在坎贝尔的笔下，也有一位伟大的非洲母亲。这位非洲母亲在白人统治者的残酷欺压下过着十分凄惨的生活，痛苦不已。然而，即便如此，这位母亲依然克服重重困难，坚持不懈地哺育着自己的孩子，向世人展现了伟大的母爱。母亲源源不断地给自己怀里的孩子输入营养，让孩子不断成长。在母亲心中，孩子就是民族的希望，终有一天会成长为民族的栋梁。坎贝尔在诗中对这位女仆哺育孩子的场景进行了细致的刻画："His sleepy mouth, plugged by the heavy nipple, / Tugs like a puppy, grunting as he feeds; / Through his frail nerves her own deep languors ripple / Like a broad river sighing through its reeds."① 这一诗节的音乐性形象生动地呈现了浓浓的母爱和母子之间的紧密纽带，传达了诗歌的内涵。诗歌的载体形式，是由诗歌的音乐性决定的。音乐性是诗歌文体的首要特征，这是诗歌语言与非诗歌语言的主要分界。② 此处，坎贝尔便通过诗歌的音乐性传递出母爱的伟大，让读者充分感受母爱的温暖和母性之美。这一诗节中重复出现了短促响亮的短元音 /ʌ/。这一短元音包含在 "plugged"、"Tugs" 和 "puppy" 这三个相距较近的词中。短元音的聚集常给人迅捷、轻快、跳跃之感。③ 诗人在此处多次使用这一短元音给人营造了孩子急切、快速吸食母乳的场景。小孩快速吸食不停，对母乳充满了渴望；母亲也将自己的营养源源不断地注入孩子体内，让孩子茁壮成长。坎贝尔此处通过短元音的重复使用将母子间的紧密纽带和温暖的母爱呈现了出来。而且，在这个诗节的最后一句，诗人通过重复使用双元音 /aɪ/ 来强化母爱的温暖和伟大。双元音读起来饱满有力，充满了能量。此处，诗人将源源不断的母爱比作宽大的河流，充满了能量和希望。同时，"like" 和 "sighing" 这些带双元音的词语进一步增强了这一效果，向读者展现出浓浓的母爱。

除此之外，诗人通过押脚韵的方式，升华了伟大的母爱。其中，"nipple" 和 "ripple" 押韵，以短元音 /ɪ/ 的重复来营造出一种快速、急切的感觉。此处传达的信息是孩子急切地从母亲怀里吸取营养，浓浓的母爱满足了孩子原始的欲望。同时，母亲此时也十分渴望孩子能尽早成长起来，将自己的营养输送给孩子。另外，押脚韵的 "feels" 和 "reeds" 则以长元音 /iː/ 的重复来营造一种稳定、舒适的意境。此处所要传达的含义是孩子可以安稳地躺在母亲的怀里尽情地吸取营养，不用担心被打断。尽管这位非洲母亲十分劳累，生活条件极差，她依然会竭尽全力保证孩子的营养，让孩子茁壮成长。因此，诗人通过韵脚押韵和语音重复的方式，让读者深切感受到母爱的伟大。

---

① Roy Campbell, *Adamastor*, London: Faber & Faber, 1930, p. 46.

② 罗益民：《诗歌语用与英语诗歌文体的本质特征》，《外语教学与研究》(外国语文双月刊)，2003年第 5 期，第 349 页。

③ 高红云、谭旭东：《英语诗歌中的语音象征》，《安徽工业大学学报》(社会科学版)，2001 年第 1 期，第 68 页。

此外，诗人将吸食母乳的孩子比作饥渴的小狗，将小孩原始的、动物般的属性展现了出来。小孩此刻正快速、急切地从母亲那里获取能量，让自己成长起来，而小孩的母亲正遭受白人统治者残酷的压迫。长期的折磨让她神经衰弱，营养不良。即便如此，母亲依然在极端恶劣的环境下用心哺育孩子，期盼孩子尽早成长起来。因为小孩承载着整个民族的希望，是被压迫的黑人民族的未来。母亲向孩子体内注入的不仅有营养，也有整个民族不屈的精神。她盼望孩子早日成长起来，成为一名为民族而战的优秀战士，推翻残暴的白人统治者。在当时的非洲，有成千上万像这位女仆一样伟大的母亲。她们即使身陷囹圄、饱受折磨，依然坚持不懈，克服重重困难，将自身的营养和能量源源不断地输入孩子体内。她们浓浓的母爱滋润着民族的未来，让黑人民族最终崛起。

## 三、伟岸身躯守护民族希望

历史上，非洲大部分民族都曾长期遭受白人殖民者的残酷侵略和压迫。很多民族被征服、被压榨，甚至被灭族。在白人殖民者的铁蹄下，无数黑人家庭妻离子散，家破人亡。就此而言，白人殖民者的扩张史也是非洲本土民族的血泪史。而且，这些黑人民族的后代同样遭受白人统治者的残酷压榨和剥削。坎贝尔在诗中写道："Yet in that drowsy stream his flesh imbibes / An old unquenched unsmotherable heat— / The curbed ferocity of beaten tribes, / The sullen dignity of their defeat."[1]此处，诗人直截了当地指出了黑人曾经被征服、被打败的历史。正是因为历史上黑人祖先被征服，现在的黑人劳工不得不在白人统治者的欺压下从事繁重的体力活。诗中的黑人母亲所遭受的一切苦难反映了现在无数黑人的悲惨遭遇。他们在极端恶劣的工作环境下日夜苦干，却依然饱受白人统治者的歧视和虐待，命运十分悲惨。

然而，在面对白人统治者的压迫时，这位黑人母亲并没有屈服。此时此刻，她用自己伟岸的身躯保护着自己的孩子，给孩子提供安全、温暖的港湾。这位母亲即使遍体鳞伤、疲惫不堪，也执着地守护着自己的爱子。因为在她的心中，他

---

① Roy Campbell, *Adamastor*, London: Faber & Faber, 1930, p. 46.

怀中的孩子既是自己的骨肉，也是整个黑人民族的希望。她用实际行动守护着这希望之火。坎贝尔在诗中极力塑造了这样一位伟大的母亲："Her body looms above him like a hill / Within whose shade a village lies at rest, / Or the first cloud so terrible and still / That bears the coming harvest in its breast."[①] 首先，在这个诗节的前两句，诗人将这位母亲伟岸的身躯比作一座大山。在这座大山的庇护下，她的孩子得以获得一个温暖的港湾，在残酷的环境下成长。事实上，这位母亲是一位普通的黑人女仆，遭受着白人统治者的欺压，然而此时却拥有和男性一样伟岸的身躯。她用自己的身躯保护自己的孩子不受侵犯，是一位勇敢的母亲。同时，在她伟岸的身躯下有一座村庄。母亲伟岸的身躯给村庄带来了一片阴凉之地，使村庄得以避开酷暑。此处诗人将村庄比作在黑人母亲庇护下不断发展的黑人民族。在非洲，有无数像这位女仆一样伟大的黑人母亲。她们守护着自己的孩子，保护孩子们不受侵犯，给黑人民族留下了希望和未来。

接着，在这个诗节的后两句中，诗人将黑人母亲的身躯比作一片云朵。这朵云也如同大山一般，守护着云朵下的村庄。大山给村庄带来阴凉之地；云朵则为村庄遮挡烈日，给村庄带来雨水，让村庄不受酷暑的折磨。此时，母亲的身躯如云朵一般，即使遭受烈日烘烤，也要守护云朵下的村庄。无数的黑人母亲就像一片片云朵一样，即使身处极端恶劣的工作环境中，也依然坚持不懈地哺育、守护着黑人民族的未来。正是在黑人母亲们这伟大身躯的守护下，黑人民族得以不断发展壮大，在白人统治者的残酷压迫下生存下来。

另外，在这一诗节中，第一句的"hill"和第三句的"still"押脚韵。诗人通过这种方式向读者展现了一座巍峨的大山。这座大山即使经历各种风吹雨打和烈日暴晒，依然纹丝不动。黑人母亲的身躯就像这座大山一样，即使已经遍体鳞伤，也依然坚定地守护着自己的爱子，不会动摇。她在烈日的暴晒下从事繁重的体力活，在蚊虫遍地的环境里挥洒汗水。这位母亲备受折磨，身心俱疲，依然竭尽全力哺育自己的孩子。她的决心和信念不会因为恶劣的环境而有丝毫改变。此处，诗人将母亲的伟大形象刻画得入木三分。岿然不动的大山正如同母亲不可动摇的身躯

---

① Roy Campbell, *Adamastor*, London: Faber & Faber, 1930, p. 46.

和意志一样，坚定地守护着山下的村庄。除此之外，第二句的"rest"和第四句的"breast"押脚韵。诗人由此塑造了一个伟大、温暖的黑人母亲形象。这位母亲的胸膛如同安全、温暖的港湾一样守护着自己的孩子。在这位母亲的怀里，她的孩子可以安心地休息，不断地成长，不会受到外部世界的干扰。孩子在母亲宽阔胸膛的守护下，避开了风吹日晒，有了一个可以安全成长的环境。因此，正是有了这些黑人母亲的守护，黑人民族的子孙后代才得以茁壮成长，肩负起民族的希望。

坎贝尔在这一诗节中塑造了一位拥有伟岸身躯的黑人母亲。这位母亲饱受折磨，遭受白人统治者的残酷压榨，经历了各种风吹雨打。然而，她依然不离不弃地守护着黑人民族的希望，毫不动摇。她伟岸的身躯如同一座巍峨的大山，为黑人民族的子孙遮风挡雨，让他们免受烈日暴晒。在她温暖的胸膛里，黑人民族得以生存和繁衍。正是因为有千千万万这样伟大的黑人母亲，黑人民族才得以不断发展壮大，最终争取到民族自由和解放。

## 四、伟大母亲呼唤民族觉醒

白人统治者的残酷压榨和剥削给广大黑人带来了沉重的苦难。黑人们生活在社会最底层，时常遭受白人的歧视和侮辱。在这一大的时代背景下，很多有良知和正义感的作家通过文学作品抨击罪恶的白人统治者，揭露黑人的悲惨处境。他们的文学作品闪烁着人道主义思想，具有进步意义。这其中的代表作家包括"沃尔斯赖格"群体的著名诗人普洛麦尔。普洛麦尔在其代表诗作《蝎子》(*The Scorpion*，1932)中将残暴的白人统治者比作凶狠恶毒的蝎子。他在诗中写道："Pushed by the waves of morning, rolled / Impersonally among shells / With lolling breasts and bleeding eyes, / And round her neck were beads and bells. / That was the Africa we knew, / Where, wandering alone, / We saw, heraldic in the heat, / A scorpion on a stone."[①]诗人在这里愤怒地控诉了蹂躏非洲人民的蝎子，向读者展现了非洲人

---

① Alan Paton, "William Plomer, Soul of Reticence", *Theoria: A Journal of Social and Political Theory*, 1976, 46 (1), p. 8.

民的沉重苦难。这只蝎子一直盘踞在非洲，吸取非洲人民的骨血，疯狂压榨非洲人民。同时，他将饱受欺凌的非洲黑人比作一具面目全非的尸体。这具尸体被礁石撞击得面目全非，伤痕累累，如同长期以来身心备受煎熬的非洲黑人。诗人通过这些形象的比喻控诉白人统治者的残暴，表达对非洲黑人的同情之心。另外，索韦托诗歌的代表诗人赛洛特在其诗歌《奥菲—守望者，心跳阶段》中也控诉了白人对黑人的欺压和虐待，谴责罪恶的种族隔离制度。作者在这首诗中揭露了白人压榨黑人的残酷事实，同时也呼吁黑人团结起来。在白人统治者眼里，黑人只不过是可以利用的"燃料"。一直以来，白人们都残酷地压榨黑人，让黑人为自己牟取暴利。因此，他通过这首诗向广大黑人同胞传达了自己的心声：黑人万万不可让白人任意摆布，他们应当发出自己的声音，勇于反抗白人。[①]在诗人看来，黑人只有勇于抗争，向白人统治者发出挑战，才能改变自己不公的命运。

同样，坎贝尔也在《祖鲁女孩》中强烈谴责白人统治者对黑人女仆的压榨。黑人女仆不仅要在烈日当头、蚊虫滋生的环境中辛苦劳作，还要遭受白人的歧视。在这种情况下，黑人女仆并没有屈服于白人统治者的淫威，而是努力抗争，并且竭尽全力为黑人民族哺育未来的战士。这位伟大的黑人母亲正用自己的实际行动为黑人民族培养下一代。这些未来的战士必将能战胜白人统治者，为黑人民族赢得自由和平等。在这首诗的开头，坎贝尔便着力刻画了一个敢于抗争的黑人母亲形象："When in the sun the hot red acres smoulder, / Down where the sweating gang its labour plies, / A girl flings down her hoe, and from her shoulder / Unslings her child tormented by the flies."[②]这位母亲在白人的压迫下从事着极为繁重的体力活。然而，在她心中，这份工作毫无意义。在这位母亲心中，自己的孩子远远比这份工作重要。于是她愤然扔下锄头，停下工作开始哺育自己的孩子。此处，"fling"这一词将这位母亲心中的愤怒充分展现了出来。她并没有自然放下锄头，而是突然扔下锄头，以此表明自己对白人的蔑视。她并没有把白人交给她的工作放在心上，敢于公然挑战白人的权威。这位母亲在用自己的方式对白人统治者发出抗议。同时，

---

① 李永彩：《南非文学史》，上海：上海外语教育出版社，2009年，第386—387页。

② Roy Campbell, *Adamastor*, London: Faber & Faber, 1930, p. 46.

她也给自己的孩子做了很好的示范，将自己这种敢于抗争的精神传递给孩子，让孩子在被压迫的环境中一步步觉醒。正是因为有无数这样伟大的黑人母亲，黑人民族得以继承并发扬这种敢于抗争的精神，为自由和平等而战。

在这首诗的第四个诗节，坎贝尔将黑人民族的战斗精神刻画得淋漓尽致。他在诗中写道："Yet in that drowsy stream his flesh imbibes / An old unquenched, unsmotherable heat— / The curbed ferocity of beaten tribes, / The sullen dignity of their defeat." [1] 此处，他直截了当地说出了黑人民族被压迫、被征服的历史。在这一时代背景下，黑人们奋起抗争，向白人统治者发出挑战。他们即使长期以来一直遭受白人统治者的奴役、虐待和压迫，却从未放弃过战斗，一直保留着民族的精神和骄傲。诗人在此反复使用了多音节词 "unquenched" 和 "unsmotherable"。这些多音节词读起来充满力量和气势，更加强化了黑人民族不屈服的精神，充满了战斗性。黑人民族虽然暂时被打败了，生活在社会最底层，但永远不会放弃心中的抗争之火。这团火焰也绝不会因为白人的欺压而熄灭。此处，多音节词的重复使用强化了黑人民族反抗白人统治者的决心和信念。另外，黑人民族这种不屈服的精神也正是从黑人母亲那里获得的。他们从母亲们那里获得的不仅有身体上的营养，更有精神上的力量。因此，他们能茁壮成长，最终成为民族的栋梁。黑人母亲将自己的心声注入孩子们心中，呼唤他们为民族而战。

接着，坎贝尔在诗中进一步强化了黑人民族的反抗精神和决心。首先，他使用了相同的句法结构："The curbed ferocity of beaten tribes, / The sullen dignity of their defeat." [2] 这一结构的重复使用传达了黑人民族强烈的战斗欲望。他们虽然暂时被打败了，但仍然保留着本民族的凶猛和斗志；他们虽然被征服了，但仍然保留着本民族的骄傲和自信。因此，他们如同一座座火山，随时有可能喷发，只是目前暂时被抑制了。黑人民族在沉默中不断积蓄力量，总有一天能推翻那些征服他们的白人。另外，诗人在这两句中使用了很多的爆破音。爆破音由于发音时发音器官的运动使人产生坚硬、撞击、跳跃、力量的爆发等感觉，故又被称为刚硬

---

① Roy Campbell, *Adamastor*, London: Faber & Faber, 1930, p. 46.

② Roy Campbell, *Adamastor*, London: Faber & Faber, 1930, p. 46.

音。爆破音有规律的聚集能增加力量感。[1] 此处，爆破音 /p/ 和 /b/ 的重复使用给人营造了很强的力量感，深化了诗歌主题。面对白人统治者的欺压，黑人民族不会屈服，必将战斗到最后一刻。所以，黑人民族虽然暂时被打败了，依然保持着高昂的斗志和不屈的精神。之所以如此，是因为他们身后有无数像黑人女仆这样伟大的黑人母亲。这些黑人母亲用自己毕生的心血哺育黑人们，将斗争的怒火注入他们的体内，让他们保持民族的血性和骄傲。黑人民族从母亲那里感受到的不仅有浓浓的母爱，更有母亲的期待和呼唤。

在最后一个诗节中，坎贝尔寄托了自己对黑人民族的信心。他坚信，在黑人母亲的呼唤和谆谆教导下，黑人民族最终能实现民族崛起，迎来属于自己的光明未来。坎贝尔在诗中写道："Her body looms above him like a hill / Within whose shade a village lies at rest, / Or the first cloud so terrible and still / That bears the coming harvest in its breast."[2] 在这一诗节中，诗人将母亲的身躯比作一片云朵。这片云朵守护了黑人村庄，确保了这座村庄不受侵犯。另外，值得注意的是，这片云朵是可怕、寂静的。这朵云之所以可怕，是因为它在不断积蓄力量和怒火，等待着爆发的那一天。此处，诗人将黑人母亲的身躯比作一朵可怕的云，传达出的信息是母亲在不断积蓄力量和愤怒。黑人母亲长期以来遭受压迫和歧视，在内心深处积累了很多屈辱和怨恨。而且，她将自己的这种屈辱告诉给了黑人民族的子孙后代，让他们知道这也是民族的屈辱，期待他们洗刷这份屈辱。同时，这朵云也是寂静的。但是，它的寂静并不代表黑人母亲屈服于白人统治者的淫威。恰恰相反，云朵之所以寂静是因为它正在沉默中不断积蓄能量，等待着暴雨倾盆的那一刻。就此而言，它寂静的时间越久，最后所释放的能量就越大。那么，最后的暴雨来得就越凶猛。此时，黑人母亲正在静静地向她的孩子输送能量，等待着黑人民族奋起抗争的那一刻。

在本诗节的最后一句中，诗人更是直截了当地指出黑人民族的崛起和胜利是必然的。这位黑人母亲的胸膛里正孕育着即将到来的大丰收。在这里，诗人将黑

---

[1] 高红云、谭旭东：《英语诗歌中的语音象征》，《安徽工业大学学报》(社会科学版)，2001 年第 1 期，第 67—68 页。

[2] Roy Campbell, *Adamastor*, London: Faber & Faber, 1930, p. 46.

人民族最终的胜利比作一场大丰收。孕育这场大丰收的便是母亲伟大的胸膛。母亲将自己的怒火和能量源源不断地输送给她的孩子，将黑人民族的血泪史告诉给孩子。这位孩子也最终被自己的母亲唤醒，下定决心为自己的母亲和民族而战。同时，母亲也坚信，她的孩子能最终成长为一名优秀的战士，推翻白人统治者，为黑人民族带来光明。在当时的非洲，有成千上万这样伟大的黑人母亲。她们用自己的毕生心血哺育和教育自己的孩子。在她们的感召下，黑人民族得以觉醒和壮大，最终成功推翻白人的残暴统治，奏响胜利的凯歌。

## 结　语

坎贝尔在《祖鲁女孩》这首诗中极力塑造了一位伟大的黑人母亲。这位母亲在极端恶劣的环境下坚持不懈地哺育着自己的孩子。即使伤痕累累，身心疲惫，她依然无私地将自己体内的营养源源不断地输送给孩子。浓浓的母爱让读者为之动容。而且，她用自己伟岸的身躯守护着自己的孩子，给孩子提供躲避风雨的温暖港湾。此外，她也是一名坚强、不屈服的女性。在面对白人统治者的欺凌时，她敢于抗争，敢于表达自己内心的不满。也正是因为有千千万万这样伟大的黑人母亲，黑人民族才得以继承民族的血性和精神，并不断发展壮大，最终赢得民族的自由和解放。

（文/上海师范大学 龙雨）

第九篇

刘易斯·恩科西
文论《任务与面具：非洲文学的诸种主题
与风格》中的世界主义

刘易斯·恩科西

Lewis Nkosi，1936—2010

## 作家简介

　　刘易斯·恩科西（Lewis Nkosi, 1936—2010）堪称"鼓"一代（Drum generation）的绝响。作为小说家、戏剧家、文学批评家、非洲事务评论家，他以敏锐的学术洞察力、旺盛的创作力与自信达观的性格而饮誉于非洲以及欧美文化界。恩科西出生于南非夸祖鲁—纳塔尔省（KwaZulu-Natal）恩博村（Embo）一个传统的祖鲁家庭。他是家中独子，八岁时母亲去世后成了一名孤儿，九岁时在外婆支持下进入希尔克雷斯特（Hillcrest）的一所小学，16岁至18岁就读于位于纳塔尔省埃绍韦小镇（Eshowe）一所由传教士开办的祖鲁路德教会高中（Zulu Lutheran High School）。在教会高中祖鲁语老师的指导下，恩科西沉浸在祖鲁历史与文化之中。这段经历对恩科西影响巨大，令他难以忘怀。

　　1955年恩科西进入德班 M. L. 苏尔坦技术学院（M. L. Sultan Technical College），开始大学预科阶段的学习。1957年，恩科西离开纳塔尔省的重要报社《纳塔尔太阳》（*Llanga Lase Natal*），来到了当时的国际化都市约翰内斯堡，迎来了人生重大转折点——加入《鼓》杂志社，并于1957年至1960年担任《鼓》杂志社周日专刊《黄金城邮报》（*Golden City Post*）首席记者。

　　20世纪50年代和60年代，《禁止共产主义法案》（*The Suppression of Communism Act*）和《出版物和娱乐法案》（*The Publications and Entertainment Act*）等法案相继出笼，恩科西于1960年底被迫流放海外。1961年1月，恩科西抵达纽约，后赶往波士顿接受哈佛大学1960年所批准的为期一年的新闻学奖学金。在哈佛期间，一方面，恩科西接触到了来自不同文学背景和不同地域的文学学人与公众人士；另一方面，他在哈佛一年内所接受的严格的"新闻学"学术训练，为日后转向文学创作和文学批评打下了坚实基础。

　　1962年恩科西抵达伦敦，同时在伦敦及纽约担任《新非洲》（*The New African*）等刊物的编辑，并逐渐成为非洲作家和西方世界沟通的纽带，同时他以文学评论家、电视评论家和期刊撰稿人的身份声名鹊起。在南非文学史上，20世纪60年代，黑人作家一代（尤其是"鼓"作家群）的消失导致了文学真空，但就恩科西个人而言，流放经历为他"打量"南非提供了难得的双重视角，这为其

"世界主义文论"奠定了基本的认知格局和思维进路。总体上，恩科西具有世界主义倾向的文学评论零散而不成体系，但仍然可以说是他本人给南非乃至整个非洲留下的为数不多的宝贵遗产，尤其是他在伦敦担任《新非洲人》文学编辑期间的三年时间内（1965年至1968年），就许多时政问题撰写了大量评论文章，涉及政治、历史、非洲事务、美国文化和文明等等。事实上，没有其他非洲评论家触及过如此多样化的主题。

恩科西的写作有着旺盛的生命期，他的各类文学评论见之于美国、英国和非洲的各类专业文学评论刊物，其评论文章先后结集出版，目前出版的文学批评文集主要包括三部：《家园与流放（及其他选文）》（*Home and Exile, 1965; Home and Exile and Other Selections*, 1983）；《移植的心脏：南非散论》（*The Transplanted Heart: Essays on South Africa*, 1975）；《任务与面具：非洲文学的诸种主题与风格》（*Tasks and Masks: Themes and Styles of African Literature*, 1981）。总体来看，在非洲识字率不高的语境中，恩科西的"世界主义文论"面向"高级文学"阵营，具有"精英化"倾向，其评论文章思想深刻，视野开阔。但直到种族隔离制度结束之后，三部评论集才获得了整个第三世界的批评关注和认可，当下已成为非洲当代文学批评的经典文本。

## 作品节选

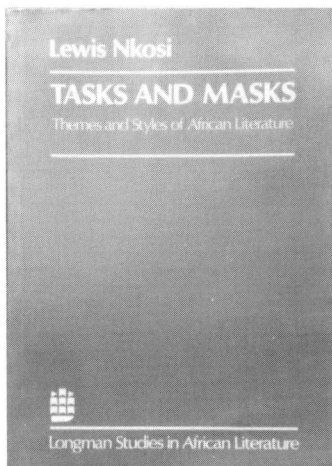

《任务与面具：非洲文学的诸种主题与风格》
（*Tasks and Masks: Themes and Styles of African Literature*, 1981）

What I have been at pains to show here is that both the philosophical assumptions underlying negritude and the strategies which negritude writers were compelled to adopt in the actual production of their work, came out of a specific intellectual tradition; they were part of a particular climate and a particular mood. It may be embarrassing to those worshippers at the shrine of negritude, who see it as the embodiment of a racial distinctness, to be reminded that Negritude is really a bastard child whose family tree includes, apart from the living African heritage, Freudianism, Marxism, Surrealism, and Romanticism.[1]

我在文中煞费苦心地表明，"黑人性运动"背后的哲学预设，以及黑人性作家在其作品的实际创作中所被迫采取的策略，二者均来自特定的思想传统，它们均为特定情势和特定情绪的一部分。让那些在"黑人性"神殿里的参拜者们（他们视"黑人性"为种族特殊性的一个体现）颇感尴尬的是："黑人性"实际上是一个私生子，其家族谱系除了活着的非洲遗产之外，还包括弗洛伊德主义、马克思主义、超现实主义和浪漫主义。

（陈昕／译）

---

[1] Lewis Nkosi, *Tasks and Masks: Theme and Styles of African Literature*, Harlow: Longman, 1981, p. 27.

**作品评析**

# 《任务与面具：非洲文学的诸种主题与风格》中的世界主义

## 引 言

如果承认南非"几乎不存在任何有识见的本土批评"①的话，那么有着30年流亡经验的恩科西显然是南非文学批评史上的另类。恩科西的大量文学批评旨在打破民族—国家的界限、追求"非（洲）、西（方）"文学的融合，虽然并未构成一个细大不捐的理论体系，但其具有明确的"世界主义"倾向的文学批评不可谓不深刻，为非洲现代文学的兴起、演进与繁荣提供了内在契机。由于其文学批评涉及面较为庞杂，限于篇幅，这里仅选取恩科西《任务与面具：非洲文学的诸种主题与风格》（以下简称《任务与面具》）中最具原创性的文学评论文章，具体审视其世界主义文学批评思想。这类文章对顺应当时时代需求的文学"基本问题"作出了回应。

## 一、"黑人性"运动

"黑人性"运动是非洲现当代文学发展的第二阶段。这场文化民族主义思潮由非洲法语文学界（主要是诗歌界）的马提尼克岛的艾梅·塞泽尔（Aimé

---

① Lindy Stiebel and Liz Gunner (eds.), *Still Beating the Drum: Critical Perspectives on Lewis Nkosi*, Amsterdam: New York: Rodopi, 2005, p. 291. 1960 年代后期，处在流放状态中的艾捷凯尔·姆赫雷雷（Ezekiel Mphahlele）会同恩科西试图在南非激活批评传统（尽管原本就比较稀缺），但相关活动很快被政府禁止。此后关于黑人文化的讨论与批评再度陷入沉寂。参见：Nadine Gordimer, *The Essential Gesture: Writing, Politics and Places*, Stephen Clingman ed., New York: Alfred A. Knopf, 1988, p. 141.

Césaire）、圭亚那的莱昂 – 贡特朗·达马（Léon-Gontran Damas）和塞内加尔的列奥波尔德·塞达·桑戈尔（Léopold Sédar Senghor）三人所发起，旨在反抗法兰西帝国文化同化、倡导黑人本土价值。作为一场世界性的文化运动，它最早出现于 20 世纪 30 年代巴黎的一些非裔诗人（多为法国国籍）作品当中，旨趣在于肯定黑人文化价值，颂扬过去。"黑人性"这个词汇由塞泽尔在其《还乡日记》（*Cahier d'un retour au pays natal*, 1939）中首创，后来桑戈尔将这一概念的内涵概括为"黑人世界文化价值的总和"，借助其特殊政治身份极大地扩大了"黑人性"运动在法国及其（前）殖民地的影响。恩科西认为，"黑人性"概念是介绍和研究非洲文学绕不过去的核心。①

1960 年代至 1980 年代关于"黑人性"运动的争议一直存在，参与讨论的人数众多，包括塞泽尔、桑戈尔、奇卡亚·U. 塔姆（Tchicaya U. Tam，刚果诗人）、奥斯马内·森贝内（Ousmane Sembene, 塞内加尔小说家和电影制片人）、艾捷凯尔·姆赫雷雷②、沃莱·索因卡（Wole Soyinka）、让·普莱斯 – 马尔斯（Jean Price-Mars, 海地理论家）、罗杰·巴斯蒂德（Roger Bastide）等等，争论焦点在于到底应当采取基要主义立场，还是相对主义立场。恩科西参与了论争并提出了独到看法。

"黑人性"运动最强烈的攻击者要数《鼓》③前文学编辑、恩科西的老同事、"非洲人文主义之父"姆赫雷雷。他反感"黑人性"运动中某些艺术形式（例如黑人性戏剧）的"精英化倾向"与"非行动主义"特征。他认为，作为一种生活方

① Lewis Nkosi, *Tasks and Masks: Themes and Styles of African Literature*, Harlow: Longman, 1981, p. 10.

② 艾捷凯尔·姆赫雷雷后更名为艾斯基亚·姆赫雷雷（Es'kia Mphahlele）。

③ 杂志《鼓》（*Drum*）为南非著名民主刊物，是在"英国文学构成主流影响"的背景下所诞生的"第一本非洲文学杂志，黑人经验（Black experience）借此得以表达自身"（Christopher Heywood, *A History of South African Literature*, Cambridge: Cambridge University Press, 2004, p. 139）。《鼓》创始人安东尼·桑普森（Anthony Sampson）、编辑西尔维斯特·施泰因（Sylvester Stein）、《黄金城邮报》编辑塞西尔·埃普莱尔（Cecil Eprile）等人与《鼓》一代黑人作家创立了南非文学史上第一座巍巍丰碑，借助这一平台，黑人作家开创性地大量描述黑人经验，创作了不少经典"文学主角"（literary heroes），为黑人的"态度与情绪"确定方向，这一杂志造成的文学运动影响到南非和作为整体的非洲作家整整三代人。参见：Lewis Nkosi, *Home and Exile and Other Selections*, New York: Longman, 1983, p. 6; Christopher Heywood, *A History of South African Literature*, Cambridge: Cambridge University Press, 2004, p. 26。关于背景即 1950 年代的南非黑人文化荒漠，参看例如：Lewis Nkosi, *Home and Exile and Other Selections*, New York: Longman, 1983, pp. 3–24。

式，黑人性运动满足于躺在非洲阳光下欢笑的同时嘲笑西方文明，但是它绝没有兴趣组织对白人权力进行对抗，与此同时，某些喜欢长谈阔论"黑人性"运动的黑人则趁机悄然登上了权力的宝座。①

在姆赫雷雷看来，"黑人性"运动具有基要主义特征，这种"逆向种族主义"将黑人形象类型化和固定化，越来越偏离人类"共通性"，这无疑充满危险；②更严重的是，它涉及的是看似两个所谓"非洲自我"进行对话，而实则其隐含的言说对象限于"西方文明"。③与塔姆和森贝内遥相呼应，姆赫雷雷不无讽刺地暗示：总体上，"黑人性"运动华而不实，已经过时。因此，姆赫雷雷隐喻性地指出，为了不被白人统治者所利用，"我们不应该让自己在（白人的）枪口胁迫下创作包含黑人主题和风格的文学作品"。此外，恩科西注意到，姆赫雷雷还惧怕一旦"黑人性"被"类型化"，它就很可能快速沦为拥戴种族隔离的"阿非利卡种族主义意识形态"压制性国家机器的一部分。④

与姆赫雷雷形成鲜明对照，恩科西认为"黑人性"运动在激发黑人作为一个种族的自信方面，具有开创性贡献："我们第一次发现，黑肤色成为了一个'源泉'，不仅产生强大的生命力和繁殖力，而且具有极强的美感和庄严感；在自我发现的激情中，即使是白人基督教徒的上帝（the God of the white Christians）也以某种方式变成了'黑肤上帝'（a black God）。"⑤除了一种精神的效应之外，"黑人性"运动一方面承认自身作为一场追求文化自足（cultural autonomy）的斗争，对非洲和美国的"黑人文学"产生了深刻的历史后果；另一方面，恩科西认为，若将这一运动定位为一个单纯的"文学运动"（尤其是诗歌方面）则过于轻描淡写。在他看来，"黑人性"运动具有更深远的现实意义，首先在于它是一场破除西方文化专制/霸权的"政治反抗运动"（a movement of political revolt），其现实效果在于摆脱

---

① Ezekiel Mphahlele, *Voices in the Whirlwind and Other Essays*, London: Macmillan, 1972, p. 16.

② Ezekiel Mphahlele, *The African Image*, London: Faber & Faber, 1962, p. 32.

③ Ezekiel Mphahlele, *Voices in the Whirlwind and Other Essays*, London: Macmillan, 1972, p. 15.

④ Lewis Nkosi, *Tasks and Masks: Themes and Styles of African Literature*, Harlow: Longman, 1981, p. 17.

⑤ Lewis Nkosi, *Tasks and Masks: Themes and Styles of African Literature*, Harlow: Longman, 1981, pp. 24–25.

殖民依赖，恢复被剥夺了希望或种族身份的非洲人的骄傲与尊严。①

基于这一认识论前提，恩科西认同黑人诗人、评论家塞缪尔·W.艾伦（Samuel W. Allen）于 1958 年所作的关于"黑人性"的表述："黑人性"代表着非洲文化精英的广泛努力，黑人精英尝试为自己的种族恢复正常的自尊心，重构被白人文化抹除的黑人种族自信，乃至重构世界，在那里，黑人再次获得身份感并能对世界起到举足轻重的作用。

因此，恩科西认为，姆赫雷雷关于"黑人性"的种种焦虑经不起深层推敲，姆赫雷雷的主要问题在于他完全脱离（无视）非洲殖民史和非洲人与西方盘根错节的历史关系，以及由此所导致的现实文化困境。正因此，异常敏感的姆赫雷雷总是带着"否定性"的眼光观察"黑人性"运动。在姆赫雷雷看来，只要"黑人性"运动中存在被白人殖民者利用的任何可能，那么，不管"黑人性"运动能给黑人带来多少好处，都不应当加以提倡。恩科西认为，姆赫雷雷缺乏世界主义的视野，因为姆赫雷雷的底层逻辑事实上是黑人任由白人来"形塑"和控制黑人的未来，如此一来，黑人反而是真正地被欧洲白人牵着鼻子走，彻底丧失重构独立"主体性"的可能性。因此，恩科西坚持认为，问题的关键并不在于有关"黑人性"的各种主张是否合理，而在于这些主张决不能依赖于白人对"黑人性"所做的限定。诚然，关于"黑人性"的讨论，讲英语的非裔作家或理论家和讲法语的非裔作家或理论家之间存在诸多争议，但恩科西认为总体上"黑人性"中所蕴含的主体性姿态和追求还是相当明显的：

黑人刚从殖民主义的噩梦中醒来。"黑人性"不是别的，而是对黑人集体梦的一种探索。诗歌，因其是发自肺腑地通向"心灵"的通道，或者说是因其自发性，而成为黑人表达"黑人性"的基本媒介。②

---

① Lewis Nkosi, *Tasks and Masks: Themes and Styles of African Literature*, Harlow: Longman, 1981, p. 11.

② Lewis Nkosi, *Tasks and Masks: Themes and Styles of African Literature*, Harlow: Longman, 1981, p. 14.

文中，恩科西大胆与桑戈尔、阿比奥拉·伊雷勒（Abiola Irel, 尼日利亚资深非洲主义文学学者）以及萨特等欧洲大师进行对话，直言不讳地指出他们各自存在的问题。桑戈尔无疑是"黑人性"运动中最具声望的代言人和最有影响力的人物，他对"黑人性"进行了系统阐释，认为"黑人性"中包含着区别于欧洲理性的"非洲理性"。桑戈尔指出欧洲人推崇"客体智力"（objective intelligence），也就是说欧洲人在"主客二分"的驱使下，为了了解世界、充分利用作为对象的客体，必须杀生、解剖动物（在这个意义上，欧洲人才是"同类相食的动物"[即 cannibals]）；而相反，非洲人相信"主客浑一"，依赖"直觉推理"（intuitivereason），因为与客观世界（如树木或石头）融为一体，因而他们在生态化的生活中更能受到所谓"客体"的刺激，从而感受到它的节奏，并在形状与色彩中将这种节奏加以表现。这就是独特的"非洲理性"。对此观点，恩科西大为激赏。

桑戈尔曾经将"黑人性"定义为"黑人世界所有文明价值的总和"。恩科西认为，如此"黑人性"无疑是大而无当的，因为这一界定"既解释了一切，却又什么也没解释"。事实上，恩科西更认同桑戈尔本人后期对于黑人性定义的修正版本，即，不应简单地将"黑人性"当作一个"政治抗议"，从哲学的层面来看，"黑人性"中包含着一种感知现实以及宇宙中的生物或力量之间的关系的普遍性方式。

针对"非洲文化统一性"这一颇具争议性的理论概念，恩科西指出，非洲文化内部绝非铁板一块，彼此之间存在着明显差异，伊雷勒对桑戈尔进行的重新阐释的问题在于，伊雷勒本人忽视了这种内部差异性。此外，恩科西认为，不应过多强调非洲文化"独特性"的一面，在强调这些特征在非洲结合的均衡性的同时，更应当强调人类世界的共通性和普遍性。

萨特曾经为桑戈尔编选的黑人作家新诗选撰写序言，题为《黑肤俄尔普斯》（Black Orpheus），序言中他运用马克思主义批评方法对"黑人性"进行见解独到的阐发。恩科西认为，萨特身上表现出西方知识分子"介入"世界的一种非常了不起的努力；对于萨特从存在主义角度对"黑人性"所进行的描述及其左派伦理，恩科西一方面指出萨特的见解不失为深刻洞见——

对萨特来说，"黑人性"既是客观的，又是主观的，它是黑人民族的一种生成行为（an act of 'becoming'）。作为殖民主义和大西洋奴隶贸易的受害者，黑人民族的独立自主被具有剥削性的资产阶级西方剥夺殆尽……（黑人性表达的是）一种政治意志；这个意志乃是通过激进化主张，试图从西方文化的白人标准中解放出来，获得（自己的）独立人性。①

另一方面，恩科西基于现实，审慎地戳穿了萨特关于黑人民族与"受剥削的白人"联合的乌托邦神话。

文中，恩科西坚守自己世界主义的文学"本体论"。与弗朗兹·法农（Frantz Fanon）、雷米·梅杜·姆维莫（Remy Medou Mvomo）、索因卡以及后期姆赫雷雷非难"黑人性"运动的态度针锋相对，结合"黑人性"运动所产生的具体历史情境及所倚仗的思想资源，恩科西认为，尽管今天仍然围绕"黑人性"存在诸多争论，但应当看到跨种族、跨地域、跨文化的"黑人性"运动实际涉及一揽子非洲文化和非洲文学相关基本问题，与非洲殖民史、非洲思想史和全球离散研究之关系至为紧密。恩科西进而指出：在全球框架下，"黑人性"运动并没有过时，"黑人性"运动对黑人文学（主要包括非洲和北美）具有积极影响。

一般的非洲民族主义者不轻易承认受到外来（尤其是西方）的影响。恩科西在文中大胆点明："黑人性"运动诚然强调黑人种族特征及其主体性，但同时，从黑人性生成的基因对"非理性"的追求来看，黑人性实际也是西方启蒙批判的"一个私生子"，其"世界性"在于"黑人性的家族谱系，除了流淌不息的非洲遗产之外，还有弗洛伊德主义，马克思主义，超现实主义和浪漫主义"。②

恩科西进一步从文学创作的角度指出，应当看到"非洲本土传统"中已经存在着某些类似于西方"现代主义"的技法，因此对本土传统进行新的发掘与阐扬是非常有必要的。黑人性诗歌是一个典范，其起始点是"流放"（exile）和"疏离感"（alienation），开创性地发掘出了一些主题，包括自我痊愈（self-recovery）、自我肯定（self-vindication）、回归非洲（a return to Africa）等等，

① Lewis Nkosi, *Tasks and Masks: Themes and Styles of African Literature*, Harlow: Longman, 1981, p. 14.

② Lewis Nkosi, *Tasks and Masks: Themes and Styles of African Literature*, Harlow: Longman, 1981, p. 27.

包含了所有黑人灵感的源泉。"黑人性"运动与西方（尤其是法国）的现代主义文学思潮（尤其是超现实主义）密切相关，可以成为一种既属于非洲，又属于世界的"新现实主义"（neorealism），它可借助类似于"超现实主义"的手法（自由联想、半自动写作）直接勘测真正的"黑人感觉"（Negro feeling）、黑人心灵或者黑人的种族记忆。其反叛性值得称许：一是既反叛白人，二是又反叛黑人。[1]恩科西进而总结出"黑人性诗歌"推崇的几个表现"人性价值"的几个特征：黑人与自然世界的有机联系；大胆的，甚至进取的性爱倾向；对男子汉气概和生育能力的关注；所有生物构成一个共同体；认定西方机械技术文明产生出了一些愚蠢的后果。[2]

文中，恩科西显示出鲜明的世界主义视野。恩科西在阐述"黑人性"问题时，采用一种必要的"策略性理念论"（strategic idealism）企图将之"置放于某种历史哲学之中"[3]，并不忘指出："黑人性"运动的积极意义在于对全球（包括非洲、拉丁美洲、加勒比）"黑人文学"能起到很大的推动作用；与当时南非"黑人觉醒运动"同气相求，"黑人性"运动有效地刺激了美国"黑人文化民族主义"（black cultural nationalism）。文中，恩科西主张，应通过倡导"黑人性"运动积极推进黑人作为一个"种族"的全球性联合与携手："正是基于'泛非世界观'这一假定的有效性，（我们）才能找到立足点，支持新大陆黑人与其祖先——非洲文化之间可能存在着的文化联系。"[4]就此而言，"黑人性"运动现实意义重大。

## 二、非洲的"现代主义"

恩科西对"现代主义"理解独到，2001 年被南非开普敦大学聘为"访问教授"，专门讲授"非洲现代主义"课程。其实，早在《鼓》工作期间，恩科西就

---

① Lewis Nkosi, *Tasks and Masks: Themes and Styles of African Literature*, Harlow: Longman,1981, pp. 23–24.

② Lewis Nkosi, *Tasks and Masks: Themes and Styles of African Literature*, Harlow: Longman, 1981, p. 24.

③ Michael Chapman, "To Be a Cosmopolitan: Lewis Nkosi and Breyten Breytenbach", *Journal of Literary Studies*, 2006, 22 (3/4), p. 349.

④ Lewis Nkosi, *Tasks and Masks: Themes and Styles of African Literature*, Harlow: Longman, 1981, p. 13.

已经对现代主义产生了浓厚兴趣。1981年"现代主义"在少数非洲"优秀作家"的小说创作中"成型",然而大多数其他小说家仍想象力匮乏,无法跳脱出20世纪60年代以来陈旧创作模式的窠臼。针对这种情况,非洲文学批评界展开了一场"现代主义"论争①,恩科西适时地发表了《新非洲小说:对现代主义的探索》(*The New African Novel: A Search for Modernism*)一文,表明自己的见解。②

非洲小说的所谓"经典传统(classical tradition)"是指20世纪50年代自欧洲引进的写作模式(直线发展的情节,性格的发展,背景的直接描写),阿契贝及其信徒恩古吉·瓦·提安哥(Ngugi wa Thiong'O)强化了这一传统。对此,20世纪60年代中期,恩科西倡导"现代主义"的各种表现形式,认为非洲作家要想避免拙劣的表现手法、提高日渐匮乏的想象力,就应当借鉴西方"现代主义"小说技巧;20世纪80年代,民族国家独立之际,则更应该多多吸收借鉴"现代主义",否则作家难以表述非洲政治、社会所引致的"异化",更无法把握"存在的意识"(awareness of existence)。③

戈迪默和库切的小说都用欧洲语言写就,并且两位作家都是白人,因此一些保守的非洲传统作家纷纷对他们进行指责,认为他们的小说具有非洲和欧洲的"双重血统"而显得不伦不类。在他们看来,二者的小说无法"反映"非洲现实。此外,这些保守派认为,西方"现代主义"文学思潮相关范畴和术语严重参照西方特有的历史演进、观念思潮及社会文化,完全是欧洲经验的产物,与非洲经验存在不可通约性。针对以上种种论调,恩科西指出,不管是什么语言,英语也好、法语也好,或者葡萄牙语也好,只要小说"主题"是非洲主题,并且为黑人抗争,这样的小说就是优秀的小说;风格与传统的混杂并不构成"问题",相反混杂更能释放出解放的"力量和活力"。

---

① 在非洲文学批评界,非洲本土传统和西方"现代主义"之争相当激烈。基本情况可以参考例如: F. 奥顿·巴娄贡著、李永彩译:《现代主义与非洲文学》,《外国文学》,1993年第3期,第72—75页"引论:基本问题"一节。

② Lewis Nkosi, *Tasks and Masks: Theme and Styles of African Literature*, Harlow: Longman, 1981, pp. 53—75.

③ Lindy Stiebel and Liz Gunner (eds.), *Still Beating the Drum: Critical Perspectives on Lewis Nkosi*, New York: Rodopi. B. V., 2005, p. 246.

文中，恩科西力推现代主义，认为消除非洲作家对"现代主义"文学思潮的种种误解，必须把握一个"核心"，即"现代主义"最主要的特征不是中心主题的怪异，而是"艺术形式"（包括语言富有张力的"人为性"、根基的不确定性、终极的讽刺意味和它的"欺骗性"等等[1]）本身成了"主题"；换言之，在"现代主义"那里，主题通过"形式"而得以呈现自身。恩科西认为，相对于本土语言创作，英语或阿非利卡语小说借助语言这一工具先在地与欧洲审美形式发生关联，因此操用这两种语言的作家在创作形式变革方面占有先机。他指出，应当积极接受"现代非洲"语境下小说的多样性和语言复杂性这一无法逃避的现实，尽管这一风格让人感觉"不无尴尬"，但其中确实蕴含着超常的生机。

恩科西注意到，自1960年代中期起，保守的现实主义传统消失，部分小说家开始进行欧洲现代主义小说技巧的实验，他认为这是很好的一个发展势头，其中的典型代表就是几内亚法语作家卡马拉·莱耶（Camera Laye）。莱耶受西方"现代主义"技巧影响，1954年发表小说《国王的光辉》（Le regard du roi），使用卡夫卡式技巧描叙非洲语境中黑白关系，显示了充分的实验精神。尾随其后的包括为数不少的英语作家和法语作家，例如加布里埃尔·奥卡拉（Gabriel Okara，尼日利亚诗人和小说家）、索因卡、阿依·奎·阿尔马（Ayi Kwei Armah，加纳作家）、科菲·阿沃诺（Kofi Awoonor，加纳诗人和作家）、提安哥以及亚姆博·乌洛格姆（Yambo Ouologuem，马里作家）等等。恩科西认为，从这些作家创作的小说中，可以看到在1965年至1975年十年之间，非洲的"现代主义运动"正在形成，与欧洲、北美南美现代主义平行发展，山鸣谷应。

恩科西指出，很多非洲黑人作家不是朝外借鉴欧美作家，而是充分利用非洲本土的传统资源（非洲民间传说、传奇），运用本土多种语言的特点，或者是非洲景观中的特殊意象，表达一种"社会良知"[2]，确实在读者群引起了较好反响。例如，乌洛格姆的"叙事风格"大量借鉴非洲和伊斯兰的"吟诵传统"，奥卡拉则将依角语（Ijaw language）句法与书面英语进行混杂，通过这种形式创新，他们都讲出了精彩的"非洲故事"。当然，这些创新主要跟独立之后非洲社会新的经济和社会力量导致

---

[1] Lewis Nkosi, *Tasks and Masks: Theme and Styles of African Literature*, Harlow: Longman, 1981, p. 54.

[2] Lewis Nkosi, *Tasks and Masks: Theme and Styles of African Literature*, Harlow: Longman, 1981, p. 58.

的"焦虑""异化"和"令人痛苦悲观的愿景""错位""失衡"都脱不了干系。

西方"现代主义"中存在颓废、绝望和虚无的消极情调，但同时现代主义中有实验和创新的一面。正是看到了这一点，文章结尾，恩科西语重心长地重申并呼吁作家，大胆运用欧洲"现代主义"表现手法来把握独立后的非洲社会，尤其是新出现的日趋严重的"虚无主义"和"悲观主义"；在表现形式上，非洲作家应当借镜西方现代主义有用成分，不断在现代主义风格实验中有益地调和、融合非洲美学灵感，包括口头文学、民间故事、寓言传统，通过新的文学手法和技巧充分表现非洲文化模式中的非洲主题，服务于社会批判的目的。

## 三、南非的"后现代主义"

"后种族隔离"时期，恩科西继续针对黑人作家创作问题，参与南非文学界"后现代论争"。《后现代主义与南非黑人写作》(*Postmodernism and Black Writing in South Africa*)一文延续并推进了恩科西在《任务与面具》中所表达的"世界主义"的基本文学思想。该文发表后于1998年收入非洲文学批评集《书写南非：文学、种族隔离和民主，1970—1995年》。①

恩科西遗憾地指出，西方"后现代主义"创作确实对南非作家有一定影响，但是影响对象仅限于白人作家。确切地说，后现代主义是一场完全由白人作家占领、管理和主导的运动，黑人作家似乎要么有意地忽视它，要么甚至没有听说过它，他们所喋喋不休的仅仅是卢卡奇所谓之"小巧玲珑的现实主义，琐碎细致的地方色彩"，如此一来，黑人文学所延续的只可能处于20世纪60年代以来的边缘化和少数派的地位。

恩科西警示，南非黑人作家对"后现代"的免疫直接导致几大危害：一是表现形式不足。形式技巧方面的陈旧老套，无法引起读者阅读过程中的智识兴奋。二是主题拘谨、小心翼翼，缺乏反讽激情。在种族隔离政府的严格监管之下，他

---

① Derek Attridge and Rosemary Jolly (eds.), *Writing South Africa: Literature, Apartheid, and Democracy, 1970–1995*, New York: Cambridge University Press, 1998, pp. 75–90.

们创作的主题仍旧是杰姆逊所说的描写"真实社会的第三世界小说"（socially realistic third-world novel）所经常表达的主题。①三是事实上的自甘于自我封闭和孤立（对后现代了无兴趣），更确切地说，是顺从于内部殖民制度，即种族隔离制度的泥沼无法自拔，这不幸地构成了黑人作家与前殖民意识形态的"共谋"。

有论者认为黑人书写不受来自外部（主要是西方）的创作手法的影响，反而使自己具有了较大程度的独特性。恩科西指出这种观点是欠考虑的，没有接受外部影响的主因是：因为种族隔离制度的限制，南非黑人作家没有机会进入高等教育殿堂接受正规严格的文学训练。例如20世纪50年代的"鼓"作家，除了滕巴和姆赫雷雷之外，都没有接受过高等教育。分析中，恩科西采取了类似于马克思主义唯物论的立场，认为物质条件的巨大差异可以从根本上解释黑人作家和白人作家在接受后现代主义文学技巧上所存在的分歧。当然，恩科西指出，也还有创作思维习惯上的问题，某些黑人作家和文学批评家对后现代主义这样的哲学思潮和文学技巧（例如魔幻现实主义）持敌对态度，一旦与他们喜好的传统现实主义创作范式有一丝一毫的抵牾，他们都不会考虑。这也是一个涉及创作心态的问题。

文中，恩科西对南非黑人作家的故步自封提出了尖锐批评，指出应该拥抱西方文学技巧，不该拒绝类似于"后现代"之类的文学实验技巧（这其中，姆图图泽利·马特肖巴 [Mtutuzeli Matshoba] 的《别叫我男人》[Call Me Not a Man, 1979] 是一个例外），自绝于世界文学潮流。恩科西认为，应当看到20世纪90年代中期的南非与20世纪初的美国黑人语境类似，不妨借鉴当时美国黑人的"黑人运动"，挖掘并弘扬非洲本土的各种表现形式，丰富南非黑人创作的文学形式。

恩科西特意列举了一个典范之作——尼日利亚作家阿莫斯·图图奥拉（Amos Tutuola，1920—1997）完成于1946年的一部英文小说《棕榈酒酒鬼和他卒于死亡之城的棕榈酒酒保》（The Palm-Wine Drinkard : And His Dead Palm-Wine Tapster in the Dead's Town，以下简称《棕榈酒酒鬼》），并分析其文本特征。恩科西指出，《棕榈酒酒鬼》是第一部在非洲境外出版的英语小说 [1952年由伦敦费博与

---

① Derek Attridge and Rosemary Jolly (eds.), *Writing South Africa: Literature, Apartheid, and Democracy, 1970–1995*, New York: Cambridge University Press, 1998, p. 79.

费博出版社（Faber and Faber）出版］，在非洲文学史上具有崇高的地位；认为其世界主义的"超现实主义"风格使之成为非洲文学经典中最重要的文本之一，被翻译成十几种世界语言。小说根据约鲁巴民间故事改编，使用"约鲁巴英语"（尼日利亚洋泾浜英语的一种）写成。情节中，一个人跟随他的酿酒师进入死亡之地，在历险中遇到许多鬼魂。这部小说备受争议，引发西方（尤其是英国、法国和美国）文学评论家的高度赞扬，但在自己的祖国——尼日利亚，却遭到了一些本土批评家的抨击，他们认为图图奥拉故意使用"蹩脚的英语"，风格原始，强化了西方对"非洲愚昧、落后"的刻板印象。

恩科西激赏该小说具有的后现代特征。从题材上来看，该小说文本巧妙糅合了本土民间故事、英雄冒险、困境故事（Dilemma tale，又称裁判故事 Judgment Tale）、道德寓言和追寻传奇，同时小说中还嵌接了关于法律、金融和商业等现代话语，这些各异的语言共同构成了一个让人称奇的融合各类"符号代码"和各种语言的大杂烩，完全跨越了任何传统意义上严格的文学题材和文化类型的分类。它既充满了非洲本土色彩（Local Colorism），又是具有高度混杂性的"后现代"文本，因此它的原创性不言而喻。恩科西带着赞赏的眼光概括图图奥拉后现代主义创作的夺目之处，认为这样的后现代文本"编织方法"，应为南非黑人作家所师法。同时，恩科西指出，因为图图奥拉使用了英语这种欧洲语言，"我们"这类读者的期待视野中浮现的也很可能会是诸如"象征主义""超现实主义"等关于欧洲文学创新手法的理解范式。

# 结　语

"世界主义之于文学的意义还体现在它为文学创作提供了一些超越了特定的民族／国别文学的美学形式，这些形式是每一个民族／国别文学的作家在创作中都须依循的原则。"[1]恩科西是一位富有尖锐洞察力的批评家和具备卓越才思的作

---

① 王宁：《世界主义》，《外国文学》，2014 年第 1 期，第 103 页。

家，他半个世纪以来所做的工作就是打破"非洲中心论"的藩篱，倡导一种作为纯粹艺术和审美追求的世界主义文学创作思想和创作原则。因为这一目标的存在，恩科西拒绝"民族主义者"的基要主义站位，其自身的文学创作表现了南非的多个主题，明显带有西方"（后）现代主义"的文学特征，而他的文学批评则熔铸非（洲）、欧（洲），表现出强烈的世界主义倾向。

恩科西魂牵非洲。他无时无刻不"在权力、文化和艺术表现方面深切关注非洲的未来"[1]，而这并没有妨碍恩科西顺利地从非洲人的身份认同所施加的枷锁中跳脱出来。事实上，恩科西自进入《纳塔尔太阳》报社的那一天起，就是向"外部世界"敞开的，而紧接着的"流放"则使他的世界转向走得更远，最终他得以将整个非洲的、西方的作家和批评家纳入自己的认知框架和批评视野，进而昂首走向世界主义文学、倡导超越特定的民族/国家的文学。

恩科西的世界主义文学批评，虽然算不上体大思精，但是论述不可谓不庞大。作为一位流放的南非批评家，他"创作了一批'杰出的学术著作'"[2]，有论者甚至认为其带有浓厚"世界主义"色彩的文学评论甚至意味着"非洲文学评论的开始"[3]。作为作家兼批评家，恩科西在南非之外的非洲（主要指尼日利亚、东非）以及欧美文学批评界名声卓著，甚至经常被论者拿来与"南非人文主义之父"姆赫雷雷以及美国黑人作家詹姆斯·鲍德温（James Baldwin）相提并论。诚然，恩科西在走向世界主义的文学和文化建构的努力中，为非洲之外的人参与非洲文学与世界文学的讨论铺平了道路。

（文/吉林外国语大学 陈昕）

---

[1] Lewis Nkosi, *Home and Exile and Other Selections*, London and New York: Longman, 1983, p. vi.

[2] Willem Campschreur and Joost Divendal (eds.), *Culture in Another South Africa*, London: Zed Books, 1989, p. 26.

[3] 斯蒂凡·黑格森：《南部非洲文学中的跨国主义：现代主义者、现实主义者与印刷文化的不平等》，皮维译，北京：民主与建设出版社，2015年，第79页。

第十篇

安缇耶·科洛戈
纪实文学《我的祖国，我的头颅》的
种族和解之路

安缇耶·科洛戈
Antjie Krog，1952—

# 作家简介

安缇耶·科洛戈（Antjie Krog，1952— ）是南非阿非利卡人，南非当代诗人、学者、作家，主要创作语言是阿非利卡语，并有大量作品被译为英语。1952年，科洛戈出生于南非自由邦省科隆斯塔德（Kronstad）的一个农场主之家，其母亲多特·塞方丹也是一位阿非利卡诗人。科洛戈在奥兰治自由州大学取得文学学士学位，随后在比勒陀利亚大学取得南非阿非利卡语硕士学位。科洛戈秉持坚定的反种族隔离的态度，积极参加黑人解放运动。1987年作为初创者之一，科洛戈加入旨在促进种族公平教育的南非作家大会。种族隔离制度结束后，除了继续坚持写作，科洛戈还在南非、美国、比利时等国多所大学任教。她的写作与社会活动大大促进了世人对南非政治转型的了解。

科洛戈用阿非利卡语创作了大量诗歌，这些诗歌多与性别、政治、土地、身体相关。她创作了多部影响广泛的诗集，包括《耶弗塔的女儿》（*Dogter van Jefta*，此为阿非利卡语诗歌作品）、《布隆莱斯的水獭》（*Otters in Bronslaai*）、《安妮小姐》（*Lady Anne*）、《突触》（*Synapse*）等。南非著名作家、诺贝尔奖获得者库切在《凶年纪事》中高度评价科洛戈："在回应挑战的磨砺中，她作为诗人的才华与日俱增，并未裹足不前。绝对诚挚的声音背后隐藏着女性敏锐的智慧，以及借由体验痛苦的身躯。"[①] 1996年至1998年间，科洛戈作为南非广播公司的一名电视台记者报道南非真相与和解委员会，将自己的见闻加以艺术化的加工，以回忆录、新闻报道、诗歌散文摘录等多种文体糅杂的方式创作了纪实文学作品《我的祖国，我的头颅》（*Country of My Skull*，1998）。这部作品也成为读者了解"真相与和解委员会"这一定义了当代南非国家属性与民族身份认同的政治文化事件的窗口。2004年，《我的祖国，我的头颅》被改编为电影。2003年，科洛戈延续了《我的祖国，我的头颅》的文体风格创作了《语言的变化》（*A Change of Tongue*）。这部作品反映出后种族隔离时代阿非利卡语语言地位的下降。同时，科洛戈在作品中反思了自己与阿非利卡语这一种族隔离实施者的语言之间的关系。2009年的《变黑的渴望》（*Begging to be Black*）同样使用各类声音杂糅并置的方式，探讨了后种族隔离时代的历史、道德，以及身份等问题。

---

① J. M. 库切：《凶年纪事》，文敏译，杭州：浙江文艺出版社，2009年，第157页。

# 作品节选

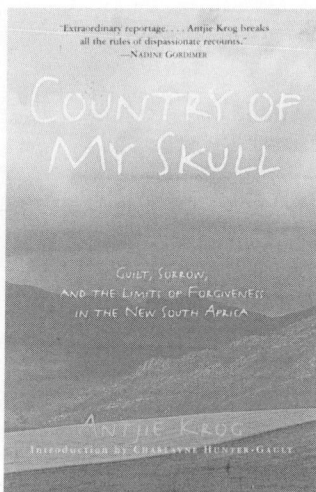

《我的祖国，我的头颅》
（*Country of My Skull*，1998）

Some journalists move on to new beats; others prefer to stay. I take up the post of parliamentary editor for radio in Cape Town.

In a wild arch of air, I rock with the commissioners in the boat back to the mainland. I am filled with an indescribable tenderness toward this commission. With all its mistakes, its arrogance, its racism, its sanctimony, its incompetence, the lying, the failure to get an interim reparation policy off the ground after two years, the showing off—with all of this—it has been so brave, so naively brave, in the winds of deceit, rancor, and hate. Against a flood crashing with the weight of a brutalizing past onto new usurping politics, the commission has kept alive the idea of a common humanity. Painstakingly it has chiseled a way beyond racism and made space for all of our voices. For all its failures, it carries a flame of hope that makes me proud to be from here, of here.[1]

　　有些记者转移到了新的采访区域，有些记者更愿意持续关注这个事件，而我担任了开普敦广播电台议会编辑一职。

　　一阵强风刮过，我和委员们一起在驶往大陆的船上颠簸着。我心里对委员会充斥着一种难以言喻的柔情。虽然委员会犯过错，傲慢无理、有种族歧视、伪善无能、谎话连篇，两年了都还没实施临时赔偿政策，还爱炫耀，它依然在谎言、

---

[1] Antjie Krog, *Country of My Skull: Guilt, Sorrow, and the Limits of Forgiveness in the New South Africa*, New York: Three Rivers Press, 2000, p. 364.

仇恨和憎恶的狂风中勇往直前，单纯又固执。委员会顶着过去残酷暴行的重压，依然保留着共同的人性。委员会煞费苦心地打破了种族歧视，另辟蹊径，让我们聆听到了所有人的心声。虽然委员会曾频频受挫，但是它给我们带来了希望的火苗，让我为它感到自豪。①

（骆传伟、吕艾琳／译）

---

① 安缇耶·科洛戈：《我的祖国，我的头颅：罪行、悲伤及新南非的宽恕》，骆传伟、吕艾琳译，杭州：浙江工商大学出版社，2018 年，第 535 页。

**作品评析**

# 《我的祖国，我的头颅》的种族和解之路

## 引 言

香港乐队 Beyond 的一首经典歌曲《光辉岁月》广为流传。它为赞颂南非种族斗士曼德拉所作。其中有这样一句歌词："可否不分肤色的界限，愿这土地里，不分你我高低。缤纷色彩闪出的美丽，是因它没有分开每种色彩。"这句歌词所阐发的愿景令人思索，它可以是抗争年代的革命憧憬，然而更多的是实现自由与民主之后的建国理想。南非种族隔离制度结束以后，南非成立"真相与和解委员会"。它致力于创造一种宽恕过去、所有南非人共同迎向未来的民族叙事，形构当代南非人的身份认同。

科洛戈的纪实文学作品《我的祖国，我的头颅》（下文简称《祖国》）记录了南非真相与和解委员会为致力于实现南非社会种族和解而做出的努力。作品在顺叙中随时插入述评、新闻报道、法庭实录等多种文本，构成了来自众多群体的多元发声体系，展现了种族隔离时期一系列骇人听闻的种族压迫罪行，和受害者倾诉痛苦的声音。作品对南非社会过往、未来以及和解道路予以思考，最终发掘出"认识他者"、"实现多元"与"实现宽恕"的因果关联——寻求"共同的人性"便成为南非种族和解的关键。

## 一、"糅杂"的本质——在多元声部中彰显历史场域的复杂

1995 年，南非议会颁布了《促进民族团结与和解法案》，提议由 11 至 17 名独立人士组成真相与和解委员会。在此后数年间，该机构对种族隔离时期的暴力、虐待、绑架、刑讯逼供等犯罪行为进行了大量调查，并通过举办受害者和施害者听证会的方式将历史真相公之于众，对部分施害者实行大赦，尽可能达成种族和解。作为一线记者，科洛戈曾全程跟踪报道这一改变南非历史的事件，《祖国》应运而生。

作品采用了一种糅杂式的叙事文体，即故事体叙事、叙述者的自述自评、现场人物言语实录、新闻报道文献、他人相关作品引用等众多文本形式的捏合糅杂。这种文本的多元化书写模式，使作品在文本形式的多频切换中展现来自不同群体对过往的认知，体现了历史场域的复杂。如在展现种族隔离时期的国家机器罪行时，叙述者常常退居幕后，取而代之的是官方的审讯记录和实时的新闻报道。当时，以非国大为代表的黑人抵抗组织与国民党白人当局展开了长达三十余年的游击战争。威廉·哈灵顿（William Harrington）作为当局的一名警察参与了对多达一千余人的袭击与谋杀，其短短两年零八个月的从警生涯充斥着屠戮。哈灵顿的复杂多面便通过其本人出席大赦听证会时的语言记录鲜活地展现了出来：

我是在监狱里面长大的，因为我被判刑的时候，只有二十一岁。但我的恐惧已经遗留在过去了，今天离开这个讲台后，我将一辈子都是一个被贴上标签的人。因为我已经违背了警察的宗旨：我为人人，人人为我。我将永远背负叛徒的骂名，因为我说出了所有同事的姓名。在战争年代，你们之间唯一拥有的就是信任，你们会把性命交付给彼此。但我背叛了他们——所有人……但我恳请各位原谅我。①

---

① 安缇耶·科洛戈：《我的祖国，我的头颅：罪行、悲伤及新南非的宽恕》，骆传伟、吕艾琳译，杭州：浙江工商大学出版社，2018 年，第 141 页。

面对令众多罪犯胆寒的庭审，哈灵顿却能从容应对，他"坚守"自己立场，还对不得不"委屈降尊"争取大赦感到无奈。叙述者仅在案件结尾告知读者哈灵顿未能获得大赦，拒绝了更多评判，因为施暴者罪行的展现不应当通过他者的"主观"，而是由当事人"发声"来暴露"真相"，这样恰恰能够呈现历史场域的复杂。

作为"多元发声"的一部分，新闻报道文本结构故事可以视作新闻工作者科洛戈的写作本能。小说中，本钦（Benzi）一案的审理就是灵活运用新闻片段的代表。托尼·严格尼（Tony Yengeni）要求本钦现场展示他所惯用的审讯方式——水袋法，本钦随后当庭指出：法庭上衣冠楚楚的严格尼曾经向自己出卖过他的挚友，导致其被酷刑折磨。作者选取了《开普敦时报》一则有关此事件的短评代替评论：

在我眼中，严格尼仍然是个英雄。很多非国大成员虽然知道有关非国大的一些事将会从施暴者中以最讽刺低俗的方式暴露出来，但仍支持真相与和解委员会的工作，严格尼也是其中之一。在我看来，来自谷谷勒图镇的严格尼是当下仍给我带来希望的人。不仅是本钦，我们很多人都欠他一句道歉。①

《开普敦时报》上的短评可谓舆论之"冰山一隅"，作者将新闻片段强行植入主线叙事，造成原叙事断裂，以此作为对严格尼事件另一角度的评述，并采用与上下文不同的字体，使得从叙事"剥离"而出的"新闻文本"成为孤立存在的"文本符号"，凸显出严格尼事件的矛盾复杂本质。类似的"符号化"文本在作品中比比皆是，如在针对前总统彼得·威廉·博塔（Pieter Willem Botha）的听证会结束后，博塔面对记者的采访，直言"我不想道歉……但我会为他们祈祷"。面对这位蛮横无理而又无意悔过的种族压迫者，作者将一段意蕴深长的话穿插于整个听证会的叙事中："那本旅游手册上这样写着，鳄鱼的牙齿长出来很容易，一颗

---

① 安缇耶·科洛戈：《我的祖国，我的头颅：罪行、悲伤及新南非的宽恕》，骆传伟、吕艾琳译，杭州：浙江工商大学出版社，2018年，第151页。

牙齿掉了，那个地方会立刻长出新牙，鳄鱼的一生可以换四十五次牙。"博塔索有"大鳄鱼"的称号，正是这位种族隔离制度的坚定维护者一手将南非带入压迫与战乱的深渊，以至于南非黑人民众将他视为"白人种族统治的象征"。叙述者将偶然看到的关于鳄鱼的介绍与这位"大鳄鱼"建立关联，意寓着冷血者暂时被拔走獠牙，不代表在和平曙光下没有下一次血腥时代的阴霾，这警醒着世人时刻警惕种族主义死灰复燃。可以看出，作者以牺牲故事叙事连续性甚至一定可读性为代价，换来的是文本符号化和本身表意的凸显与强化。

《祖国》最大的复杂之处就在于多种文体糅杂捏合带来的叙事断裂和主线碎片化。科洛戈采取这样的方式不无原因。首先，《祖国》涵盖社会事件范围广泛、涉及人物群体众多。如果按照传统的小说叙事模式，在有限的篇幅内，能否实现如此大量真实的史实记录和明确多元的思想表达，的确令人怀疑。出于让"更多普通人发声"的创作目的，采用这样的文体形式是完全在情理之中的。其次，这种简单而又缺乏规整的方式看似牺牲了美学效果，但能够更加自如地调配来自不同群体、不同立场声音的比例，也就更加能够实现多元框架下的均衡。这既可以被看作科洛戈的妥协之策，又不妨将其视为实现多元发声、再现复杂历史场域的必由之举。


## 二、受害者与施害者——"真相"主体的对置凸显

1978 年，时任智利总统奥古斯托·皮诺切特（Augusto Pinochet，1915—2006）曾自行宣布他和他的武装部队"自五年前夺取政权以来所犯的罪行不应受到刑事或民事处罚"，这是当代"给予政府官方大赦"的首次实践。事实上这种"自己给予自己大赦"的方式毫无法理可言。"南非种族隔离政权显然从中受到了启发，他们宣称防止被起诉是他们向新政权移交权力的前提"①。1994 年全民大选之后，黑人群体的政治地位得到提高，但绝大多数的社会资源与财富仍旧由白人

---

① Neier Aryeh, "Uncovering the Truth", *Harvard International Review*, 1999, 21 (4), p. 79.

把控，"新政府不可能如同一场革命后的新政权对财富、资源等进行重新分配来解决社会不公平"①，旧政权亦没有能力像皮诺切特政府那样"自我大赦"。采取听证会模式，让受害者与施害者面对公堂陈述真相，实施对旧政权中部分群体大赦，乃新旧政权双方的妥协之策。

科洛戈将来自受害者的倾诉和施害者的供述分别称为"第一个叙述角度的声音""第二个叙述角度的声音"，它们构成了对置的两种声音，也构成了历史真相的主体。其中，受害者对悲惨遭遇的叙述往往萦绕着血腥恐怖的氛围。作者常常接连引述来自多个受害者的证词，展现受害者亲人被屠杀、自己被虐待的骇人听闻的场景，一个泯灭人性、遍地狼烟的时代随之跃然纸上，如其中一个受害者讲道："我们在停尸间前等着…… 门下涌出了一股股浓稠发黑的血液……把外面的下水道都堵住了……停尸间里臭得根本没办法待……尸体一堆堆地叠放着……我儿子身体里流出来的血已经变成了绿色。"②科洛戈对"真相"的准确把握不仅仅体现于文字承载的事件真实，也同样体现在文字背后的人物情感真实。除了令人不寒而栗的场景描写，这里的省略号完美展现了叙述者痛苦哽咽的状态。作为真相书写的一部分，作者在记录事实真相的同时兼顾了叙述者内心的状态，灵活使用标点符号，将叙述者的情绪状态转化为形象化的符号表达，达到了一种特殊的美学效果。

在诸多受害者中，科洛戈明显给予了女性受害者更多的关切，这种在后殖民视域下给予女性特殊关切的做法有着深厚的理论渊源与书写传统。如佳亚特里·斯皮瓦克（Gayatri C. Spivak，1942— ）创造性地在后殖民批评话语中融入女性主义视角，她独树一帜地追溯了殖民主义，创造性地批判了传统女性主义批评中蕴藏的对第三世界女性的忽视甚至打压，开辟了后殖民批评中殖民地女性的专属视域。佐拉·尼尔·赫斯顿（Zora Neale Hurston）在《他们的眼中望着上帝》中借用"骡子"来刻画黑人女性的命运，隐喻了"骡子妇女们"不得不遵从黑人男性的指挥，驮起白人扔下的包袱，在双重压力之下生活；提安哥的《大河

---

① 郑家馨：《南非史》，北京：北京大学出版社，2010 年，第 373 页。

② 安缇耶·科洛戈：《我的祖国，我的头颅：罪行、悲伤及新南非的宽恕》，骆传伟、吕艾琳译，杭州：浙江工商大学出版社，2018 年，第 58 页。

两岸》展现了宗教规约和父权宗法对女性的双重压迫⋯⋯

《祖国》为女性受害者专门开设了陈述的章节，形成独弦鸣奏的效果。小说第七章题为"两个女人——倾听另一种语言叙事的故事"。值得注意的是，这"两个女人"分别为黑人和白人，他们分别遭受来自白人政府当局和非国大政府的袭击。作者将两位女性置于同一章节，双方同样悲惨的遭遇使得肤色、政治、阵营等区隔黯然失色，这无疑是作者对双方暴力行径的全面解构，毫无偏袒，唯有坚守人性与正义的标杆。此外，科洛戈表达女性陈述地位的方式还另有玄妙，在《祖国》英文原文中，作者写道：

After six months or so, at last the second narrative breaks into relief from its background of silence—unfocused, splintered in intention and degrees of desperation. But it is there. And it is white. And male.[①]

译本将此节译为："大约六个月后，对方的叙述最终打破沉默，浮出水面——虽漫无边际、装模作样，又带着些许绝望，但至少出现了。叙述者基本是白人，男性。"[②]笔者认为最后一句的翻译尚可商榷：此处的"white"和"male"并非实指"白人男性"，而是对"second narrative"（第二叙述角度）的形容，隐喻长久以来白人男性群体作为暴力主要发起者的事实。也就是说，第二种叙述视角讲述犯罪者的故事，它是"白色的""男性的"，那么与之相对应的第一种叙述视角就应当是受害者视角，是"黑色的""女性的"。这与"两个女人——倾听另一种语言叙事的故事"及第十六章"真理是一位女性"的章节标题形成互文。作者将女性受害者的语言称作"另一种语言"，使之成为一个"万声筒"中的独奏声部，并将其奉为"真理"。由此可以看出，科洛戈不仅仅开辟女性专属的陈述空间，还通过对"白人""黑人""女性""男性""真理"等词语的符号化运用，展

---

① Antjie Krog, *Country of My Skull: Guilt, Sorrow, and the Limits of Forgiveness in the New South Africa*, New York: Three Rivers Press, 2000, p. 75.

② 安缇耶·科洛戈：《我的祖国，我的头颅：罪行、悲伤及新南非的宽恕》，骆传伟、吕艾琳译，杭州：浙江工商大学出版社，2018年，第111页。

现出女性受害者的话语地位，以此凸显女性受害者群体在种族隔离时期遭受种族与性别双重迫害的事实。

对于广大受害者而言，真相与和解委员会给予他们的发声机会实则是其应有权利的复归，因为他们从自我的角度对过去进行叙述显示出了真正的尊严和重要性，并且至少是一种情感宣泄与情感治疗的工具。对于南非社会而言，受害者的发声揭露了历史真相，给予了种族隔离制度政治法理和人性道德上的完全否定。而作为与受害者的声音对置的存在，施害者的供述同样是历史的真实的记录，是对种族隔离的无情解构。

大量种族迫害事件发生在博塔当政期间。当时南非黑人抵抗运动以及南非北部国家民族解放运动愈演愈烈，大大冲击了种族隔离制度。博塔政府随之提出了"总体战略"，即动用包括警察、军队在内的国家机器，将维护种族主义政权当作一场"全面战争"，并成立具有特工性质的"秘密警察"部队，以绑架、虐待、拷问的方式镇压黑人反抗者。因此，众多施害行径是有组织的国家犯罪，然而大赦却只能针对实施暴行的个人而非集体。作为平衡，《推动民族团结与和解法》最终规定：暴行出于"政治动机"并承认罪行的罪犯可以申请大赦。于是，在令人发指的犯罪行为中寻找"政治动机"，假装"认罪"以争取大赦成为申请者的主要目标，而不是基于事实的忏悔。安缇耶·塞缪尔（Antjie Samuel）是和科洛戈一同参加大赦听证会的记者。在未参加听证会之前，塞缪尔期待施害者能够提供真实的陈述。毫无疑问，这样的期待终归有些理想化。德克·库切（Dirk Coetzee）是秘密警察部队臭名昭著的刽子手头目，其属下乔·玛玛瑟拉（Joe Mamasela）等人为了谋取财产，残忍地杀害了一名钻石商人。在库切的谋划下，几位凶犯毁尸灭迹。与其相比，诺佛米拉（Nofomela）冠冕堂皇的"政治动机"更加令人啼笑皆非：作为一名黑人警察，自己长期为白人从事压迫同胞的工作。然而行窃被白人发现时却被对方辱骂为"黑鬼"，遂起杀心。

科洛戈期望全体白人展露出一种对过去负责的姿态，这或许意味着她认为白人应当背负一种"集体责任"：臭名昭著的"秘密警察五人组"号称是为了白人的生存而杀人，塞缪尔的同事对此态度冷漠。塞缪尔随之暴怒，认为同事完全没有意识到全体白人都因那些刽子手的所作所为而蒙受罪恶，在他们实行暴行的时候，保持沉默便是纵容罪恶。类似超越白人狭隘立场的观念也体现于科洛戈在《祖国》之后的创作——《舌头的变化》（*A Change of Tongue*，2003）、《黑色的渴望》（*Begging to Be Black*，2009）两部作品中，都是在后种族隔离的语境下，试图改变南非白人自传体作品趋向于白人中心的书写传统的有益尝试。这种非白人中心的创作精神类似于后种族隔离时期南非文学中特有的白人"忏悔"小说，诸如马克·贝尔（Mark Behr）的《苹果的味道》（*The Smell Of Apples*，1995）、特洛伊·布莱克罗斯（Troy Blacklaws）的《卡鲁男孩》（*Karoo Boy*，2014），都"通过对成年经历的描述来探究在种族隔离那种邪恶的年代里白人个体串通一气的根源"①。然而希望全体白人承认"集体责任"显然是一种"政治乌托邦"，因为对于真相的理解难以超越个人的主观和意识形态的桎梏。作为记录真相的作品，《祖国》对史实的书写也难免带有一定的主观色彩。有学者认为，科洛戈有化用他人的作品，使之成为《祖国》中一些虚构人物的话语的嫌疑。然而最为关键的是，科洛戈以对置的视角直接记录施害者与受害者言语的形式，使得真相得以最大限度地还原，两大群体的"原声"记录为世界了解南非血腥的种族隔离史和真相与和解委员会的工作提供了价值斐然的参考，受害者以此受到了来自读者的怜悯与同情，种族隔离制度和它的缔造者们接受世人的审判，这同样是另外一种尊重真相的方式。

## 三、"他者"身份颠覆下的和解之路

在后殖民批评中，"他者"一词指的是西方社会心理中，东方以及非洲等第三世界地区相对于"自我"的存在。在"他者"视域下，作为边缘化的集体，受殖民体系压迫的第三世界人民成为话语体系的失声者。以南非黑人作家为例，他们在南非独立后仍然持续受到来自白人官方的打压。20 世纪 60 年代只能看到少

① 康维尔、克劳普、麦克肯基：《哥伦比亚南非英语文学导读（1945— ）》，蔡圣勤等译，武汉：武汉大学出版社，2017 年，第 42 页。

数白人作家的作品，听到为数不多的黑人作家的抗议的声音，被称作"沉默的十年"。①穆达在访谈中谈到，当时的黑人作家只能广泛创作诗歌、戏剧等形式简单、表意直接而强烈的文学体裁，以对抗白人当局对出版业的打压。而伴随着黑人反抗运动的愈演愈烈，种族隔离体系逐渐瓦解，广大南非白人担心黑人复仇的恐惧以及自我身份认知的困惑日益加剧。库切的代表作《耻》就通过白人教授卢里囿于旧梦的挣扎和露西被黑人侵害阴影之下的留守，揭露了随着种族隔离制度的消亡后，白人群体所表现出一种特殊的流散症候：他们或许会批判反思殖民历史，自身却也体会到无根所依的漂泊感。他们虽同情黑人的遭遇却始终无法站在黑人的角度和立场，只能与他人互为"他者"。

《祖国》中，塞缪尔个人故事线的开端便从自家农场的牛被偷、兄弟带枪追逃开始。她的兄弟亨德里克（Hendrick）枪击小偷后，无奈地对她说道："确实……我曾以为新出台的制度是为所有人服务的……残忍虐待普通人的行为原本只发生在黑人居住区，但是现在我看这样的事情不是在减少，而是扩散至全国各地。"②这体现着隔离体系瓦解后白人日趋险峻的生存环境。在这样的"他者"身份颠覆的背景下，科洛戈也在作品中展现着她渐进成熟的对南非历史政治以及和解道路的思考。

德斯蒙德·图图（Desmond Tutu，1931—2021）主教是真相与和解委员会的最高领导，作为南非开普敦第一位黑人圣公会和南非圣公会省的大主教，他因坚决反对种族隔离而赢得世界的赞誉，并于1984年赢得诺贝尔和平奖。《祖国》中，他将南非视作一个仇恨满盈、危机重重的病态社会："只有人在博爱的社会中，你才能堂堂正正地做回人。但如果你心中满是仇恨，不仅你失去了人性，你所在的社会也失去了人性。"③基督教的博爱并不禁止惩罚，它禁止的是"出于仇

---

① 李永彩：《南非文学史》，上海：上海外语教育出版社，2009年，第369页。

② 安缇耶·科洛戈：《我的祖国，我的头颅：罪行、悲伤及新南非的宽恕》，骆传伟、吕艾琳译，杭州：浙江工商大学出版社，2018年，第26页。

③ 安缇耶·科洛戈：《我的祖国，我的头颅：罪行、悲伤及新南非的宽恕》，骆传伟、吕艾琳译，杭州：浙江工商大学出版社，2018年，第218页。

恨或其他的复仇情感来惩罚"①，因为"仇恨"导致个人以及社会的病态化，长此以往，宽恕无门，和解更是天方夜谭。可以看出即便为了开掘宗教教义之于南非种族和解的世俗化功能，图图依然坚持遵循教义的传统，致力于化解仇恨、寻求和解。但不可否认的是，南非社会的和解之路依然面临极为严峻的困难。

1913 年南非联邦白人议会颁布的《原住民土地法》通过不合理的土地划分方式确立了白人的地位及其在乡村的财产权，同时亦是替南非农场主解决"原住民劳动力急缺的问题"，剥夺他们和白人农场主"共享收成"的权利。戈迪默也在《无人伴随我》中准确洞见了南非和解路上最为棘手的绊脚石——土地归属问题，在她看来，"种族隔离制度和种族歧视就像漂在水面上的浮萍，当这层浮萍被打扫干净后，南非真正的问题——土地的归属——就要浮出水面了"②。科洛戈与其见地相同，她引述了一则有关和解的著名寓言：汤姆偷走了伯纳德的自行车，一年后他来找伯纳德寻求和解，伯纳德问："那我的自行车呢？"汤姆却答曰："我没有在说自行车，我在说和解。"这个故事正好可以作为南非种族和解困境的缩影。非国大政府自 1994 年掌权以来，由于资金短缺、财政赤字，每年只能新建 1 万套住房，远低于其最初许诺的 30 万套。这背后便是积重难返的贫富差距问题，和少数群体依旧占据绝大部分资源财产的严酷现实。因而，对受害者的赔偿在更大程度上只是象征性的。或许是出于对这一问题的理解与无奈，科洛戈也并未在作品中给予具体负责物质补偿的"补偿和康复委员会"过多关注。故事中，塞缪尔直言，补偿和康复委员会"可能成就也可能摧毁真相与和解委员会……他们根本没有做出承认或补偿的任何姿态"。这也就否定了通过物质补偿一劳永逸地实现和解的可能。于是，作者将更多笔墨用在了探寻真相、寻求精神和解的工作当中。例如，当作者写到塞缪尔的女儿询问妈妈"玛玛瑟拉是谁"时，塞缪尔感到"无比的轻松"：

---

① 唐莹玲：《试论基督教的博爱与刑事惩罚的关系》，《宗教学研究》，2014 年第 1 期，第 227 页。
② 王旭峰：《〈无人伴随我〉与后种族隔离时代的"政治正义"》，《当代外国文学》，2011 年第 2 期，第 7 页。

宽恕他人（人们已经放弃这一权利），发泄情绪，达成和解，梦想制定强有力的补偿政策很重要……但也许更重要的是，我和孩子知道维拉科普拉斯是什么，玛玛瑟拉是谁，这里曾发生了什么事情。①

在残酷的现状面前，科洛戈对种族和解的思考再次回归对"真相"的探寻，和解不应当仅仅是物质的、现实的，更应是精神的、历史的。科洛戈明白委员会可能会揭示真相，但绝不可能带来真正的和解。事实上，对于真相与和解委员会的质疑向来不绝于耳：有学者认为它没有选择司法途径，也没有审判罪犯，其职责太局限于审查个人，而不是谴责整个体系，鼓励了继任政府对法律的逃避；也有学者从真正的法学角度出发，认为其诸多决议都存在法理上的矛盾与冲突，也并未从根本上解决南非种族隔离终止后受害人对于历史真相的渴求，无助于消融现实中不同种族所面临的"实质隔离"。那么真相与和解委员会的真正意义何在？科洛戈借助塞缪尔之口明确提出这样的观点——寻求"共同的人性"："委员会顶着过去残酷暴行的重压，依然保留着共同的人性。委员会煞费苦心地打破了种族歧视，另辟蹊径，让我们聆听到了所有人的心声。虽然委员会曾频频受挫，但是它给我们带来了希望的火苗，让我为它感到自豪。"②

## 结　语

"心声"既是受害者的倾诉，也是施害者的忏悔。受害者很明白自己和亲人究竟遭何不幸，但是在"共同的人性"这样一个理念下，行凶者无论做出真正的忏悔还是流下鳄鱼眼泪，其实都在为达成"宽恕"创造可能。科洛戈也在作品引述的一则故事中流露出她对和解道路的进一步思考：牧羊人莱克特斯的家遭到了

---

① 安缇耶·科洛戈：《我的祖国，我的头颅：罪行、悲伤及新南非的宽恕》，骆传伟、吕艾琳译，杭州：浙江工商大学出版社，2018 年，第 259 页。

② 安缇耶·科洛戈：《我的祖国，我的头颅：罪行、悲伤及新南非的宽恕》，骆传伟、吕艾琳译，杭州：浙江工商大学出版社，2018 年，第 535 页。

警察袭击，与其他受害者相比，他和他的家人全程表现出惊人的笃定，甚至在警察感到疲惫的时候，为其准备茶水。这微小的举动在塞缪尔看来体现出主动探寻他人内心的渴望，寓意了宽容的可能。塞缪尔从莱克特斯的行为中看到了他"认识他者"的渴望和"多元化"的可能。这两者相互呼应，为每一个种族与个体提供存在的空间和理论的合法性，这与种族隔离时期对多元存在的蔑视、对弱小集体和个体的否认与打压完全相反，不失为"宽容和解"背后所蕴藏的深厚的人性伦理。在莱克特斯的故事中，塞缪尔对南非的新时代充满希望，因为作为牧羊人，他是羊群和家庭的领导者和守护者；但同时，他也是领路人，带领家人走向富足和安康。这里的"家人"充满着浓浓的隐喻色彩：莱克特斯和他的家庭成了南非社会未来的模型。可以看出，作者对南非社会过往、未来以及和解道路的思考最终指向了微观人性的养成，发掘出"认识他者"、"实现多元"与"实现宽恕"的因果关联。崇尚多元、认识他者、消除壁垒、力争互信，这便是科洛戈通过《祖国》传达的和解之路。约翰·汤姆林森在《全球化与文化》中阐述了"脱域"、"去边界化"以及"混杂化"这三大全球化特征[①]。这一理念实则肯定了在全球化背景下，"互相认同"对于实现南非后种族隔离时代的种族和解、族群融会的意义，也预示了南非最终实现"种族混杂化"的必然性。《祖国》传达出的和解思想与其不谋而合，这既有面对复杂的历史文化困境和严峻的现状挑战时的无奈与妥协，也有作者在洞察了个体人性与集体理性之后对南非社会现实与未来的准确把握。

（文 / 复旦大学 郑梦怀）

---

① 转引自车莉莉：《在迁移中重构身份：读戈迪默〈偶遇者〉》，《文学教育》，2017 年第 28 期，第 156 页。

第十一篇

伊万・弗拉迪斯拉维克
小说《装饰建筑》中的后殖民空间书写

伊万·弗拉迪斯拉维克

Ivan Vladislavić，1957—

## 作家简介

南非当代作家伊万·弗拉迪斯拉维克（Ivan Vladislavić, 1957— ）自 1993 年发表首部小说《装饰建筑》（*The Folly*）以来便受到诸多关注，并于同年获得文学奖项。诺奖得主库切称赞其想象绝妙，写作晦涩，充满了挑战性。弗拉迪斯拉维克是克罗地亚人，父母因生活原因移民到南非，他从小都在比勒陀利亚生活和接受教育。从金山大学（University of the Witwatersrand）毕业之后，他便在约翰内斯堡生活，从事编辑和作家的工作。出版《装饰建筑》之后，弗拉迪斯拉维克受到文学界的关注。他的小说极富隐喻性，关注城市边缘人物，在结束种族隔离制度的南非文学中独树一帜。1998 年，与科洛戈共同参与南非真相与和解委员会，采访受种族隔离制度影响的社会各界人士，由此见证了残酷的制度带给南非人民的创伤。除了文学创作外，弗拉迪斯拉维克还是一名视觉艺术家，经常和多名当代非洲艺术家共同进行艺术创作和举办各类展览。

20 世纪 90 年代不仅是南非结束种族隔离制度的关键期，也是南非文学界的繁荣期。无论是扎根本土还是流亡在外的黑人作家和白人作家都在为新南非的建设献计献策。这些作家的作品大多围绕种族矛盾、黑白对立和历史创伤等主题来梳理黑人的血泪史，控诉白人政府对非洲本土的殖民，矛头直指臭名昭著的种族隔离制度。这种书写方式虽凸显了南非文学界独有的政治敏锐性和作家的社会责任感，然而对南非的黑人来说，这无疑是另一种煽动种族仇恨的方式。这样的宣传效果只会产生更多的极端民粹主义者，使得南非白人与黑人之间的关系更为紧张，甚至会继续恶化南非黑白对立的矛盾，更是与由曼德拉主导的共建"彩虹国家"的初衷背道而驰。值得关注的是，弗拉迪斯拉维克的小说背景多处在"新南非"的过渡期，但作者关注的并非尖锐的种族对立，而是转向随着社会制度和经济的发展，南非城郊"边缘人"生活处境与心理状态的微妙变化。这种书写方式不仅让湮灭于帝国话语中的边缘人物进入主流视野，也为了解南非提供了新的视角。

# 作品节选

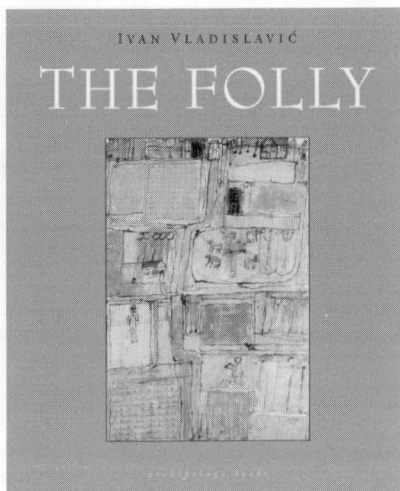

《装饰建筑》
( *The Folly*, 1993 )

Mrs Malgas observed all his doings, secretly at first, and then more openly as it became apparent that her presence made no impression on him. She took to perching on a stool behind the net curtain in the lounge, knitting, flipping through a magazine, turning questions about his motives over in her mind as if they were cards. She didn't like him. Specifically, she didn't like the way he jiggled his head and the way he hitched up his pants with his thumbs, which he stuck into his pockets, fanning out his fingers as if he didn't want to dirty the cloth. She didn't like his jaunty gait and his drifting off and staring into space. More generally, she didn't like to think that he had come for no other purpose than to upset her and turn things upside-down. She didn't like to think about him at all.

So she distracted herself by making inventories of her knickknacks: copper ashtray, Weltevreden coat of arms (wildebeest rampant). Wicker basket, yellow, a-tisket. Figurines, viz. cobbler, gypsy, ballerina, plumber, horologist, Smurf. Paperweight, guineafowl feather. Paperweight, rose. Paperweight, Merry Pebbles Holiday Chalets. Cake-lifter, Continental China, coronation centenary crockery, crenate, crumbs. However. Spatula. Just as things were starting to become interesting. Mug. As day followed day. Doll. As day follows night. Puppy-dog. As night follows day, sure enough, she found herself drawn back to the window.

Nieuwenhuizen's wanderings over the veld, as much as they annoyed her, reassured her too by their aimlessness. They made him seem indecisive, ineffectual and itinerant. But when he settled down under the tree to hammer beer tins into soup-plates, to tinker with fragments of pottery and polystyrene, to plait ribbons of plastic into ropes, to carve and whittle and twist, to hammer holes through and bind together, it seemed that he was practising for something bigger, it became conceivable that he really would build a house next door, a house in the contemporary style made entirely of recycled material, a disposable, three-bedroomed family home held together by the dowels of his own ramshackle purpose, and that he would occupy it, permanently — and this prospect made her feel utterly despondent.[①]

　　马尔加斯夫人观察着他，起初是偷偷摸摸的，后来越来越大胆，显然他并未感觉到夫人的注视。夫人坐在卧室窗帘背后的凳子上，时而织织毛衣，时而翻翻杂志，时而在脑子里像打牌一样思考他的来意。她不喜欢这个人。具体而言，她不喜欢他摇头晃脑的样子，也不喜欢他用大拇指提裤子。他特意将手插进口袋里，动动手指，像是不想弄脏裤子一样。夫人不喜欢他轻飘飘地、悠闲地在空地上游荡。简单来说，夫人本不愿认为他的到来就是为了烦她，把一切弄得一团糟。她根本不愿再想关于他的事情。

　　所以，夫人玩弄她那些小玩意儿来分散注意力：铜制烟灰缸、韦德费丹的徽章（此地区角马众多）；柳条篮子、黄色的小碟；一些鞋匠、吉卜赛人、芭蕾舞演员、水管工、钟表师、蓝精灵的小雕像；镇纸、珍珠鸡的羽毛；镇纸、玫瑰；镇纸、玛丽·佩博斯度假屋；起蛋糕器、中国大陆地图、加冕百年纪念陶器、圆锯齿状的碎屑。可是，她又看到了铲子。就在她兴趣益然之际，看到了杯子。到了白天，是娃娃。到了夜晚，是小狗。就这样夜以继日，万般看尽，夫人再次来到窗前。

　　纽文豪森在空地上游荡虽然让夫人十分恼火，但也因其漫无目的而让她感觉安心。他看上去优柔寡断、无能为力、游手好闲，但他在树下安顿好后，便把啤

---

① Ivan Vladislavic, *The Folly*, New York: Archipelago Books, 2015, pp. 76–79.

酒罐当成汤盘，摆弄陶器和塑料；把塑料袋变成绳索，通过雕刻、修剪和扭曲，给盘子和陶器打孔，并将塑料绳捆在一起。他不停地练习，似乎是在为某项伟业做准备。他觉得，自己真的会在隔壁建一栋房子，一栋完全用可回收材料制成的现代风格的住宅，一个一次性的有着三居室的新家，出于一种说不清道不明的目的，他用木钉为这新家接榫，然后永远占有这个家。他的想法让夫人十分沮丧。

（李凯／译）

**作品评析**

# 《装饰建筑》中的后殖民空间书写

## 引　言

　　弗拉迪斯拉维克是后种族隔离时期南非最著名的作家之一，也是金山大学创意写作的杰出教授。由于在文学和艺术方面的贡献，他成为新南非后殖民领域颇具影响的人物。一些文学评论家认为他通过书写南非城郊地域性的变化，巧妙地将想象与历史结合在一起，让读者充分感受到其作品的隐喻和深意。其小说处女作《装饰建筑》于1993年出版，于同年获得中央通讯社文学奖，一度受到广泛关注和讨论。小说背景置于建立新民主国家前夕的南非，主要围绕三个人物和一个"新房计划"展开，具有丰富的象征寓意。本文通过探讨小说中的后殖民身份问题和空间书写，指出作者利用语言策略瓦解西方中心话语，关注边缘，从而赋予空间无限阐释的可能性，凸显出弗拉迪斯拉维克对建设新南非的积极展望，更显示了小说独特的艺术魅力。

## 一、新房与旧屋的隐喻含义

　　在经历大规模的血腥暴力事件后，人们如何能在创伤中走向平等和谐的未来，这一问题贯穿弗拉迪斯拉维克的思考与作品中。作为拥有克罗地亚、爱尔兰、英国和德国血统的当代南非作家，弗拉迪斯拉维克自20世纪80年代开始文学创作与出版，不仅担任乌鸦出版社（Raven Press）旗下先锋杂志《扒车人》

（*Staffrider*）的助理编辑，还与视觉艺术家和摄影师一同开办数场展览，这些出版物和艺术展大多围绕如何重构南非——尤其是作者本人生活和创作的约翰内斯堡——日常生活方式来展开。

弗拉迪斯拉维克早期的短篇小说内容以约翰内斯堡不断变化的建筑群和基础设施为突破口来研究南非政治转型过程中凸显的社会问题。弗拉迪斯拉维克与那些出生在殖民地宗主国而后移居西方的作家不同，他不属于接受传统教育并从事教学和研究的后殖民作家或学者一类。他虽然在南非本土的教育环境中汲取养分，但曾长期在约翰内斯堡从事文学创作、评论和出版等工作，因此，他的后殖民文学作品更能从殖民地本土经验出发，构想出有别于西方固定视角的后殖民话语体系和思想建制。

弗拉迪斯拉维克的小说主题复杂、语言晦涩，曾得到诺奖得主库切的高度赞扬。《装饰建筑》是他本人首次将政治隐喻投射在极具象征意义的"建筑物"上的文学尝试。1991年，南非结束种族隔离制度，开启了"彩虹国家"的新纪元，但同时也面临无数危机和挑战。这一时期的文学界，以作品关照现实的写作已逐渐式微，许多作家纷纷转向想象、神话和讽刺的虚拟世界以寻求突破，力争发声。弗拉迪斯拉维克的小说《装饰建筑》扎根于南非本土，以本土文化为突破口，为探索南非转型时期的文学新范式提供了新视野。"房屋的建造和拆除"反复出现，十分耐人寻味，影射了作家对后殖民身份和空间的想象和构建。纵观弗拉迪斯拉维克的早期作品，就能看出作家所想要阐明的是反抗暴力不仅出现在真相与和解委员会的听证会上，更显示于人们日常生活的斗争中。弗拉迪斯拉维克认为种族隔离后的新南非要在满目疮痍的历史中迈步向前，共同建设新家园。

随着民族国家的建立，后殖民知识分子的民族意识开始觉醒，这种本质主义上的二元对立受到根本性的指责和诘问，他们认为这种二分法仍囿于西方帝国话语中心，没有考虑到不同殖民地的本土经验，只是作为单一政治和文化上的压迫者存在而已。因此，"去他者化"一直被研究者视为解构西方话语的重要路径。对于情况更为复杂的南非而言，更是被视为实现"多种族和谐共存"的可行之计。在后殖民文学中，前殖民地作家孕育于本土文化与宗主国文化的双重影响中，在书写上呈现出各种不同的倾向，大致可分为对抗性、认同性和混合性文化书写。[1]独特的工作经历和美学体验让弗拉迪斯拉维克成为混合型书写的代表作家，其处女作《装饰建筑》并未对种族隔离制度劈头盖脸地一顿抨击，而是以期通过"建房计划"在文化和政治上实现隐喻式彩虹家园。建筑是城市化进程中最为显著的变化特征，它主要体现在基础设施、住房、城区结构等方面，不仅是城市发展的重要标志，也是衡量人民生活水平的重要尺度。种族隔离制度结束后的南非，尤其是像约翰内斯堡这样的中心城市，面对涌入的黑人群体，其面临最大的问题就是住房。

弗拉迪斯拉维克敏锐地捕捉到这一点，通过他独特的写作形式来表现出这种社会现象。这样的写作方式得到了不少文艺批评家的赞扬，如文化研究者莎拉·纳托尔（Sarah Nuttall）曾在文章中将伊万·弗拉迪斯拉维克的创作视为书写"'现在'南非的典范"[2]。在论述去他者化的过程中，卡洛尔·克拉克森（Carrol Clarkson）从"抽象意义和物质符号之间"[3]的互动关系来解读小说，笔者认为这种阐述只显示作品的表层意义，而小说中人物在城市空间中的身份问题更值得研究和探讨。究其原因，一是在种族隔离后期，南非城郊地区的社会空间结构发生巨大改变，人口（主要是黑人和有色人种）的流动和渗透体现出空间主体概念的含混不清。其次，都市想象的过程在本质上也是抽象模糊的。通过细读小说可得知，陌生人纽文豪森（Nieuwenhuizen）让人联想到英语词组"新房"（new house）。他突然到访并占领马尔加斯夫妇家旁边的空地，引起了人物关系和生活节奏的模糊和混乱，体现了后种族隔离时代身份问题反映在心理上的局促不安和无可奈何。当这位神秘人在这块空地上扎营露宿后，夫妇两人发现他们原本沉闷的生活、重复的工作、炫目的消费符号和乏味的两性关系被彻底打破。

纽文豪森对这块空地进行了资本主义所有权式的行为模仿，如设计建筑图、按功能划分区域、命名个人所有物等等。原本夫妇俩舒适的中产阶级生活因这个"侵入者"的存在开始动摇和幻灭。纽文豪森对传统社区的蔑视和对建筑计划的

---

① 参见刘亚斌：《后殖民文学中的文化书写》，《外国文学研究》，2005 年第 4 期，第 114–120 页。

② Sarah Nuttal, "City Forms and Writing the 'Now' in South Africa", *Journal of Southern African Studies*, 2004, 30 (4), p. 732.

③ Carrol Clarkson, "Verbal and Visual: the Restlesss View", *Scrutiny 2*, 11 (2), 2006, p. 107.

热情也让马尔加斯夫妇的主体稳定性开始产生裂变。实际上，纽文豪森的闯入恰恰体现了他的"无根性"[1]，他突然出现在夫妇俩隔壁的空地上，来自哪里、目的是什么、将要去往何处等问题都困扰着夫妇俩和读者。小说前两章都围绕"他是谁"的问题进行叙述，由此提出关于传统白人社区的基础结构在面对社会变迁时所产生的一系列问题，即小说以"闯入者"的视角向读者展示以介入异质来打破传统郊区的同一性。种族隔离时期的南非郊区由于外国移民的涌入和贫穷白人的阶级上升，逐渐以民族或国籍来划分各自生活区，陌生人想要融入另一种社区生活就意味着主体要服从集体的秩序、价值观和宗教信仰，但纽文豪森对传统规则和秩序的漠视显然是直接挑战了马尔加斯夫妇的白人权威，因为他们早就认为那块空地属于中产阶级的白人"集体"而非个人，尤其是一个不明身份的外来人。

## 二、黑白空间中的疏离与认同

在一些因素——如散居异国、殖民与被殖民和部分地区的全球化——的影响下，无论个人还是集体的心理、文化和关系都处于一种过渡状态，人们对于与某处或某人的联系需求愈发迫切，希望以此获得自我归属感。后殖民小说通过描写寻求身份来体现人物的"边缘性"，旨在挑战和解构中心权威。在比尔·阿希克洛夫特（Bill Ashcoft）看来，后殖民话语本身就是一种边缘状态，究其原因，一方面是因为帝国话语的对立性，对殖民地而言，被殖民者的书写很容易被欧洲中心主义所同化，重新被纳入"普遍性"的适用范围内；另一方面，民族或种族特征不断受到质疑和诘难[2]。身份问题是后殖民作家与其文学作品无法避开的一环，尤其在历史和文化错综复杂的南非，在各类作品中，人物的身份问题已是屡见不鲜。理论家斯图尔特·霍尔（Stuart Hall, 1932—2014）认为文化身份既是一种"存

---

[1] Kudzayi Ngara, *Imagining and Imaging the City—Ivan Vladislavić and the Postcolonial Metropolis*, Ph.D Diss., University of the Western Cape, 2011, p. 121.

[2] 比尔·阿希克洛夫特、格瑞斯·格里菲斯、海伦·蒂芬：《逆写帝国：后殖民文学的理论与实践》，任一鸣译，北京：北京大学出版社，2014 年，第 37 页。

在"，又是一种"变化"，它在连续中有着差异，而在差异中又伴随着连续持续的存在①。爱德华·萨义德（Edward Said，1935—2003）等一批文化研究者对此表示赞同。身份的构建，自始至终都与叙述者 / 建构者，以及被叙述 / 被建构的"他者"密切相关。

1991 年南非当局宣布结束种族隔离制度后，南非城市结构性质等话题开始进入公众视野，十年后《装饰建筑》的重新出版正值此讨论的高潮时期，印证了南非城市随着全球化的发展轨迹在逐步迈向"世界级特大都市"的愿景，因此，思考发展过程中的舍和得是更为重要的问题。理论家更多是对城镇发展和迁移的经济学研究，而鲜有人看到其空间变换的美学秩序。 在种族隔离制度正式结束的 20 年里，关于郊区的文学作品相对较少，而其中对于南非的白人郊区空间如何转变成"次乌托邦社区"（Subtopia）②的解读模式更为罕见。这一术语由伊恩·奈恩（Ian Nairn）于 1955 年首次在建筑学领域提出，指的是乌托邦式的现代主义建筑为城市规划所颠覆的现象。与此同时，殖民政府正以法律条文的形式重新规划和制定"白色空间"，并逐步驱赶和控制非洲黑人和其他有色人种。这种情况下，在人口中占绝大优势的黑人群体反而成了自己土地的边缘人。换句话说，"白色空间"成了白人巩固特权阶级的重要领域，而形成空间的设计图也就成为他们殖民统治的主要手段之一。

在小说里，马尔加斯夫人代表的是守旧派中产阶级白人，她讨厌变化，喜欢稳定的特权生活，对所有破坏秩序和规则的事物都十分厌恶和排斥。对马尔加斯夫人而言，如小说中描述的那样：纽文豪森的行为跟新闻里每天轮番报道的黑人"暴乱"③并无二致。小说里对夫人的描写内容很少，但每一处都体现着她对居所的忧虑，害怕自己的住处沦为黑人棚户区，更担心自己安稳的中产阶级生活被人破坏。有趣的是，小说中的马尔加斯先生并非如此。他代表了后种族隔离时代想要积极融入新社会，共建新南非的白人。反观马尔加斯先生与纽文豪森的对话

---

① 罗钢、刘象愚：《文化研究读本》，北京：中国社会科学出版社，2000 年，第 211 页。

② Gillian Darley, "Blurred Vision: Revisiting Ian Nairn's Subtopia", *The Architect Review*, May 13, 2019, https://www.architectural-review.com/essays/blurred-vision-revisiting-ian-nairns-subtopia.

③ Ivan Vladislavić, *The Folly*, New York: Archipelago Books, 2015, p. 187.

与互动，他们在新房计划中的角色和作用都透露出权力与身份的置换和对调。在故事伊始，马尔加斯先生称纽文豪森为"父亲"①，如此看来，他对这位闯入者的态度十分暧昧。与妻子截然不同的是，马尔加斯先生渴望即将发生的一切，并尝试积极融入周围发生的变化。此时，马尔加斯先生对身份的变动是抱有积极幻想的，对于纽文豪森的突然造访，并未表现出半点不悦，甚至主动帮忙制作计划图，提供建造工具。种种迹象表明，马尔加斯先生在时代变迁之大势中选择了积极融入，而非抵制和排斥。纽文豪森的身份从"闯入者"延伸到"殖民者"，他对这块空地进行的规划和改造，以及对马尔加斯先生颐指气使的语气不禁让人联想到白人对南非土地的殖民掠夺。然而，马尔加斯先生将他视若神明，期盼他能为自己带来改变和解脱，甚至是全身心的臣服与奉献。

从身份的角度来看，马尔加斯先生和纽文豪森更像是一体两面，都代表着在南非后种族隔离时代渴望走向种族融合的人。他们作为移民或殖民者来到南非，与母国隔海相望，身在异国他乡，面对无所适从的本土传统文化，身份认同开始出现问题。约翰内斯堡南郊在 20 世纪后是种族混杂最为明显的地区，作者将小说的背景设置于此，想要表明文化"混杂性"的意图也就清晰可见了。同时，伊万·弗拉迪斯拉维克还通过两位男性的互动来表达文化身份相融的艰难性。以何种方式在后殖民的新南非建立融合共存的社会成为黑人、白人和有色人种不可避免的命题。而笔下的那位白人女性所代表的守旧派从未逃离自己设置的种族牢笼，所有的生命轨迹都存活在自己所框定的种族怪圈中，这些难以融入种族共和之大流的人注定要被时代所抛弃。或许，弗拉迪斯拉维克已经提供了一条思路，那就是像马尔加斯先生和纽文豪森一样积极尝试并投入建房计划。因此，作者也对新南非的和谐构建充满希望。

---

① Ivan Vladislavić, *The Folly*, New York: Archipelago Books, 2015, p. 37.

## 三、后殖民郊区社会空间的转变

在《装饰建筑》中，建房计划图这一意象是作为小说的中心事件存在的，小说中的三个人物都对此发表了自己的看法和见解。计划图在弗拉迪斯拉维克的小说《爆炸图》（The Exploded View，2004）中也出现过，具体表现为计划的土地使用（如全新郊区住宅）调查图和单个房屋及其他结构的建筑图。建房计划图是地图的一个特殊样式，其保持了后者有限的二维视角——建筑者和建筑物。米歇尔·德·塞托（Michel de Certeau）在其著作《日常生活实践：1.实践的艺术》（L' Invention du quotidien—1. Arts de faire, 1990）对"地图"的定义阐释能够帮助读者更好地理解特定地域中"计划图"或"地图"的意义。塞托认为，"地图是一幅全景，其中，原先分散的要素被集合了起来，以便形成一种关于地理知识的'状态'"[1]，但结果明显是失败的。

在小说中，想象中的建房计划图占据叙事中心，纽文豪森和马尔加斯先生渴望统治和占领这块空地。从文本来看，正是因为纽文豪森的计划图从未以文字或可视图像的形式出现，反而为多种可能性和无限性的阐释提供了空间，这块空地从可视的实体变为流动的想象。诚如罗伯特·菲什曼（Robert Fisherman）所言，"不同于旧都市以功能进行逻辑划分的形式，人们对城市进行后现代和后都市意义上的随意拼贴……新都市的中心和边缘也随之消失了。"[2]菲什曼固然是从西方的视角来阐述自己的观点，但对解读弗拉迪斯拉维克的后殖民都市书写和想象是大有益处的。一如纽文豪森的"计划图"，弗拉迪斯拉维克笔下的都市书写大多聚焦城市的模糊性和边界性。《装饰建筑》的背景正是设置在未被种族隔离强制区分的

---

[1] 米歇尔·德·塞托：《日常生活实践：1.实践的艺术》，方琳琳、黄春柳译，南京：南京大学出版社，2009年，第204页。

[2] Robert Fishman, "Megalopolis Unbound", The Wilson Quarterly (1976—), 1990, 14 (1), p. 24–25.

南郊，不同种族和外国移民生活在这里，形成了特殊的杂糅文化区域。

小说开篇，作者像是身处于地图中一样，描述这不到一英亩的荒野空地：

纽文豪森转向那块空地。这块地比他想的要小，不超过一英亩，而且长满了高高的杂草。这块地的两边是不规则的树篱，在夜空中显得格外突兀，第三边是一堵预制的水泥墙，墙板满是马车车轮印迹。第四面，也就是他自己所处的地方，曾经被栅栏与街道隔开：这个边缘的遗留物——皱巴巴的铁丝网卷轴、一道门、一些插在水泥靴里的棍脚木柱——遍布四周。他一手紧握着刚刚坐车找的零钱，一手拿着沾满海绵的行李箱把手，高步跨过纠结的铁丝网，穿过草地，继续前进。①

显然，作者采用一种居高临下的视角来俯视这块即将被"殖民"的地方，幽默和讽刺互相交织，凸显出了外来者的自大无知。马尔加斯住宅外墙上的"马车印"是一种代表白人对土著黑人杀戮的印记，但在纽文豪森的叙述中显然是转变成与白人认同的工具。纽文豪森站在这块空地上，以早期欧洲定居者的殖民经验对这块无人居住的非洲荒野进行意念化改造。在传统边疆叙事中，宽广开放的空间赋予了白人男性绝对的统治权。好比纽文豪森，虽然在小说中尚未透露出他的肤色，但从名字可知他是一位阿非利卡人，即使是早已脱离母国的白人，仍模仿着"边疆英雄"的姿态对空地进行殖民想象。与以往要求肉与灵统一的英雄形象不同，纽文豪森是依靠想象力对这块空地实行宰制权，如此一来，就打破了传统欧洲叙事的桎梏，勇猛善战的边疆英雄形象也就随之削弱了。

纽文豪森对这块空地的占领直接扰乱了马尔加斯大人的富足白人生活，改变了夫人与原有社会空间之间的动态平衡。除此之外，马尔加斯夫妇之间的关系在《装饰建筑》中显得更耐人寻味。家庭空间在夫人看来是"她的所有物"②，丈夫和夫人之间没有普通夫妻的默契和关怀，反而在小说中只有无休止的争吵和诋毁。丈夫参与建房计划也一直遭到夫人的拒绝和谩骂，夫人拒绝将外面的一切物品带回家，所以先生不得已只能把妻子禁止的物品"偷渡"回家。在此

① Ivan Vladislavić, *The Folly*, New York: Archipelago Books, 2015, p. 8.

② Ivan Vladislavić, *The Folly*, New York: Archipelago Books, 2015, p. 43.

基础上，家不再是温暖港湾，而成为丈夫冒险进入的性别空间。这也是弗拉迪斯拉维克将家作为后种族隔离时代白人夫妻之间意识形态空间竞争日趋激烈的方式之一。从这个角度来看，空间是身份的标志，空间的使用方式被视为对个体身份的反映和表达。同时也能更充分解释，夫人对垫子——外来人的所属物——的不满不仅是因为它是属于纽文豪森的，更是因为其低廉的材质，容纳垫子就意味着她的生活水平和社会地位的降低。然而，小说中的垫子就如同沃克作品《外婆的日常家用》（Everyday Use，1973）中外婆的遗产——祖辈相传的"百纳被"（quilt）——一样，其中承载的民族智慧与传统记忆是无价的。

显然，马尔加斯夫人未曾考虑到，或者说并不在乎物品的艺术美感与其制作过程中凸显的民族智慧，她看中的是物品所附带的社会等级符号。夫人自己收藏了许多手工制品和珍稀摆件，但并非出于审美情趣，而是因为这些玩物是社会阶层的象征，垫子与藏品的并置成功打破了虚幻的秩序空间。因此在这个空间里，一切都非固定，转而呈现动态的游离，足够容纳不同的特质，就如同后殖民时期的南非，大量黑人和有色人种涌入这一空间，其实正是证明了边缘向主流的靠近和转化。那种二元对立式的西方帝国主义思想观念早已不符合时代潮流，只有融合和杂糅才是通往新南非民族和谐共处的出路。

## 结　语

自废除种族隔离、建立民主南非以来，南非的经济发展和社会稳定都出现了一定的问题，这也显示出南非的未来之路并非是一帆风顺的。正如小说所描述的那样，在空地上，马尔加斯先生和纽文豪森最初的合作逐渐产生分歧，最后走向对峙。前者认为房屋计划应从原材料的实际角度出发，后者则坚持其想象构建的优先性。纽文豪森的统治直接让马尔加斯先生成为他的信徒，甘愿奉上一切。就此，马尔加斯先生的身份存在从原先单调的家庭生活中剥离出来，与虚妄的想象世界共存一体，同时也沦为纽文豪森的"物品"。纽文豪森对于空间的想象也是弗拉迪斯拉维克用来表现其后殖民特色的亮点之一。在对房屋内部建筑进行构造时，弗拉迪斯拉维克采用了挪用的语言策略，如不停出现的非洲本土建筑的设计语言，颠覆了传统的欧洲模式，加之这个计划一直处于构想中却从未付诸行动，使得冲破之力显得更为猛烈。有趣的是，当马尔加斯先生放弃之时，纽文豪森便开始了建房工程计划。从象征主义角度来看，这种计划可以被解读为对任何本质化叙述的拒绝和排斥，这一点也和德赛度的观点不谋而合。小说篇幅虽短，但曲折离奇的叙事打破了既有的模式，彰显了独特的后殖民空间书写。

弗拉迪斯拉维克不仅敏锐地捕捉到后种族隔离时代下杂糅的社会空间与人对于身份的迷茫与探寻，更将其化作隐晦的语言文字展现给读者。在弗拉迪斯拉维克的艺术世界里，语言既可以是殖民者的统治工具，也可以成为被殖民者的反抗武器。小说通过对帝国语言的挪用来拟写社会空间，凸显南非文化杂糅的特殊本质，号召共建和谐共存的彩虹国家。

（文 / 上海师范大学 李凯）

# 博茨瓦纳文学

博茨瓦纳是位于非洲南部的内陆国，地处南非高原中部的卡拉哈迪盆地，平均海拔约 1000 米左右。博茨瓦纳气候干燥，南邻南非，西边为纳米比亚，东北与津巴布韦接壤，北端在维多利亚瀑布附近与赞比亚接壤。1966 年脱离英国宣布独立后，博茨瓦纳发展较安定平稳，国内基本保留了殖民时期的政治、金融体系，以钻石业、养牛业和新兴的制造业为支柱产业。博茨瓦纳是非洲野生动物种类和数量较多的国家，乔贝国家公园和奥卡万戈三角洲野生动物是世界级旅游景区。博兹瓦纳的官方语言为英语，通用语为茨瓦纳语。

独立后，博茨瓦纳文学展现出繁荣发展的态势。不少作家作品基于南部非洲的区域性和民族性立场，关注社会现实，揭露社会问题，指出社会发展的新方向，从而在南部非洲产生了一定程度的影响。女作家贝西·黑德是博茨瓦纳作家中的代表人物，其作品聚焦南部非洲的历史，立足博茨瓦纳民族传统，兼具英美现代文学的神韵与非洲口头文学的性灵。随着以博茨瓦纳大学为中心的女性作家群的崛起，当代博茨瓦纳文学在酌理非洲民族传统和现代政治书写的同时，也迎来了多样化的发展态势，进而构筑出了在文学风格上包罗万象、在创作主题上百花齐放的文学版图。

第十二篇

贝西·黑德
小说《权力之问》中的中国符号

贝西·黑德

Bessie Head, 1937—1986

# 作家简介

贝西·黑德（Bessie Head，1937—1986），出生在南非彼得马里兹堡，其黑白混血的身份在种族隔离制森严的南非遭到排斥。她14岁时被送到英国教会学校学习，高中毕业后经过严格师资培训，获得教师资格证，当过两年教师，后到开普敦，成为《金礁城邮报》（*Golden City Post*）的唯一女记者。1959年到约翰内斯堡，继续为《金礁城邮报》及其周末副刊《家庭邮报》（*Home Post*）撰稿，还为《鼓》杂志撰稿。在此，她结识了很多著名的非洲记者，还加入泛非大会（Pan-Africanist Congress），抗议《通行证法》实施。1960年沙佩维尔大屠杀后，黑德因参与泛非大会活动而被捕，但官方审讯缺乏有效证据又将其释放。1964年她从南非流亡到英国贝专纳保护地（今博茨瓦纳，1966年独立），1979年获得博茨瓦纳公民身份。

黑德用英语写作，《雨云聚集之时》（*When Rain Clouds Gather*，1968）、《玛汝》（*Maru*，1971）、《权力之问》（*A Question of Power*，1974）三部小说确立了她在世界文学史中的地位。1977年，她应邀参加了美国爱荷华大学的国际写作计划，在《转型》（*Transition*）和《今日世界文学》（*World Literature Today*）等杂志上发表多篇短篇小说。之后黑德的创作主要聚焦博茨瓦纳的历史、传统和百姓的乡村生活，这些作品包括短篇小说集《珍宝收藏者及其他博茨瓦纳乡村故事》（*The Collector of Treasures and Other Botswana Village Tales*，1977）、小说《塞罗韦：雨风村》（*Serowe: Village of the Rain Wind*，1981）等。黑德通过这些作品表达了她对博茨瓦纳精神的认同，这些作品又为书写和记录博茨瓦纳的历史、传统文化和百姓生活做出了贡献。

## 作品节选

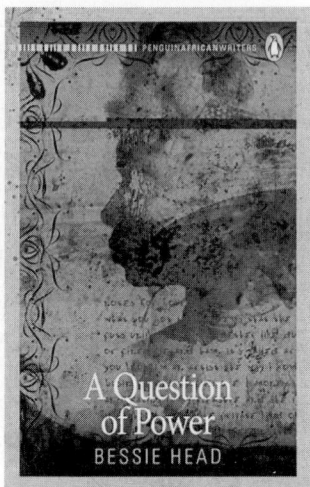

《权力之问》
(*A Question of Power*, 1973)

For a few years she quietly lived on the edge of South Africa's life. It was interesting. She spent some time living with Asian families, where she learned about India and its philosophies, and some time with a German woman from whom she learned about Hitler and the Jews and the Second World War. A year before her marriage she tentatively joined a political party. It was banned two days later, and in the state of emergency that was declared she was searched along with thousands of other people, briefly arrested for having a letter about the banned party in her handbag, and involved in a court case that bewildered the judge: "Why did you bring this letter to court?" he said severely to the policeman in charge of the case. "Can't you read English? The two people involved in the writing of this letter are extremely critical of the behaviour of people belonging to the banned party. They are not furthering the aims of communism." It might have been the court case which eventually made her a stateless person in Botswana.①

几年来，她静静地生活在南非生活的边缘。这很有趣。她花了一段时间与一些亚洲家庭生活在一起，在那里她了解了印度及其哲学，还有一段时间与一位德国妇女生活在一起，从她那里她了解了希特勒、犹太人和第二次世界大战。结婚前一年，她试探性地加入了一个政党。两天后它就遭禁了，在国家宣布的紧急状

---

① Bessie Head, *A Question of Power*, Long Grove: Waveland Press, 2017, p. 11.

态下，她与数千人一起被搜查，并因手提包里有一封关于被禁党的信而被短暂逮捕，她卷入了一个令法官困惑的法庭案件："你为什么把这封信带到法庭？"他严厉地对负责此案的警察说："你看不懂英语吗？参与撰写这封信的两人极为批判被禁党成员的行为。他们并不是在推进共产主义的目标。"很可能是这个法庭案件最终使她成为流亡博茨瓦纳的无国籍人的。

（卢敏 / 译）

**作品评析**

# 《权力之问》中的中国符号

## 引　言

黑德自传体小说《权力之问》是国际学界研究的非洲文学经典之作。《权力之问》的解读难点之一是其中大量的不同来源的文化符号的碰撞、交织、替换和变形，而国际学界未能就此给予充分阐释。本文从符号碰撞与变形、"中国的 / 华裔的"符号意义、对新中国及其国家领导人的热衷三方面入手，探讨黑德对中国符号的接纳和创造性运用，揭示其对中国的精神认同和所秉持的中非道义相守的创作原则。

## 一、符号碰撞与变形

符号是人类社会特有的文化产物。自索绪尔以来，人们对符号意义的探究越发兴趣浓厚，无论是语言学模式，还是皮尔斯的逻辑—修辞学模式，抑或是卡西尔的"文化符号论"，以及莫斯科—塔尔图学派的"符号场"[①]，都力图以各自的方式和角度对符号及其意义做出阐释和理论性总结。无独有偶，在 20 世纪六七十年代符号学理论起飞的年代，黑德创作了令世界文坛震惊的《权力之问》，其叙

---

[①] 赵毅衡：《符号学原理与推演》，南京：南京大学出版社，2011 年，第 12—13 页。

事时间颠倒错乱，思绪复杂跳跃，指代时清时混，实为诡异刁钻，犀利尖刻。《权力之问》创作手法的独特新颖之处是把梦境、幻象和文化符号糅合在一起，以冲击视觉的方式，逼迫读者思考和感受文化符号所承载的历史之重。琳达·苏珊·比尔德（Linda Susan Beard）在《贝西·黑德的融合小说：重构权力和重现平凡》中指出："这位文字纺织者是一位超凡的'珍宝收藏家'，她将自传、政治寓言和哲学评论、古典神话、英国文学、基督教、佛教和印度象征主义等多种元素融为一体。"[①]比尔德所说的"多种元素"中文化符号居多。梳理一下这些文化符号，笔者发现佛陀（Buddha）、大卫（David）、麦当娜（Madonna）、撒旦（Satan）、美杜莎（Medusa）、珀尔修斯（Perseus）、奥西里斯（Osiris）、艾西斯（Isis）、卡利古拉（Caligula）等反复出现，并以相互变形的方式形成某种所指链。在读者串联这些文化符号的所指链时，作者创作的伦理思考和价值取向突显而出。

德国哲学家卡西尔把人定义为"使用符号的动物"，指出人生活在一个符号宇宙中，"语言、神话、艺术和宗教则是这个符号宇宙的各部分"[②]。语言的形式、艺术的想象、神话的符号以及宗教的仪式，构成庞大的符号之网，人们通过这些符号来理解世界，并"生活在想象的激情之中，生活在希望与恐惧、幻觉与醒悟、空想与梦境之中"[③]。这些文化符号，既帮助人们理解其所生活的世界，又不断地挑战人们的理解，让人陷入思维混乱、精神痛苦之中。卡西尔引用埃皮克蒂塔的话指出："使人扰乱和惊骇的，不是物，而是人对物的意见和幻想。"[④]《权力之问》以小说的形式回应了卡西尔和埃皮克蒂塔的哲学论述，再现了文化符号对人的精神的振奋以及相反的摧残之力。

小说的第一部分"塞娄"（Sello）中，充斥伊丽莎白梦境的是古老的神话、宗教、历史人物，如大卫、奥西里斯、卡利古拉等，这些人物除了名字外，都只

---

① Linda Susan Beard, "Bessie Head's Syncretic Fictions: The Reconceptualization of Power and the Recovery of the Ordinary", *Modern Fiction Studies* 3, 1991, 37 (3), p. 580.

② 恩斯特·卡西尔：《人论》，甘阳译，上海：上海译文出版社，2004年，第35页。

③ 恩斯特·卡西尔：《人论》，甘阳译，上海：上海译文出版社，2004年，第36页。

④ 恩斯特·卡西尔：《人论》，甘阳译，上海：上海译文出版社，2004年，第36页。

以一个经典的细节形象出现，如大卫，"他手里拿着一个投石索"[1]；奥西里斯，"他被碎成一千块"[2]；卡利古拉，"他细棍般的腿穿在小靴子里"[3]。要捕捉到这些细节的要义，需要了解相关人物故事。《圣经·旧约》中少年大卫用投石器打败巨人歌利亚（Goliath）。奥西里斯是古埃及神话中开明的法老，被弟弟塞特（Set）害死并碎尸，他的妻子艾西斯找回尸体碎片，唯独缺了生殖器，并将其制成木乃伊，之后奥西里斯复活，成为冥王。卡利古拉是罗马皇帝（公元37—41年在位），以残酷、荒淫无度以及狂妄自大著称，他的绰号是"小靴子"。黑德没有重复他们的故事，而是通过伊丽莎白和塞娄的片段对话展开。

塞娄不是滔滔不绝的言谈者，他通过"放电影或录像"的方式向伊丽莎白展示他十亿个"轮回"中经历的人类历史剧，尤其是那些黑暗恐怖的场景，而伊丽莎白"一遍又一遍挣扎地把一些简短的快照，他说的一些话，和某些精神状态的折磨，连接成某种连贯的、广阔的、完整的模式"[4]。这样，这些人物形象不时地重复闪现，并不断变形，塞娄从佛陀、上帝变成撒旦，又从卡利古拉变成奥西里斯，等等。这些文化符号跳离它们自身产生的语境，蜂拥而来，重新组成寓意丰富的关系链，是梦境、幻象，更是伊丽莎白的思维内容。而它们之所以能被黑德如此创造性使用，正是因为它们是文化符号，是抽象价值概念的形式表现，其形式是固定的，但所指却处于流动和变化中。黑德通过轮回变形的故事揭露了人类历史悲剧的重复性，那是权力之争和滥用造成的，而其中"恶"往往以"善"之名掌控权力。

黑德利用轮回之说和影像技术使得不同来源的文化符号发生碰撞和变形。在貌似混乱的变形中，有两个线索是清晰的：一是这些文化符号多指向"杀戮""暴政""阴谋"等；二是这些文化符号主要来源是西方，其次是印度，再次是埃及。这两条线索揭示了当代非洲所受到的文化影响及其苦难根源。西方基督教文化以文明自居，但其血腥暴力的基因通过殖民在非洲蔓延成疾。印度文化

---

[1] Bessie Head, *A Question of Power*, Long Grove: Waveland Press, 2017, p. 27.

[2] Bessie Head, *A Question of Power*, Long Grove: Waveland Press, 2017, p. 35.

[3] Bessie Head, *A Question of Power*, Long Grove: Waveland Press, 2017, p. 38.

[4] Bessie Head, *A Question of Power*, Long Grove: Waveland Press, 2017, p. 35.

虽有佛陀之悲悯，但其沉重的种姓等级枷锁是黑德所批判的。埃及文化虽是非洲古老文化之源，但遭破坏，所剩无几，如同奥西里斯被切碎的尸体，虽被重新拼凑，得以复活，但没有了生殖器，象征非洲文化遭到阉割，无法传承。《权力之问》中这些文化符号的碰撞，产生的是梦魇，是对探索者伊丽莎白精神的摧毁。黑德以犀利的方式揭露了这些文化符号所承载的历史之重和人性之恶，蕴含着她深刻的伦理思考和价值取向。

## 二、"中国的 / 华裔的"符号意义

《权力之问》中丰富的文化符号一方面展示了非洲自身古老的文化，另一方面体现了世界文化，尤其是西方和印度文化对非洲的影响。中国既是文明古国，又是在反封建反殖民斗争中取得胜利的大国，并且在非洲反殖民斗争和新非洲建设中，新中国也予以大力支持与援助，但是在笔者的阅读范围内，非洲文学作品中与中国有关的描写，尤其是正面描写并不多见。

在阿契贝、恩古吉、戈迪默等第一代非洲作家的作品中偶尔会出现"china""Chinese""China"的字符，但没有特别具体的描述，"中国圣人""中国智慧""中国哲学"等字符偶有闪现。在阿契贝的小说和索因卡的早期戏剧中，"Chinese"几乎没有出现，但是在索因卡的小说《痴心与浊水》（The Interpreters，1965，现译为《诠释者》）中出现"中国圣人"[①]对流水变化的论述，大意是现在的河水和过去的河水不是一样的。此说法估计出自孔子《论语》"逝者如斯夫！不舍昼夜"和庄子《外篇·天道》"万物化作，萌区有壮，盛衰之杀，变化之流也"。索因卡在讽刺喜剧《巨人的游戏》（A Play of Giants，1984）中通过人物之口，表达了非洲人对中国人的看法："中国人不同……他们来帮我们建铁路……中国恨超级大国的游戏"[②]。阿契贝在政论散文集《尼日利亚的问题》中

---

① Wole Soyinka, *The Interpreters*, New York: Africana Publishing Corporation, 1965, p. 8.

② Wole Soyinka, *A Play of Giants*, New York: Methuen, 1984, p. 43.

批评尼日利亚一党制选举的愚民做法。他写道："中国人有一句非常智慧的谚语：愚弄我一次是你的错，愚弄我两次是我的错。"[1]虽然他用了现成的美式英语，但他强调的是"中国谚语"，而不是"美国谚语"，表达了他的立场。估计这句出自《孔子·雍也》中的"不贰过"。戈迪默在《伯格的女儿》(*Burger's Daughter*，1980) 第二部分以王阳明的"知而不行是为不知"[2]为开篇引言。这些都说明非洲作家对中国圣人、智慧、哲学的了解和肯定。

黑德与她同时代的作家相比，作品和书信中表现出较明显的中国情结。究其原因，一方面可能是她的混血肤色发黄，在南部非洲，既不被白人认可，也不被黑人认可，这反倒使她对同样受歧视、受苦受难的黄皮肤的中国人产生了一定的好奇心和模糊的认同感；另一方面是黑德早年受南非共产主义思想影响，对毛泽东思想有所了解，非常关注新中国的发展。《权力之问》中有三处与中国相关的文字，其中"Chinese"出现两次，"Mao Tsetung"（毛泽东）出现一次。这些文字出现的方式同上文论述过的文化符号相同，点到为止，不作阐发，但是作为中国读者，这些文字值得深思揣摩，因为这些文字本身具有文化指向性。

"Chinese"第一次出现是修饰"lanterns"（灯笼）一词的，其前还有一个修饰词"graceful"（雅致的）。"雅致的中式灯笼"[3]会激起中国读者的骄傲，它代表的是中国古典文化中的美和含蓄，是高雅生活品位的象征。这些雅致的中式灯笼挂在来博茨瓦纳当志愿者的丹麦人卡米拉（Camilla）家里。卡米拉的家具以红色为主色调：红沙发、红靠垫、红地毯，这些红色的家具和中式美学很契合，整个房子非常漂亮。当我们把中式灯笼、红色、丹麦主人、博茨瓦纳地域联系在一起时，中式灯笼就代表了普遍认可的美与优雅。

"Chinese"第二次出现是在伊丽莎白的梦魇中，是丹的 71 个乐时女孩中的一个，叫"扭臀小姐"（Miss Wriggly-Bottom）。71 个乐时女孩的名字很"经典"：魅力小姐、美女王小姐、美腿小姐、美臀小姐、美体小姐、糖果仙女、缝纫机小姐等等。这些女孩无论是高贵、甜美、能干、时髦，还是粗俗、强悍、性欲旺

---

① Chinua Achebe, *The Trouble with Nigeria*, London: Heinemann, 1983, p. 52.

② Nadine Gordimer, *Burger's Daughter*, New York: Penguin Books, 1980, p. 213.

③ Bessie Head, *A Question of Power*, Long Grove: Waveland Press, 2017, p. 78.

盛，都只是丹玩弄的对象，呼之即来，挥之即去。这些"经典"的名字貌似赞美，实际是将女性降格成物或文化符号，是父权思想对女性的贬低、利用和糟践。这些小姐中有"女神"般的外来者，也有当地人，但只有"扭臀小姐"被明确写明"她看上去像华人"：

> 第二晚，他有了一个新女孩——扭臀小姐。她看上去像华人；她肤色很黄，她长长的、直直的、黑黑的头发瀑布般地落在裸露的肩上。这女孩不在乎衣服；她一丝不挂。缝纫机小姐在熄灯之前，一直穿着裙子。扭臀有一双小而圆的乳房，紧收的小腰。她哼着无声的爵士乐，和着节奏走动，扭着，扭着她的臀。①

"扭臀小姐"的外貌和形态描写相当简洁传神，估计这是很多英文研究论著都直接引用此部分的主要原因，但是这些论著都没有对此引文做出令人信服的评价和分析。笔者认为"扭臀小姐"是受歧视者的混合体，既可能是南非华人，也可能是博茨瓦纳的萨瓦人，而她哼的爵士乐则传达了南非爵士乐的反抗姿态。

华人在南非境遇艰难，可谓在夹缝中生存。据非洲华人历史文献记载，中国人移民南非有四百多年的历史。17世纪中叶，荷兰在南非和东南亚殖民，殖民政府把史称"马来奴"的华人因犯送到南非服刑。18世纪中叶，中国人到南非做工。②19世纪，在南非的绝大多数中国人都是华侨，在国籍上仍属于中国人。③布尔战争后，南非成为英国殖民地。1904年，中英两国签署《保工章程》，南非殖民政府在中国大量招募契约华工来开采金矿和钻石矿，华工遭受恶劣待遇。1906年起，南非殖民政府开始遣返华工。④李安山认为，非洲华裔的祖先并非契约华工，而是"自由移民"⑤。移民主要来自广东和福建的穷苦人家，做苦力，

---

① Bessie Head, *A Question of Power*, Long Grove: Waveland Press, 2017, p. 136.

② 艾周昌：《近代华工在南非》，《历史研究》，1981年第6期，第171页。

③ 郑家馨：《17世纪至20世纪中叶中国与南非的关系》，《西亚非洲》，1995年第5期，第30页。

④ 郑家馨：《南非史》，北京：北京大学出版社，2010年，第217页。

⑤ 李安山：《论清末非洲华侨的社区生活》，《华侨华人历史研究》，1999年第3期，第24页。

开杂货店、餐馆、洗衣店等。文献记载中，女性移民数目极小，更缺乏详细的描述，而黑德描写的"像华人"女孩透露了华裔女性生活片段的某种可能性。

爵士乐是黑人音乐，在 20 世纪 20 年代进入美国主流社会后迅速传入欧洲，之后风靡全球。爵士乐在 20 世纪 30 至 60 年代早期在南非大都市开普敦盛行。① 黑德于 1958—1959 年居住在开普敦第六区。第六区是有色人聚集区，是大量印度人和华人的家园，还有部分白人和少数获得居住许可或非法居住的非洲人。第六区还吸引了政治激进分子和享受夜生活（性和爵士乐）的人。② 恩科西指出，南非爵士乐：

> 扎根于毫无保障的生活中，片刻的自我实现、爱情、光与律动比完整的一生更有超凡的重要性。热情洋溢的乐声从暴力泛滥的情景中传出，那里警察的子弹、非洲暴徒的刀刃随时致人死命，那乐声比美国之外的任何之地，都更直觉地揭示爵士乐要庆祝的——爱情、欲望、勇敢、增长、成果，和身体尽情舞动的美好时光，当下就是一切。③

开普敦的爵士乐队成员种族混杂，他们的表演吸引了各种族听众，与爵士乐交织在一起的还有跨种族的性关系，因此，爵士乐队被南非白人政府视为对种族隔离制的公然挑衅，如洪水猛兽。20 世纪 60 年代后，爵士乐队遭禁，乐人纷纷流亡国外 ④，其中包括黑德在南非做记者时撰文赞誉过的米里亚姆·马凯巴（Mariam Makeba）、达乐·布兰德（Dollar Brand）等。此处哼唱爵士乐的"像华人"的女孩是多种文化符号的混杂体，是被种族隔离边缘化的底层社会的一个缩影。

---

① Carol Muller, "Capturing the 'Spirit of Africa' in the Jazz Singing of South African-Born Sathima Bea Benjamin", *Research in African Literature*, 2001, 32 (2), p. 135.

② David Attwell and Derek Attridge (eds.), *The Cambridge History of South African Literature*, Cambridge: Cambridge University Press, 2012, p. 401.

③ Lewis Nkosi, "Jazz in Exile", *Transition*, 1966, 24, p. 34.

④ David Coplan, *In Township Tonight! South Africa's Black City Music and Theatre*, Chicago and London: The University of Chicago Press, 2008, p. 230.

"像华人"在南部非洲还有另一层歧视含义，即凡是人们不了解的人种，就一律用"像华人"来概括。贝西·黑德在中篇小说《玛汝》中通过塑造"像华人"①的玛格丽特来颠覆"非洲种族歧视和部族歧视镜像中萨瓦人半人半兽的形象"②。在博茨瓦纳，肤色发黄的萨瓦人（又被称作布须曼人）长期遭到茨瓦纳人的歧视。为教育民众，改变歧视，黑德塑造了有学识、有教养、有艺术天赋的萨瓦人玛格丽特，她"黄色的面容如阳光""如迎风招展的黄色雏菊"③。黑德塑造的"像华人"女孩，无论是南非华裔，还是博茨瓦纳的萨瓦人，都不仅仅是受压迫、遭歧视、被边缘化的形象，她还具有潜在的颠覆性和反抗力。

## 三、对新中国及其国家领导人的热衷

20世纪50—70年代，新中国通过文化、外交等多种方式成功获得越来越多国家的认可，从最初只有10个国家到20世纪70年代末近120个国家与中国建立外交关系。④在此过程中，通过书籍、报纸、杂志、广播、电影等各种媒体在世界各地的传播，中国国家领导人毛泽东成为家喻户晓的名字，成为新中国和反殖民主义、反帝国主义的象征符号。毛泽东的著作、语录、照片、画像、像章等得以在世界各地发行传播。罗斯·特里尔（Ross Terrill）在《毛泽东传》中指出，"在20世纪50—60年代的许多第三世界国家，毛泽东是各种各样反殖民主义形式中主要的人格象征"⑤。韩素音在《早晨的洪流：毛泽东与中国革命》中引用埃塞俄比亚皇帝海尔·塞拉西（Haile Selassie）访问中国时说的话："毛主席的个人历史本

---

① Bessie Head, *Maru*, Long Grove: Waveland Press, 2013, p. 15.

② 卢敏：《中非文学中的女性主体意识——以张洁和贝西·黑德为例》，《当代作家评论》，2019年第5期，第181页。

③ Bessie Head, *Maru*, Long Grove: Waveland Press, 2013, p. 76.

④ 中华人民共和国与各国建立外交关系日期简表，2017年6月14日，https://www.gov.cn/guoqing/2017-06/14/content_5202420.htm.

⑤ Ross Terrill, Mao: *A Biography*, New York: Harper and Row, 1980, p. 429.

质上就是新中国的历史。像这样个人对整个民族产生深远影响的例子很少见。"①

毛泽东等国家领导人在20世纪60年代提出的"第三世界"概念在法国知识界产生重要的影响。1964年法国成为首个与中国建交的西方国家。中法建交打开了中国在法国和西欧扩大影响的合法缺口。②中国的思想文化产品，如《毛主席语录》《毛泽东选集》《北京周报》等进入法国。让-吕克·戈达尔（Jean-Luc Godard）导演的电影《中国姑娘》（La Chinoise，1967）直观地展示了这些中国元素，如红宝书、北京广播电台的广播等。法国的1967年甚至被称为"中国年"③。1968年法国的青年学生将当时的中国理想化，认为那是解决法国社会政治问题的良方，在法国引发了毛主义运动。④五月风暴促成法国知识分子萨特、阿隆、列维·施特劳斯、福柯、拉康、巴尔特、莫兰、德勒兹、图雷纳、列斐伏尔、博德里亚、利奥塔、德里达、布迪厄等纷纷出场，走向社会舞台。⑤五月风暴得到世界各国的支持，并与西欧和美国的妇女解放运动、民权运动、反越战运动等交汇在一起。五月风暴中与以及与中国相关的旗帜、臂章、宣传画、涂鸦、流行歌曲等被广泛运用，是20世纪60年代留下的"符号遗产"⑥。

在非洲较早独立并实行社会主义的国家中，坦桑尼亚、加纳、几内亚、马里、赞比亚等与中国交往较多，其中中国对坦桑尼亚的援助更多，更具有代表性，对其产生的影响也更大。坦桑尼亚的书店和图书馆里都有《毛主席语录》的英文版和斯瓦希里语版，当然，对于识字率很低的普通坦桑尼亚人来说，他们更多是通过乡村广播、电影和口传形式了解中国的。中国援助修建的坦赞铁路（1969—1974）具有深刻意义："中国通过资金、技术、技术人员和劳动力的援助，使坦桑尼亚和赞比

① Han Suyin, The Morning Deluge: Mao Tsetung and the Chinese Revolution, 1893–1953, London: Jonathan Cape, 1972, p. 17.

② 万家星：《中国"文革"与法国"五月风暴"评论》，《学术界》，2001 年第 5 期，第 56 页。

③ 蒋洪生：《法国的毛主义运动：五月风暴及其后》，《文艺理论与批评》，2018 年第 6 期，第 14 页。

④ Richard Wolin, The Wind from the East: French Intellectuals, the Cultural Revolution and the Legacy of the 1960s, Princeton: Princeton University Press, 2010, pp. 3–4.

⑤ 于奇智：《五月风暴与哲学沉思》，《世界哲学》，2009 年第 1 期，第 158 页。

⑥ 李公明：《我们会回来：1960 年代的多重遗产》，《上海文化》，2009 年第 3 期，第 61 页。

亚的经济受益，帮助了南部非洲殖民解放斗争，巩固了中国的反殖民主义。"①非洲人民在反殖民斗争中，以宣扬黑人力量、非洲美学，重写非洲历史为要，非洲传统成为抵抗殖民主义和帝国主义的有力武器。坦桑尼亚总统尼雷尔倡导的乌贾马运动（Ujamaa）即非洲传统和社会主义思想结合的产物。20世纪60年代欧美社会变革之风也不断吹进非洲，并且在语言上毫无障碍，接受速度更快。

在20世纪50—70年代的非洲文学中，关于非洲的发展模式/道路问题是一个主旋律，毛泽东领导的新中国道路和美国道路、苏俄道路等经常以并列选择的方式出现。恩古吉在《一粒麦种》（A Grain of Wheat，1967）中通过小说人物探讨了肯尼亚的发展模式要走中国式道路还是俄罗斯式。②阿契贝在回忆录《曾经有一个国家》（There Was a Country，2012）中肯定了毛泽东领导的军队纪律和战术，以及比亚夫拉共和国领导人所受的影响。③但总体来说，非洲作家涉及中国革命、共产主义思想、毛泽东等的笔墨是虽然不多，但态度都是积极肯定的。笔墨不多的原因有三：一是中国与非洲相隔遥远，在当时的情况下，其相互交往还无法覆盖整个非洲大陆，直到21世纪中非合作论坛成立才发生巨变。二是此时段华裔在非洲的数量不多，生活方式和语言都自成一体，和当地人的交往比较有限，相对封闭。三是非洲政权频繁变更、审查制严格，有些国家采用亲英美资本主义制度，非洲作家进监狱、被迫流亡时有发生，出于自我保护，只能采取点到为止的方式。

黑德的《权力之问》中，中国国家领导人比如"毛泽东"的名字也只出现一次，但是作品描述的农场合作社试验和中国当时的情况极其相似。汤姆是《权力之问》中的主要人物之一，是伊丽莎白现实生活中的好友，是将伊丽莎白从塞娄和丹的梦魇中拉回现实和理性的人物之一。汤姆认为粮食对世界人口极为重要，大学便选择农业为专业，毕业后带着美好的愿望，从美国来到博茨瓦纳当志愿者。汤姆和伊丽莎白都在尤金开办的实验农场工作。尤金是从南非流亡到博茨

---

① Alexander C. Cook ed., *Mao's Little Red Book: a Global History*, Cambridge: Cambridge University Press, 2014, p. 105.

② Ngugi wa Thiong'o, *A Grain of Wheat*, New York: Penguin, 2012, p. 159.

③ Chinua Achebe, *There Was a Country*, London: Penguin Books, 2013, p. 159.

瓦纳的白人知识分子，他的实验农场吸引了一些欧美志愿者，他们带领当地人在此荒漠之地采用科学方法种植蔬菜、水果和烟草等，此项事业较为成功。他们还试图发展当地的初级工业：制陶、制肥皂、制衣等，进行初级经济贸易：买卖家禽、食物，送水、送货等，但赤贫的当地人几乎没有现金进行交易，此项事业极难推进。《权力之问》中写道：

> 快速发展经济是汤姆最喜爱的话题。他热切地要给伊丽莎白这样一个印象，即她应该从道义上支持毛泽东、卡斯特罗和尼雷尔，因为他们代表快速发展经济。①

虽然小说对毛泽东一笔带过，但是"从道义上支持"这一说法是极其耐人寻味的。这不仅仅是因为毛泽东、卡斯特罗和尼雷尔代表社会主义阵营，更因为社会主义的初心是快速发展经济，让人民大众尽早摆脱贫困和饥饿。汤姆对 1970 年美国入侵柬埔寨表示愤慨，批评美国盲目插手世界事务，推销可乐、口香糖，根本不管当地经济发展，而对坚持反帝、反殖民、反对贫困的人民来说，毛泽东是一种象征，一个文化符号，一种精神和信念。

与文学作品不同，黑德在很多书信中提及毛泽东，但是南非严格的审查制度，和由此形成的谨慎文风，都使相关内容限于点到为止。非洲反殖民领袖和知识分子对可获得的毛泽东著作译本都认真地阅读和讨论。在博茨瓦纳离群索居的生活状态中，黑德通过收听英国国际广播，阅读国际友人寄来的报刊书籍，关注中国发展状况，从或赞誉，或诋毁，或真实，或夸大的文字中，构想她心中"如神""如兄弟"的毛主席和新中国的形象。在1972年《权力之问》创作期间，黑德在给派蒂·凯诚的信中提到埃德加·斯诺的《红星照耀中国》、韩素音的《早晨的洪流：毛泽东与中国革命》以及当时的中国发展状况，最后她写道："现在一种强烈的渴望袭上我的心头，去中国，住在其中一个公社里，在那写一本书。"② 黑德希望了解一个真实的中国。

---

① Bessie Head, *A Question of Power*, Long Grove: Waveland Press, 2017, p. 139.
② M. J. Daymond ed., *Everyday Matters*: Selected Letters of Dora Taylor, Bessie Head, and Lilian Ngoyi, Johannesburg: Jacana Media Ltd., pp. 195–196.

# 结　语

中国符号在《权力之问》中所占的比重是非常低的，从来没有引起国外学界的关注，但是从中国读者的视角出发，我们发现了很有意义的启示：中式灯笼和毛泽东这两个中国符号出现在伊丽莎白现实生活的描写中，作者的态度是积极肯定的，但作者与这两个符号之间的距离是遥远的，寄托了作者更多的遥想和希望。"像华人"女孩出现在伊丽莎白的梦魇中，是多种文化符号的混杂体，融入了作者自身复杂的经历和遭遇。西方及印度文化符号是伊丽莎白所熟悉的，而对这些文化符号的探究和追问却变成她的梦魇，致其精神崩溃。《权力之问》的中国文化符号虽然少，但能体现出作者坚持中非道义相守的创作原则，作者的创作伦理选择是清晰明朗的。

今天中国和非洲有了越来越多的实质接触，中国在非洲的在场也引起西方世界的焦虑和恐慌，他们叫嚣中国在非洲实行新殖民主义。通过《权力之问》的解读，我们应该清楚地看到中国文化在非洲的传播和影响是非常有限的，而非洲文化既有古老文明渊源，又与西方文化之间存在既接受又抵制的复杂关系，中国需要加强对非洲文化的深入了解。中国和中国文化走向非洲也绝不能拷贝西方的霸权方式，而应在中非已有精神认同和道义相守的基础上采用中非认同的方式。

（文 / 上海师范大学 卢敏）

# 第十三篇

姆普·普雷斯顿
小说《锅碗瓢盆》中的魔幻世界

姆普·普雷斯顿

Mpho Preston，1979—

## 作家简介

姆普·普雷斯顿（Mpho Preston，1979— ），博茨瓦纳小说家，收藏家。1979 年 3 月 23 日，普雷斯顿出生在博茨瓦纳的一个东部城市弗朗西斯敦（Francistown）。幼时，她右眼失明。少年时期，她就读于波札那嘉柏隆的一所男女同校的独立日间寄宿中学马拉普拉中学（Maru-a Pula School），这所学校大约三分之二的学生是来自 35 个不同国家的外籍人士，包括美国、印度、英国、南非、中国、津巴布韦和埃及。普雷斯顿在十五岁时就已经取得了剑桥语言资格证书（Cambridge Certificate O' Level）。高中时期的普雷斯顿开始尝试写作，并于 1998 年在博茨瓦纳大学攻读特殊教育学位期间创作了第一部作品《锅碗瓢盆》（*Pots and Pans*，1998），这部小说后来被收录在博茨瓦纳首部女性文集《博茨瓦纳女性书写》（*Botswana Women Write*，2019）。

和大多数非洲妇女不同的是，普雷斯顿成长在一个女强人的家庭中。她的姑姑伊梅尔达·奥洛科姆（Emelda Molokomme，1942— ）长期致力于推动女性赋权运动，并于 1986 年正式成立了非政府组织的妇女协会 EBA（Emang Basadi Association）。该协会旨在提高妇女的社会地位，保障妇女的基本权利。作为一名博茨瓦纳女性作家，普雷斯顿深知非洲妇女的苦难生活和生存现状，对非洲传统的男权制度持批判态度。非洲的妇女解放问题已经在全球范围内引起了广泛的关注，多年来，在一些公益组织的推动下，妇女解放问题得到了很大的改善。作为聚焦妇女赋权问题的排头兵，普雷斯顿呼吁国际社会关注疫情下的妇女和儿童，以解决他们面临的生存危机。

## 作品节选

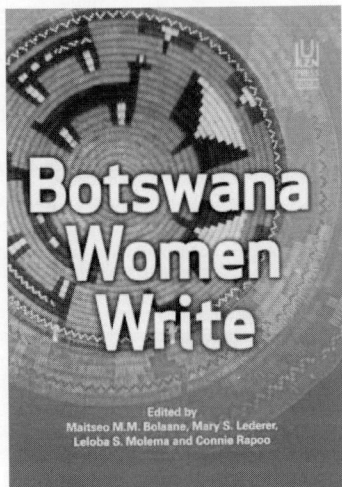

普雷斯顿的短篇小说
《锅碗瓢盆》（*Pots and Pans*，1998）
收录在《博茨瓦纳女性书写》
（*Botswana Women Write*，2019）中

And me? What of me? She looked at It anxiously, clutching Its bony arm in her work-roughened hands and shaking It. The creature clucked louder than ever in irritation. The living picture shimmered as before and revealed no change to her predicament. She still lay lifeless. The cook with the burn sat beside her on the floor weeping. Suddenly a character slipped into the room looking this way and that. The cook who started the dominoes of the kitchen disaster moved cautiously towards them. Then the weeping man put his good hand in his pocket and brought out a broken cigarette to give to him. The weeping cook suddenly turned around and said something to him and the fidgety cook promptly jumped up and scurried out of the room. The picture moved with him down the corridor and into the kitchen. He looked out the back window and there observed the lodge's one-ton truck parked over the tomato bushes, having made light work of the garden wall. The grizzled old driver sat hunched behind the wheel where his head rested with his drool stealing quietly down the hooter. The head chef appeared out for the count the back, his legs hanging over the edge and his underbelly protruding through his impressively stained chef of whisky held tightly by the neck in his fist explained why he rested so. Finding this interesting discovery in the frame of the window, the cook's shoulder sagged and he moved to the stove to ignite the cigarette with trembling fingers. The next thing the young cook saw was ferocious flames and thick black smoke.

She sat frozen to the spot, disbelieving. Her heart refusing to accept what her brain understood. It croaked, hacked, then chuckled and chuckled, rocking back and forth clutching Its side. The young cook thrust her hands in horror into the pot, and the image no longer glistened like glass. Instead, the black swirling smoke filled and consumed the emptiness, her hands desperately searched for the bottom.[1]

　　那我呢？我该怎么办？她焦急地看着"它"，用粗糙的手抓着它的骨头，摇晃着它。这个活物被激怒了，它比以往任何时候都活跃。现场的画面跟以前一样闪闪发亮，显然她的困境没有任何改变。她仍然毫无生机。烧伤的厨师坐在她旁边哭泣。突然，一个人影出现在房间，他东张西望。这位推倒多米诺骨牌，引发厨房灾难的厨师小心翼翼走向他们。接着，这个哭泣的人将细腻的手放在口袋里，拿出一截烟送给他。抽泣的厨师突然转过身，对他说了些什么，于是这位坐立不安的厨师迅速跳了起来，匆匆离开了房间。画面随他一起沿着走廊来到厨房。他从后窗往外看，客栈的一吨重卡车停在番茄秧旁，使花园的墙壁亮堂起来。灰头土脸的老司机弯腰驼背，头靠在方向盘上，口水悄悄地流在了车喇叭上。主厨躺在后座，双腿悬放在座位上，大肚子在褪色的衣服下若隐若现，酒瓶子紧紧地挂在手脖子上，这就解释了他为什么这会儿还在睡觉。发现了这个有趣的事情后，厨师松了松肩膀，走到炉子旁，颤颤巍巍地点燃香烟。随后，年轻的厨师看到了浓烈的火焰和升腾的黑烟。

　　她不知所措地坐在那儿，内心拒绝接受脑海中的种种理解。"它"啪啪作响，咯咯地笑，紧紧抓住侧面来回摇摆。年轻的厨师惊恐地将手伸进罐子里，这些景象不再如玻璃一样闪闪发光了。取而代之的是黑色浓烟，如旋涡般填满空虚，又将其吞噬，她的手挣扎着寻找底部。

（卢俊／译）

[1] Maitseo M. M. Bolaane, Mary S. Lederer, etc.(eds.), *Botswana Women Write*, Scottsville: University of KwaZulu-Natal Press, 2019, pp. 182–183.

**作品评析**

# 《锅碗瓢盆》中的魔幻世界

## 引　言

　　普雷斯顿的短篇小说《锅碗瓢盆》收录在博茨瓦纳首部女性文集《博茨瓦纳女性书写》。这部小说大到行文布局，小到人物刻画，处处都流露出作者的用心。诡谲奇幻的故事情节，虚实交融的叙事手法，神秘怪诞的人物关系，交叠糅合成了一个神奇魔幻的异度空间。作者通过别具一格的象征手法，层层拨开隐藏在魔幻世界下的社会现实。魔幻与现实的完美融合，缔造了这部耐人寻味的魔幻现实主义之作。普雷斯顿的创作立足于本土文化，聚焦传统文化和现代文明的冲突，思考了博茨瓦纳自身的经济发展问题，以当地风土人情为背景营造了一个魔幻又真实的艺术世界。这部小说的复杂之处在于非线性的叙事结构和亦真亦幻的场景描写，由此激发了读者一探究竟的解密欲望。本文将从魔幻现实主义的艺术视角来解读这部小说，并进一步地探索小说背后所反映的社会现象。

## 一、魔幻厨房

　　魔幻现实主义是一种不同寻常的现实主义。哥斯达黎加旅美学者安赫尔·弗洛雷斯（Angel Flores）率先对整个拉丁美洲小说中魔幻现实主义文学进行了系统论述，他认为魔幻现实主义就是现实与幻想融为一体。德国艺术批评家弗兰兹·罗（Franz Roh）在《后表现主义·魔幻现实主义·当前欧洲绘画的若干问题》中提到："对我而言，'魔幻'不同于'神秘'，这就是说，神奇者既非外来之物，亦非客观存在，它隐藏、搏动于事物背后。"① 不同于超现实主义，作品中展现的梦幻的虚拟世界不是捏造的，所有荒诞离奇、超自然的想象都可溯源到真实可见的现实生活。② 小说《锅碗瓢盆》中，女厨师被罐子砸中后来到了一个有着鬼怪出没的异度空间，或者可称之为平行世界。这是一个极目望去视野茫茫的蛮荒之地，到处弥漫着烟雾：

薄雾消散，她来到了一个荒凉的地方。除了迎面刮来的尘土和狂风，什么都没有。光线微弱，好像是黄昏。她站了一下，试图找回意识，决定下一步的行动。极度的饥饿和口渴迅速地使她的判断力拼凑起来。③

在这个平行世界里，女厨师已经失去了对时间的感知力，无法感知自己在这个平行世界里游荡了是一个小时还是一整天。在这个地方，她见到了一个无法将其归类的鬼怪。这个怪物皮肤薄似羊皮纸，身上布满划痕，整个身体向后凹陷，巨大的液体眼睛镶嵌在圆圆的脑袋上。在面对这样一个怪物时，女厨师并没有过于恐慌，她只是好奇。年幼时她从老人家那儿听过了有关灌木丛的鬼怪传说。在古埃塞俄比亚各个族群中，库希特人崇拜各式各样的自然物，如树木山川。他们相信，所有这些东西的内部都隐藏着善神或恶鬼，超自然的力量往往在四周原野中表现出来。④ 女厨师一直在记忆中搜索：这怪物到底是属于儿时故事中的哪一种。

在这个被鬼怪掌控的罐子里，她看到了自己的尸体，惊恐充斥她的心头。她尝试着向罐子里所看到的人求救，但是一阵呼救无果后，她睡去了。在梦中，她

---

① 转引自陈众议：《魔幻现实主义》，沈阳：辽宁大学出版社，2001 年，第 24 页。
② 参见胡艳芳、李莉：《〈百年孤独〉与〈百年不孤〉的比较研究》，《湖北工业大学学报》，2020 年第 3 期，第 107 页。
③ Maitseo M. M. Bolaane, Mary S. Lederer, etc.(eds.), *Botswana Women Write*, Scottsville: University of KwaZulu-Natal Press, 2019, p. 179.
④ 参见 G. 莫赫塔尔：《非洲通史第二卷：非洲古代文明》，北京：中国对外翻译出版公司，1984 年，第 311 页。

看到了自己光鲜亮丽地站在宴会之中，在场来宾对她欢呼喝彩……即使魂穿鬼蜮，女厨师依然能梦到自己已然成了优秀的厨师。在她生前，这样的场景每每伴她入梦。怪物、宴会、罐子、烟雾，以及荒漠般的异度空间，这些物象出现在女厨师的灵魂之旅中并不奇怪。儿时的怪物传说、杂志上的宴会照片、厨房里的瓶瓶罐罐，以及饭店周边的旷野……作者从女厨师日常接触的事物着手，将其在平行世界里妖魔化，通过梦中梦的叠加手法，将女厨师内心的潜意识激发出来，然后再大梦初醒般地结束了女厨师的魔幻之旅。作者对她笔下创造的人物既有些仁慈又有几分残忍。仁慈之处在于，她给予了女厨师"做梦"的权利。但是，梦醒方如初，等待她的依然是残酷的现实。

为了进一步凸显小说的魔幻艺术特色，作者还在《锅碗瓢盆》中运用了大量的象征手法。通过呈现种种"魔幻化"的场景，普雷斯顿表达了对旅游业冲击下博茨瓦纳的思考。"象征手法……是魔幻现实主义作品中使用得最多、最得心应手的表现手法"[1]。烟雾这一意象贯穿在整篇小说中：吞云吐雾的宴会厅、烟雾缭绕的后厨、雾气朦胧的丘壑以及飞沙漫天的荒漠。一个十几岁的小男孩最常去的地方就是灌木丛中的花园，他最乐此不疲的事就是趁着干活的间隙，偷懒去捡地上的烟把儿，享受地抽起剩下的烟把儿。烟雾萦绕在他眼前，随之而来的是一种幻境，在幻境里一个想象中的朋友会给他讲故事，逗得他开心不已。

小男孩本该在一个享受父母疼爱、在教室读书、度过无忧无虑童年的这样一个年纪，却迫于生计，在炎炎烈日下工作，过早地接触了成年人的世界。他学会了像大人一样抽烟，享受精神上的快感，只有烟能麻痹神经，让他暂时忘记生活中的苦难。他在现实生活中是孤独的，而烟能带给他谈天说地的朋友，在那里，有欢声笑语。烟有着很强的诱惑力，即使是捡别人扔在地上的烟把儿，也能让小男孩心满意足。烟雾始终弥漫在亦真亦幻的场景中，这虚无缥缈的状态也早已暗示了虚无。朦朦胧胧的场景给人以无限遐想的空间去憧憬未来。然而，烟，终会燃尽；梦，终会醒来。醒来后，小男孩依然要承担生活的重担，面对现实的残酷。

---

[1] 佟靖：《〈百年孤独〉与〈宠儿〉魔幻现实主义比较研究》，《哈尔滨师范大学社会科学学报》，
2020 年第 3 期，第 111 页。

　　如果说烟雾为整部作品的行文披上了神秘的外衣，那么罐子则为其增添了几笔鬼魅的色彩。罐子是整个小说中不可忽视的一个重要的意象。罐子是引发后厨混乱的始作俑者，是直接导致女厨师死亡悲剧的罪魁祸首。当女厨师的灵魂来到异度空间后，她再次见到了罐子。罐子在这里代表着轮回。罐子导致了女厨师的直接死亡，肉体虽然死亡了，但是灵魂还在继续着她的使命。女厨师的灵魂来到了这个平行世界，是罐子带她看清了世间百态：厨房里的同事像拖着牲口一样拽着她的两条腿将其拖到了休息室；当她的尸体孤零零地躺在地上的时候，大厅里的客人们继续着他们的狂欢，任凭她怎么呼救也不作任何反应。女厨师静置的尸体与大厅里摇摆身体的客人们，一静一动，一孤一众，孤独与喧闹形成了两个对立面。作者在这里喻示了女厨师与周遭环境的格格不入。

　　锅碗瓢盆本是厨房的东西，小说中着重描写了厨房里的锅、罐子、烤箱等炊具。细细琢磨起来，作者的意图耐人寻味。在"男牧女耕"这种生活方式主导下的博茨瓦纳依然是传统的父权社会。女人们包揽了烧火做饭、打扫卫生等所有家务事，作为厨房的常驻嘉宾，女人与锅碗瓢盆有着千丝万缕的联系。[1] 在这个平行世界中，孤零零的树上挂满了锅碗瓢盆，而如今这里又将挂上一个装着满是不甘与痛苦的罐子，这个罐子会鹤唳着最为悲凄的哀号声。一个因不能继续优秀厨师梦想的灵魂将被永远地锁在这个罐子里，成为这个怪物的收藏品中最为特别的一个。在这个荒芜的空间里，风中叮咚作响的尽是这形色各异的罐子，这些罐子里禁锢了和女厨师一样的灵魂。罐子象征着她们悲戚的血泪史。即使反抗过命运，她们中的大多数还是逃不开命运的枷锁和时代的禁锢。但是，这真的是普雷斯顿为女厨师所设定的结局吗？

　　罐子是女性子宫的象征。传说在神的指引下，一对不能生育的夫妻用泥土和唾液捏造出了小人，然后将其放在罐子里，待9个月后，婴儿在里面发育成形。[2] 在小说的结尾，作者并没有详细交代女厨师的灵魂去处，通过这种留白的手法，让结局充满了多元化。罐子犹如层层蚕茧裹挟着女人的灵魂，但这未尝不是一次

---

① 参见卢敏：《茨瓦纳文化与贝西·黑德的女性观》，《文艺理论与批评》，2017 年第 1 期，第 84 页。
② 参见张俭松、于东：《非洲神话、谚语中妇女角色考析》，《中州学刊》，2011 年第 3 期，第 142 页。

重生机会。非洲妇女虽然被严苛的社会环境层层束缚，但是她们在这条解放自由的路上披荆斩棘，勇往直前。权利的斗争虽然交织着血和泪，但破茧成蝶时的华丽，终会遥遥在望。

## 二、荒诞人物

作者在人物刻画方面，可谓别出心裁。《锅碗瓢盆》中出现的所有人物，普雷斯顿都仅仅给予了职业身份；老板、厨师、领班、清洁女工、司机、童工以及前来狩猎的游客，他们中没有一个人拥有姓名。人物关系较为单一，且没有太多关联。这些人物的凭空出现，加重了小说的荒诞色彩。

小男孩独自潜入灌木丛中的花园，总是在大树下的小车里偷懒乘凉，他唯一的朋友，也是通过抽捡来的烟把儿幻想出来的；清洁女工们，总是忙不迭儿聊些家长里短；厨师长，一个退伍军人，对后厨进行军事化管理，致力于提供五星级酒店般的服务，但是他却总是酒不离身，唯一的倾诉对象就是闷声不语的老司机；女厨师，一路努力爬升，努力工作之余，还要与其他四个男厨师不停周旋，除此之外，还要打理后厨菜园。作者并没有让这些人物发生过多的交集，每个人物都像是独立出来的个体。这种创作手法为进一步突显人物的异化，作出了重要铺垫。

小说的地点是饭店后厨，主要人物是厨师，但是文中却没有任何与烹饪有关的描述。厨师本应该对厨房里的任何厨具了如指掌，但是却被一个罐子玩弄于股掌之中，继而引发了后厨的失控，导致了女厨师的死亡。在被旅游业强势入侵的背景下，这家饭店已经失去了提供美味佳肴的初衷，致力于让游客们感受游猎的快感。不论是老板还是员工，所有的人都形成了一种默契，装扮成游客们猎枪下的猎物。

在小说中，厨师长的人物形象是最为饱满的，同时他也是传统与现代冲突下的群体缩影：

他总是手不离酒，脸上经常挂着两抹红晕。他经常去的地方是后厨的花园，在那里对他唯一的听众讲述他当兵时的辉煌。[1]

小说一开始便交代了，厨师长最初是想精心打理后厨的，想将其打造成五星级的酒店标准，他对后厨的几个员工很是苛刻，对其实施军事化的管理模式。但是在这个日益被异化的客栈里，用美食服务顾客的宗旨已经消失殆尽，取而代之的是全员服务游客的猎人梦。在这个郁郁不得志的地方，他开始靠着旧梦度日，回忆自己当兵时的丰功伟绩。他靠着烈酒麻痹自己的思想，在面对强势来袭的游猎活动所带给他工作上和生活上的改变时，他还没有做好应对的准备，所以他选择了逃避。之前大量收购的烹饪杂志被他丢弃在墙角，任其布满灰尘。主厨形象体现的是在传统与现代冲突下，生活在夹缝中的一部分人的缩影。旅游业的全面覆盖，带给他们的是方方面面的改变。传统的生活方式被推翻，新的生活方式还无法融入。他们处在时代的交汇点。

除了厨师长，女厨师这一人物形象也有着鲜明的个性特征。普雷斯顿在描述女厨师这一人物的时候，有意将其塑造成与环境格格不入且有着独立意识的女性形象。在一个挤满了男人的厨房里，女厨师的女性身份显得格外突兀，她与一同工作的四个男同事斗智斗勇，同时还兼顾打理厨房菜园的工作。但是一心想要成为优秀厨师的梦想并没有让她知难而退。她"顺走"被厨师长丢弃的烹饪杂志，在睡前细细琢磨上面精美的宴会照片和文字。女厨师较为符合独立女性的人物形象。她一路走来并不轻松，中学辍学后便做起了清洁工，之后又被提拔去洗碗，成为后厨里年轻的女厨师。在博茨瓦纳这样一个传统的父权社会，女性是与家里的农活捆绑在一起的，而作为一个普通家庭出身的女厨师来说，按照当时社会的约束，她似乎不应该出现在这个被男人占据的后厨里。但是她顶着世俗的偏见，一路攀爬，追逐自己的梦想。文中除了女厨师这样一个有着独立意识的女性形象

---

[1] Maitseo M. M. Bolaane, Mary S. Lederer, etc.(eds.), *Botswana Women Write*, Scottsville: University of KwaZulu-Natal Press, 2019, p. 177.

之外，还有一群"聒噪"的女清洁工形象。女清洁工的出场虽然突兀且短暂，但是作者独具匠心的描写角度却让读者印象深刻。有女清洁工的地方就有声音，她们无时无刻不在聊天。不论是忙着还是闲着，她们的话题总是围绕着家长里短、丈夫孩子。清洁女工所代表的是极为普通的传统妇女形象，她们做着底层的工作，生活的重心始终围绕着丈夫孩子。清洁女工的传统妇女形象与女厨师的独立自主形象形成了鲜明的对比。这背后的现实发人深思：一个有着独立意识的女性该如何冲破社会主流逆流而上？

除了内容上的扑朔迷离，这篇小说在时空架构上也极具魔幻色彩。无论是从小说的叙事结构，还是人物关系上，《锅碗瓢盆》都将"孤"与"独"二字表现得淋漓尽致。在文学作品中，时空的蒙太奇通常表现为两种典型形式：时间的空间化和空间的时间化。前者指的是不同的空间在同一时间内进行叙事，后者指在同一空间沿着时间线来进行叙事。《锅碗瓢盆》这篇小说充分体现了对蒙太奇艺术手法的运用。作者借用了电影的叙事技巧，对画面进行剪辑，勾画出一幅幅形象生动的电影镜头：镶嵌在幽幽山谷中的一座游猎客栈，清洁女工一边工作一边喋喋不休，小男孩在花园墙外捡烟而后陷入幻觉；客人们在大厅里慷慨激昂地讲述自己的冒险故事；一个罐子引发了后厨的惊恐万状现象迭生；笼罩在迷雾中的树枝上挂满了随风叮咚作响的锅碗瓢盆；在魔幻罐子里任意切换的不同时空场景……这样的结构设计，让读者在亦真亦幻之间难辨是非。

## 三、旅游经济之弊

魔幻的故事演绎至此，但现实的拷问却不休不止。当前，不少非洲国家通过多种方式，调整国家单一的经济结构，加快经济多元化步伐。在20世纪30年代，殖民政府在乔贝（Chobe）地区成立了一个狩猎区，想以此推动旅游业的发展。独立后，经过几十年的发展，旅游业已成为博茨瓦纳的主导产业，为博茨瓦纳的经济多元化和可持续发展作出了极大的贡献。但是，旅游业从业者过度依赖自然资源，一味地扩大对外贸易，以此来吸引世界各地的游客。除此之外，一些当地的居民，紧随旅游业发展的势头，迎合西方的生活方式，日渐抛弃了原有的生活方式。正如小说中，一个坐落于峰峦之间的传统饭店，在旅游业的驱使下，日渐发展成完全西化的游猎客栈，最终在文化侵袭的撞击下，淹没在山谷之间。这种经济发展带来的不仅是对生态的破坏，更是带给当地的传统以毁灭性的打击。

病态的经济体制下催生的是异化的人格。被旅游业支配的博茨瓦纳部分地区，外国人占据着主导力量。小说中，为了偷懒躲在小推车里睡午觉的四处捡烟头的小男孩；叽叽喳喳总是闲聊个不停的清洁女工；退休后做着百无聊赖，得过且过的厨师行当的主厨；一本正经兢兢业业的领班，以及和移民局躲猫猫的四个男厨师，这些人都迎合于前来狩猎的游客。在这家游猎客栈里，游客俨然已经成为主导者，凌驾于其他人之上。小说中，在描述主厨面对其他厨师的时候，是以统治者的专制形象出现的。但是在更强的势力面前，他成了弱势的一方。当游客们手持猎枪两次对着主厨的时候，他只是放下了象征他威严的屠夫刀，双手举过头顶做出一副求饶状。此处亦真亦幻的场景掩盖的是传统与现代冲击下人格的异化。

在后厨一向专制霸道的厨师长，却在这些游客面前放下尊严，宛如仓皇的小鼠。这些前来狩猎的游客把活生生的人当作他们狩猎的动物一般对待。躺在地板上的女厨师，鲜血直流，而她的同事们却像拖着牲畜一般将其拖走。埃里希·弗洛姆（Erich Fromm）认为，身份确认对任何人来说，都是一个内在、无意识的需求。"个人努力设法确认身份以获得心理安全感，也努力设法维护、保护和巩固身份以维护和加强这种心理安全感，后者对于个性稳定与心灵健康来说，有着至关重要的作用。"①厨师长虽然也想在旅游业经济发展的浪潮下找到适合自己的位置，正如他最初立志想要将这家饭店的后厨打造成五星级酒店一般，但是，他却没能跟上这时代快速发展的步伐，还没准备好从过去走出来，迎接新的挑战。经营后厨这份工作，他也只是得过且过。在后厨工作的四位男厨师，整日与移民办斗智斗勇，非法移民的身份让他们躲到了这家饭店。在新旧交替之中，他们的特殊性，更是促成了他们游离的"边缘人"身份。而女厨师格格不入的身份让她在工作中

---

① 转引自郭群：《文化身份认同危机与异化——论查建英的〈到美国去！到美国去！〉》，《东北大学学报》（社会科学版），2007年第5期，第461页。

受尽磨难。这些人物都面临着巨大的身份困境和认同危机。这让他们的人格在无形之中发生了异化。

传统的博茨瓦纳人以种植农作物、饲养牲畜、野外狩猎为生，政府也大力扶持畜牧业和农业的发展。随着旅游业的大力推进，当地人的生活方式发生了翻天覆地的变化。一些当地的居民将自家的茅草屋租赁给旅游公司，供其吸引游客前来狩猎，最初是以每户为单位，后来社区也开始大力支持和发展游猎露营地的建设。小说所反映的正是这样一种现象，传统的餐馆也已经加入了狩猎营的大军，来到这个餐馆的都是一些前来参与狩猎活动的游客。餐馆的宗旨是为了给顾客带来享受美食的体验，但是小说中的餐馆已经在旅游业强势发展的侵袭下，变成了狩猎营地。客栈的前台、男厨师以及清洁女工，这些人都没有完全做到恪尽职守。吧台的员工沉迷于吸食毒品；男厨师们整日忙于和移民局周旋；厨师长已经失去了最初的雄心壮志，过着醉生梦死的生活；清洁工们在工作中接连不断闲聊；一个十几岁的小男孩在本应该上学的年纪，却在为在工作中偷懒而绞尽脑汁。作者描述了客栈里每个员工颠三倒四的工作状态，从而表明，在旅游业的影响下，人们逐渐抛弃了传统的生活方式；在传统和现代的撞击下，人们的生活状态已经紊乱，继而引发了心灵的创伤。

## 四、边缘之声

在非洲，因为长期贫困、战乱加之疫情影响，妇女的生殖健康、身体掌控等基本权利，至今难以保障。至于非洲妇女的解放问题，至今还有很多难点亟待解决。7 月 31 日是非洲妇女日。在战乱、贫困和社会风俗的影响下，妇女的赋权问题却始终搁浅在基本权益、经济收入和贫富差距上。非洲女性缺乏平等的教育和就业机会，有些女童甚至会被父母贩卖，在儿童时期就被迫成为别人的妻子。其中，信仰和习俗是禁锢非洲妇女解放和赋权的主要障碍。一些偏远闭塞的乡村地区更是桎梏非洲妇女的窠臼，他们制定各种带有严重歧视色彩的日常法规，迫使妇女成为"婚姻的奴隶"。2020 年，疫情来袭，校园封闭，经济衰退，她们被推入更艰难的境地。

虽然非洲国家已经在维护非洲妇女权利方面做出了很大的努力，但是这个问题的症结根源还亟待深挖。在这个父权统治的国家，妇女面临着生育健康、受教育平等、经济独立等社会问题。非洲妇女普遍都是在年幼时期结婚生子，且生子次数很高，这样不仅对她们的身体健康带来极大的损害，还阻碍了她们受教育的权利。在许多非洲社会，婚姻被视为人类生活的一个重要方面。由于非洲各地的婚姻习俗多种多样，非洲社会的传统婚姻至少有一个共同的目的——生育。尽管传统婚姻的特点是生育结合，但生育通常被认为是女性的责任。这种责任是存在于非洲传统婚姻中的主要问题。此外，丈夫、家庭和社区实施的各种形式的生殖胁迫更是不容忽视，它们干扰了妇女的性和生殖自主权。

博茨瓦纳女性的生育权利面临着重重矛盾。一方面，没有孩子的女性会受到歧视和虐待；另一方面，非洲的妇女儿童长期受到艾滋病的威胁，但是当地政府用到治疗艾滋病上的经费却杯水车薪。[①]博茨瓦纳总统莫加曾说"我们快要被艾滋病灭绝了"。这种骇人听闻的言辞背后却有一个个令人震惊的数据。2021年6月8日召开的第74次大会《关于艾滋病毒和艾滋病问题的政治宣言》中提到：自艾滋病全球疫情开始以来，已有7500多万人感染艾滋病毒、3200多万人死于与艾滋病相关疾病。[②]早在21世纪伊始，联合国就声称，在拥有160万人口的博茨瓦纳已经有超过三分之一的人感染了艾滋病。如果说疾病来临势不可挡，那么那些强加给女性的礼教与戒律呢？"割礼""熨胸"这些触目惊心的传统陋习，无一不是对非洲女性尊严和身心的重重残害。

性别、种族和阶级一直是横在非洲妇女面前的三座大山。妇女是"无助的牺牲品"[③]，农活的担子是压在妇女身上的。"非洲农村女性参与农场劳动，且主要的农业生产力都是女性。"[④]根据福柯的话语权力理论，权力和话语有着不可

① 参见王战、李宇婧：《非洲妇女赋权瓶颈》，《中国投资》（中英文），2019 年 3 月 6 日，Z2 版，第 52 页。

② 参考来源：《〈关于艾滋病毒和艾滋病问题的政治宣言〉：结束不平等现象，进入 2030 年之前终结艾滋病的轨道》，2021 年 8 月 11 日，https://www.unaids.org/sites/default/files/media/documents/2021_political-declaration-on-hiv-and-aids_zh.pdf.

③ 徐进、李小云、武晋：《妇女和发展的范式：全球性与地方性的实践张力——基于中国和坦桑尼亚实践的反思》，《妇女研究论丛》，2021 年第 2 期，第 23 页。

④ Ester Boserup, *Women's Role in Economic Development*, London: Earthscan, 2011, p. 13.

割舍的联系，话语是获得权力和使用权力的关键工具。语言和知识可以用来产生权力继而巩固权力。[①]得到话语权的第一步就是要发出自己的声音，而普雷斯顿笔下的女厨师却始终处于失声状态。在十几年的成长经历中，她学会了隐忍；在后厨的环境压迫下，她学会了夹缝生存。来到平行世界之后，这里除了一棵挂满瓶瓶罐罐的枯树以外，别无他物。在这里，她的意识被唤醒，在恍惚之间，她看到自己身着华服，身处大厅中央，举手投足之间尽是全场瞩目的焦点。在女厨师的潜意识里，她是渴望成功的，但是在现实世界中，她一直低头不语，闷声干活：

> 她一直努力地工作到现在的位置，从中学毕业后，从清洁工干起。然后被提拔去洗碗。她在厨房里，做着自己分内的事，不拘一格，两耳不闻窗外事，除了和这厨房里所有的男人斗智斗勇外，她还包揽打理菜园这一职位。如果没有她的精心栽培，这个菜园不会有收获。[②]

女厨师在厨房中的离奇死亡并没有引起任何风浪。短暂的停歇之后，餐馆又恢复了往日的歌舞升平。作者以直截了当的方式揭露了女性低下的社会地位，这背后反映的是妇女的权利自由以及黑人妇女面临的双重歧视等社会问题。

# 结　语

小说通过描述女厨师这样一位有着独立女性意识的人物形象，揭露了非洲女性的底层生活。普雷斯顿笔下的女厨师是孤立无援的，但是现实生活中，广大的非洲女性又何尝不是孤独的呢？孤独，作为一种精神困境，一种呈现形式，在文学作品中屡见不鲜，但是，结合一个国家的历史和现在来呈现这个民族的孤独，

---

① 参见福柯：《福柯说权力与话语》，陈怡含译，武汉：华中科技大学出版社，2017 年，序言第 5 页。

② Maitseo M. M. Bolaane, Mary S. Lederer, etc.(eds.), *Botswana Women Write*, Scottsville: University of Kwa Zulu-Natal Press, 2019, p. 178.

恐怕不是常事。非洲女性长期生活在男权统治的社会体制下，她们处于一种"失声"的状态，而男性掌握着话语权。周而复始的割礼陋习、过度生育和教育不平等的历史积淀已经让非洲女性形成了集体无意识。诚然，普雷斯顿是"仁慈"的，她并没有在《锅碗瓢盆》中把这些伤痛强加到她笔下的女主人公身上。但是，在这个满是男人的后厨里，女厨师一直处于噤声不语、默默工作的状态。即使在她意识到自己已经死去，想要拼命发声求救时，她竟什么声音也发不出。但不可否认的是，普雷斯顿打破了长期以来世人对非洲妇女软弱无知的刻板印象，勾画了非洲妇女认知自我、重构身份的探索之路。女厨师，一路走来虽然坎坷，但是一直在不停地自我绽放。从初中辍学，到洗碗工，再到如今挤进满是男人的后厨，她并没有在传统妇女的生活方式上循规蹈矩，而是在为自己的厨师梦想一直奋斗着。不过，普雷斯顿并没为女厨师的最终归宿画上圆满的句号，她并没有给女厨师实现梦想的机会。对抗数千年的传统，谈何容易？非洲女性实现彻底解放之路，道阻且长，行之将至。

（文 / 上海师范大学　卢俊　卢敏）

第十四篇

瓦姆·莫莱夫赫等
诗歌《博茨瓦纳女性书写》中的底层女性意识

## 作品简介

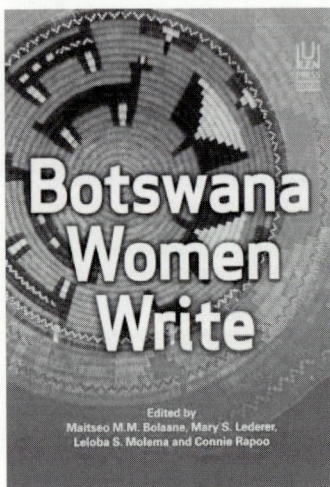

《博茨瓦纳女性书写》
（*Botswana Women Write*, 2019）

博茨瓦纳当代女性诗歌出自《博茨瓦纳女性书写》（*Botswana Women Write*, 2019）。《博茨瓦纳女性书写》是博茨瓦纳首部大型女性作品综合文集，由南非夸祖鲁—纳塔尔大学出版社（University of KwaZulu-Natal Press）出版发行。该文集由梅西奥·博拉尼 (Maitseo M. M. Bolaane)、玛丽·莱德雷尔 (Mary S. Lederer)、莱罗巴·莫莱玛（Leloba S. Molema）和康妮·拉普（Connie Rapoo）编辑。四位女性编辑在博茨瓦纳和国际上都享有较高知名度，学术成果丰硕。博拉尼现为博茨瓦纳大学历史系主任，莱德雷尔是博茨瓦纳小说研究专家，莫莱玛是贝西·黑德研究基金会主席，拉普是博茨瓦纳大学戏剧教授、剧作家。

该文集共两大部分：虚构文学部分和非虚构文学部分。虚构类文本包括长篇小说节选、短篇小说、传统歌谣与诗歌、当代诗歌、戏剧。非虚构类文本包括书信、回忆录、访谈、法庭陈述、演讲、新闻报道等。每部分都有编者简介，并且提供博茨瓦纳语言、习俗、文化、宗教、历史、法律等方面的背景知识。全书共 541 页，约 50 万字。

该文集的出版具有突破性意义。60 多位女性撰稿人通过丰富的文体形式，全面、细致、生动地展示了从 20 世纪到 21 世纪初博茨瓦纳女性在社会、政治、经济、历史、文化等各领域的生活状态、所取得的成就和面临的种种困难。该文集在博茨瓦纳、南部非洲和非洲大陆产生了积极的影响，对非洲女性提高教育水平、保护和传承茨瓦纳文化、争取女性平等权益等方面有积极促进作用。

当代诗歌部分收录的作品都是 2000 年以后完成的。这些诗歌的风格、体裁和主题都很多样。相较于西方诗歌追求的韵律感，博茨瓦纳诗歌不强调押韵，更多使用头韵、拟声词等手法。博茨瓦纳当代女性诗歌反映了爱、战争、和平、沉默、阅读、写作、自然、希望、绝望等几乎所有与当代社会密切相关的话题。可以说，诗歌创作这一方式为博茨瓦纳女性的发声搭建了广阔的平台。

# 作品节选

## Born in the Kalahari

### Gaone Baumake

I call it home

Though I neither created nor started it

I own it by heritage

because that's where I was born

In the middle of the Kalahari


There lie the souls of my ancestors

Who hunted wildebeests and gathered wild berries

In a miraculous desert a giant

Allergic to seasonal changes

Dry, admired

Mother of nature, full of life

The place where I was born

The famous Kalahari


November, come summer

The season full of life

Let the desert taste the first rains

and the sandy bushed rise from the dead

Decorated with unique flowers

Thrilling like a misplaced Christmas tree

When the antelopes of Mabuasehube lead the song

"We shall thirst no more"

The lions of the transfrontier dance

"Nor shall we hunger".

When the founders of the desert relive their

moon dance around the fire

The San of the Kalahari

Born as I was, in the desert


Autumn follows summer

When the herders herd towards the cattle posts

seeking water for their nursing livestock

While those patient review their ploughed fields

"Will the harvest be good?"

When those born in the desert,

full of love and respect

play their *diketo* and *mhele*

the games of the desert


Winter's dry yellowy brown ruins the

left over greens of autumn

Leaving the Kalahari mourning

the loss of the fading flowers

"All gone too soon"

Those springbok oils so important

keeping the cold, dry Kalahari

skin shiny and healthy

And the San wear home made

leather jackets and shoes

Showing their skin-tanning skill


Spring is the season of hope

Welcomed by the jackal bark and the hyena laughter

And the resurrection of the lifeless vegetation

which stands firm refusing to be blown away by

the harsh south winds

which carve new lines and transform the dunes

beautifying my Kalahari

The place where I was born


Hm! Beautiful seasons of the desert,

The place I call home

A miraculous place made by God

Where I was born

I was born in the Kalahari [1]

---

① Maitseo M. M. Bolaane, Mary S. Lederer, etc.(eds.), *Botswana Women Write*, Scottsville: University of KwaZulu-Natal Press, 2019, pp. 227-229.

# 生于卡拉哈里沙漠

## 高恩·鲍马克

我称它为家
虽然我没有创造它，也没有启动它
因继承，我拥有了它
因为那里是我的出生之地
卡拉哈里沙漠的中央

祖先的灵魂在那里安息
他们猎捕野兽，他们采集浆果
在这奇迹般的荒漠中，有一个巨人
敏于季节的变化
干干的、令人钦佩的
自然之母，充满生机
我的出生之地
著名的卡拉哈里沙漠

十一月，夏季来临
充满生命的季节
让沙漠品尝初雨水的滋味
沙地丛林起死回生
装点上独特的花朵
如同一棵错放的圣诞树，撼人心魄

当马布亚斯胡比的羚羊领唱起
这歌

235

"我们将不再口渴"
跨境而来的狮子跳起舞
"我们也将不再挨饿"
当沙漠的缔造者回忆起
他们在月下的篝火舞
卡拉哈里沙漠的桑人
同我一样，出生于卡拉哈里沙漠

夏末秋至
牧人们成群向畜牧站赶去
为他们喂养的牲畜寻找水源
耐心的人们审视着他们的
耕地
"收获会好吗？"
而出生在沙漠的孩子们
心怀爱与尊重
玩起他们的迪克托和木嗨菜
这些沙漠中的游戏

冬天干燥的黄棕色
蚕食了秋天剩下的绿色
让卡拉哈里沙漠
哀悼逝去的花朵
"一切都消失得太快了。"
羚羊油是如此重要
它让寒冷而干燥的卡拉哈里人
保持皮肤的光泽与身体的健康
桑族人穿着自家做的皮夹克和皮鞋
展示他们的皮肤晒黑技巧

春天是充满希望的季节
豺狼和鬣狗吠叫着欢呼它的
到来
失去生机的植被重新复苏
它们岿然挺立
经受住了凛冽的南风
南风雕篆出的新线条，改变了沙丘的形状
美化了我的出生之地，
卡拉哈里沙莫

哈！沙漠里美丽的季节，
我将它称之为家
这是上帝创造的奇迹之地
这是我的出生之地
我出生于此，卡拉哈里沙漠

（刘源好 / 译）

**作品评析**

## 《博茨瓦纳女性书写》中的底层女性意识

## 引　言

　　"底层人"这一概念来源于后殖民主义批评理论的重要代表佳亚特里·斯皮瓦克（Gayatri Spivak，1942—　）。她将"底层人"定义为"知识暴力所标示的巡回路线的边缘地带（我们也可以说这就是沉默的、被噤声的中心），包括目不识丁的农民、土著和城市亚无产阶级的最低阶层中的男男女女"①。该观点聚焦在第一世界的辩论和经验之下，旨在构建第三世界女性意识的构建。斯皮瓦克认为，底层女性被剥夺了主体意识，她们不仅不能为自己发声，也没有发言权，更难以被"听到"。博茨瓦纳有较长的被殖民历史，受社会管理和教育发展水平的影响，该国文学发展较缓慢，在 20 世纪 90 年代之前鲜有女性文学作品。《博茨瓦纳女性书写》一书中收录的女性诗歌作品大多是在 2000 年以后完成的，题材新颖，且主题涉猎广，能够更为鲜活地表现博茨瓦纳当代女性的精神生活。本文希望通过对《博茨瓦纳女性书写》当代诗歌部分中展现的女性身体与精神困境的分析，探讨博茨瓦纳女性主体意识的呈现与表达，为读者展示第三世界妇女为寻求更大的发声舞台所作出的努力。

---

① 佳亚特里·斯皮瓦克：《后殖民理性批判：正在消失的当下的历史》，严蓓雯译，南京：译林出版社，2014 年，第 279 页。

## 一、殖民话语下"失声"的底层女性

博茨瓦纳在 1966 年宣布独立，但殖民地国家的专制性基本上被保留下来，对博茨瓦纳独立后的国家治理产生了深刻的影响。这是博茨瓦纳和大多数非洲国家宣布独立后的"通病"。除了殖民话语的影响，随着社会的发展进步，男性中心主义在社会生活中的主导也愈发明显，二者相互影响，相互勾结，使得女性成为被统治的对象。正如斯皮瓦克在《底层人能说话吗？》一文中提到的，"无论是作为殖民主义历史学的对象，还是作为反抗的主体，男性在性别意识形态的构建中都处于主导地位。如果在殖民主义的生产背景下，底层人无法发声，那么底层女性就会陷入更加深重的阴影之中"[①]。相较于只受到殖民话语单项压迫的底层男性而言，底层女性同时还要面临来自父权制话语中的男性中心主义的压力，她们不断被置于话语的边界，成为"他者的他者"。

文化是人类生存、发展的灵魂。文化之于国家和民族的重要性不言而喻。西方帝国主义者对非洲的入侵和殖民不仅仅通过船坚炮利，还对非洲进行了大肆的"文化侵略"，特别是"语言侵略"。这种侵略不但使得非洲国家的传统文化遭受重大打击，更模糊了人民的身份认知和自我认同，让殖民地人民本身的声音渐渐没落。

女诗人瓦姆·莫莱夫赫（Wame Molefhe）的短诗作品《不同的语言》（*Different Tongues*）就描述了博茨瓦纳以及大部分经受殖民的非洲国家所面临的这种境遇：

---

① Gayatri Chakravorty Spivak, *A Critique of Postcolonial Reason: Toward a History of the Vanishing Present*, Cambridge: Harvard University Press, 1999, p. 274.

## "Different Tongues"

By day,

Swathed in white,

My speech trickles in measured cadences,

Queen's, forced through the nose.

Words that parch.

At night,

Stripped bare,

I dream, free and unrestrained,

Singing melodies in my mother tongue.

Songs that quench.[1]

## 《不同的语言》

白天，

裹挟于白色中，

我的话语在顿挫的强调中流淌，

"女王口音"从鼻腔里挤出。

辞藻干燥。

晚上，

赤诚袒露，

我梦想无拘无束地，

---

[1] Maitseo M. M. Bolaane, Mary S. Lederer, etc.(eds.), *Botswana Women Write*, Scottsville: University of KwaZulu-Natal Press, 2019, p. 266.

用我的母语歌唱。

那使我如沐甘霖的歌曲。①

　　该诗歌的两个诗节鲜明地对比了博茨瓦纳本土语言与殖民语言的使用情况：人们白天在公开场合使用英语，只有在晚上才使用茨瓦纳语。第一诗节第二行中的"in white"一语双关，即指白天，也指西方殖民统治带来的"白人影响"。人们虽然不能相当流利地使用英语，却还是要用蹩脚的语音与匮乏的英语词汇交流。反观茨瓦纳语，虽为国家"土生土长"的民族语言却只能在夜晚、在梦中被人们歌唱。《后殖民研究》(*Postcolonial Studies*) 一书中有言，语言与身份相互依存，一个人说话的方式很大程度上决定了他 / 她是谁。因而，当英语成为人们日常的主旋律，民族本身的自我认同也就被削减。②茨瓦纳语在博茨瓦纳的使用现状正反映了这样一种身份困境。当西方殖民话语下的一个群体尚且失去对自我身份的定位，群体中遭受双重"他者"化的女性又如何能够把握话语，为自己发声呢？

## 二、父权制阴影笼罩下的"他者"

　　除殖民影响造成的"失声"外，在《博茨瓦纳女性书写》当代诗歌部分中，有些诗歌直接反映了"女性的生活是一条无尽头的痛苦之路"的主题。女诗人们从个人痛苦与集体创伤两个方面，表现了在双重话语的压迫下，女性被置于被支配的边缘位置，不断被忽视和遗忘，从而失去主体意识的痛心现状。

　　多卡斯·班 (Dorcas Ban) 在诗歌《寡妇》(*Widow*) 中用直接而阴郁的文字表现了一位博茨瓦纳部落妇女失去丈夫后的痛苦与无助。诗人用简短而富有力量的文字将疼痛感表达得淋漓尽致。长短句的无规律出现和阴沉的意象的反复刻

---

① 本文中的作品译文皆由笔者自译，后文不再一一详注。

② Bill Ashcroft, Gareth Griffiths and Helen Tiffin (eds.), *Postcolonial Studies: The Key Concepts*, London: Routledge, 2013, p. 45.

画，让读者在阅读时虽然难以找到诗行间的节奏，却仿佛切身体会到了寡妇因过度悲愤而变得错乱的呼吸。不过，透过诗人生动的描写，读者在通读《寡妇》之后也能清晰地分辨出，诗人通过寡妇的悲痛所展现的并非妻子对丈夫深沉的爱，而是在男性中心话语下逐渐被磨灭去自我意识的女性所展现出的对父权文化难以摆脱的"依附感"。

以该诗的第三小节为例：

Is society so cruel miss skin and bones

to force you to mourn

to oblige you to external mourning

to demand of you to show the pain of loss?

to love him more in his death and

love yourself less in your life [①]

是否是社会的残酷，让你失掉骨肉

迫使你哀悼

要求你向外界哀悼

唆使你表现出失去之痛？

让你在他死后爱他更甚

而爱自己更少

这一小节的描述表明，博茨瓦纳寡妇表露出的悲伤情绪中，有很大一部分来自社会或传统习俗的要求，而并非对丈夫的爱意，这些要求迫使她们哀悼，并唆使她们"to show the pain of loss"。根据《博茨瓦纳寡妇的生活经历》的记录，在丈夫死后，博茨瓦纳女性需要穿戴上全长的黑色连衣裙、黑色的披肩和黑色的头巾，并且这些妇女在哀悼期间必须坚持在每天的固定时间段在家中"躺下"，以此

---

① Maitseo M. M. Bolaane, Mary S. Lederer, etc.(eds.), *Botswana Women Write*, Scottsville: University of KwaZulu-Natal Press, 2019, p. 264.

展示痛苦，表明自己与亡夫"同在"。① 整个哀悼期的时间较长，通常是 3—12 个月，寡妇的年纪越大，哀悼期就越长。因而，对博茨瓦纳的寡妇而言，丈夫的离去并不意味着她们能够以单身女性的身份继续生活，相反，她们需要继续活在没有实际意义的"婚姻生活"中，在长久的哀悼仪式里，不断接受自己成为寡妇的事实，成为一名在丈夫死后"爱他更多而爱自己更少"的"好寡妇"。

维护传统的当地男性认为女性其实是想通过长期哀悼的方式展现失亲之痛，并且非常支持她们的这种做法。一些已经接受了传统的年长女性也加入维护传统的行列中来，要求年轻寡妇通过实践成为"不给部落带来厄运且受人尊敬"的好女人。可以说，博茨瓦纳的男性中心主义文化通过绝对的话语实践实现，而殖民残存的专制性从根本上控制了底层女性的意识。她们无法发声，或是根本忘了如何发声，父权文化带来的痛苦一边侵蚀着她们，一边却又让她们无法摆脱，甚至产生畸形的依赖。

从诗人在诗歌第七小节中描写的对寡妇未来的展望，读者可感受到，失去女性意识的寡妇的未来，是多么令人扼腕叹息：

Your unknown life-to-begin

bleak and mysterious

your problems increased and responsibilities added

and yet overburdened with limitations,

restrictions and societal expectations ②

你那未知的崭新人生
暗淡和神秘
你的困惑增加责任也增多

---

① Sithandazile Hope Msimanga-Ramatebele, *Lived Experience of Widows in Botswana: An Ethnographic Examination of Cultural Rituals of Death, Loss, Grief and Bereavement: Implications for Counseling*, Ph. D Diss., Duquesne University, 2008, pp. 154–164.

② Maitseo M. M. Bolaane, Mary S. Lederer, etc.(eds.), *Botswana Women Write*, Scottsville: University of KwaZulu-Natal Press, 2019, p. 264.

重重限制令人窒息，

还有约束种种与期望漫漫

底层女性的卑微地位，在贾旺瓦·德玛（Tjawangwa Dema）的短诗《习惯》（Custom）中也有充分的展现。德玛是布里斯托大学（University of Bristol）英语系的诗人、教学艺术家和名誉高级研究员，曾任博茨瓦纳作家协会主席。美国桂冠诗人特蕾西·史密斯（Tracy K. Smith）对她的作品评价是"她的诗既大胆、奔放，又细腻、尖锐"[1]。

## "Custom"

I am raped, she says.

The first man corrects grammar

and waits while the second takes

his turn, his lazy eye not unlike her husband's

finally he says

It is written

that no woman may enter here

in trousers nor with her head exposed

return to whatever has fallen you

come for us

in the manner

to which we

have become accustomed [2]

---

[1] Tjawangwa Dema, "Biography", *Tjawangwa Dema Web*, April 22, 2022. http://tjdema.com.

[2] Maitseo M. M. Bolaane, Mary S. Lederer, etc.(eds.), *Botswana Women Write*, Scottsville: University of KwaZulu-Natal Press, 2019, p. 237.

## 《习惯》

我被强奸，她说。

第一个男人纠正了她的语法

然后轮到第二个男人

他慵懒的眼神和她丈夫的绝无二样

最后他说

这儿写着

女人若是要进入这里

不能身着裤装 也不能暴露头部

回到让你堕落的地方去吧

下次记得

打扮成我们习惯的方式

来找我们

《习惯》这首叙事短诗以平静的口吻叙述了一个令人刺痛场景：一名女性因被强奸来到警局报案，两位受理案件的警察却以她的着装不符合习惯为由，无视了她的举报。诗歌中对所谓着装"习惯"的描写是这样："It is written/that no woman may enter here/in trousers nor with her head exposed"。经受了侵犯的女性来到警局报案，却因为穿着裤子而被警察无视并劝返，这无疑是对她的双重打击。

对大多数现代女性来说，裤子在日常着装中是毫无争议的，但在非洲的很多国家，女性被规定不可以穿裤子，只能身着长裙，一些女性甚至会因为穿裤子出门而被定罪。从社会历史的角度来看，我们可以把这一规定出现的原因大致归类为以下几点：第一，国家独立后对带有西方文化规范的服装的敌视（但男性被允许在正式场合穿西装）；第二，认为女性穿裤子是模糊性别区分的行为，裤子是男性的专属；第三，女性穿裤子不符合王室礼节或宗教规定。但不论出于哪种原因，这种对着装的限制都或多或少压制了女性自由表达自我的意志，从生理和心理上都让女性区别并低于男性社会成员，让她们以更加"归顺"的姿态成为社会的附庸。

详观本诗，诗中这位受害女性的发言仅有开头一句"I am raped, she says"，其余皆是两位男性对这位女性的评论或二者间的对话，且他们的话语皆充斥着对受害女性的漠然与指责，似乎在他们看来要求女性"穿着正确"比抓住一个强奸犯来得更重要、更理所当然。诗中男性和女性话语篇幅的长短反差传递出一种冲突感，让读者在阅读时似乎能够感到两位男性的声音渐渐抬高，而这位女性的声音却早已被埋没、被遗忘。不过，诗歌到这里就戛然而止了。诗人没有写出这位受害女性在面对两位男性警官的不公对待后的反应，给读者们留下了充分的想象空间。但就诗歌整体所营造的平静且沉重的氛围，读者或许可以预测，在诗歌中所描绘的这个男性"习惯"了要求女性穿上他们"习惯的着装"的背景环境里，这位女性或许也习惯了来自父权制的压迫与歧视，接受了自己被"要求"磨灭女性意识。她或许只是漠然起身，然后离开，独自承受伤痛，仿佛一切从未发生。不难看出，在诗中所表现的社会结构中，女性的地位特别低微，她们毫无尊严，没有任何地位，是被压迫的对象，是男权话语下顺从的"他者"。

相较于《寡妇》与《习惯》中表现的底层女性在疼痛与压迫中逐渐被磨灭的自我意识，诗人凯莱斯托·托贝加（Keletso M. Thobega）在作品《她离开时》（*When She Left*）中更多表达了底层女性追求发声途径和独立自我的重重困难。托贝加是一名以笔为枪的"底层女性战士"，她十分关注黑人女性的生活境况，大多数作品的主题都与黑人女性的自我与自我意识相关，文风平实却充满力量。相较于《寡妇》诗句间的凌乱感，读者在阅读《她离开时》能够感受到，该诗的诗节结构更为整齐，也更加富有韵律，传递出诗中的妇女决意出门追求新生活的坚定与沉重。

《她离开时》仅有四个诗节，每个诗节中叙事与抒情交织，感情层层递进。四个诗节均以"I remember when she left"开头，从第三者的旁观视角描述了"我"在目睹"她"离开时的画面与内心波动。这四个诗节的内容可以简单概括为：与"她"告别；送"她"离开；为"她"祝福；因"她"难过。接下来笔者将着重分析第二和第三节中表露的底层女性境况。

I remember when she left

As her figure disappeared

Into the darkness

As she took long strides

Along the steep path

Awaiting her

Was a life very tough


I remember when she left

For the city's bright lights

To make a living

Her luck uncertain

Hope was all we held to

With time we wished

All would be well [1]


我记得她离开时

她的身影

在黑暗中渐渐消失

她迈着大步

沿着崎岖的小路前行

等待她的

是生活的万分艰难


我记得她离开时

---

[1] Maitseo M. M. Bolaane, Mary S. Lederer, etc.(eds.), *Botswana Women Write*, Scottsville: University of KwaZulu-Natal Press, 2019, p. 281.

是为了要到灯火通明的城市里

闯闯生路

她的运气时好时坏

希望是我们唯一的信念

我们希望 时间流逝

一切都会变好

　　阅读这两个诗节，读者可以从诗歌的第三节叙述中知道"她"之所以离开是"For the city's bright lights/To make a living"。看起来，"她"即将要在更好的环境中开启新的生活。但面对她的离开，"我"的反应不是为她更好的新生活祝福，相反，"我"的内心充满担忧和焦虑。诗人在第二小节中运用了隐喻与暗示，来表达"我"的愁思。比如，在"As her figure disappeared /Into the darkness"这两句中，"darkness"不仅仅点明了"她"离开时的天色，更暗示了在"我"的眼中，"她"所满怀期待奔赴的不是光明的未来而是更加无尽的黑暗，足以反映女性生存境况之艰难，和底层女性想要独立自主的艰难。后四句，"As she took long strides /Along the steep path/Awaiting her/Was a life very tough"中，诗人运用头韵（alliteration）增加韵律感，读者能从这几句的节奏中感受到"我"的沉重与"她"的坚定。这里"她"迈的大步与面前崎岖的小路形成鲜明对比，暗示了底层女性追求自立与发声的道阻且长。

　　在第三诗节中，诗人看似表达了对"她"未来生活的祝福：期望随着时间的流逝一切都会变好，但从选词的角度来看，诗人所描绘的美好愿景皆寄托于"luck"、"hope"和"wish"这一类精神层面上的东西，这或许间接反映了博茨瓦纳底层女性的现实生活境况还无法依靠，美好的未来只能暂时存在于希望与幻想之中。

　　"All would be well"这一愿望与现实的对立还体现在诗歌的结尾句。诗人写道"As she left, never to return"。笔者对这一结尾句的隐含意义有以下几种解读：第一，从文本的暗示性来看，因为"她"离开后便再没回来，"她"离开后的结果好坏成为诗人为读者留下的疑团。这种未知性或许侧面反映了博茨瓦纳底层女性无法预知的未来，或者从诗歌中"我"作为第三者的旁观角度来说，她们的未来和出处暂时还处于一片混沌之中；第二，从该诗的情感基调来说，诗歌整体酝酿了一种离别的阴郁与伤痛，因而结尾的处理可能暗示了"她"悲剧性的结局；第三，从底层女性的处境来说，这一结尾或许表达了"底层人"无法被代表的困境。斯皮瓦克认为："对于'真正的'底层群体（无论是何种性别）而言，他们的身份就是他们的差异，不能被代表的底层主体无法了解自己，也无法言说自己；而知识分子的解决办法是不放弃代表性。问题在于，主体的行动轨迹没有被追踪到，这就没办法吸引正在践行代表性的知识分子。"[①]因此，或许"她"离开后真的过上了她期待的生活，但代价却是"她"脱离了底层女性的群体，无法为底层女性发声，也无法回头将"我"或者更多的"我们"带离底层困境。

托贝加善于用个体经验反映群体境况，在《她离开时》中，读者并不能确切知道"她"是谁，但却能通过阅读诗歌真切地感受到无数个"她"的经历。由个体到普众，从而唤起读者的共情，这或许就是凯莱斯托·托贝加创作的魅力。

## 三、伤痛中萌发的觉醒意识

斯皮瓦克在对底层人进行研究时，提出了"底层人不能说话"的观点。在她看来，底层人是否能够"说话"，不但在于她们是否能够发声，也在于她们说的话是否能被公平地"听到"。随着时代的发展和社会的进步，博茨瓦纳当代的底层女性群体其实已经有了言说自我的途径，诗歌创作这一文学形式为她们的发声提供了工具和平台。从博茨瓦纳女性诗歌的书写中，读者不单能感受到底层女性为发声做出的努力，体会到她们开始逐步认识自我、探索自我价值的过程，还能够在作品的蛛丝马迹间察觉到社会和时代已经开始回应这些女性，虽然这些回应的声音尚且还很微弱，但至少表明她们的发声已经有了"回音"。

---

[①] Gayatri Chakravorty Spivak, *A Critique of Postcolonial Reason*: Toward a History of the Vanishing Present, Cambridge: Harvard University Press, 1999, p. 272.

　　叙事短诗《困于此间》（*Caught in the Middle*）就通过隐晦的手法展现了处在"萌芽期"的女性声音。这首诗是诗人博伊佩洛·班克（Boipelo Bank）的作品，该诗从孩子的视角出发，倒叙和插叙结合，描写了年幼的"我"在目睹了母亲经受父亲醉酒后的争吵和无端的暴力后，最后见证父母的婚姻关系走向终结。在诗歌的结尾，"我"给出了一个年幼的孩子在见证父母婚姻关系终结后对婚姻与未来的思考：And I wondered what I was going to hate.①

　　作者在诗的开头用短句和意象堆叠，寥寥几笔介绍了故事的背景："我"坐在爸爸、妈妈和婚姻顾问之间，听他们说明离婚事宜，并决定将来要和谁一起生活。而后，作者在第三诗节中写道，"I have for a long time felt that one day/'They' will go their separate ways"②。在诗中的"我"看来，父母的婚姻生活一直不美满，爸爸经常欺负妈妈，他们的离婚在"我"眼中早已是既定的结局。因而，在婚姻顾问询问"我"是否下定决心时，我选择了妈妈。诗歌中对这一部分是这样描写的：

I have for a long time felt that one day

"They" will go their separate ways

But, this was no ...

"Have you made up your mind?"

The counsellor interrupted my thoughts.

"Mama"

I said, looking papa straight in the eye.

I didn't know the wrong things mama had done

but I knew papa had no rights to beat mama

---

① Maitseo M. M. Bolaane, Mary S. Lederer, etc.(eds.), *Botswana Women Write*, Scottsville: University of KwaZulu-Natal Press, 2019, p. 232.

② Maitseo M. M. Bolaane, Mary S. Lederer, etc.(eds.), *Botswana Women Write*, Scottsville: University of KwaZulu-Natal Press, 2019, p. 231.

as he did, for what-reason-so-ever.

They quarrelled most when papa had been drinking.

Mama hated it. [①]

长久以来，我一直觉得有一天

"他们"将分道扬镳

但是，这该不是……

"你下定决心了吗？"

那顾问打断了我的思绪。

"妈妈"

我回答道，直盯爸爸的眼睛。

我不知道妈妈做错了什么

但我知道爸爸没有权利打妈妈

他打了妈妈，不管是出于何种原因。

爸爸喝酒的时候，他们吵得最凶。

妈妈讨厌这样。

　　在家庭环境中，孩子既是父母家庭生活经历的旁观者，也是父母意志的继承者，孩子的想法与立场或多或少地反映了家庭，甚至社会环境未来的发展走向。因而，班克在这首诗中引入的"我"的视角与思考，实则是从孩子这一旁观者的角度对母亲的经历给予了回应。"我"选择了妈妈作为监护人，在做出这个选择的同时，"我"直勾勾地看着爸爸的眼睛，似乎是在责怪父亲的行为，"反抗"父亲对母亲造成的伤痛，这是一种对父权制的审视与挑衅。作为父母家庭关系旁观者的"我"目睹了妈妈的经历，"我"的选择，是对妈妈的回应，也是在为妈妈发声。

---

① Maitseo M. M. Bolaane, Mary S. Lederer, etc.(eds.), *Botswana Women Write*, Scottsville: University of KwaZulu-Natal Press, 2019, p. 231.

除此之外，诗歌结尾"我"和卡特的对话同样耐人寻味：

And then I remembered Carter's comments

"I hate visiting my father," he once said

And I wondered what I was going to hate.①

后来，我想起了卡特的话

他曾说，"我讨厌去看我的父亲"

而我想知道，我将会讨厌什么。

从卡特的话中，读者可以大致推测卡特是"我"的朋友，并且他的父母也离婚了，离婚的原因或许也与卡特父亲的不当行为有关。诗人在结尾处"我"与同伴对话的设置，把父母的离异从"我"的个人经历推向了儿童群体或正面临的"普遍经历"——在这个国家里，还有许许多多的"我"和"卡特"，侧面说明了在婚姻中强势的男性中心主义对女性和儿童的伤害。但同时，这种"普遍经历"也传达了底层女性对父权制压迫的反抗，离婚这一行为表示，这些女性不再逆来顺受地以整个后半生的长度来忍受婚姻中的不公对待，她们选择离婚来终结这种痛苦。不过，诗歌最后一句中"我"对未来的迷茫，还是映射了女性意识在觉醒初期的微弱力量："我"虽然坚定地选择了妈妈，但对未来的生活充满了不确定，跟随妈妈究竟是否是正确的选择，还需要时间来证明。诗人或许想借此暗示，底层女性想要真正发声，或者让发声变得真正有力，还需要经过很多努力。

　　萨拖·安吉拉·秋马（Thato Angela Chuma）是博茨瓦纳创作型歌手和诗人。她的诗歌经常被刊登在网络文学刊物上。她有着艺术家的自由与洒脱，乐于为自己的女性身份发声，为自己热衷的事情发声。②相较于《困于此间》从第三

---

① Maitseo M. M. Bolaane, Mary S. Lederer, etc.(eds.), *Botswana Women Write*, Scottsville: University of KwaZulu-Natal Press, 2019, p. 232.

② Angela Chuma, "Celebrating Ethnic Inspirations with Thato Angela Chuma", *Rae Lyric*, August. 26, 2015. https://kadzidistrict.wordpress.com/tag/thato-angela-chuma/.

者视角出发的隐晦表达，萨拖·安吉拉·秋马的《勇士》（*Warriors*）从女性本身出发，直接果敢地呼吁底层女性积极发声，学会尊重与爱惜自己：

<br>

### "Warriors"

There are women

who have let truth fill their mouths

like sunrise

Women

who have built homes

in broken wombs

to mend what is lost

They are daughters

of storms

of the burning wind

of a healing they have kept

under their skirts

under their tongues

These are women

who have danced to an ancient pain

of memories passed down

like blood

They made a saviour

out of deep love they had

for themselves

for their skin

for their heritage [1]

---

[1] Maitseo M. M. Bolaane, Mary S. Lederer, etc.(eds.), *Botswana Women Write*, Scottsville: University of KwaZulu-Natal Press, 2019, p. 236.

## 《勇士》

有些女人

谈吐间皆是真理

如日出一般

女人

在残破的子宫里

建起了家园

来修补那些失去的东西

她们

是风暴的女儿

是炽风的女儿

是隐藏在裙底

隐藏在语言下的

治愈之女

这些 是女人们

在古老的痛苦中起舞

像血一样

流淌的记忆

她们创造了一个救世主

因为她们

深爱自己

深爱她们的肌肤

深爱她们的传统

这首诗的语言直接而强烈，几乎每个诗句都在颠覆父权制社会对女性的刻板印象，挑战父权制话语的权威。诗歌前三行写女性的"谈吐间皆是真理"，能够给世界带来光明，由此展现女性话语的价值；第四到第七行彻底否定父权制下女性容易沦为"生育工具"的边缘形象，将女性的子宫比喻为创造家园和孕育希望的摇篮。其后，秋马用了较长的篇幅，通过"storms""burning wind"等自然意象的隐喻，表现了底层女性经受的痛苦。在"These are women/who have danced to an ancient pain/of memories passed down/like blood"这几句中，读者能够更为强烈地感受到底层女性经受的压迫。这些长久的压迫和痛苦，似乎已经写入了她们的血液，铭刻进了她们的记忆，变成了她们身体的一部分。底层女性的艰难生活是事实，但诗人却对这种长久的痛苦进行了重新解读。在她看来，这些痛苦带给女性的并非只有黑暗，它同时也使女性变得坚强，让底层女性们能"danced to an ancient pain"。这是她们在长期隐忍后迸发出的独有的强大精神力量。在《勇士》的末尾，诗人写道，女性能够用对自己的爱创造出救世主，她特别提到女性要爱自己皮肤和传统，呼吁所有女性不论哪种肤色或来自何种背景，都要勇敢地爱自己，以此实现对自己的救赎。

在斯皮瓦克的观点中，女性是作为属下的属下而存在，没有被"上层人"赋予说话的权利，所以第三世界的女性要想从这种受压迫和剥削的生存状态中解脱出来，改变自身下等人的属性，就必须依靠自己的力量，寻找能给自己带来说话权利的策略，为自己发声。[①]秋马在本诗中所表现出的"反叛"和颠覆就可以被理解为对女性被压抑的话语权的重构，是一种帮助底层女性发声的方式。她通过对女性刻板印象的重新定义将底层女性从被压迫者客体转变为主体，让底层女性以一种新的方式"说话"。呼吁底层女性发声，不仅有助于让这个"沉默的大多数"完成从失语到发声的转变，还能帮助底层女性在努力表达自我中，不断清晰自我意识，从而增加底层女性的话语力量，逐渐拿回属于自己的话语权。

类似的，英格丽德·彼土利（Ingrid Bethuel）的《少年回忆录》（*A Teenager's Memoirs*）也展现了底层女性的自信美。诗人通过一遍又一遍的呐喊，鼓励底层女性奋起，拥抱自我，走出边缘：

---

① Gayatri Chakravorty Spivak, "Can the subaltern speak?", *Die Philosophin*, 2003, 14 (27), pp. 42–58.

## "A Teenager's Memoirs"

I choose to see what I want to see

I only hear the good in me

I strive for success

And aim for prosperity

An African I dream of liberty

My surroundings have moulded my adulate soul

I have a woman's mind

A man's might

And an armour made of coal

I am who I am because of who I made me and

I am what I am because of what you made me

My life is my deepest fear

As the next step is unsure

My African pride I hail so high

That is one thing I'll never deny

My mind and paper

My greatest weapon

The key to my salvation

The fulfillment of my void

I may not be perfection

But I am not atrocious

So take the time

To just pay attention [1]

---

[1] Maitseo M. M. Bolaane, Mary S. Lederer, etc.(eds.), *Botswana Women Write*, Scottsville: University of KwaZulu-Natal Press, 2019, p. 230.

## 《少年回忆录》

我之所见，皆我所选

我仅倾听，内在美好

我为成功，奋力拼搏

我心向往，兴旺繁荣

身为非洲人，我梦想自由

我身处的环境，塑造了我高尚的灵魂

我有女人的想法

男人的力量

还有煤炭做的盔甲

我是我，因为我创造了我

我是我，因为你成就了我

我的生命，是我最深的恐惧

因为前路茫茫难估量

我为我的非洲引吭高呼

为此，我的内心永远坚定

我的思想和纸张

是我最伟大的武器

是拯救我的钥匙

是填补我空虚的一份充实

我也许不完美

但我并不残暴

不要着急

全心关注

与《勇士》类似，彼土利在《少年回忆录》中彻底打破了非洲黑人女性软弱、自卑和顺从的形象。相反，她们是那样自信自强，独立自主，有自己的追求，敢于反抗，更拥有领导非洲走向富强的巨大力量。同时，我们从诗歌的结尾"I may not be perfection/But I am not atrocious/So take the time/To just pay attention"能够读出，这些诗人所隐喻的女性追求独立的高涨热情不是盲目而狂野的，在经历了对底层女性身份的种种怀疑和拒绝之后，底层女性已经开始学会理性并且独立地面对自身的境况，并逐步实现身份的重构。在诗歌中，我们看到了底层女性意识的成长，它在慢慢走向成熟，走向理性，正如诗人写到："So take the time/To just pay attention。"

## 结　语

《博茨瓦纳女性书写》作为博茨瓦纳第一本女性综合文集，其存在本身就足以反映底层女性群体为发声所作出的努力。该作品不仅被世界各国的读者喜爱，还受到学者的关注和研究，是底层女性的声音正在被接纳和"听到"的证明。通过阅读《博茨瓦纳女性书写》中录入的当代诗歌，读者可以感受到殖民与后殖民时期的底层女性生活图景，真正意识到在殖民话语与父权制话语的双重压迫下非洲底层女性的伤痛与灾难，感受到底层女性曲折、艰辛的解放之路。底层女性只有勇敢地为自己发声，理性地建立起有效的表征方式，共同构建一个没有歧视和偏见的和谐社会，才能改善积尘已久的社会现状。底层女性意识的觉醒与重建是一个广泛而深刻的问题，对该问题的研究仍处于发展阶段。评析博茨瓦纳女性的当代诗歌作品，不但能够丰富对该问题的研究，助力底层女性发声，同时，也能够为我国的非洲文学研究再添动力。

（文 / 香港大学　刘源好）

# 莱索托文学

莱索托王国（塞索托语：Mmuso wa Lesotho，英语：Kingdom of Lesotho），原名巴苏陀兰（Basutoland），曾为英国殖民地，是位于非洲东南部的独立山国，四面被南非共和国包围。1966年10月4日脱离英国统治，更名为莱索托，意为"说塞索托语的人们"。莱索托文学因其悠久的口头传统而远近闻名。祖先们留给后人近千首梅艾勒（Maele），即格言和谚语，成为启发本民族文学智慧的摇篮。莱索托最初的文学家都是吟游诗人，他们创作出民族歌曲并教人们唱诵，还将历史上骁勇善战的酋长们的功绩谱写成赞美诗。从历史上看，莱索托文学的出现和发展与教会的福音使命密切相关。阿扎里埃·塞克斯（Azariel E. Sekese，1849—1931）和托马斯·莫福洛被称为塞索托语文学的始祖。莱索托早期的文学作品大多由受过教会使命教育的社会精英们创作，因此带有明显的基督教伦理道德的精神内涵。

民族文学萌芽于20世纪50年代。20世纪60年代后，文学创作主体逐步扩大，题材也更为多样化。这一时期，许多受过大学教育或自力更生的作家们开始关注莱索托面临的区域问题、全球热点问题和移民问题，探讨巴苏陀兰的社会文化秩序是如何因现代性的到来而被打破。本雅明·莱舒蔼（Benjamin Leshoai，1920— ）于1968年发表了莱索托第一部直接用英语创作的小说《莫西洛历险记》（*Masilo's Adventures*）。自此，英语文学成为莱索托文学的一部分，与塞索托语文学创作齐头并进。20世纪90年代至今，莱索托文学在诗歌、戏剧和短篇小说创作方面收获颇丰，相关作品探讨的都是当代人们共同关注的时事问题，如婚姻、宗教、艾滋病、同性恋、流亡、非洲复兴等等。当代莱索托文学既包括本土出产的塞索托语文学和英语文学，也包括移居莱索托生活的作家、学者们的作品。面对多元化的热点问题，作家们在审视外部世界的同时，也不忘向内反思，寻找个人经历与集体记忆的交集。

第十五篇

托马斯·莫福洛
小说《恰卡》中的双面英雄和伦理表征

托马斯·莫福洛

Thomas Mofolo，1876—1948

## 作家简介

托马斯·莫福洛（Thomas Mofolo，1876—1948）是莱索托最具影响力的现代作家。他出生在巴苏托兰（Basutoland），今莱索托的科嘉尼（Khojane），五岁时随信仰基督教的父母搬迁到南部古莫古芒山谷（Qomoqomong Valley）。莫福洛起先在圣经学校上学，后就读于莫里加师范学院（Normal School at Morija）。他在大学中成绩优异，1899 年毕业后最初从事教师职业，后来回到莫里加的塞索托书库（Sesuto Book Depot）工作。那段时间，他读遍了书库中的所有书籍，在牧师卡萨里斯（Alfred Casalis）的鼓励下开始进行文学创作。

莫福洛的第一部长篇小说为《东方旅行者》（*Traveller to the East*，1907）。有学者认为，这部作品带有一些约翰·班扬（John Bunyan，1628—1688）《天路历程》（*The Pilgrim's Progress*，1678）的影子。小说以白人入侵前的巴苏陀兰为背景，围绕主人公费吉西（Fekisi）的活动展开。费吉西是一位家教严格、心地善良的年轻人，他经常对人性的恶表示恐惧，对大自然的奥秘表示困惑。因此他踏上旅途寻找这一切的主宰——上帝。直到他遇见三位白人兄弟，他们将费吉西带到牧师跟前为其解答了心中所惑。最后，费吉西在教堂的圣坛之上见到上帝，他渴望追随上帝的要求得到应允后，便满足地死去。虽然这是一部道德说教小说，但莫福洛以其纯正而精湛的塞索托语为读者展示了巴苏陀兰的习俗和传统。《东行旅人》被认为是南部非洲正式出版的第一部黑人长篇小说。

1910 年，莫福洛又发表了第二部长篇小说《皮特森村》（*Pitseng*），这是一个有关爱情与婚姻伦理的故事。莫福洛将儿时有关古莫古芒山谷的记忆以及恩师埃米里特的教导融入其中。小说的两位主人公——黑人基督徒阿尔弗雷德（Alfred）和阿里娅（Aria）循规蹈矩、温和克制，因此他们的婚姻美满而稳固。阿尔弗雷德一生坚守信仰，对爱情忠贞不渝，始终以老师卡茨（Katse）为榜样规范自己的行为，最终得以接替老师，成为皮特森村的新任传教士。作者一方面怀揣对基督教信仰的热忱，通过将两位主人公与其他亵渎爱情的同胞进行对比，完成道德说教；另一方面又表现了传统与现代婚姻道德观之间的冲突与悖论。《皮特森村》出版后引起强烈反响，莫福洛因此名声大振，读者们开始焦急地等待他的下一部作品，而《恰卡》（*Chaka*，1925）应运而生。

　　《恰卡》讲述了祖鲁族领袖恰卡征战四方，建立祖鲁王国的历史故事。1908 年，莫福洛提交小说第三版手稿后便遭遇退稿。原因是小说中涉及的祖鲁与莱索托传统文化、信仰和价值观一定程度上违背了教会的意愿。最终版本在删去两个章节后，于 1925 年正式出版（两个英文译本分别发表于 1931 年和 1981 年）。莫福洛既呈现了伟大祖鲁王功勋卓著的一生，也对人类不加节制的激情和难以克制的野心展开了一场社会心理学层面的研究。小说中，恰卡在习惯于权力和欲望的满足后，再也无法控制对血腥和暴力的追寻，借助巫医的神秘力量大开杀戒，无视传统文化中最宝贵的人文精神，以至于被权力反噬，众叛亲离，命丧兄弟之手。莫福洛在完成这部小说后便停止写作，开始经商。无论是他本人所践行的德行，还是他在小说中试图传达的传统美德，这些价值观念的冲突皆为 19 世纪末 20 世纪初南部非洲经历巨变的现实产物。莫福洛无疑是莱索托的骄傲，他用才华向世界证明了一位非洲作家的文学品格。

## 作品节选

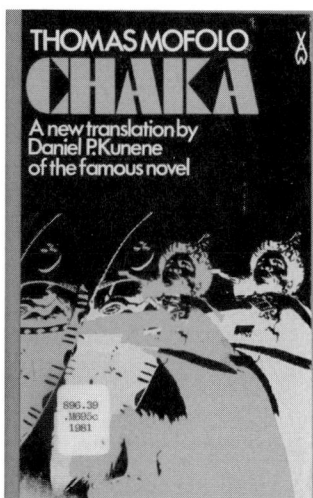

《恰卡》

( *Chaka*, 1925 )

He looked upon all the nations to the north, up to places which even he did not know, and he longed to see his kingdom stretch till it reached those very places which he did not know. He looked upon those nations settled along the sea and stretching to the south, and he saw the villages and the hamlets; great kings and small, the country adorned with villages built on the foundation of peace, and he smiled to himself. He cast his eyes beyond the Maloti mountains and looked towards the west, and he saw the nations of the Basotho and the Batswana living peacefully, not troubled by anything, and then he laughed and even talked to himself saying: "My kingdom will begin right here where I am, and spread along the breadth of the earth, till it reaches its very ends. There will be but one king, not many, and that king will be me!" [1]

他（恰卡）向北方的部落望去，直到那些他从未涉足的地方。他无比渴望有一天祖鲁王国的疆域能到达无穷之境。而后，他望着那些沿海安营扎寨的部族向南方伸展，一路上分布着各种村庄和营地，被大大小小的国王统治着。这些部落的和睦融洽换来了王国的太平盛世。恰卡欣慰地笑了。这一次，他又将目光投向马洛蒂山之外，看向西边。索托—茨瓦纳人民在那儿过着恬静的生活，安居乐业。见此情景，恰卡开心地大笑起来，不禁自言自语道："我的王国就在我脚下，它将从我所在的地方起沿着地球的宽度不断向外延展，直至世界的尽头。日后，这个国度不会再有其他国王，唯一的一个必将是我，恰卡！"

（褚一格 / 译）

---

[1] Thomas Mofolo, *Chaka*, Trans. Daniel P. Kunene, London: Heinemann, 1981, p. 106.

**作品评析**

## 《恰卡》的双面英雄和伦理表征

## 引　言

恰卡是祖鲁王国历史上最具影响力的君主，也是南部非洲最著名的民族英雄之一。世人习惯将祖鲁的军事创新和社会变革归功于恰卡，并对他励精图治、建立祖鲁王国的霸业称颂不已。恰卡还在位时，有关他的经典史诗、神话和赞美诗（izibongo）就在恩古尼社会（Nguni Society）广为流传。其中，王室赞美诗主要是采用象征主义的手法，歌颂恰卡雄健的身躯、非凡的领导力与卓越的军事成就，着重塑造恰卡积极、正面的形象，对恰卡使用王权滥杀无辜和精神错乱的部分采取保留态度。除了上述文学体裁的有关记录，一些受到姆菲卡尼（Mfecane）战争影响的民族主义者和历史学家们则提供了更具批判性质的口述历史。他们普遍认为，18世纪末19世纪初的种族大屠杀和迁移灾难，归根结底是由恰卡有意改变恩古尼社会的权力平衡引起的。此外，其母南迪（Nandi）去世后，恰卡悲伤过度，行为失常，最终被同父异母的兄弟暗杀身亡。即便如此，恰卡壮大祖鲁王国的功绩不可磨灭。他在位期间进行的各项军事改革为祖鲁人民抵御外族侵略奠定了坚实的根基。作为民族英雄，他的事迹促进了祖鲁民族意识的觉醒。

一直以来，恰卡身上流淌的矛盾的血液不断激发诗人与小说家们的创作灵感，并随着时代需要在不同文化语境下历久弥新。非洲历史从来不乏黑人英雄，最著名的有马里帝国的松迪亚塔（Sundiata）、伊昂加人的姆温都（Mwindo）、蒙高人的利安加（Lianja）等。这类非洲英雄在殖民和后殖民文学中"重生"，激发了人们对抗外敌时团结一致的信心，体现了人们对民族自治的向往，同时抒发了对过去荣耀的怀念。但恰卡对文史学家们的吸引力远远超越这些普通的成长型民族英雄。莫福洛之后的许多非洲英语和法语作家都在恰卡身上寄托了黑人意识和泛非主义理想，将恰卡作为救赎非洲大陆的象征。

莫福洛的《恰卡》虽源于非洲口头文学的传说故事，但又有着个人艺术创作的独到之处。非洲的口述文学作为大众艺术，以展示传统文化中的经验、智慧、信念和准则为目的，为人们设立善恶是非的标准。悠久的赞美诗传统和口述历史为莫福洛提供了丰富的素材。然而，莫福洛笔下的这位祖鲁族领袖却有着截然不同的"画风"，甚至可以说莫福洛颠覆了民间传统中的恰卡形象。"在一个没有书面文学传统的社会，他比任何在集体记忆中保存并从中产生的人物要复杂得多。"[1]此外，莫福洛对故事的架构还受到了玛格玛·弗兹有关祖鲁历史研究的启发[2]。尽管依照时间顺序记叙，但其意图决不仅限于展现恰卡的一生[3]。莫福洛对恰卡的描述是高度虚构的，其个人信仰、创作心理以及历史语境注定了《恰卡》的复杂性和多义性。

## 一、"反转"的非洲民族英雄

谈到史诗英雄，不得不提及苏美尔国王吉尔伽美什，希腊神话英雄奥德修斯、阿喀琉斯和赫克托尔，以及来自东方少数民族的勇士格萨尔、江格尔、玛纳斯等等。这些史诗神话中的领袖人物往往出身高贵、天赋异禀，可以运用非凡的勇力建功立业，以其气质和行止反映一个民族的价值需求和文化观念。在古代，人类最初的英雄大多以神的形式出现，其中最著名的当属普罗米修斯和女娲。因此，英雄是神性的代表。后来，英雄逐渐成为出身高贵的"半人半神"。直到近现代，普通人也可因其卓越的领导力、战斗力或高尚的道德品质被赋予英雄的称号。

---

[1] Albert Gérard, "Rereading 'Chaka'", *English in Africa*, 1986, 13 (1), p. 5.
[2] 玛格玛·弗兹（Magema M. Fuze, 1844—1928）是科伦索主教早期的皈依者，他将自己的口头记录整理成一部连贯的祖鲁历史并于1922年出版。该书成为考据祖鲁历史的重要文献。
[3] Carl F. Hallencreutzm, "Tradition and Theology in Mofolo's 'Chaka'", *Journal of Religion in Africa*, 1989, 19 (1), p. 78.

历史见证了英雄品格从神性到人性的降维，英雄语义从明确到模糊的转变，以及相关思想价值从自然到世俗的回归。但即便是不同时期的不同文化也有着迥异的话语范式，英雄始终以其气势、美德和功绩将自身与普罗大众区分开来。他们被赋予重要的社会功能，代表不同人类群体的集体意识、文化规范和伦理价值观。当然，史诗英雄从来都不能和天使画等号，他们只是凭借各自的天赋，或多或少地为人民带去福祉，但一时的冲动和愤怒亦可能酿成灾难性的后果。一直以来，人们对莫福洛笔下的恰卡究竟是反派还是"救世主"的问题争论不休。显然，莫福洛是"醉翁之意不在酒"。他对恰卡寄予了厚望，因而赋予恰卡复杂的心理体验，以此增强故事的伦理色彩，让英勇的品性在善恶的斗争面前不堪一击。莫福洛"破坏了"读者熟悉的非洲民族英雄形象，比起歌功颂德，更加突出恰卡个人悲剧命运的破碎感。所以，将莫福洛的"恰卡"简单定义为史诗英雄就略显狭隘了。

从恰卡的诞生、童年经历和军事成就看，他的确具有英雄的特质，却与古希腊神话和文学中的英雄有所不同。从出身和身份看，恰卡本人没有超自然力量，也没有"父神"或"母神"赋予的神的血统，而是主神乌库鲁库鲁（Ukulunkulu）认可的天选之人。"他们凝视着对方①，蛇在自己的地盘上出没，而这个男人的到来彻底唤醒了它。他们就这样对望着，恰卡的手紧紧拽住那簇涂抹着烈性药水的头发。"② 莫福洛利用科萨人悠久的巫医传统和对蛇神的崇拜，让恰卡借助外部的"神力"凌驾于一切社会阶级之上，受人敬仰。从外形和性格来看，恰卡是一个"可爱、健硕，脸颊鼓囊囊的小男孩，哪怕摔倒也从不落泪"③，自孩提时代起就展现出超越年龄的成熟。与他目光交汇的臣民都曾感叹："他是野兽的孩子，是头新生的雄狮。"④ 从个人能力看，恰卡是私生子的事情败露后，经常遭到同族男性的排挤和殴打，但他默默承受一切，学会在防守过程中锻炼自己的格斗技能。在获得巫术的加持后，还未受割礼的恰卡仅用一把长矛就刺死了一头令所有成年男

---

① 这里指深渊之神和恰卡。

② Thomas Mofolo, *Chaka*, Trans. Daniel P. Kunene, London: Heinemann, 1981, p. 23.

③ Thomas Mofolo, *Chaka*, Trans. Daniel P. Kunene, London: Heinemann, 1981, p. 7.

④ Thomas Mofolo, *Chaka*, Trans. Daniel P. Kunene, London: Heinemann, 1981, p. 8.

子闻风丧胆的狮子，还从一只凶残的鬣狗口中救下一名女孩。"非洲英雄不是命运的玩偶，他们是自己命运的主人"①。莫福洛在描述恰卡的英雄事迹时不吝篇幅和辞藻，将他的壮举一一尽数，包括恰卡规划皇城的经过、实行军事改革的举措，以及多次战役的胜利。其中，最著名的当属恰卡借助伊萨努西（Isanusi）②的巫术和众人之力大败敌军，擒获其首领兹威德（Zwide）③的故事。在非洲，神力和巫术并不能主宰万物，它们仅仅是作为谋事者的工具存在，若想获得成功，才能、民心与法力缺一不可。因此，非洲的英雄叙事更多体现的是集体主义价值观。反观《荷马史诗》，英雄们总是利用神赋予的力量在紧要关头决定历史的发展方向，宣扬的是个人英雄史观。

不过，倘若莫福洛的"恰卡"只是具备一些与其他"非洲英雄"相似的生命体验，就无法引起教会出版社的不满与后世的诸多争议。莫福洛的天才之处就在于他颠覆了恰卡作为民族英雄神圣不可撼动的形象，通过利用恰卡在堕落过程中的心理斗争和伦理选择，构成了与成长型英雄史诗对立的"反史诗"叙事。

19 世纪中后期，荷兰人和英国人相继到纳塔尔地区（Natal）扎根。此后百年，殖民主义和种族隔离制度的阴影笼罩了整个南部非洲，本土文化遭受严重质疑和诋毁。对于许多作家来说，恰卡自然而然成为民族团结和文化复兴的象征。一千位作家笔下就有一个恰卡。以"恰卡"为中心的传统意涵的流动性，以及这种流动性与现代性之间的复杂张力通过以"恰卡"为原型的各类文学作品彰显出来。塞内加尔诗人桑戈尔就在莫福洛小说的基础上创作出多声部戏剧诗《恰卡》（Chaka，1951）。此诗歌以"新生"为意旨，歌颂恰卡以牺牲自己为代价换来非洲大陆的复苏，为人民带来曙光。马奇西·库内内（Mazisi Kunene，1930—2006）在《恰卡大帝：一部祖鲁史诗》（Emperor Shaka the Great: A Zulu Epic，1979）中延续宫廷赞美诗的传统，展现了恰卡光明、正面的形象。当这些作家纷

---

① 转引自龙格斯里·恩特赛博扎：《非洲及其离散民族的文化身份研究》，曾梅译，北京：中国水利水电出版社，2018 年，第 51 页。

② 根据《祖鲁思维模式和象征》（Zulu Thought Patterns and Symbolism）一书中的解释，Isanusi 的本意即为国王的御用巫师，此处指小说中的虚构人物伊萨努西。

③ 此时恰卡被纳入姆塞斯瓦（Mthethwa）酋长丁吉斯瓦约（Dingiswayo）麾下，而兹威德是恩德万德韦（Ndwandwe）的首领，双方为宿敌。

纷为恰卡戴上救世主的光环，赋予他拯救非洲的象征意义时，莫福洛脱离了这类同质化的叙述者和人物间的共谋关系，倾覆了恰卡在众人心目中的传奇形象。

恰卡的反面形象在小说的最开始便已确立。莫福洛在描写恰卡降生前的恩古尼社会时这样写道："空气中弥漫着和平与繁荣的气息，哪怕只有一刻，都从未有人想过，他们的生活某一天将被彻底改变。他们将居无定所，在荒野中流浪；他们将死于饥饿，死于疲惫，死在长矛之下。"①这里，莫福洛早已埋下伏笔。恰卡体内野兽般的暴力和嗜血将在战场之外暴露，当他将矛头指向自己的军队和臣民时，他便成了彻头彻尾的暴君。小说中大量的血腥场面、神秘的黑巫术和可怕的梦魇制造出沉重、压抑和阴郁的情绪基调，以至于青年恰卡坚毅勇敢、治军有方的英雄品格都显得微不足道。莫福洛甚至利用作为写作素材的王室赞美诗反过来对盲目崇拜恰卡的现象进行讽喻，加强了其"反史诗"话语。

莫福洛"绝不是在通过这部小说传达任何史诗般的愿景：它既不是在缅怀英雄，也不是在赞美人民。"②表面上，《恰卡》讲述的是一位部落王子在复仇过程中如何通过奋斗赢得王位和荣誉，又如何被权力吞噬，沦为一个肆意践踏生命的"邪恶暴虐嗜血的怪物"，不得善终的故事。实际上，恰卡的死说到底是一场道德悲剧。身处新旧时期交替的南部非洲大环境中，莫福洛着意编排了这场荡气回肠的"祖鲁英雄悲剧"，对时移俗易作出了自己的回答。

## 一、"博托"引领下的伦理选择

一直以来，人们对莫福洛在创作《恰卡》时究竟以何种身份写作争论不休。受父母影响，莫福洛从小接受基督教教育，是一名虔诚的基督徒。他的前两部小说《东方旅行者》和《皮特森村》皆以宣传基督教道德观为目的，充满宗教热情。《恰卡》的英文译者丹尼尔·普勒·库内内（Daniel P. Kunene，1923—

---

① Thomas Mofolo, *Chaka*, Trans. Daniel P. Kunene, London: Heinemann, 1981, p. 4.

② Albert Gérard, "Rereading 'Chaka' ", *English in Africa*, 1986, 13 (1), p. 10.

2016）曾表示："对比莫福洛的前两部作品，《恰卡》明显淡化了讲道和福音传播的成分，但也有自己的道德说教方式。莫福洛在《恰卡》中谈到的'罪'是基督教意义上的'罪'，而不是构成故事背景的社会环境下的'罪'。"①对此有异议的学者则认为，莫福洛是从伦理角度探索非洲的人文主义精神，因而脱离了基督教使命，转向对哲学的思考。②不论如何，基督教传统早已作为莫福洛无意识的存在，难以在作品中完全遁形。因此莫福洛在《恰卡》中对非洲本土传统文化和伦理道德观念所秉持的态度更为关键。

其实不论于何种文明、何种宗教，善恶始终互为表里。"善行"与"恶行"皆有可能孕育出"恶果"。善恶是人类伦理的基础。人类因知道善恶才把自己同其他生物区别开来，变成真正的人。③莫福洛在小说中反复倡导了一种索托人道主义思想——"博托"（botho）④，意指"人性"或"仁慈"，可以理解为一切与"真善美"有关的道德品质，而"博托"的对立面为"博菲福洛"（bophoofolo）⑤，意为"动物性"。两者构成巴苏陀社会道德价值观的核心内容⑥。代表"真善美"品质的"博托"在故事中出现了七次，一路伴随恰卡经历人生的重大转折，也见证了他的堕落和毁灭。

小说中的恰卡自幼年起就因私生子的身份被父亲流放，即便如此，他依然是个讨人喜欢的小男孩，他的内心并非天生邪恶。直到恰卡的父亲为了保全荣誉和王位将恰卡推向死亡的悬崖，他才踏上复仇之路，越陷越深，最终成为残暴嗜血的野兽。

恰卡的第一次选择出现在他与伊萨努西初见之时。莫福洛巧妙地通过刻画伊萨努西的面容来阐释"博托"的思想内涵：

---

① Daniel P. Kunene, "The Works of Thomas Mofolo: Summaries and Critiques", *Occasional Paper Series*, April 1, 1970, https://escholarship.org/uc/item/22w2c729.

② Antijie Krog, "'…oi, oi!...you must go by the right path': Mofolo's Chaka Revisited via the Original Text", *Tydskrif Vir Letterkunde*, 2016, 53 (2), p. 96.

③ 聂珍钊：《文学伦理学批评导论》，北京：北京大学出版社，2014 年，第 35 页。

④ 音译，塞索托语，库内内将其翻译为 "human compassion"，泛指仁慈、同情心、理解力等人类崇高品质。

⑤ 音译，塞索托语，库内内将其翻译为 "beast-like nature"。小说中特指丑恶的面容和邪恶的内心。

⑥ Limakatso Chaka, "Land, Botho and Identity in Thomas Mofolo's Novels", *Tydskrif Vir Letterkunde*, 2016, 53 (2), p. 83.

恰卡刚从梦中醒来时，他们的目光相遇了。眼前这个男人的面目因憎恶而扭曲，嘴唇就像呕吐过一般惨白。在他眼睛的最深处，恰卡窥探到狂欢的恶念与汹涌的残忍，他看见这个人拥有一颗比杀人犯更恶毒的心，是邪恶、背叛与不忠的化身……而当他再次望向那人时，那张脸上顷刻间流露出善良与怜悯的表情，仿佛在替他哀叹。当目光触及那双眼睛的尽头，他看到的是最深切的同情，是一颗同理心，是真爱。[1]

莫福洛对伊萨努西的戏剧化描述，将生命、和平和温暖，与死亡、战争和残酷等母题呈现到同一张脸上，诠释了传统价值观对"善恶"的定义。此时，恰卡为了躲避追杀，不得已选择丢下母亲独自逃往森林深处。即便"逃兵"的身份重创了恰卡的英雄形象，他的内心也还保留着人性的柔软。

在伊萨努西表明来意后，恰卡开始面临第一个伦理选择问题：是永远当一个逃兵，远离杀戮；还是将一切怜悯之心舍弃，将自我也舍弃，成为冰冷的复仇机器？他说："我的愿望并不多。我的心极度渴望生来就属于我的王位。仅仅是因为我运气不好，它才会从我手中流走。"[2]显然，在伊萨努西的煽动下，恰卡内心强烈的复仇欲望开始蒙蔽他的理性。他已无法对客观事实作出正确的判断，早已忘了自己从来未曾致力于争权夺势。此时的恰卡只想将一切复归原位，因此将灵魂交予魔鬼，放弃了比王位更珍贵的善念。

在恰卡与伊萨努西初步达成协议后，伊萨努西便开始为恰卡制作增强实力的灵药。恰卡也迎来了第二次伦理选择。这一次，他以自己和他人的性命为筹码，选择注射邪恶的药物，展开毫不留情的杀戮，因为这种药物"以血为根，若不见血，就会反噬"[3]。恰卡明知使用药物后，他将永生无法摆脱鲜血的诅咒，与兽无异，依然毫不犹豫地接受伊萨努西的提议。此时，恰卡为达个人目的，不惜将无辜的生命当作儿戏的"动物性"已初见端倪。其实，不论是从宗教还是世俗的价值观来看，个人野心并不触犯任何禁忌。恰卡试图夺回王位继承权，继而开疆拓

---

[1] Thomas Mofolo, *Chaka*, Trans. Daniel P. Kunene, London: Heinemann, 1981, p. 37.

[2] Thomas Mofolo, *Chaka*, Trans. Daniel P. Kunene, London: Heinemann, 1981, p. 41.

[3] Thomas Mofolo, *Chaka*, Trans. Daniel P. Kunene, London: Heinemann, 1981, p. 45.

土的雄心壮志也无可厚非。但为达目的不择手段、漠视生命，选择站在"博托"的对立面，才是万恶之最。

恰卡的最后一次伦理选择与他唯一的爱人诺丽瓦（Noliwa）有关。诺丽瓦是莫福洛虚构的女主人公：

她美丽、善良、富有同情心。她总是善待他人。伟大的乌库鲁库鲁将她作为榜样，让她用超凡脱俗的美貌和充满爱意的眼睛，教会他的孩子们造物主美丽而深沉的爱，并让他们通过诺丽瓦明白什么是完美无瑕疵的女人，从而了解乌库鲁库鲁的完美。①

诺丽瓦与恰卡分别代表了仁善和邪恶。她从未吝啬对恰卡的爱与包容，即便如此也未能感化恰卡。为了换取更大的权力，恰卡决定牺牲诺丽瓦与她腹中的胎儿，而这意味着恰卡最后一丝人性的火花就此熄灭。贪婪、怀疑和暴力分裂了他的王国，带走了他的爱人，也撕裂了他的灵魂。在杀妻弑母后，恰卡的精神防线全面崩溃：

他做了一个梦，那晚的梦境延伸至更遥远的地方。他梦见了丁吉斯瓦约（Dingiswayo），他曾经的王，梦见他做的所有为人称道的善事，以及他执着地向臣民灌输人文精神的善行，与此同时，他也看见自己一手毁掉了这一切美好。②

恰卡终日在癔症般的幻象中游走，接受回忆的反复鞭笞以及道德和良心的审判。

① Thomas Mofolo, *Chaka*, Trans. Daniel P. Kunene, London: Heinemann, 1981, p. 71.

② Thomas Mofolo, *Chaka*, Trans. Daniel P. Kunene, London: Heinemann, 1981, p. 161.

## 三、矛盾的"反恩古尼"情节

莫福洛在故事的叙述中融入了大量古老的非洲传统，其中最主要的就是口头文学传统与宗教传统。这些本土的宗教和文化理念、伦理观、宇宙观与基督教中的上帝和撒旦、天堂和地狱、邪恶和善良混杂在一起，其模糊性不仅体现了莫福洛本人矛盾的心理状态，更是当时错综复杂的社会政治时局与意识形态的写照。因此，人们既可以把莫福洛的《恰卡》当作一部反映基督教世界观的小说，也可以认为它是一个反映传统价值观的口头民间故事。

一般来说，祖鲁赞美诗作为口头文学传统的重要部分，其主要伦理功能在于通过记叙战斗历史和英雄事迹，激发民族自豪感、归属感、进取心和自信心，有时也会言辞委婉地对赞颂对象的人品、行为举止和弱点加以描述和评说，影响世人的看法。这些赞美诗"赞颂的个人成分少于民族成分，颂的成分少于史诗成分"[①]。《恰卡》中就出现了不少这类传统的赞美之声，有的来自族人口口相传，有的由王室赞美诗人（ibongi）吟诵。但显然莫福洛的用意不只停留在口头文学的伦理功能和教诲作用，他将一些"反恩古尼传统"（anti-Nguni）的情绪和"反史诗""反英雄"的叙事手法隐藏其中，利用作为史诗创作素材的赞美诗本身谴责这类民间文学操纵性极强的伦理功能，同时达到破坏恰卡英雄形象的意旨。

上节中提到，未弱冠的恰卡凭一己之力制服了一头令其他男人闻风丧胆的狮子，此事令他名声大振。部落中的年轻姑娘们为他谱写了这样一首赞美诗：

就在这里，在我们家中，在恩古贝村，没有男人，
只有一个有用的年轻人。
就在这里，在我们家中，在恩古贝村，没有男人，
因为所有的男人都是胆小鬼。

---

① 李永彩：《南非文学史》，上海：上海外语教育出版社，2009年，第48页。

他们逃跑了，将自己的同伴丢在田间，

留下他独自与野兽搏斗，

擒住狮子的下颌。

辛赞格科纳①手下没有男人，他们会抛弃他，他会被杀死。

哦，辛赞格科纳，快来接你的孩子回家吧，他是个男孩，是个盾牌手。

他将为你而战，征服敌军。②

    这首由年轻女子吟唱的赞美诗在为恰卡带来溢美之词的同时，也点燃了恩古尼部落内部无声的战争——嫉妒。嫉妒的出现，必将破坏社会正常的伦理秩序。这首诗中，除了恰卡，其他男人无一例外地被女子们轻视，而这番嘲讽和羞辱甚至波及恰卡父亲所在的部落，预示着成年后的恰卡或将成为挑起部落纷争的主谋。虽然赞美诗以语言的夸张和事实的夸大为特点，但这样过度放大优缺点的方式容易激化矛盾，为社会带来不稳定的因素。而待恰卡继承父业，获得至高无上的王位后，便迎来一系列变革举措。历史上，"祖鲁"这个名字是在黑白乌姆沃洛西河之间经商的阿玛祖鲁人选取的，在恰卡出生前就已经存在。而小说中，在伊萨努西的建议下，恰卡决定将自己的王国命名为"祖鲁"（Zulu），称自己的臣民为"阿玛祖鲁人"（AmaZulu），分别是"天空"和"天上之人"的意思。当伊萨努西询问恰卡原因时，他回答："阿玛祖鲁！那是因为我顶天立地。我就是那片轰隆隆作响的云，把到跟前儿的人都吓跑了。我只要看着其他部落，便足以令他们战栗；倘若我决意发动攻击，他们就会被彻底消灭……"③此处，恰卡目空一切、得意忘形的一面展露无遗。莫福洛通过对传统的改写，揭露了恰卡潜在的暴力人格和嗜血性，而这样的品性显然不是出于正常军事活动中的"征服"和"自卫"。

    接着，莫福洛通过臣民对恰卡的"敬语"以及王室赞美诗（royal praise-poem）进一步构建他的反传统话语。首先，恰卡命令他的子民必须以"巴耶德，

---

① 辛赞格科纳（Senzangakhona，1762—1816）为恰卡的父亲。小说中，辛赞格科纳为了掩盖恰卡私生子的身份，将他养在其母南迪（Nandi）所在的部落。

② Thomas Mofolo, *Chaka*, Trans. Daniel P. Kunene, London: Heinemann, 1981, p. 19.

③ Thomas Mofolo, *Chaka*, Trans. Daniel P. Kunene, London: Heinemann, 1981, p. 103.

陛下！（Bayade，O King！）"开始和结束对他的问候。"巴耶德"的意思是"站在神与人之间的存在。上帝通过这位代表管理地上的君王及国家。"[1]他同时规定，倘若有人未能妥善使用主神乌库鲁库鲁授予他的这一身份，就会被猛兽撕成碎片。恰卡认为自己是比天低、比地高的"小神祇"，既可以理解为他自诩为"耶稣"，也可以认为他是非洲传统宗教中造物主之下作为中介的神。[2]他的傲慢和自恋逐渐到达无以复加的地步，甚至每逢庆典都要脱光衣服，让臣民瞻仰他健美的身体。不仅如此，恰卡还设置了"一夫多妻制"的"骗局"。他与女孩们以"兄妹"相称，以此掩盖"强奸"与"滥交"的丑恶罪行。此处，基督教的伦理道德观作为支撑反传统话语的内在动力占据主导地位。

与恰卡青年时期人们传唱的民间赞美诗相比，莫福洛对待皇室赞美诗的态度更为轻蔑，他认为王室赞美诗的吟诵者未必都出自真心，不过是一些阿谀奉承的鼠辈。于是，莫福洛借助恰卡屠杀下属的一幕再次对传统发起质疑和谴责。当士兵们纷纷因为战场上的疏忽被处以各种极刑时，恰卡的朝臣们仍然高呼：

我们感谢您，我们赞美您，伟大的祖鲁王！您的裁决是如此公正无私。您的眼睛可以穿透人们的胸膛，窥见他人无法触及的东西！您的耳朵可以听到阴谋诡计，哪怕它们还在人们心中孵化！伟大的祖鲁王，您所有的行为都证明了您非比寻常，您是乌库鲁库鲁的使者，是耸立在我们所有人头上的天堂。[3]

恰卡对暴力的渴望在绝对权力中失去控制，为了感受攻击的快感和将繁荣化为灰烬的欢愉，乐此不疲地发动撒旦式的杀戮游戏，而臣民们竟是魔鬼最大的帮凶。自此，莫福洛的"反恩古尼"情绪也达到顶点，他的笔触越发不留情面，将恰卡的负面形象推向令读者难以接受的极端，直至死亡的到来。

除了口头文学传统，莫福洛还通过巫师伊萨努西和他的两位仆人展现自己对非洲巫术传统的消极态度，为恰卡历史形象的"陌生化"服务。然而，我们无法肯

---

① Thomas Mofolo, *Chaka*, Trans. Daniel P. Kunene, London: Heinemann, 1981, p. 115.

② 周海金：《非洲宗教的传统形态与现代变迁研究》，北京：中国社会科学出版社，2017年，第33页。

③ Thomas Mofolo, *Chaka*, Trans. Daniel P. Kunene, London: Heinemann, 1981, p. 133.

定地说，莫福洛在创作《恰卡》时的动机是完全"反恩古尼式"的。毕竟，他在质疑部分传统的同时，也在传播古老神秘的非洲文化。他对传统伦理道德的核心——"博托"精神的推崇与捍卫成为驱散黑暗、消解暴力和死亡的良方。同样地，我们也不能保证小说情节是在基督教伦理道德的伪装下发生的。或许，莫福洛只是想对一直以来影响他的两种意识形态实现一次同步的"离经叛道"。面对殖民者到来后南部非洲的社会剧变，莫福洛本人的思想观念也在经历剧烈挣扎，或许他也在思考来自西方的基督教文明是否能为非洲人民带来真正的光明与救赎。

## 四、堕落天使的警世箴言

当所有人都以为恰卡即将按部就班地迎来丁冈[①]的刺杀，从历史的舞台上落幕时，这位堕落英雄的故事并未画上句号。《恰卡》文本的创新性与戏剧张力在恰卡行将就木之时达到巅峰。莫福洛通过恰卡的死，巧妙地将过去、现在和未来联系到一起，赋予了历史新的维度，这是先前所有史诗和口述传统的叙述者都未曾企及的高度：

随着长矛刺穿恰卡的身体，他也从白日的梦魇中惊醒过来。他缓缓地转过身子。此刻，他已不再是曾经那个以一敌百的勇士。恰卡并没有感受到痛楚，他的表情也不再狰狞，平静而自然。丁冈和姆兰加诺太了解他了，吓得拔腿就跑。就在这时，恰卡说道："你们杀我是想等我死后谋权篡位，但你们错了，事情不会如你们所愿。umlungu（白人）就要来了，他们将成为这个国家的主人，而你们只能沦为他们的奴仆。"[②]

---

[①] 丁冈·辛赞格科纳·祖鲁（Dingane KaSenzangakhona Zulu，1795—1840），祖鲁王国的第二任国王，恰卡的弟弟，于 1828 年至 1840 年在位。

[②] Thomas Mofolo, *Chaka*, Trans. Daniel P. Kunene, London: Heinemann, 1981, p. 167.

这是恰卡在弥留之际给世人留下的警示。莫福洛试图借此桥段隐喻在屈辱和妥协中终结的旧制度，以及在战争和鲜血中建立起的新秩序。恰卡垂死的这一幕像极了著名油画《马拉之死》。莫福洛在小说结尾将尊严交还给恰卡，将自己对非洲大陆未来命运的担忧寄托到这位曾经令敌人闻风丧胆的英雄身上，也将非洲英雄的语义范围拓展到殖民语境。"他的写作把过去和现在合理地衔接起来，这意味着对英雄主义概念的革新。英雄行为的定义从对土地与政治权力的捍卫过渡到殖民背景下对民族经济、政治和文化价值的捍卫。"①莫福洛的恰卡承载的历史重量超越了自古以来"固化"的社会功能，成为理解非洲走向现代的出发点。

作为殖民主义到来后祖鲁和巴苏陀兰兴衰成败的见证者，莫福洛似乎在通过《恰卡》进行一项"历史和文化诊断任务"②。根据祖鲁战争史，恰卡死后，祖鲁人曾在伊散德尔纳战役（Ishlandawana，1879）中战胜英国远征军，此后便节节败退，于祖鲁战争（Anglo-Zulu War，1879）后结束了作为独立国家的历史。祖鲁王国昔日的光辉尘封在殖民者的铁骑下。为了增加对恰卡和祖鲁历史文化的了解，莫福洛曾于巴姆巴萨叛乱后③前往纳塔尔进行田野调查，为小说创作取材。在那里，他目睹了殖民阴影笼罩下的祖鲁"家园"，其内心受到强烈的冲击。姆菲卡尼和殖民掠夺摧毁了这片土地的宁静与和谐。因此他在小说开头追忆了科萨人部落早期的生活形态。他写道："尽管部落间总有冲突和斗争，有时甚至持续多年，但和平总会回归，一切终将尘埃落定，欣欣向荣。"④莫福洛描绘的生机勃勃和岁月静好的景象与日后满目疮痍和饿殍遍野的景象形成鲜明对比。恰卡的暴虐令生灵涂炭，接踵而至的是殖民者无尽的压迫、剥削和诋毁，这与恰卡的暴力行为相仿。莫福洛将早期祖鲁的生活景观浪漫化，传达出南部非洲本土民族对自由独立的召唤。

---

① Limakatso Chaka, "Land, Botho and Identity in Thomas Mofolo's Novels", *Tydskrif Vir Letterkunde*, 2016, 53 (2), p. 84.

② David Attwell, "Mofolo's Chaka and the Bambata Rebellion", *Research in African Literature*, 1987, 18 (1), p. 59.

③ 巴姆巴萨叛乱（Bambatha Rebellion）：1905年，纳塔尔殖民当局为解决财政问题，决定在原有茅屋税基础上，向18岁以上的非洲男子另行征收每人1磅的人头税。此举激化了祖鲁人民对英国统治的不满，各地先后爆发起义，祖鲁人不敌英军的优势兵力和武器镇压，损失惨重。

④ Thomas Mofolo, *Chaka*, Trans. Daniel P. Kunene, London: Heinemann, 1981, p. 3.

　　无论是莫福洛本人一生作为信徒保持的谦逊与善良，还是他在小说创作中试图传达的道德观，都是南部非洲经历时代巨变的产物。一般而言，处于过渡时期的意识形态以混乱、扭曲和杂糅为特征。莫福洛写作的年代，传统的世界观和宇宙观、基督教伦理、世俗文化和其他宗教观念在非洲大陆的黑人群体中激烈碰撞。这些殖民地加入南非联邦后便成为唇亡齿寒的利益共同体，在经济、政治、文化各方面都受到殖民政府的牵制和奴役，个体独立发展已经成为无望的空想。恰卡开创的大部分祖鲁传统不到一个世纪就被白人建立的殖民体系所取代。西方文明对非洲传统文化的冲击，特别是从物质到精神的渗透，致使传统信仰逐渐崩塌。愈来愈大的裂隙间，无论是天使或魔鬼都在劫难逃，那么无力抵抗的同胞们该何去何从？

　　作为一位索托人，莫福洛对恰卡的"侵略者"形象极为憎恶。恰卡是姆菲卡尼时代的始作俑者。作为一个接受传统索托世界观和基督教精神双重影响的道德家，莫福洛亦无法容忍恰卡的贪婪、残忍和膨胀，因此将他的恶行以夸张的艺术手法表现出来，让恰卡成为毫无道德信念感的邪恶英雄。与此同时，莫福洛又不得不对恰卡作为军事家统一南部非洲黑人民族的谋略表示钦佩。"恰卡之于莫福洛就像波拿巴之于托尔斯泰。"[①]莫福洛构建的多面恰卡承载了非洲的过去、现在和未来，是作者对传统英雄主义的解构，对自由、和平与人道主义的呼吁，对以仁爱治国的倡导。

## 结　语

　　莫福洛的《恰卡》是非洲历史上第一部现代黑人小说，构筑了充满祖鲁和巴索托文化传统与历史记忆的话语体系。莫福洛在小说中表达了对前殖民时期南部非洲地方民族生活的追忆，同时在道德层面上实现了对基督教到来前非洲传统价值观的审视和反思。在莫福洛前两部小说中，其笔下的非洲大陆被愚昧与黑暗笼

---

① Albert Gérard, "Rereading 'Chaka'", *English in Africa*, 1986, 13 (1), p. 5.

罩，而信仰基督教和追随上帝成为唯一的救赎方式。然而，这样的理念并没有在《恰卡》中得到任何明示。我们有理由相信，莫福洛本人试图通过这部作品寻求一种突破自我的创作方式，尽管这样的尝试令小说的出版步履维艰。从道德意义上来看，我们无法用"善"与"恶"潦草地定义恰卡。莫福洛想必和卢梭一样，感受到非洲社会正处于地狱的边缘。各民族间的冲突正在被事关民族存亡的现代战争取代，而后进入一个不断更新与崩溃、充满矛盾与冲突且模棱两可的现代性危机。在传统社会秩序式微之时，面对 20 世纪初基督教信仰的衰微与世俗文化的兴起，莫福洛通过塑造自己的多面英雄以对激变的世界做出反应，进而展现了个体反叛、矛盾和对抗的心理体验。

（文 / 上海师范大学 褚一格）

# 参考文献

## 一、著作类

### 英文著作

1.Achebe, Chinua. *The Trouble with Nigeria*. London: Heinemann, 1983.

2.Achebe, Chinua. *There Was a Country*. London: Penguin Books, 2013.

3.Ashcroft, Bill, Gareth Griffiths and Helen Tiffin (eds.). *Post-colonial studies: The key concepts*. London: Routledge, 2013.

4.Attridge, Derek and Rosemary Jolly (eds.). *Writing South Africa: Literature, Apartheid, and Democracy, 1970—1995*. Cambridge: Cambridge University Press, 1998.

5.Attwell, David and Attridge, Derek (eds.). *The Cambridge History of South African Literature*. Cambridge: Cambridge University Press, 2012.

6.Banham, Martin and Plastow, Jane (eds.). *Contemporary African Plays*. London: Methuen Publishing, 1999.

7.Biko, Steve. *I Write What I Like*. London: African Writers Series, 1979.

8.Bolaane, Maitseo M. M., Lederer, Mary S., etc.(eds.), *Botswana Women Write*. Scottsville: University of KwaZulu-Natal Press, 2019.

9.Boserup, Ester. *Women's Role in Economic Development*. London: George Allen and Unwin Ltd, 1970.

10.Campbell, Roy. *Adamastor*. London: Faber & Faber, 1930.

11.Campschreur, Willem and Joost Divendal (eds.). *Culture in Another South Africa*. London: Zed Books, 1989.

12.Cook, Alexander C. (eds.). *Mao's Little Red Book: A Global History*. Cambridge: Cambridge University Press, 2014.

13.Coplan, David. *In Township Tonight! South Africa's Black City Music and Theatre*. Chicago and London: The University of Chicago Press, 2008.

14.Davids, Geoffrey and Fuch, Anne (eds.). *Theatre and Change in South Africa*.Amsterdam: Harwood, 1997.

15.Daymond, M. J. (ed.). *Everyday Matters: Selected Letters of Dora Taylor, Bessie Head, and Lilian Ngoyi*. Johannesburg: Jacana Media Ltd., 2015.

16.Head, Bessie. *Maru*. Long Grove: Waveland Press, 2013.

17.Head, Bessie. *A Question of Power*. Long Grove: Waveland Press, 2017.

18.Fugard, Athol. *Plays 1*. London: Faber & Faber, 1996.

19.Fugard, Athol; Kani, John & Ntshona, Winston. *Statements*. New York: Theatre Communication Group, 1986.

20.Fugard, Athol. *Township Plays*. London: Oxford University Press, 2000.

21.Fugard, Athol. *The Train Driver and Other Plays*. New York: Theatre Communication Group, 2012.

22.Fugard, Athol. *Notebooks 1960–1977*. London: Faber and Faber, 1983.

23.Gikandi, Simon. *Encyclopedia of African Literature*. New York: Routledge, 2003.

24.Gordimer, Nadine. *Burger's Daughter*. New York: Penguin Books, 1980.

25.Gordimer, Nadine. *Telling Times: Writing and Living, 1950–2008*. London: Bloomsbury, 2010.

26.Gordimer, Nadine. *The Essential Gesture: Writing, Politics and Places*. New York: Alfred A. Knopf, 1988.

27.Gwala, Mafka. *Collected Poems*, Cape Town: South African History Online, 2016.

28.Heywood, Christopher. *A History of South African Literature*. Cambridge: Cambridge University Press, 2004.

29.Jeyifo, Biodun. *Modern African Drama*. New Nork: W. W. Norton & Company, 2002.

30.Karim, Aisha and Sustar, Lee (eds.). *Poetry & Protest: A Dennis Brutus Reader*. Chicago: Haymarket Books, 2006.

31.Krog, Antjie. *Country of My Skull: Guilt, Sorrow, and the Limits of Forgiveness in the New South Africa*. New York: Three Rivers Press, 2000.

32.Kruger, Loren. *The Drama of South Africa: Plays, Pageants, and Publics Since 1910*. New York: Routledge, 1999.

33.Kunene, Daniel P. *Thomas Mofolo and Emergence of Written Sesotho Prose*. Johannesburg: Ravan Press, 1989.

34.Malan, Robin. *New Poetry Works: A Workbook Anthology*. Cape Town: New Africa Books, 2007.

35.Maponya, Maishe. *Doing Plays for a Change*. Johannesburg: Witwatersrand University Press, 2001.

36.Mda, Zakes. *Justify the Enemy: Becoming Human in South Africa*. Scottsville: University of KwaZulu-Natal Press, 2018.

37.Mda, Zakes. *And the Girls in their Sunday Dresses: Four Works*. Johannesburg: Wits University Press, 1993.

38.Mofolo, Thomas. Chaka. Trans. Daniel P. Kunene, London: Heinemann, 1981.

39.Mphahlele, Ezekiel. *The African Image*. London: Faber & Faber, 1962.

40.Mphahlele, Ezekiel. *Voices in the Whirlwind and Other Essays*. London: Macmillan, 1972.

41.Naidoo, Mathevan. *New Africa English*. Cape Town: New Africa Books, 2006.

42.Nkosi, Lewis. *Home and Exile and Other Selections*. New York: Longman, 1983.

43.Nkosi, Lewis. *Tasks and Masks: Themes and Styles of African Literature*. Harlow: Longman, 1981.

44.Pringle, Thomas. *African Sketches*. London: Edward Moxon, 1834.

45.Schwartz, Pat. *The Best of the Company: The Story of Johannesburg's Market Theatre*. Johannesburg, AD. Donker Publisher, 1988.

46.Shava, Piniel. *A People's Voice: Black South Africa Writing in the Twenties Century*. London: Zed Books, 1989.

47.Shum, Matthew. *Improvisations of Empire: Thomas Pringle in Scotland, the Cape Colony and London, 1789–1834*. Scottsville: University of KwaZulu-Natal, 2008.

48.Soyinka, Wole. *The Interpreters*. New York: Africana Publishing Corporation, 1965.

49.Soyinka, Wole. *A Play of Giants*. New York: Methuen, 1984.

50.Spivak, Gayatri Chakravorty. *A Critique of Postcolonial Reason: Toward a History of the Vanishing Present*. Cambridge: Harvard University Press, 1999.

51.Stiebel, Lindy and Liz Gunner (eds.). *Still Beating the Drum: Critical Perspectives on Lewis Nkosi*. Amsterdam and New York: Rodopi, 2005.

52. Stubbs, Aelred (eds.). *Steve Biko(1946–1977): I Write What I Like*. London: Bowerdean Press, 1978.

53. Suyin, Han. *The Morning Deluge:Mao Tsetung and the Chinese Revolution, 1893–1953*. London: Jonathan Cape, 1972.

54. Terrill, Ross. *Mao: A Biography*. New York: Harper and Row, 1980.

55. Thiong'o, Ngugi wa. *A Grain of Wheat*. New York: Penguin, 2012.

56. Viljoen, Hein Van der Merwe, and Chris N (eds.). *Beyond the Threshold: Explorations of Liminality in Literature*. New York: Peter Lang, 2007.

57. Vladislavic, Ivan. *The Folly*. New York: Archipelago Books, 2015.

58. Walder, Dennis. *Athol Fugard*. London: Macmillan, 1984.

59. Walder, Dennis. *Athol Fugard*. Devon: Northcote House, 2002.

60. Winks, Joseph Foulkes. *The Baptist Children's Magazine*. London: Simpkin, Marshall & Co., 1857.

61. Wolin, Richard. *The Wind from the East:French Intellectuals, the Cultural Revolution and the Legacy of the 1960s*. Princeton: Princeton University Press, 2010.

## 中文著作

1. A. 阿杜·博亨：《非洲通史（第七卷）：殖民统治下的非洲1880—1935年》，北京：中国对外翻译出版公司，1991年。

2. 扬·阿斯曼：《文化记忆：早期高级文化中的文字、回忆和政治身份》，金寿福、黄晓晨译，北京：北京大学出版社，2015年。

3. 安缇耶·科洛戈：《我的祖国，我的头颅：罪行、悲伤及新南非的宽恕》，骆传伟、吕艾琳译，杭州：浙江工商大学出版社，2018年。

4. 比尔·阿希克洛夫特、格瑞斯·格里菲斯、海伦·蒂芬：《逆写帝国：后殖民文学的理论与实践》，任一鸣译，北京：北京大学出版社，2014年。

5. 彼得·斯丛狄：《现代戏剧理论：1880—1950》，王建译，北京：北京大学出版社，2006年。

6. 彼得·约翰·马丁：《音乐与社会学观察——艺术世界与文化产品》，柯扬译，北京：中央音乐学院出版社，2011年。

7. 陈众议：《魔幻现实主义》，沈阳：辽宁大学出版社，2001年。

8. 丰索·阿佛拉扬：《南非的风俗与文化》，赵巍等译，北京：民主与建设出版社，2018年。

9. 冯亚琳、阿斯特莉特·埃尔：《文化记忆理论读本》，余传玲等译，北京：北京大学出版社，2012年。

10. 福柯：《福柯说权力与话语》，陈怡含译，武汉：华中科技大学出版社，2017年。

11. G.莫赫塔尔：《非洲通史第二卷：非洲古代文明》，北京：中国对外翻译出版公司，1984年。

12. 高长荣：《非洲戏剧选》，北京：外国文学出版社，1983年。

13. 佳亚特里·斯皮瓦克：《后殖民理性批判：正在消失的当下的历史》，严蓓雯译，南京：译林出版社，2014年。

14. 康维尔、克劳普、麦克肯基：《哥伦比亚南非英语文学导读（1945— ）》，蔡圣勤等译，武汉：武汉大学出版社，2017年。

15. 李保平：《传统与现代：非洲文化与政治变迁》，北京：北京大学出版社，2011年。

16. 李永彩：《南非文学史》，上海：上海外语教育出版社，2009年。

17. 罗钢、刘象愚：《文化研究读本》，北京：中国社会科学出版社，2000年。

18. 罗良功：《英诗概论》，武汉：武汉大学出版社，2002年。

19. 伦纳德·S.克莱因：《20世纪非洲文学》，李永彩译，北京：北京语言学院出版社，1991年。

20. 莫里斯·哈布瓦赫：《论集体记忆》，毕然、郭金华译，上海：上海人民出版社，2002年。

21. 米歇尔·德·塞托：《日常生活实践：1.实践的艺术》，方琳琳、黄春柳译，南京：南京大学出版社，2009年。

22. 恩斯特·卡西尔：《人论》，甘阳译，上海：上海译文出版社，2004年。

23. 聂珍钊：《文学伦理学批评导论》，北京：北京大学出版社，2014年。

24. 任一鸣：《后殖民：批评理论与文学》，北京：外语教学与研究出版社，2008年。

25. 生安峰：《霍米·巴巴的后殖民理论研究》，北京：北京大学出版社，2011年。

26.王岳川：《后殖民主义与新历史主义文论》，济南：山东教育出版社，1999年。

27.龙格斯里·恩特赛博扎：《非洲及其离散民族的文化身份研究》，曾梅译，北京：中国水利水电出版社，2018年。

28.J.M.库切：《凶年纪事》，文敏译，杭州：浙江文艺出版社，2009年。

29.J.M.库切：《伊丽莎白·科斯特洛：八堂课》，北塔译，杭州：浙江文艺出版社，2004年。

30.赵毅衡：《符号学原理与推演》，南京：南京大学出版社，2011年。

31.郑家馨：《殖民主义史：非洲卷》，北京：北京大学出版社，2000年。

32.郑家馨：《南非史》，北京：北京大学出版社，2010年。

33.周海金：《非洲宗教的传统形态与现代变迁研究》，北京：中国社会科学出版社，2017年。

34.朱振武：《非洲国别英语文学研究》，上海：华东理工大学出版社，2019年。

35.朱振武：《非洲英语文学的源与流》，上海：学林出版社，2019年。

## 二、期刊类

### 英文期刊

1.Aryeh, Neier, "Uncovering the Truth", *Harvard International Review*,1999, 21 (4), p. 78–79.

2.Attwell, David, "Mofolo's Chaka and the Bambata Rebellion", *Reserch in African Literature*, 1987, 18 (1), pp.52–70.

3.Beard, Linda Susan, "Bessie Head's Syncretic Fictions: The Reconceptualization of Power and the Recovery of the Ordinary". *Modern Fiction Studies*, 1991, 37 (3), pp. 575–589.

4.Clarkson, Carrol, "Verbal and Visual: the Restless View", *Scrutiny2*, 2006, 11 (2), pp. 106–112.

5.Chaka, Limakatso, "Land, botho and identity in Thomas Mofolo´s novels", *Tydskrif vir letterkunde*, 2016, 53 (2), pp. 63–86.

6.Chapman, Michael, "To Be a Cosmopolitan: Lewis Nkosi and Breyten Breytenbach", *Journal of Literary Studies*, 2006, 22 (3/4), pp. 345–357.

7.Dhlomo, Herbert, "Drama and the African", *English in Africa*, 1977, 4 (2), pp. 3–8.

8.Foley, Andrew, "Truth and/or Reconciliation: South African English Literature after Apartheid", *Journal of the Australasian Universities Language and Literature Association*, 2007 (107), pp. 125–144.

9.Fishman, Robert, "Megalopolis Unbound", *The Wilson Quarterly* (1976— ), 1990, 14 (1), pp. 24–45.

10.Franz, G. H. "The Literature of Lesotho (Basutoland)", *Bantu Studies*, 1930, 4 (1), pp. 145–153.

11.Gérard, Albert, "Rereading 'Chaka'", *English in Africa*, 1986, 13 (1), pp. 1–12.

12.Gil, Stephen, "Thomas Mofolo: the man, the writer and his contexts", *Tydskrif Vir Letterkunde*, 2016, 53 (2), pp. 15–38.

13.Gwala, Mafika, "Getting Off The Ride", *The American Poetry Review*, 1989, 18 (4), pp. 36—38.

14.Hallencreutzm, Carl F, "Tradition and Theology in Mofolo's 'Chaka'", *Journal of Religion in Africa*, 1989, 19 (1), pp. 71–85.

15.Krog, Antjie, "'…oi, oi!...you must go by the right path': Mofolo's Chaka Revisited via the Original Text", *Tydskrif Vir Letterkunde*, 2016, 53 (2), pp.87–97.

16.Muller, Carol, "Capturing the 'Spirit of Africa' in the Jazz Singing of South African-Born Sathima Bea Benjamin", *Research in African Literature*, 2001, 32 (2), pp. 133–152.

17.Nkosi, Lewis, "Jazz in Exile", *Transition*, 1966, 24, pp. 34–37.

18.Novicki, Margret and Akhalwaya, Ameen, "Interview with Duma Ndlovu and Mbongeni Ngema", *Ameen Africa Report*, 1987, 32 (4), pp. 36–39.

19.Nuttal, Sarah, "City Forms and Writing the 'Now' in South Africa", *Journal of Southern African Studies*, 2004, 30 (4), pp. 731–748.

20.Parr, Connal, "Drama as Truth Commission: Reconciliation and Dealing with the Past in South African and Irish Theatre", *Interventions*, 2020, 23 (1), pp. 98–119.

21.Phillips, Brian, "Ploughing the Page: An Interview with Athol Fugard", *Journal of Human Rights Practice*, 2012, 4 (3), pp. 384–395.

22.Rapoo, Connie and Kerr, David, "Non-Racial Casting in African Theatre and Cinema", *Marang: Journal of Language and Literature*, 2018, 30 (1), pp. 90–102.

23.Shum, Matthew, "The Prehistory of The History of Mary Prince: Thomas Pringle's 'The Bechuana Boy'", *Nineteenth-Century Literature*, 2009, 64 (3), pp. 291–322.

24.Walder, Dennis, "Remembering Trauma: Fugard's The Train Driver", *South African Theatre Journal*, 2014, 27 (1), pp. 32–41.

25.Walder, Dennis, " 'The Fitful Muse': Fugard's Plays of Memory", *The European Legacy*, 2002, 7 (6), pp. 697–708.

## 中文期刊

1.艾周昌:《近代华工在南非》,《历史研究》,1981第6期,第171—180页。

2.丁杏芳:《南非黑人觉醒运动的兴起和发展》,《西亚非洲》,1985年第2期,第20—27页。

3.F.奥顿·巴娄贡著、李永彩译:《现代主义与非洲文学》,《外国文学》,1993年第3期,第72—81页。

4.高红云、谭旭东:《英语诗歌中的语音象征》,《安徽工业大学学报》(社会科学版),2001年第1期,第67—68页。

5.高萍:《社会记忆理论研究综述》,《西北民族大学学报》(哲学社会科版),2011年第3期,第112—120页。

6.郭群:《文化身份认同危机与异化——论查建英的〈到美国去!到美国去!〉》,《东北大学学报》(社会科学版),2007年第5期,第461—465页。

7.胡艳芳、李莉:《〈百年孤独〉与〈百年不孤〉的比较研究》,《湖北工业大学学报》,2020年第3期,第106—108页。

8.李安山:《论清末非洲华侨的社区生活》,《华侨华人历史研究》,1999年第3期,第24—41页。

9.刘亚斌:《后殖民文学中的文化书写》,《外国文学研究》,2005年第3期,114—120页。

10.刘戈、韩子满:《艾丽丝·沃克与妇女主义》,《郑州大学学报》(哲学与社会科学版),2004年第5期,第111—114页。

11.李公明:《我们会回来:1960年代的多重遗产》,《上海文化》,2009年第3

期，第56—64页。

12. 卢敏：《茨瓦纳文化与贝西·黑德的女性观》，《文艺理论与批评》，2017年第1期，第82—88页。

13. 卢敏：《中非文学中的女性主体意识——以张洁和贝西·黑德为例》，《当代作家评论》，2019年第5期，第178—182页。

14. 罗益民：《诗歌语用与英语诗歌文体的本质特征》，《外语教学与研究》（外国语文双月刊），2003年第5期，第345—351页。

15. 季君君：《颠覆和跨越——〈阿尔伯特站起来！〉之魔幻现实主义解读》，《番禺职业技术学院学报》，2006年第4期，第32—36页。

16. 蒋洪生：《法国的毛主义运动：五月风暴及其后》，《文艺理论与批评》，2018年第6期，第12—29页。

17. 唐莹玲：《试论基督教的博爱与刑事惩罚的关系》，《宗教学研究》，2014年第1期，第225—228页。

18. 万家星：《中国"文革"与法国"五月风暴"评论》，《学术界》，2001年第5期，第55—67页。

19. 王慧贞：《从概念整合看英语诗歌意象与衔接——以叶芝诗歌为个案分析》，《中国石油大学学报》（社会科学版），2014年第6期，第86—91页。

20. 王宁：《世界主义》，《外国文学》，2014年第1期，第96—105页。

21. 王旭峰：《〈无人伴随我〉与后种族隔离时代的"政治正义"》，《当代外国文学》，2011年第2期，第5—13页。

22. 佟靖：《〈百年孤独〉与〈宠儿〉魔幻现实主义比较研究》，《哈尔滨师范大学社会科学学报》，2020年第3期，第108—111页。

23. 徐进、李小云、武晋：《妇女和发展的范式：全球性与地方性的实践张力——基于中国和坦桑尼亚实践的反思》，《妇女研究论丛》，2021年第2期，第14—26页。

24. 许秋红：《南非的鲁迅——阿索尔·富加德及其创作初探》，《名作欣赏》，2015年第12期，第143—176页。

25. 杨兴华：《试论南非种族隔离制度》，《世界历史》，1987年第2期，第51—59页。

26. 于奇智：《五月风暴与哲学沉思》，《世界哲学》，2009年第1期，第152—158页。

27. 张俭松、于东：《非洲神话、谚语中妇女角色考析》，《中州学刊》，2011年第3期，第142—144页。

28. 郑家馨：《17 世纪至20世纪中叶中国与南非的关系》，《西亚非洲》，1995年第5期，第28—50页。

29. 振武、袁俊卿：《流散文学的时代表征及其世界意义——以非洲英语文学为例》，《中国社会科学》，2019年第7期，第135—158+207页。

# 三、报纸类

## 中文报纸

王战、李宇婧：《非洲妇女赋权瓶颈》，《中国投资》（中英文），2019年3月6日，Z2版。

# 四、学位论文类

## 英文学位论文

1. Kudzayi, Ngara. *Imagining and Imaging the City—Ivan Vladislavić and the Postcolonial Metropolis*. Ph.D Diss., University of the Western Cape, 2011.

2. Msimanga-Ramatebele, Sithandazile Hope. *Lived experiences of widows in Botswana: An ethnographic examination of cultural rituals of death, loss, grief, and bereavement: Implications for counseling*. Ph.D Diss., Duquesne University, 2008.

3. Penfold, Thomas William. *Black Consciousness and the Politics of Writing the Nation in South Africa*. Ph.D Diss., University of Birmingham, 2013.

## 中文学位论文

王爽：《斯皮瓦克底层人思想研究》，华中师范大学硕士学位论文，2017年。

# 五、网站类

## 英文网站

1.Chuma, Angela. "Celebrating Ethnic Inspirations with Thato Angela Chuma". *Rae Lyric*. Aug. 26, 2015. https://kadzidistrict.wordpress.com/tag/thato-angela-chuma/.

2.Darley, Gillian. "Blurred Vision: Revisiting Ian Nairn's Subtopia".*The Architect Review*. May. 13 , 2019. https://www.architectural-review.com/essays/blurred-vision-revisiting-ian-nairns-subtopia/.

3.Davis, Rebecca. "Trial of the trousers: African women fight for pants to be on the dress code". *Sunday Times*. Aug. 13, 2017.https://www.timeslive.co.za/sunday-times/lifestyle/fashion-and-beauty/2017-08-12-trial-of-the-trousers-african-women-fight-for-pants-to-be-on-the-dress-code/.

4.Dema, Tjawangwa. "Biography". *Tjawangwa Dema Web*. April. 22, 2022.http://tjdema.com.

5.Johnson, Reed. "Athol Fugard finds truth and reconciliation in'The Train Driver'", *Los Angeles Times*, Oct. 15, 2010. https://www.latimes.com/archives/la-xpm-2010-oct-15-la-et-athol-fugard-20101015-story.html.

6.Kunene, Daniel P. "The Works of Thomas Mofolo: Summaries and Critiques". *Occasional Paper Series*. April. 1, 1970. https://escholarship.org/uc/item/22w2c729.

7.Parks, Rosa. "Academy of Achievement", June. 3, 2014. http://www.achievement.org/autodoc/page/par0bio-1.

## 中文网站

1. 中华人民共和国与各国建立外交关系日期简表，2017 年 6 月 14 日，https://www.gov.cn/guoqing/2017-06/14/content_5202420.htm.

2.《〈关于艾滋病毒和艾滋病问题的政治宣言〉：结束不平等现象，进入2030年之前终结艾滋病的轨道》，2021年8月11日，https://www.unaids.org/sites/default/files/media/documents/2021_political-declaration-on-hiv-and-aids_zh.pdf.

# 附 录

## 本书作家主要作品列表

### 一、南非作家主要作品列表

**（一）马什·马蓬亚**（Maishe Maponya，1951—2021）

1976 年，剧本《呐喊》（*The Cry*）

1978 年，剧本《饥饿之土》（*The Hungry Earth*）

1978 年，剧本《和平与原谅》（*Peace and Forgive*）

1981 年，剧本《活下去》（*Survival*）

1982 年，剧本《护士》（*Umongikazi*）

1984 年，剧本《暴徒》（*Gangsters*）、《肮脏的工作》（*Dirty Work*）

1986 年，剧本《吉卡》（*Jika*）

1987 年，剧本《盲山谷》（*The Valley of the Blind*）

1995 年，剧作集《写戏是为了改造》（*Doing Play for a Change: Five Works*）

**（二）扎克斯·穆达**（Zakes Mda，1948—）

1980 年，剧本《我们将为祖国歌唱》（*We Shall Sing for the Fatherland*）

1986 年，诗歌《碎石片片》（*Bits of Debris*）

1991 年，剧本《修女的浪漫故事》（*The Nun's Romantic Story*）

1992 年，剧本《月亮垂死尖叫》（*The Dying Screams of the Moon*）

1993 年，文论《当人民扮演人民》（*When the People Play the People*）

1993 年，剧本《还有身着盛装的姑娘们》（*And the Girls in Their Sunday Dress*）

1995 年，剧本《山丘》（*The Hill*）

1995 年，剧本《傻瓜，天怎么会塌下来》（*You Fool, How can the Sky Fall*）

1995 年，小说《她同黑暗玩耍》（*She Plays with Darkness*）

1995 年，小说《死亡方式》（*Ways of Dying*）

1998 年，小说《麦尔维尔 67》（*Melville 67*）

1999 年，小说《乌鲁兰茨》（*Ululants*）

2000 年，小说《赤红之心》（*The Heart of Redness*）

2002 年，小说《埃塞镇的圣母》（*The Madonna of Excelsior*）

2002 年，剧本《傻瓜、铃铛与饮食习惯》（*Fools, Bells, and the Habit of Eating*）

2004 年，小说《唤鲸人》（*The Whale Caller*）

2007 年，小说《后裔》（*Cion*）

2009 年，小说《黑钻》（*Black Diamond*）

2011 年，回忆录《时有虚空：一个局外人的回忆录》（*Sometimes There is a Void : Memoirs of an Outsider*）

2012 年，小说《我们的本诺尼女士》（*Our Lady of Benoni*）

2013 年，小说《马蓬古布韦的雕塑家》（*The Sculptors of Mapungubwe*）

2014 年，小说《瑞秋的忧郁》（*Rachel's Blue*）

2015 年，小说《小太阳》（*Little Suns*）

2017 年，文论《为敌人正名：在南非成为人》（*Justify the Enemy: Becoming Human in South Africa*）

2019 年，小说《纽约的祖鲁人》（*The Zulus of New York*）

2021 年，小说《旅行者的赞美诗》（*Wayfarer's Hymns*）


## （三）阿索尔·富加德（Athol Fugard，1932— ）

1956 年，剧本《卡拉斯与魔鬼》（*Klaas and the Devil*）

1957 年，剧本《囚牢》（*The Cell*）

1958 年，剧本《糟糕的星期五》（*No-Good Friday*）

1959 年，剧本《侬果果》（*Nongogo*）

1961 年，剧本《血结》（*Blood Knot*）

1965 年，剧本《你好，再见》（*Hello and Goodbye*）

1966 年，剧本《外套》（*The Coat*）

1967 年，剧本《博斯曼与莱娜》（*Boesman and Lena*）、《末班车》（*Last Bus*）

1969 年，剧本《人们生活在那里》（*People are Living there*）

1970 年，剧本《周一的周五面包》（*Friday's Bread on Monday*）

1972 年，剧本《希兹威·班西死了》（*Sizwe Bansi is Dead*）

1973 年，剧本《孤岛》（*The Island*）

1975 年，剧本《迪美托斯》（*Dimetos*）

1977 年，剧本《芦荟的教训》（*The Lesson from Aloe*）

1979 年，电影剧本《八月的万寿菊》（*Marigold in August*）

1980 年，长篇小说《黑帮暴徒》（*Tsotsi*）

1982 年，剧本《哈罗德少爷……与男仆们》（*Master Harold...and the Boys*）

1984 年，剧本《麦加之路》（*The Road to Mecca*）

1989 年，剧本《我的孩子们！我的非洲！》（*My Children! My Africa!*）

1990 年，剧本《猪圈》（*A Place with Pigs*）

1992 年，剧本《游乐场》（*Playland*）

1994 年，剧本《我的一生》（*My Life*）

1996 年，剧本《山谷之歌》（*Valley Song*）

1999 年，剧本《船长的老虎》（*Captain's Tiger*）

2001 年，剧本《悲伤与欢乐》（*Sorrows and Rejoices*）

2002 年，剧本《出口与入口》（*Entrance and Exit*）

2008 年，剧本《回家》（*Coming Home*）《胜利》（*Victory*）

2009 年，剧本《知我何处？》（*Have you Seen us?*）

2010 年，剧本《火车司机》（*The Train Driver*）

2013 年，剧本《蓝色鸢尾花》（*Blue Iryies*）

2014 年，剧本《蜂鸟之影》（*The Shadow of the Hummingbird*）

2016 年，剧本《河川彩石》（*The Painted Rocks at Revolver Creek*）

**（四）姆邦基尼·恩基马**（Mbongeni Ngema，1955—2023）

1981 年，（与他人合作）剧本《站起来，艾尔伯特！》（*Woza Albert!*）

1985 年，剧本《我们没钱！》（*Asinamali!*）

1986 年，剧本《萨拉费纳》（*Sarafina!*）

1990 年，剧本《镇区狂热》（*Township Fever*）

1993 年，剧本《凌晨四点钟的奇迹》（*Magic at 4 A.M.*）

1995 年，剧作集《姆邦基尼·恩基马佳作选：生平与音乐创作》（*The Best of Mbongeni Ngema: The Man and His Music*）

1996 年，剧本《萨拉费纳第二部》（*Sarafina Ⅱ*）

**（五）珀西·姆特瓦**（Percy Mtwa，1954—　　）

1981 年，（与他人合作）剧本《站起来，艾尔伯特！》（*Woza Albert!*）

1985 年，剧本《博哈！》（*Bopha!*）

1998 年，《非洲梦》（*African Dream*）

2001 年，《爱国者》（*The Patriot*）

**（六）巴尼·西蒙**（Barney Simon，1941—1995）

1972 年，剧本《费瑞》（*Phiri*）

1973 年，剧本《听着》（*Hey Listen*）

1973 年，剧本《人》（*People*）

1974 年，剧本《同样是人》（*People Too*）

1975 年，剧本《故事时间》（*Storytime*）

1979 年，剧本《辛辛那提》（*Cincinnati*）

1980 年，剧本《冷石罐》（*Cold Stone Jug*）、《叫我女人》（*Call Me Women*）

1981 年，剧本《马利克的月光与劳动力》（*Marico Moonshine and Manpower*）

1981 年，剧本（与他人合作）《站起来，艾尔伯特！》（*Woza Albert!*）

1984 年，剧本《黑狗》（*Black Dog-Inj Mayama*）

1985 年，剧本《生于 RSA》（*Born in the RSA*）、《局外人》（*Outers*）

1989 年，剧本《因延加——非洲女性的故事》（*Inyanga-about Women in Africa*）

1989 年，剧本《伊甸园及其他地区》（*Eden and Other Places*）

1992 年，剧本《歌唱时代》（*Singing The Times*）

1993 年，剧本《默片》（*Silent Movie*）、《狮子与山羊》（*The Lion and the Lamb*）

1994 年，剧本《正装》（*The Suit*）

## （七）托马斯·普林格尔（Thomas Pringle，1789—1834）

1819 年，诗集《秋季远足及其他》（*The Autumnal Excursion with Other Poems*）

1831 年，故事集《盘古拉：一个非洲故事》（*Pangola: An African Tale*）

1834 年，游记《非洲札记》（*Africa Sketches*）

1834 年，诗论《解说南非的诗歌》（*Poems Illustrative of South Africa*）

## （八）罗伊·坎贝尔（Roy Campbell，1901—1957）

1924 年，诗集《热情奔放的乌龟》（*The Flamming Terrapin*）

1928 年，诗集《威斯古斯》（*WaySgoose*）

1930 年，诗集《阿达玛斯托》（*Admastor*）、《枪林》（*The Gun Trees*）

1931 年，诗集《乔治亚德》（*Georgiad*）、《挑选桅杆》（*Choosing a Mast*）

1932 年，诗集《米斯莱的象征》（*Mithaic Symbols*）

1933 年，诗集《开花的芦苇》（*Flowering Reeds*）

1934 年，诗集《破碎的记录》（*Broken Record*）

1939 年，诗集《开花的来复枪》（*Flowering Rifle*）

1941 年，诗集《米斯特拉尔的歌》（*Songs of the Mistral*）

1951 年，诗集《意外荣光》（*Light on a Dark House*）

1954 年，诗集《马姆巴的悬崖》（*The Mamba's Precipice*）

## （九）刘易斯·恩科西（Lewis Nkosi，1936—2010）

1964 年，剧本《暴力的节奏》（*Rhythm of Violence*）

1964 年，文论《南非黑人小说》（*Fiction by Black South Africans*）

1965 年，文论《故乡与流亡》（*Home and Exile*）

1975 年，文论《移植的心脏》（*The Transplanted Heart*）

1981 年，文论《任务与面具：非洲文学的诸种主题与风格》(*Tasks and Masks: Themes and Styles of African Literature*)

1986 年，小说《配对的鸟》(*Mating Bird*)

2002 年，小说《地下的人们》(*Underground People*)

## （十）达蒙·加格特 （Damon Galgut, 1963— ）

1982 年，小说《无罪的季节》(*A Sinless Season*)

1988 年，小说《众生的小圈子》(*A Small Circle of Beings*)

1992 年，小说《悦耳的猪叫声》(*The Beautiful Screaming of Pigs*)

1995 年，小说《矿场》(*The Quarry*)

2003 年，小说《好医生》(*The Good Doctor*)

2008 年，小说《冒名者》(*The Imposter*)

2010 年，小说《在一个陌生的房间》(*In a Strange Room*)

2014 年，小说《北极之夏》(*Arctic Summer*)

2021 年，小说《承诺》(*The Promise*)

## （十一）安缇耶·科洛戈 （Antjir Krog, 1952— ）

1989 年，诗集《安妮小姐》(*Lady Anne*)

1985 年，诗集《耶路撒冷游客》(*Jerusalemgangers*)

1998 年，小说《我的祖国，我的头颅》(*Country of My Skull*)

2000 年，诗集《我最后的皮肤》(*Down to My Last Skin*)

2003 年，小说《语言的变化》(*A Change of Tongue*)

2006 年，小说《被剥夺的皮肤》(*Body Bereft*)

2009 年，小说《变黑的渴望》(*Begging to be Black*)

2014 年，诗集《突触》(*Synapse*)

## （十二）伊万·弗拉迪斯拉维克 （Ivan Vladislavić, 1957— ）

1989 年，故事集《消失的人们》(*Missing Persons*)

1993 年，短篇小说集《装饰建筑》(*The Folly*)

1996 年，故事集《纪念碑和其他故事的宣传》(*Propaganda by Monument and Other Stories*)

1998 年，合编论文集《空白＿＿建筑，种族隔离和未来》(*Blank＿＿ Architecture, Apartheid and After*)

2001 年，短篇小说集《不眠超市》(*The Restless Supermarket*)

2004 年，短篇小说集《爆炸图景》(*The Exploded View*)

2006 年，故事集《带钥匙的肖像》(*Portrait with Keys*)

2010 年，短篇小说集《闪回酒店》(*Flashback Hotel*)

2011 年，短篇小说集《双重否定》(*Double Negative*)

2011 年，散文集《失落图书馆》(*The Loss Library*)

2015 年，短篇小说集《101 侦探》(*101 Detectives*)

2019 年，短篇小说集《距离》(*The Distance*)


## 二、博茨瓦纳作家主要作品列表

### （一）保琳·史密斯（Pauline Smith，1882—1959）

1925 年，短篇小说集《小卡鲁》(*The Little Karoo*)

1926 年，小说《教区执事》(*The Beadle*)

1935 年，儿童小说和诗歌集《普莱特克普斯的孩子们》(*Platkops Children*)


### （二）贝西·黑德（Bessie Head，1937—1986）

1968 年，小说《雨云聚集之时》(*When Rain Clouds Gather*)

1971 年，小说《玛汝》(*Maru*)

1973 年，小说《权力之问》(*A Question of Power*)

1977 年，短篇小说集《珍宝收藏者及其他博茨瓦纳乡村故事》(*The Collector of Treasures and Other Botswana Village Tales*)

1981 年，小说《塞罗韦：雨风村》（ *Serowe: Village of the Rain Wind* ）

1984 年，《魅惑十字路口：非洲传奇》（ *A Bewitched Crossroad: An African Sage* ）

1989 年，短篇小说集《柔情与力量故事集》（ *Tales of Tenderness and Power* ）

## （三）姆普·普雷斯顿（Mpho Preston，1979— ）

1998 年，短篇小说《锅碗瓢盆》（ *Pots and Pans* ）

# 三、莱索托作家主要作品列表

## （一）托马斯·莫福洛（Thomas Mofolo，1876—1948）

1907 年，小说《东方旅行者》（ *Traveller to the East* ）

1910 年，小说《皮特森村》（ *Pitseng* ）

1925 年，小说《恰卡》（ *Chaka* ）

## （二）阿扎里埃·塞克斯（Azariel E. Sekese，1849—1931）

1893 年，故事集《巴苏陀风俗和谚语录》（ *Basotho le maele le litsome* ）

## （三）阿特韦尔·西德韦尔·莫佩利·保罗斯（A. S. Mopelli Paulus，1913—1960）

1953 年，小说《毯子男孩的月亮》（ *Blanket Boy's Moon* ）

## （四）凯姆艾勒·恩采尼（Kemuele Ntsane，1920—1983）

1961 年，小说《珍闻》（ *Makumane* ）

1968 年，小说《这些人》（ *Bao Batho* ）

## （五）本雅明·莱舒蔼（Benjamin Leshoai，1920— ）

1968 年，小说《莫西洛历险记》（ *Masilo's Adventures* ）